N.C. Bastian vit en région parisienne, la tête dans les nuages et bouillonnant sans cesse de nouvelles idées. Elle a toujours aimé se plonger dans les livres et a découvert sa passion pour l'écriture à 12 ans. Elle trouve son inspiration dans la vie de tous les jours, dans ses lectures ou dans les films. Elle aime s'évader et adore l'idée de pouvoir faire rêver les autres, ce qui l'a poussée à publier son premier roman, *Be Mine*.

BE MINE

N. C. BASTIAN

BE MINE

roman

Ce roman a déjà été publié en mai 2016

Ce livre est publié avec l'autorisation de HARLEQUIN BOOKS S.A.

HARPERCOLLINS FRANCE
83-85, boulevard Vincent-Auriol, 75646 PARIS CEDEX 13.
www.harpercollins.fr

ISBN 979-1-2803-6502-4 — ISSN 2271-0256

Ce livre est dédicacé à ma mère. Celle qui m'a donné la passion des mots, mais qui n'aura jamais l'occasion de lire ceux-ci.

Prologue

Tout en remontant sa braguette, Alex regarda avec un sourire en coin le lit dans lequel il avait passé la nuit. Deux sublimes créatures s'y trouvaient, toujours endormies. Des sœurs, qui plus est.

C'était fou ce que les filles étaient prêtes à faire pour avoir un biker dans leur lit. Si seulement elles savaient ce qu'il pensait réellement d'elles : trop faciles pour être intéressantes.

Il sortit de la chambre en récupérant son blouson en cuir qui affichait clairement son appartenance au club des bikers de Sturgis : « *Silence of Death — Sturgis Black Hill Motorcycle Club* ».

Puis il emprunta le couloir pour se rendre dans la salle principale du Club House — la maison mère des Silence of Death —, où s'était déroulée une grande fête la veille à l'occasion de l'anniversaire de Toto, le Président du club.

Les frères bikers trop soûls pour rentrer à moto étaient à présent couchés un peu partout dans la salle, sur les canapés, ou à même le sol, des filles en petite tenue encore sur eux, dormant à poings fermés.

Une des filles passa en courant devant Alex pour se rendre aux toilettes, la main sur la bouche. Malade, devina-t-il. Cette fille se rendait-elle compte qu'elle ne portait rien d'autre qu'une petite culotte ? Il la regarda courir jusqu'à ce qu'elle soit hors de vue. Il secoua la tête, puis évalua plus en détail le désastre de la salle principale. Le sol était jonché de gobelets, de bouteilles d'alcool et d'objets non identifiés. Il se souvint qu'à l'époque où il était encore Prospect — un débutant —, il redoutait ce genre de fêtes parce qu'il était sûr de devoir faire le ménage le lendemain.

En voyant Chris, l'un des derniers Prospects arrivés au club, grimacer à l'autre bout de la salle, il comprit que lui aussi détestait ces fêtes. Etre Prospect, c'est être tout en bas de l'échelle. C'est être celui qui se coltine toutes les corvées et les travaux les plus ingrats. Mais pour faire partie des Silence of Death — autrement dit, des SOD —, il fallait forcément en passer par là.

Alex s'arrêta devant la salle de réunion, dont la porte était entrouverte. A droite de la porte, les photos de leurs anciens Présidents ainsi que celles de tous leurs frères en prison étaient accrochées sur le mur, dont la peinture était jaunie par le temps. D'ailleurs, lui aussi avait son portrait sur ce mur, et pas en tant qu'ancien Président… Mais ça, c'était une autre histoire.

A gauche de la porte se trouvait une grande affiche mise sous verre, détaillant les commandements du club :

- 1 - SOD un jour, SOD toujours : lorsque tu entres dans ce club, c'est pour la vie.
- 2 - Tu considéreras chaque membre du club comme ton frère.
- 3 - Tu ne déserteras point ta nouvelle famille, sous peine de lourdes représailles.
- 4 - Tu n'ébruiteras point les affaires du club, sous peine de te faire mutiler la langue.
- 5 - Tu ne désobéiras point au Président.
- 6 - Tu ne quitteras jamais ton blouson : ce blouson est ton identité.

- 7 - Choisis bien ta compagne. Tu devras n'en avoir qu'une. Elle sera choyée et considérée comme un membre du club.
- 8 - Tu protégeras la ville de Sturgis. La police nous laissera tranquilles tant que le club n'est pas mêlé à un quelconque trafic.
- 9 - Tu seras loyal envers tes frères.
- 10 - Régulière ou compagne officielle, aucune femme n'est admise dans la salle de réunion.

Avant de porter officiellement les couleurs du club, chaque Prospect devait lire ces commandements à voix haute et jurer d'y adhérer. Ensuite, les membres des Silence choisissaient d'approuver ou non l'admission du nouveau venu.

Alex entra finalement dans la salle de réunion où Toto et Sam se trouvaient déjà, parlant à voix basse. Ils se turent dès qu'ils le virent, et le saluèrent d'un signe de tête.

Cette salle ne comportait pas grand-chose d'autre qu'une grande table ovale ainsi que des chaises, table autour de laquelle tous les membres prenaient place en fonction de leur rang quand il le fallait.

La hiérarchie des bikers n'a jamais été contestée. Et tous les clubs d'ici ou d'ailleurs fonctionnent de la même manière. Cette hiérarchie est apparentée à la chaîne alimentaire. En haut se trouve le Président. Elu à l'unanimité par les membres, c'est celui qui a le dernier mot sur les décisions à prendre concernant le club. Il est le chef de meute. Vient ensuite son bras droit, le vice-Président. Les bikers du club sont appelés, eux, les Intermédiaires. Ils participent au vote des décisions concernant le club. Pour finir, il y a les Prospects, ceux à qui sont confiées les tâches ingrates. Ces derniers n'ont pas le droit de vote tant qu'ils ne portent pas les couleurs du club.

Je suis vraiment heureux de ne plus être en bas de l'échelle, se dit Alex, satisfait.

Tucker arriva derrière lui, les cheveux en bataille et les yeux rouges après la soirée mouvementée de la veille. Il frappa Alex à l'épaule, le sourire aux lèvres.

— Comment ça va, mon frère ?

Alex ne répondit pas et laissa son ami entrer dans la salle. Ce dernier tituba jusqu'à sa place avant de s'y affaler.

— Changement de programme, les enfants, leur dit Toto tout en croisant les doigts sur la table. Vous n'irez pas à l'exploitation de William Materston aujourd'hui. Nos frères Silence du Wyoming ont besoin de certaines pièces de moteur, et c'est assez urgent. Vous devez les livrer juste à la frontière des deux Etats. J'ai déjà donné la liste des pièces à fournir aux Prospects. Vous avez rendez-vous là-bas à 15 heures.

— Ce sera fait, confirma Alex en regardant Tucker à moitié endormi.

Les couleurs de leur club de motards s'affichaient dans trois Etats différents : le Dakota du Sud, là où ils se trouvaient, le Wyoming et le Nebraska. Porter le même nom ne changeait rien au fait qu'il s'agissait de clans différents, avec des Présidents différents. Ils se considéraient les uns les autres simplement comme des extensions de leur propre club.

Alex quitta la salle et sortit du Club House. Il monta sur sa moto, une Harley-Davidson Night Rod Special noire. Il était fier de son engin, qu'il avait acheté pour rien et retapé entièrement pour lui donner une seconde vie.

Il mit le moteur en marche, appréciant le doux ronronnement qui se fit entendre, puis recula doucement, avant de s'élancer sur la route. Il avait grand besoin d'une douche et de se détendre.

Après chacune de ses visites chez son ancien Président, William

Materston — qui avait maintenant rendu son blouson —, il avait l'esprit en vrac. Alors le fait de ne pas aller le voir aujourd'hui le soulageait particulièrement. Il l'appréciait, ce n'était pas le souci. Le problème, c'était que William Materston et lui avaient une chose en commun qu'il aurait préféré oublier. Même s'il savait que c'était impossible.

Alex accéléra pour tenter de se vider la tête. Etre à moto lui permettait de réfléchir, de faire le tri, ou tout simplement de faire le vide. Il ne pouvait pas vivre sans sa moto ; il était bien trop accro aux sensations qu'elle lui procurait.

Il avait toujours su qu'il finirait par entrer dans le club des bikers de Sturgis ; aujourd'hui, son rêve d'enfant s'était fait réalité.

Etre biker, c'est un style de vie et une manière d'être. Et c'était devenu toute sa vie depuis qu'*elle* était partie…

PARTIE 1

Kim

Chapitre 1

Pénétrer dans un aéroport était une chose ; monter dans un avion en était une autre. J'avais horreur de l'avion, de me sentir suspendue dans les airs pendant des heures en sachant que j'étais à des milliers de kilomètres du sol. Je détestais ne pas avoir les pieds sur terre, et me retrouver dans cette situation pendant une douzaine d'heures allait être un calvaire.

Mes *chers parents* avaient pris la décision de me jeter hors de leur maison, de leur ville, et même de leur pays. De *mon* pays. Puisque j'avais décidé de prendre une année sabbatique, ils avaient jugé bon de m'envoyer chez mon grand-père — le père de ma mère — dans un endroit où je n'avais que très peu de bons souvenirs.

J'adorais mon grand-père, ce n'était pas ça le problème. C'était de revenir à Sturgis, dans le Dakota du Sud, après cinq ans d'absence, qui me foutait les jetons. Parce que cinq ans plus tôt, j'y avais vécu mon plus bel été, ç'avait été le paradis sur terre. Puis j'y avais vécu l'enfer. Et cette soudaine chute vertigineuse avait été très douloureuse.

Je n'avais que dix-sept ans à ce moment-là. J'étais naïve, pleine de vie, mais aussi timide. Et surtout, j'étais tombée follement amoureuse d'un garçon qui avait ensuite fait voler ma vie en éclats.

Je me concentrai sur ma respiration, ainsi que sur le steward qui souriait niaisement en mimant les consignes de sécurité en cas de catastrophe. Catastrophe… Ce seul mot suffisait à me rendre morte de trouille.

L'avion s'ébranla et commença à rouler doucement sur la piste de décollage. Je me trouvais à côté du hublot, ce qui n'était pas du tout une bonne chose pour une phobique de l'avion comme moi, et je me demandai si je ne ferais pas mieux de fermer le volet.

— Vous semblez sur le point de vous évanouir, me dit mon voisin de gauche, avec un accent anglais adorable.

— Qu'est-ce qui vous fait dire ça ?

L'homme paraissait un peu plus âgé que moi. Peut-être vingt-cinq ou vingt-sept ans. Ses yeux étaient d'un marron assez banal, mais l'éclat pétillant de son regard le rendait vraiment charmant. Il était habillé en costume, ses cheveux impeccablement coiffés. Il partait peut-être en voyage d'affaires ? Il me sourit avant de répondre :

— Vos yeux suivent le moindre mouvement du steward, j'en conclus que vous voulez vous souvenir des consignes et, donc, que vous envisagez une catastrophe…

Il était très perspicace, aussi.

— On n'est jamais sûrs de ce qui peut nous arriver, marmonnai-je en regardant de nouveau le steward.

— Vous regardez aussi par le hublot comme si vous ne désiriez qu'une chose : sortir d'ici.

— Ce n'est pas faux.

— Et vous vous agrippez avec beaucoup de force à ce que vous pensez être l'accoudoir, mais qui se trouve être mon bras. Je crois que je ne sens plus mon sang circuler.

Je regardai ma main qui, effectivement, se trouvait accrochée à son bras, posé sur l'accoudoir.

— Oh ! Excusez-moi, soufflai-je, honteuse, en obligeant mes doigts à se desserrer.

Je décidai finalement de fermer le volet, comme pour me couper du monde.

— Vous devriez le laisser ouvert pour le moment, ajouta-t-il. Du moins, jusqu'à ce que nous soyons dans les airs.

— Pourquoi ?

— Il est possible que les moteurs prennent feu au décollage, et c'est à nous de le signaler. (Je sentis le sang quitter instantanément mon visage. J'allais vraiment m'évanouir.) Pardonnez-moi, je n'aurais pas dû vous dire ça.

— Non, vous n'auriez pas dû, murmurai-je, le cœur au bord des lèvres.

Je l'entendis rire doucement avant qu'il ne pose la main sur son cœur.

— Je suis vraiment désolé. Je m'appelle Clay Crosswild.

— Kim Vervel.

Il garda le silence un instant.

— Vervel… Comme le sénateur ?

J'acquiesçai en regardant à l'extérieur. Mon nom de famille était toujours associé à celui de mon père, candidat aux prochaines élections présidentielles.

Lorsque l'avion mit les pleins gaz pour décoller, je fus certaine que mon cœur allait lâcher. Je fermai les yeux, comme si ce geste pouvait m'aider à ne plus paniquer.

— Quand j'étais petit, j'étais terrorisé par l'avion, me raconta Clay, calmement. Mon père a donc demandé à une hôtesse de l'air si je pouvais aller dans la cabine du pilote pour qu'il me rassure, ce que la jeune femme a gentiment accepté. Une fois près du pilote, ce dernier m'a prié de m'approcher pour que je puisse voir toutes les commandes. Arrivé près de lui, j'ai levé les yeux vers la grande vitre où je ne voyais que des nuages à perte de vue… et j'ai vomi partout. J'ai pleuré pendant tout le reste du voyage, j'étais certain qu'on allait avoir un accident à cause de moi.

Son histoire me fit éclater de rire. J'aurais réagi exactement pareil.

L'avion s'envola, et je ris de plus belle, mais cette fois d'un rire nerveux. Clay se mit à rire avec moi. Je ne m'arrêtai que lorsque l'avion se remit à l'horizontale, créant cette impression horrible de tomber dans le vide pendant une fraction de seconde.

Tout le monde détacha sa ceinture et les hôtesses défilèrent dans les allées pour distribuer des collations. Je me contentai d'une bouteille d'eau, tandis que Clay prenait essentiellement des cochonneries, comme des chips, des bonbons et des cacahouètes.

— Merci pour l'histoire, lui dis-je en fermant le volet du hublot. Ça m'a changé les idées.

— Avec plaisir ! C'est malheureusement une histoire vraie.

Je souris à nouveau, un peu plus détendue, même si ce n'était pas encore tout à fait ça.

Pendant le trajet, je découvris qu'il se rendait également à Sioux Falls, dans le Dakota du Sud, qu'il avait vingt-cinq ans, et qu'il était originaire du Dakota du Nord. Je n'appris pas grand-chose d'autre car nous passâmes notre temps à regarder des films et à manger. Enfin, après deux escales — dont une où Clay se fit longuement contrôler par la douane —, nous atterrîmes finalement sains et saufs à destination.

Heureuse de retrouver la terre ferme, j'eus pendant un court instant envie d'embrasser le sol. Mais arriver à bon pont impliquait aussi de devoir quitter Clay, ce que je fis avec regret.

— A un de ces jours, alors ? le saluai-je.

Il me sourit et se baissa en faisant une révérence théâtrale.

— Si tel est notre destin, alors nous nous retrouverons, gente dame.

Je rigolai et lui fis un signe de la main, avant de m'éloigner avec mes deux valises.

Je perdis rapidement le sourire en me rappelant que, derrière les portes de l'aéroport, mon grand-père m'attendait. Ça faisait cinq ans que je ne l'avais pas vu. Cinq ans que j'avais refusé de revenir le voir. Peut-être m'en voudrait-il. Peut-être comprendrait-il... Ne pas savoir m'angoissait.

Je passai les portiques de sécurité et, contournant les barrières métalliques, je m'arrêtai en bout de file pour scruter la foule. Un couple s'embrassa — ils ne devaient pas connaître la pudeur, ces deux-là. Un petit garçon sauta dans les bras de sa mère, et ainsi de suite.

Je ne voyais pas mon grand-père. Et s'il m'en voulait tellement qu'il n'était pas venu ?

Je marchai en direction des bancs, fatiguée par ce long trajet, même si je l'avais passé assise. Finalement, je repérai mon grand-père, assis sur un banc, scrutant la foule. Lorsque ses yeux gris rencontrèrent les miens, une vague d'émotions m'envahit.

J'étais si contente de le revoir que mes yeux me brûlèrent subitement. Il se leva et me sourit. En cinq ans, les ravages du temps avaient continué d'agir, marquant un peu plus son visage, et notamment ses yeux.

Je fis les derniers pas qui nous séparaient, et le pris dans mes bras. J'étais bien trop émue pour parler et je m'en voulus terriblement de ne pas être revenue plus tôt.

— C'est bon de te revoir, gamine.

Sa voix et son odeur n'avaient pas changé. Je l'embrassai sur la joue et retins ce trop-plein d'émotions qui m'envahissait. Je récupérai mes valises que j'avais laissées tomber au sol et lui souris.

— Je suis contente de te voir, moi aussi. Tu m'as manqué.

Il me fit un signe de tête pour que je le suive en direction de la sortie.

— Comment va ta mère ?

— Bien.

Ma mère ne prenait que très peu de nouvelles de mon grand-père. Ce dernier tenait une immense ferme agricole, et ne gagnait pas une fortune. Très jeune, ma mère avait décidé qu'elle ne finirait pas pauvre ; pour cela, elle avait quitté les Etats-Unis pour la France, et avait assisté à de nombreux galas de charité, jusqu'à ce qu'elle tombe sur mon père. Son vœu avait été exaucé aux dépens de mon grand-père.

Si je connaissais cette histoire, c'était parce que ma mère me l'avait racontée des milliers de fois lorsqu'elle espérait encore que je devienne une belle jeune femme qui participerait à la vie mondaine. Mais elle avait vite compris que je n'étais pas comme elle, ni comme ma grande sœur. J'étais timide, réservée, j'avais horreur des soirées mondaines, du « m'as-tu-vu » et de l'hypocrisie qui règnent dans ce milieu.

C'était pour ces raisons que j'avais passé tous mes étés chez mon grand-père, William Materston, jusqu'à mes dix-sept ans. J'aimais enfoncer mes mains dans la terre humide, l'aider à gérer son exploitation et vivre à l'air pur, sans jamais m'occuper de mes vêtements, de ma coiffure, ni de ce que les autres pensaient de moi.

Mon grand-père monta dans la vieille Chevrolet noire pleine de boue. Je jetai mes valises sur le plateau et grimpai à ses côtés. Les sièges me parurent encore plus inconfortables que dans mes souvenirs.

Le trajet se déroula tranquillement. Mon grand-père me posa pas mal de questions sur mes études de marketing que j'avais abandonnées, ainsi que sur mes parents. Je retrouvai petit à petit la complicité que j'avais avec lui, même si cela restait très maladroit.

Il était assez tendu ; je pouvais le voir à son tic de se caresser la barbe, comme si ce geste pouvait meubler les silences entre nous.

Mon grand-père était un ancien biker. A chacun de mes séjours ici pendant les vacances scolaires, j'avais été entourée de grosses motos et d'hommes vêtus de cuir. Puis mon grand-père avait fini par laisser son blouson de biker de côté : il se sentait trop vieux pour ces longues balades à moto.

A quinze ans, j'étais tombée amoureuse d'un garçon qui avait deux ans de plus que moi. Il voulait entrer dans le cercle des bikers et n'était alors que Prospect. Ce n'était que deux étés plus tard qu'il m'avait remarquée. Je l'avais aimé comme jamais je n'avais aimé jusqu'alors. Je m'étais ouverte à lui sans retenue, lui donnant tout l'amour que j'avais en moi. Il m'avait fait vivre un véritable conte de fées avant de me jeter tout droit dans l'abîme de la souffrance.

Je secouai la tête pour chasser ces sombres pensées. Nous circulions sur une très longue route, droite, entourée de champs s'étendant à perte de vue. Je reconnus tout de suite le bruit de moteur de Harley. Je me retournai sur mon siège et vis une escorte de motos roulant derrière nous. Aussitôt, je me baissai sur le siège et restai dans cette position jusqu'à ce que la file de motards soit passée.

Je finis par me relever. Mon grand-père hésita un instant avant de m'avertir :

— Tu finiras par le voir, Kim.

Tous les motards qui se trouvaient devant nous portaient le même blouson en cuir avec l'écusson des Silence of Death. Ils étaient trop nombreux, impossible de repérer si Alex était présent.

— Je sais, soupirai-je.

Tous les étés, il y avait le festival des bikers à Sturgis et, chaque fois, mon grand-père tenait un stand. Je savais parfaitement que je finirais par le voir, et je redoutais ce moment. Terriblement.

Cinq ans plus tôt…

Sous les tentes blanches, je m'éventais pour supporter la chaleur ambiante. J'avais la sensation qu'il y avait encore plus de monde à ce fichu festival que l'année dernière.

Mon grand-père buvait une bière avec un ancien biker, tandis que je regardais les gens déambuler devant le stand, s'arrêtant pour acheter certains souvenirs de Sturgis ou de nouveaux écussons pour leurs blousons.

Un peu plus loin, des filles portant de ridicules bouts de tissu qui ne cachaient rien de leur corps se déhanchaient sur la musique. Je jetai un coup d'œil à ma tenue et, comme chaque été, j'eus encore l'impression d'être trop habillée avec mon jean et mon débardeur.

Ces filles étaient couramment appelées des Brebis — des femmes qui tentaient absolument tout pour pouvoir mettre la main sur un biker et devenir une compagne officielle, une « régulière ». Les régulières étaient respectées et choyées par le club, et reconnues par tous : ce statut était donc la garantie d'une certaine sécurité.

— Je m'absente un petit quart d'heure, ça ira, gamine ?

Je souris à mon grand-père qui me tira une oreille, puis le poussai en acquiesçant.

Il y avait beaucoup de monde, mais ce n'était pas vraiment la cohue. Certains hommes me foutaient les jetons, mais je me savais en sécurité.

J'étendis les jambes et, pour faire passer le temps, je lus *Delirium*, un livre dystopique, dans lequel l'amour est considéré comme une maladie. J'avais l'âme d'une romantique, aimant m'évader par le biais de mes livres, rencontrant sans cesse à travers le héros l'homme de ma vie. Ces choses-là n'arrivaient pas en vrai, alors je vivais le grand amour comme je le pouvais…

— Salut.

Je relevai la tête et sursautai en voyant Alex. Sous le choc, je poussai sur mes jambes et basculai en arrière, m'étalant par terre.

Alex. Le garçon qui hantait mes rêves depuis deux étés. A dix-neuf ans, il était bâti comme un homme, avec un visage d'ange des ténèbres, faisant baver toutes les filles qui se trouvaient sur son passage — et je n'exagérais pas. Alex et ses cheveux mi-longs toujours en bataille, son regard charmeur et hypnotisant, son sourire à tomber…

« A tomber », c'était le terme. Je me relevai aussitôt, replaçant ma chaise correctement, puis m'époussetai pour la forme, souhaitant que le sol s'ouvre et m'engouffre pour toujours. En lui lançant un rapide coup d'œil, je le vis se retenir de rire. Au moins, il se souviendrait de moi.

— Désolé, dit-il d'une voix amusée. Je ne voulais pas te faire peur.

— Ce n'est rien. Tu voulais quelque chose ?

Il haussa les sourcils et, comme s'il se rendait soudain compte qu'il se trouvait devant un stand, il regarda les écussons puis en choisit un.

— Je vais prendre celui-là.

Il régla son achat et je continuai de l'observer avec l'impression qu'il pouvait lire dans mes pensées. C'était à la fois angoissant et complètement fascinant. Je m'attendais à ce qu'il s'en aille, mais il resta devant le stand. Nos regards se croisèrent.

— Dis-moi, Kim. Tu serais libre, ce soir ?

— Quoi ? Pourquoi ?

— Il y a une soirée au Broken Spoke. Ça te dirait de venir ?

— De venir ? Je…

— Tu es déjà occupée ?

— Non, je…

— Je passe te prendre ? A 20 heures ?

Mon Dieu ! J'acquiesçai d'un hochement de tête, tout en me forçant à fermer la bouche. Il ne faisait pas encore officiellement partie des Silence of Death, mais il en avait déjà indéniablement la prestance.

Il passa une main dans ses cheveux et me sourit.

— Alors à ce soir.

Aujourd'hui…

Le face-à-face était inévitable.

Je refoulai les émotions qui remontaient au souvenir du moment où tout avait commencé, et regardai la grande maison chaleureuse de mon grand-père, entourée d'arbres aux fleurs roses. Rien n'avait changé.

Je montai les quelques marches qui menaient à l'entrée, et passai le seuil avec le sentiment de revenir après un long voyage. Il ne fallait pas chercher : ici, c'était l'endroit où je me sentais chez moi. Finalement, peut-être que mes parents avaient eu une bonne idée en m'expédiant dans le Dakota, ne serait-ce que parce qu'ici, je me sentais bien, et mon grand-père m'avait manqué.

Ma chambre violette, à l'étage, n'avait pas changé non plus. Je déposai mes affaires et m'assis sur le lit en regardant tout ce que j'avais laissé sur le petit bureau. La fille que j'étais alors adorait les livres et les contes de fées. Il y avait une montagne de bouquins que je n'avais pas encore lus, et que je ne lirais probablement jamais.

Sur la pile de romans se trouvait un album photo. Je le pris, caressai la couverture lisse aux couleurs chaudes et me tournai vers la poubelle vide pour l'y jeter. Cet album ne contenait que des photos de l'ancienne moi.

Et d'Alex.

Le passé, c'était du passé. En cinq ans, j'avais eu le temps de me reconstruire, de passer à autre chose. Et il était l'heure de me débarrasser de tout ce qui me rattachait à ma vie d'avant.

Je n'étais plus la même. Je n'étais plus naïve.

Et surtout, je n'étais plus amoureuse.

Chapitre 2

Le lendemain matin, je fus réveillée par un raffut impossible. De grosses voix et des rires éclataient depuis le rez-de-chaussée. Je mis un moment avant de comprendre où j'étais et qui étaient ces gens.

Les SOD devaient se trouver en bas, pour leur visite quotidienne à mon grand-père. Ils l'aidaient énormément : ce n'était pas parce que mon grand-père avait rendu son blouson qu'il n'était plus considéré comme un membre de la famille. Mais j'aurais vraiment préféré qu'ils l'oublient pour aujourd'hui.

Je tirai les rideaux pour faire entrer les rayons du soleil qui m'agressèrent les yeux. Après avoir pris quelques affaires, je traversais le couloir pour aller dans la salle de bains lorsque j'entendis une conversation qui me fit arrêter net. Je tendis l'oreille.

— Elle est où, la gamine ?

Je souris tendrement. Les membres du club m'appelaient exactement de la même façon que mon grand-père. J'avais grandi avec eux ; ils faisaient partie intégrante de ma vie, je ne pouvais plus le nier. Et mon cœur me rappelait à cet instant que je les considérais moi aussi comme ma propre famille…

C'étaient eux qui m'avaient appris à conduire une moto, bien avant que je conduise une voiture. Eux, encore, qui avaient toujours gardé un œil sur moi pendant les festivals, dissuadant les personnes malintentionnées de s'approcher de moi. Et c'étaient eux qui m'avaient appris tout ce que je savais sur les garçons : leurs combines, leurs techniques d'approche et leurs escroqueries, simplement pour avoir une fille dans leur lit. Seulement, à l'époque, ils ne savaient pas encore que ce serait l'un des leurs qui me briserait.

— Elle dort encore, gronda mon grand-père de sa voix bourrue.

— Je peux aller la réveiller ? Comme au bon vieux temps…

Toto, de son vrai prénom Anthony, avait l'âge de mon père et était toujours pétillant de joie. A une époque, je rêvais que c'était lui mon père. Plus jeune, il m'avait emmenée partout, sur sa Harley. Cela pouvait paraître étrange, mais j'étais sûre qu'il aurait aimé que je sois sa fille, et qu'il m'avait toujours considérée comme telle.

— Elle n'est plus une gamine à présent, répondit mon grand-père. C'est une jeune femme.

— Peu importe. Elle restera toujours notre gamine.

J'avançais d'un pas dans le couloir quand la voix de mon grand-père résonna étrangement jusqu'à moi.

— Les gars, vous direz à Alex de rester loin d'elle. Je l'ai perdue pendant cinq ans, et il est hors de question que l'histoire se répète.

— Ne t'en fais pas, papy, rassura une voix que je ne reconnus pas. Il n'est même pas au courant qu'elle est de retour.

Je rentrai dans la salle de bains, prenant une grande inspiration pour enlever le poids qui s'était installé dans mon ventre en entendant le prénom de l'homme que j'avais aimé…

Cinq ans plus tôt…

— Comment tu me trouves ? demandai-je à mon grand-père en tournant sur moi-même.

— Tu es parfaite, gamine.

Mon grand-père me sourit, et je l'embrassai sur la joue pour le remercier.

— En même temps, ton avis n'est pas très objectif.

J'étais une pile électrique : j'allais sortir avec Alex Miller, le garçon le plus sexy et le plus beau de tout l'Etat du Dakota du Sud ! Depuis qu'il m'avait invitée, mon esprit ne cessait d'imaginer des milliers de scénarios pour notre première soirée.

Allait-il m'embrasser ? Ou bien est-ce qu'il voulait seulement être ami avec la petite-fille du Président des SOD ? Ma tête bouillonnait de questions. Je n'avais rien mangé, parce que j'étais dans tous mes états et que j'avais peur de tout rendre lorsqu'il passerait me chercher.

— Pourquoi tu es si excitée ? Avec qui est-ce que tu sors, ce soir ?

— Alex, répondis-je en souriant timidement. Il ne devrait plus tarder.

Mon grand-père fronça ses sourcils poivre et sel, et grogna :

— J'aurais préféré que tu restes une petite fille toute ta vie.

Quelques minutes plus tard, on frappa à la porte d'entrée. J'ouvris en essayant de paraître aussi normale que possible, sans réussir à m'empêcher de regarder Alex avec émerveillement — je m'en rendais compte, mais c'était plus fort que moi. Je n'étais vraiment pas mieux que toutes les autres filles qui bavaient devant lui lorsqu'elles croisaient sa route, mais il était si charmant que je comprenais l'engouement général qu'il suscitait. Il avait cette aura, et débordait d'assurance et de charisme.

Il me regarda intensément de ses yeux sombres, me troublant davantage.

— Salut, tu es prête ?

— Oui, j'arrive tout de suite.

Je laissai la porte ouverte et filai dans le cellier récupérer mes chaussures. Je n'avais pas besoin de l'inviter à entrer dans cette maison, tous les membres des SOD savaient qu'ils y étaient les bienvenus tant qu'ils portaient les couleurs du club.

J'avais choisi de mettre un short bleu ciel et un débardeur blanc ; la chaleur de ce début d'août était presque étouffante, mais les soirées étaient plus douces et agréables. Je me demandais comment les motards faisaient pour supporter leur gros blouson en cuir.

Alex, qui s'entretenait avec mon grand-père, se tourna vers moi quand il m'entendit revenir dans l'entrée.

— C'est parti ?

J'acquiesçai en saluant mon grand-père avant de sortir.

Vêtu d'un jean et d'un T-shirt léger en plus de son blouson en cuir, Alex monta sur sa moto avant de me tendre un casque. Je le posai sur ma tête et fermai la lanière sous mon cou. Il mit le moteur en route et me lança un regard en coin en attendant que je sois bien installée derrière lui, accrochée aux poignées arrière.

Il démarra en douceur puis accéléra rapidement en longeant la route infiniment droite de l'exploitation.

Le soleil n'était pas encore couché lorsqu'on arriva au Broken Spoke. Je descendis de la moto d'Alex, un peu étourdie, et enlevai le casque que je lui tendis, puis il m'emmena à l'intérieur du bar où un groupe inconnu jouait du rock assourdissant

Le Broken Spoke était le repaire des bikers des environs et, tant que vous portiez un blouson de cuir, on ne vous demandait pas votre carte d'identité pour vérifier votre âge. Il y avait toujours une ambiance festive, de la musique et beaucoup de bruit. C'était aussi le repaire des Brebis. Les filles venaient ici comme au marché, pour tenter de mettre la main sur un biker.

— Tu veux boire quelque chose ? me demanda gentiment Alex.

— Un Coca, s'il te plaît.

Il me prit la main et nous fit traverser la salle jusqu'au bar où tout un peuple semblait être agglutiné. Alex trouva une petite place où s'infiltrer et siffla le barman. Il me garda contre lui, comme pour me protéger des autres qui ne cessaient de se bousculer. Je ne pensai qu'à deux choses : ma main dans la sienne, mon corps contre lui.

Ressaisis-toi, bon sang !

Après avoir récupéré nos commandes, il nous dirigea vers une table où ses amis étaient déjà installés. Je les appelais les « trois T », à cause de leurs prénoms qui commençaient tous par un T.

— Pas besoin de faire les présentations, dit Alex en me tirant une chaise pour que je m'assieds.

— Salut, gamine ! me dit Tim en souriant, avant d'enfoncer de nouveau sa langue dans la bouche d'une fille plantureuse.

Ce surnom me suivrait toute ma vie. Tim était du même âge que moi, dix-sept ans, et le plus jeune des Prospects. Il était grand et fin comme une brindille, mais son statut de biker en faisait craquer plus d'une, ce qui ne semblait pas le déranger, bien au contraire.

— On ne te voit pas souvent ici, enchaîna Trick en donnant une tape à l'arrière de la tête de Tucker, son frère jumeau.

— Je n'ai pas de moyen de transport, mentis-je.

Mon grand-père me laissait conduire sa vieille Chevrolet même si je n'avais pas le permis, mais je ne me voyais pas débarquer ici comme une fleur. Ce n'était pas vraiment un endroit que j'affectionnais.

— Tu n'as qu'à prendre la Harley de William ! La moto de ton grand-père est un monstre.

Sans surprise, la discussion tourna autour de ces engins. N'y connaissant rien, je perdis vite le fil et observai Alex du coin de l'œil, ce qui était beaucoup plus intéressant.

Chaque fois que mes yeux se posaient sur lui, j'en avais des papillons dans le ventre. Il était magnifique, et je savais, à cause des histoires que les Anciens racontaient à mon grand-père, qu'il avait la main sur le cœur. Pendant tout le mois de juillet, il avait aidé mon grand-père à rafistoler sa cabane de jardin. J'avais passé des heures à l'observer torse nu, par la fenêtre de ma chambre. Cela faisait-il de moi une voyeuse ? J'avais eu l'impression qu'il sentait mon regard sur lui, parce qu'il levait souvent les yeux vers ma chambre, mais je me cachais toujours avant qu'il ne m'aperçoive.

Cette fois, il devait vraiment sentir mon regard sur lui, car il se tourna vers moi et me sourit.

— Je reviens, je vais nous chercher une nouvelle tournée.

Il me laissa avec ses trois amis. Tim était toujours absorbé par la fille assise sur ses genoux, mais les jumeaux, eux, s'intéressèrent à moi, me fixant en souriant. Ils avaient tous les deux les cheveux blonds et les yeux bleus. La seule chose qui les différenciait, c'était le grain de beauté au-dessous de l'œil droit de Tucker. J'avais donc mis beaucoup de temps avant de savoir qui était qui.

— C'est nous qui avons poussé Alex à t'inviter, m'avoua Trick en avalant une gorgée de sa bière, même s'il n'avait pas encore l'âge légal pour boire de l'alcool…

— Comment je dois le prendre ? demandai-je en me sentant soudain stupide d'avoir accepté.

Tucker donna un coup de coude à son frère et secoua la tête.

— Ce qu'il veut dire, c'est qu'Alex n'osait pas t'inviter parce que tu es la petite-fille de William, et il respecte énormément ton grand-père. Mais tout le monde ici sait qu'Alex… Disons qu'il t'apprécie beaucoup.

— Tu veux dire qu'il craque complètement pour elle, oui ! s'esclaffa Trick.

Bon. A présent, j'avais réellement envie de rentrer me terrer dans ma chambre. J'étais complètement mortifiée. Je rêvais d'Alex constamment, même lorsque je retournais en France. Mais avoir la confirmation que l'attirance était réciproque m'avait subitement fichu la trouille.

— Il ne me connaît même pas, contrai-je en détournant le regard.

— On te connaît tous très bien, Kim, me contredit Tucker.

J'avalai ma salive. Sturgis était une petite ville où tout se savait et où tout le monde était proche. Je n'aurais pas dû être étonnée qu'ils pensent me connaître, parce que je les connaissais très bien aussi, sans leur avoir beaucoup parlé.

— Je sens qu'il y en a un qui va se prendre un râteau, chantonna Trick en éclatant de rire.

Lorsque Alex revint, il dut s'apercevoir de mon malaise, puisqu'il fronça les sourcils avant de demander :

— Qu'est-ce que vous lui avez dit ?

Il s'assit à côté de moi et passa un bras sur le dossier de ma chaise.

Zut ! Si c'était ça, l'amour, je n'en voulais pas ! Dans mes livres, les filles se sentaient toujours en confiance, timides mais assurées, comme si elles savaient que c'était leur destin. Pour ma part, mon premier rencard avec l'homme qui hantait mes pensées me retournait l'estomac, sans que je comprenne pourquoi. Peut-être que je redoutais de vivre mon premier amour ? Ou bien d'embrasser quelqu'un pour la première fois de ma vie, et surtout d'être avec lui ?

Alex n'attendit pas la réponse de ses amis et se tourna vers moi. Une mèche de cheveux lui tomba devant les yeux.

— Tu veux qu'on parte ?

Oui. Non. Je ne sais pas. Mon esprit était confus, ses paroles me troublaient. Partir pour aller où ?

Mon Dieu, calme-toi ! m'exhortai-je.

Je finis par acquiescer et me levai en saluant le reste de la troupe. Je souris en constatant que Tim nous adressait un vague signe de la main sans lever la tête. En sortant du bar, je récoltai quelques regards mauvais, et d'autres, très envieux.

— Tu me ramènes chez moi ? demandai-je à Alex une fois dehors.

Alex s'arrêta et me fixa avec ses yeux de biche.

— Tu veux rentrer ?

— Je ne sais pas. Tu as quelque chose en tête ?

— Oui.

Je haussai les sourcils en retenant mon souffle. Ses paroles avaient fait grimper ma nervosité de dix crans supplémentaires. C'était mon premier rendez-vous, qui plus est avec la personne que je désirais. Un sentiment d'excitation et de curiosité prenait petit à petit le dessus sur la peur.

Il monta sur sa moto et me tendit son casque, que je mis. Cette fois-ci, je l'enlaçai, sans le serrer. Il eut un moment d'arrêt, mais finit par mettre le moteur en route, et démarra.

Aujourd'hui…

En descendant l'escalier, je fus surprise de l'accueil que je reçus. Je ne savais pas à quoi je m'étais attendue, mais certainement pas à ça.

Toto fut la première personne que j'aperçus, puis Billy. Tous deux me regardaient sans rien dire. Je me demandai si j'avais quelque chose d'étrange sur le visage avant de me rendre compte que cela faisait cinq ans qu'ils ne m'avaient pas vue, et que bien des choses avaient changé depuis.

Eux aussi avaient changé. Billy avait pris un réel coup de vieux ; il avait laissé pousser sa barbe et des rides marquaient son visage. Quant à Toto, il avait pris du poids, mais avait conservé ce même regard pétillant de joie et de malice.

Ce fut lui qui se leva le premier et m'ouvrit les bras en venant à ma rencontre. Je lui rendis son étreinte en souriant, avant de faire la même chose avec Billy.

Ces hommes avaient été des pères de substitution pendant toute mon enfance, les revoir aujourd'hui me rendait vraiment heureuse.

— Comment tu vas, gamine ? me demanda Toto.

*
* *

Je discutai avec eux jusqu'en milieu d'après-midi. La conversation ne retomba pas une seule fois. Notre besoin de rattraper le temps perdu semblait irrépressible. Mon grand-père nous servait sans cesse à boire comme s'il avait peur que nous n'ayons pas assez de salive. Ils m'avaient tous tellement manqué.

Je les quittai vers 16 heures pour me rendre dans le centre de Sturgis, afin de louer l'emplacement du stand pour le festival et commencer l'installation.

— Tu veux qu'on t'accompagne ? me demanda Billy.

— C'est gentil, mais je vais me débrouiller. Ça fait peut-être cinq ans que je ne suis pas venue ici, mais je n'ai pas oublié comment on fait pour monter une tonnelle.

Mon grand-père me lança les clés de sa vieille voiture boueuse, puis je filai par la porte de la cuisine.

Le centre de Sturgis me faisait penser aux vieux films de western. Rien n'était vraiment moderne, jusqu'aux sols des boutiques qui étaient en bois, comme au temps des saloons. Je récoltai quelques regards surpris et curieux. La nouvelle de mon retour n'allait pas mettre longtemps à faire le tour de la ville.

Je me garai devant un magasin de bricolage pour aller chercher des piquets. Mon grand-père m'avait fait une liste de ce qu'il nous manquait pour le festival. Une fois la commande récupérée, je me rendis à pied à la petite mairie pour nous enregistrer et payer la location de notre emplacement.

En ressortant, une grosse moto s'arrêta devant moi.

— Kim ?

Je relevai la tête et ouvris grand les yeux en voyant une crinière châtaine et des yeux marron familiers.

— Clay ? Qu'est-ce que tu fais là ?

Je descendis les marches et m'approchai.

— Je viens m'enregistrer pour le festival. Tu m'as dit que tu étais du Dakota du Sud, mais pas que tu allais à Sturgis !

— Mon grand-père y habite. Tu vas participer au festival ?

— Oui, je fais partie d'un club de motards dans le Nord.

Je remarquai à présent sa tenue, identique ou presque à celle de tous les bikers. Je le contournai pour regarder le dos de son blouson où le nom de son club était inscrit.

— Free Souls. Pourquoi les Ames libres ?

— Ce n'est pas moi qui ai choisi, me dit-il en haussant les épaules.

— En tout cas, ça change du costume que tu portais quand on s'est rencontrés.

Il me sourit et haussa une nouvelle fois les épaules.

— Je suis expert financier, j'étais en voyage d'affaires, mais je suis revenu pour le festival que je ne manquerais pour rien au monde. Tu m'accompagnes à l'intérieur ?

J'eus à peine le temps d'accepter qu'un trio de bikers arriva dans l'artère centrale. Je reconnus tout de suite Tucker, ce qui me fit légèrement paniquer. Je regardai les deux autres, et le trouvai rapidement.

Alex regardait droit devant lui, ses yeux sombres rivés sur un point fixe. Il avait les cheveux courts et portait une barbe de quelques jours. J'avais presque oublié combien il était beau. Mon cœur s'arrêta l'espace d'un instant, pour ensuite repartir à toute vitesse. En prenant quelques années, Alex s'était encore embelli, mais la colère que je ressentis brusquement me fit revenir sur terre.

— Allons-nous-en, soufflai-je à Clay. Vite.

— Pourquoi ?

— Longue histoire.

Il mit son moteur en route et attendit que je m'installe derrière lui. Aller jusqu'à ma voiture m'aurait pris trop de temps et je me serais fait repérer. Et si j'étais entrée dans la mairie, j'aurais fini par les croiser puisque c'était le jour des inscriptions pour le festival — les Silence devant y tenir trois stands, Alex et les autres venaient sûrement pour s'enregistrer.

Clay recula un peu avant d'accélérer droit sur Alex. Merde ! J'aurais dû lui dire de prendre le sens inverse !

Lorsqu'on les croisa, je ne pus m'empêcher de le regarder. Il n'était plus un jeune garçon de dix-neuf ans. A présent, c'était un homme sexy contre qui j'étais de plus en plus en colère.

Alex tourna le visage vers moi, et je détournai la tête, la posant sur la veste en cuir de Clay. Mais je savais qu'il m'avait vue.

Mon estomac se noua.

Je n'étais pas prête. Je n'étais vraiment pas prête à lui faire face, même cinq ans après.

Chapitre 3

Clay s'arrêta au milieu de nulle part à la sortie du centre-ville, sur le bas-côté de la route, et ôta son casque. Je descendis de la moto et lui lançai un regard désolé. Je me sentais complètement stupide…

— Qu'est-ce qu'il s'est passé ? me demanda-t-il calmement.

Je haussai les épaules, et décidai de ne pas lui mentir.

— Il y avait quelqu'un que je voulais éviter. Je n'ai pas trouvé d'autre solution que de te demander de m'emmener. Je suis désolée.

— Ce n'est rien, même si j'aurais préféré que ce ne soit pas pour un des Silence.

Je le regardai appuyé contre sa moto, les deux pieds au sol. Clay était d'une beauté simple, agréable, mais c'était surtout sa gentillesse qui me plaisait.

— Comment tu sais que c'était pour un des SOD ?

— Parce que les trois motards qu'on a croisés se sont arrêtés en plein milieu de l'artère principale pour nous observer. Dois-je m'attendre à des représailles ?

Les guerres de clans étaient assez fréquentes, mais ce n'était jamais pour une fille qui n'était pas une de leurs compagnes.

— Non ! Non. Ne t'en fais pas, ils ne…

Clay me regarda, un sourire fleurissant sur son visage. Il plaisantait. Il se moquait ouvertement de moi. Il finit par éclater franchement de rire.

— Mon club fait parfois affaire avec eux. Je les connais assez pour savoir que les membres des Silence sont tranquilles. En tout cas, qui qu'il soit, et quoi que t'ait fait ce gars, il est complètement stupide. Le stéréotype des femmes françaises est une des rares choses que je trouve véridique. Tu es vraiment belle, Kim, et s'il t'a fait du mal, c'est qu'il n'en vaut pas la peine.

— Peut-être que c'est moi qui n'en vaux pas la peine. Tu ne me connais pas, tu ne peux pas savoir.

— Une fille terrifiée de prendre l'avion ne doit pas être si démoniaque.

Il attendit quelques secondes avant de continuer :

— Tu me laisserais apprendre à te connaître ?

Je réfléchis un instant, ne sachant pas quoi répondre. J'avais fait une croix définitive sur l'amitié fille-garçon à laquelle je ne croyais pas, mais Clay était si gentil que j'avais envie d'accepter.

— Peut-être bien.

— Ne te sens pas obligée de dire oui parce que je t'ai rendu service aujourd'hui.

— En réalité, je te dois deux faveurs. Tu oublies l'avion, en plus d'aujourd'hui. Tu as réussi à détourner mon attention alors que j'étais morte de peur.

— Je garderai donc ces deux faveurs en cartes jokers.

— « En cartes jokers » ? répétai-je sans comprendre.

— Oui, quand je sortirai mes cartes jokers, tu n'auras pas le droit de refuser ce que je te proposerai.

Je devais faire une drôle de tête car il rigola et secoua la tête.

— Ne t'en fais pas, ce ne sera rien de déplacé.

J'acquiesçai en souriant timidement. Au fond, je ne connaissais pas ce garçon et, au fil du temps, ma naïveté avait été remplacée par une grande méfiance.

— Je te ramène ? me proposa-t-il en me tendant son casque.

— C'est gentil, mais non. Je vais marcher un peu. Ça me fera du bien.

— Très bien, mademoiselle Vervel. Je te revois au festival si nos chemins ne se recroisent pas d'ici là ?

— Tout à fait, monsieur Crosswild.

Il ne prit pas la peine de remettre son casque, et partit sans rien ajouter.

Je regardai les quelques petites maisons qui bordaient la route 90. J'avais parcouru cette route des milliers de fois avec Alex, les cheveux dans le vent. Je m'étais alors sentie en vie, invincible et libre. Je soupirai. A ces souvenirs, mon cœur se serra ; l'avoir revu me perturbait bien plus que je ne voulais me l'avouer.

Cinq ans plus tôt…

Assise droite comme un « I » sur la moto d'Alex, je fermais les yeux pour mieux sentir la caresse du vent sur mon visage. Le soleil était bas dans le ciel. La balade à moto sur cette route large et droite était fantastique. Je commençais seulement à me poser des questions lorsqu'on sortit de Sturgis.

Je resserrai les bras autour de la taille d'Alex, et en profitai un peu pour l'étudier davantage. Son corps était ferme. J'imprimai mentalement chaque partie que je touchais comme pour mieux m'en souvenir lorsque je rêverais à nouveau de lui.

Je sentais parfaitement son odeur, mélange de parfum et de frais, qui m'enivra un peu plus. Tout chez lui me plaisait, mais c'était sûrement dû au fait qu'il me fascinait depuis plusieurs années à présent.

Ce ne fut qu'un quart d'heure plus tard que je compris où nous nous trouvions. La route n'était plus droite, mais sinueuse. Nous étions près du mont Rushmore, célèbre pour ses portraits des quatre Présidents les plus marquants de l'histoire des Etats-Unis, gravés à même la roche.

Alex finit par s'arrêter sur le bas-côté, non loin du parc régional. Il se retourna un peu pour m'observer tandis que je jetais un œil distrait aux sculptures. J'avais envie de sourire. Son regard me perturbait, et j'étais sûre qu'il le savait. Je sentais qu'il ne me lâchait pas des yeux. Je finis par croiser son regard sombre et haussai les sourcils, lui posant une question muette.

— C'est la première fois que tu viens ici ? me demanda-t-il.

— Comment tu le sais ?

— Tu sembles fascinée.

Le soleil se couchait. Les derniers rayons illuminaient le mont sur lequel se trouvaient les visages démesurés. S'il savait que la fascination qu'il voyait dans mes yeux était en réalité pour lui…

— Je ne suis pas fascinée par cet endroit, expliquai-je en regardant de nouveau les sculptures. Je trouve que c'est plutôt étrange de sculpter dans la roche des personnes décédées.

— Pour le peuple américain, ça a une signification particulière. Ces quatre Présidents ont changé l'histoire de l'Amérique. Mais ce n'est pas pour te faire un cours d'histoire que je t'ai amenée ici.

— Pourquoi, alors ?

Il posa sa moto sur sa béquille et en descendit pour se dégourdir les jambes tout en me faisant face.

— Je n'avais pas de destination précise au début, mais c'est ici que je viens chaque fois que j'ai envie de m'éloigner de Sturgis. Je pense que c'est l'habitude qui m'a fait te conduire jusqu'ici.

Son regard se posa sur la montagne au loin. De mon côté, je regardai son profil. Je cherchai un défaut, n'importe lequel, mais ne trouvai absolument rien. C'en était presque énervant.

— Qu'est-ce que tu viens chercher ici ?

— Le calme.

Il retira les clés de sa moto et me fit un léger signe de tête.

— Viens, suis-moi.

Je descendis de la Harley, et marchai à ses côtés le long de la route. Il finit par s'arrêter à côté d'une barrière qu'il sauta avec agilité. Derrière lui s'étendait le parc régional, très sombre en cette fin de journée.

— On a le droit de passer par là ? m'inquiétai-je.

— Ne t'en fais pas, ça en vaut le détour.

Je grimpai à mon tour la barrière en bois pour le rejoindre. Il accéléra le pas en gardant toujours un œil sur moi. Il avait contourné ma question, réalisai-je. Mais vu la rapidité de sa marche, notre intrusion était certainement illégale.

Alex s'engagea sur une pente assez raide, m'aidant souvent pour éviter que je ne tombe. *Mon premier rendez-vous est réellement étrange*, me dis-je en souriant. Devant moi, Alex grimpait avec agilité et assurance. Il savait parfaitement où nous allions, alors que tout ce que je voyais, c'étaient des arbres, de la terre et cette pente qui n'en finissait pas.

— On y est bientôt.

Il me tendit la main pour m'aider à monter sur un rocher. Je me noyai un instant dans son regard avant de réaliser qu'il attendait que je grimpe à mon tour sur ce fichu caillou. Ses mains étaient rugueuses, signe qu'il s'en servait beaucoup pour travailler. Je gardai sa main dans la mienne quelques secondes avant de me souvenir de la lâcher.

Je le vis sourire du coin de l'œil, comme si ma maladresse ne lui avait pas échappé — ce qui était sans doute le cas.

Deux minutes plus tard, les arbres disparurent, laissant place à une grande plate-forme en pierre qui offrait une vue magnifique sur le coucher de soleil et qui surplombait le parc entier. Il y avait du vert à perte de vue. C'était magnifique.

— Voilà ce que je viens chercher, me dit-il en écartant les bras. Le calme absolu, et ce paysage sublime.

Il mit les mains dans les poches de son jean et contempla la vue qui s'offrait à nous. Son regard sembla triste tout à coup, ou bien nostalgique, quelque chose entre les deux peut-être. Alex était le genre de garçon qui souriait et rigolait tout le temps, le voir perdre sa bonne humeur m'inquiéta légèrement.

— Tout va bien ?

Il me regarda comme s'il se souvenait de ma présence et retrouva son sourire immédiatement.

— Très bien.

Je fronçai les sourcils, lui montrant clairement que je ne le croyais pas. Il élargit un peu plus son sourire et passa son pouce entre mes sourcils pour effacer ma ride d'inquiétude. Je frissonnai légèrement, comme chaque fois qu'il me touchait.

— Tu me plais beaucoup, Kim.

Les battements de mon cœur accélérèrent brusquement. Zut ! Il ne pouvait pas prévenir avant de dire des trucs comme ça ?

— Mais... Pourquoi ? Enfin... Je veux dire... Tu ne me connais pas...

— Bien plus que tu ne le crois, m'assura-t-il en verrouillant son regard au mien avec un sérieux qui me décontenança. Je sais que ta couleur préférée est le violet. (Il me montra mon bracelet tressé et mes boucles d'oreilles de cette couleur.) Ce ne sont jamais les mêmes bijoux, mais ils sont toujours de couleur violette. Parfois, quand tu prends la peine de te maquiller, c'est aussi cette couleur que tu mets sur tes yeux. Je sais que tu as perdu ta première dent à cinq ans et que tu avais sept ans la première fois que tu es tombée de cheval. Que ton père est sénateur, et pourtant tu as horreur des personnes riches et arrogantes. Le moindre moment que tu trouves pour toi, tu le passes à t'évader en lisant. Généralement, un livre fantastique, parfois de la romance. Tu aimes monter à cheval, et tu adores ton grand-père. Tu aimes le chocolat, et ce pot de Nutella que tu rapportes chaque été de France. Tu es timide, réservée, et toujours perdue dans tes pensées. C'est vrai qu'il me manque pas mal d'infos sur toi, mais ton grand-père nous parle souvent de toi et j'ai l'impression de t'avoir toujours connue.

J'obligeai ma bouche à se refermer. C'était quand même assez flippant. Alex avait un œil de lynx. Lorsqu'il était dans les parages, mes yeux étaient sans cesse posés sur lui, alors comment avait-il fait pour m'observer et remarquer des choses comme ma couleur préférée, ou le type de romans que je lisais, sans que je m'en aperçoive ?

— D'accord, en fait, tu en sais pas mal. Je suis… surprise.

— Je t'ai beaucoup observée. Discrètement, contrairement à toi.

Je ris, gênée par cette remarque qui me définissait totalement. Je n'avais jamais été quelqu'un de discret.

— Mais moi, tout ce que je sais de toi se résume à ça : tu fais tout pour le club, tu as la main sur le cœur, et tu fais tomber toutes les filles à tes pieds. Mais c'est à peu près tout.

— Tu voudrais me connaître ?

— Oui, répondis-je après quelques secondes de silence. J'aimerais beaucoup.

Il me sourit, puis baissa la tête, ses cheveux bruns tombant sur son front.

Je n'en revenais pas d'avoir cette conversation avec lui, ici, alors que le soleil se couchait, que la vue était magnifique et que j'étais en présence du garçon le plus convoité de Sturgis. C'était surréaliste. J'allais sûrement me réveiller d'ici peu, regrettant que ce rêve soit fini.

— On ferait mieux de rentrer avant qu'il ne fasse complètement noir.

J'acquiesçai en me demandant si la conversation sur nous allait s'arrêter là. Apparemment, oui…

Nous descendîmes la grande colline beaucoup plus lentement. Il faisait assez sombre pour qu'on ne voie presque plus où nous marchions. Alex était prudent, tâtant le terrain avant de me signaler si on pouvait y aller. Je me cognais souvent contre son grand corps chaud, une sensation grisante d'euphorie atteignait alors mon cœur avant de se dissiper dans mon ventre comme des milliers de papillons. Cela durait seulement quelques secondes, mais mes sens en étaient chaque fois chamboulés. J'étais complètement folle. Folle de lui.

Une fois en bas, il m'aida à descendre la pente de terre glissante, puis on fila vers la barrière en bois que nous avions sautée. Lorsque je fus en haut de cette barrière, une petite lumière attira mon attention.

— Hé ! Qu'est-ce que vous faites ici ? cria un homme qui s'élançait vers nous avec une lampe torche — sûrement un garde forestier.

— Merde ! grogna Alex en sautant la barrière à son tour. Vite, Kim, cours !

Il me prit la main et détala en me faisant voler derrière lui. Il sauta littéralement sur sa moto, puis s'assura que j'étais bien derrière lui avant de mettre le moteur en marche. Il mit les pleins gaz, nous éloignant aussi rapidement que possible.

A l'arrière de la moto, j'étais complètement morte de rire. Je laissai ma tête reposer contre son dos, sans pouvoir m'arrêter. C'était la première fois que je bravais l'interdit, et la première fois que je me faisais poursuivre pour une bêtise que j'avais commise. Je sentis des vibrations émanant du large dos d'Alex. Il riait, lui aussi.

M'accrochant à sa taille, je souris, la tête en arrière pour respirer l'air à plein nez. La nuit était totalement tombée, et l'instant était parfait. J'avais l'impression qu'avec Alex, nous étions connectés, liés par une forte complicité.

Je lui plaisais, peut-être autant qu'il me plaisait, même si une petite voix intérieure me disait que je rêvais et que ce n'était pas possible. Mais les jumeaux m'avaient prévenue, et Alex me l'avait confirmé. Il ne ressentait sûrement pas pour moi des sentiments aussi forts que les miens, mais c'était un bon début qui suffirait à alimenter mes rêves les plus fous.

Je ne savais pas ce qu'allait donner cette nouvelle relation, ni même si nous allions dépasser le cap de la première soirée, mais ce premier rencard, en tout bien tout honneur, avait été parfait.

Comme lui.

Aujourd'hui…

Je secouai la tête pour me sortir de ces souvenirs qui me hantaient, et regardai partout autour de moi pour m'assurer qu'il n'y avait aucun SOD dans les parages.

Je remontai la rue jusqu'à ma voiture. J'avais enregistré le stand de mon grand-père pour le festival et récupéré les piquets. Il me manquait encore quelques courses, mais je ne voulais pas rester ici plus longtemps, de peur de le recroiser.

Je grimpai dans la Chevrolet, et j'eus à peine mis le contact que la portière côté passager s'ouvrit et que quelqu'un s'installa sur le siège.

— Tu allais partir sans me dire bonjour ?

Je ris doucement avant de me pencher et de prendre Mendy dans mes bras.

— Tu n'as pas changé d'un pouce ! m'exclamai-je. Comment tu vas depuis tout ce temps ?

La première fois que j'avais vu Mendy Anderson, je l'avais détestée. Je pensais qu'elle faisait partie des Brebis, mais ça, c'était avant que je la connaisse. A l'époque, elle avait les pointes de ses cheveux roses, ce qui contrastait avec le noir de ses racines — ses coiffures étaient toujours farfelues. Mendy avait un visage de peste, vraiment, mais en apprenant à la découvrir, j'avais découvert qu'elle cachait une grande sensibilité derrière son cœur de pierre. Aujourd'hui, le bout de ses cheveux était bleu, et elle paraissait beaucoup plus maquillée qu'à l'époque. Mis à part ça, elle avait toujours ces mêmes yeux marron profond, ce nez fin, ces hautes pommettes et cette taille de guêpe que je lui enviais.

— Très bien ! Tu rentres chez ton grand-père ? (J'acquiesçai.) Ça ne te dérange pas si je viens avec toi ?

— Non, bien au contraire.

Je mis le moteur en route et quittai le centre-ville pour rattraper les petites routes de campagne.

— Tu as beaucoup changé, Kim. Je n'arrive pas à croire que tu sois là. Tu es partie si soudainement !

— Je suis désolée.

Contrairement à ce qu'elle pouvait dire, je n'avais pas changé. Mes cheveux étaient toujours aussi bruns, mes yeux aussi marron, et j'étais toujours aussi petite, avec très peu de formes.

Une fois que j'avais appris à connaître Mendy, nous ne nous étions plus quittées. Nous avions pas mal de points communs toutes les deux, et notamment notre amour pour le Nutella. Mais bien des choses avaient changé depuis…

— Tu as pensé à rapporter du Nutella ? me demanda-t-elle avec un large sourire. (J'acquiesçai en rigolant. Finalement, les choses n'avaient pas tant changé que ça.) Alors, nous allons commencer par manger ce pot de chocolat, et ensuite, tu me raconteras tout ce qui s'est passé dans ta vie pendant ces cinq dernières années, ça te convient ?

— Parfaitement.

Après tout, mon retour à Sturgis ne pouvait pas être une si mauvaise chose…

Chapitre 4

— Tu te souviens de la fois où nous avions lancé des œufs sur la vieille épicerie de M. Washington parce qu'il avait refusé de nous vendre des cigarettes ? me demanda Mendy avant d'éclater de rire.

Assises sur la balancelle qui se trouvait à l'arrière de la maison, Mendy et moi nous remémorions les étés passés ensemble. Le noir qui soulignait ses yeux chocolat avait coulé au fur et à mesure de nos fous rires. J'avais vraiment fait les quatre cents coups avec elle. Elle m'avait manqué… Elle reprit une cuillerée de Nutella, et donna un petit coup de pied pour nous balancer doucement.

Elle m'apprit qu'elle avait quitté l'école et travaillait à présent dans un des bars de la ville, l'Easyriders.

— Pourquoi n'es-tu pas revenue avant ? s'enquit-elle, en repliant ses jambes contre elle.

— Je n'avais plus vraiment le temps, expliquai-je. Ma dernière année de lycée a été assez intensive, et ensuite, j'ai préparé ma rentrée à la fac, ce qui m'a pris pas mal de temps. Je savais qu'en venant ici, je n'aurais pas pu préparer mes études correctement. J'aurais été bien trop occupée par nos bêtises.

Ma dernière phrase la fit rire un court instant avant qu'elle ne reprenne son sérieux.

— Ce n'est pas à cause d'Alex ?

Je pris une grande inspiration et haussai les épaules.

— Il y a aussi de ça. Mais c'est du passé. J'ai fini par abandonner mes études, de toute façon. Et ensuite, mes parents ont préféré que je ne reste pas dans leurs pattes.

— J'ai toujours dit que tes parents étaient des crétins… Sans vouloir t'offenser.

Je lui souris en secouant la tête.

— Ouais, tu as sans doute raison.

— J'ai raison ! Ces gens sont pétés de tune, et ils ne peuvent même pas prendre soin de leur fille cadette. Du plus loin que je m'en souvienne, ils t'ont toujours négligée ! Ce sont des crétins.

— Tu m'as manqué, Mendy.

Elle me prit par les épaules et me serra contre elle.

— Toi aussi. (Elle reprit une dernière cuillerée de Nutella avant de refermer le pot.) Il y a une soirée à l'Easyriders ce soir. Ça te dit ? Je ne finis pas très tard, normalement. On pourrait donc prendre un verre ou deux et s'éclater un peu.

Je connaissais assez bien le bar dans lequel Mendy travaillait. Les serveuses étaient à moitié nues, et les clients bien différents de ceux du Broken Spoke — plus jeunes, plus aventureux aussi —, mais la musique y était meilleure.

— Va pour une soirée à l'Easyriders.

Sturgis est la capitale de tous les bikers ; le festival allait donc attirer des touristes du monde entier car les clans de bikers s'étendent aux quatre coins du monde, même s'ils ne sont pas connus par le reste de la « population ». Je savais donc d'avance que je passerais ma soirée entourée de bikers, et j'espérais fortement que les habitudes des SOD n'avaient pas changé. C'est-à-dire qu'ils continuaient d'aller au Broken Spoke.

— Il commence à se faire tard, tu me ramènes ? Mon service commence dans une heure.

Je me levai lorsque mon grand-père fit son apparition. Il haussa les sourcils en voyant Mendy et sourit.

— Ah, la turbulente !

— Eh oui, papy ! Me voici de retour !

Ils se prirent dans les bras avant que mon grand-père ne s'esclaffe.

— J'espère que vous ne recommencerez pas là où vous vous étiez arrêtées ! Je ne pense plus avoir la force pour vous sortir de vos pétrins habituels !

Vous ai-je dit que Mendy et moi avions fait les quatre cents coups ensemble ?

Cinq ans plus tôt…

Dans l'escalier, Mendy me poussa légèrement pour que j'avance.

— On ne devrait pas faire ça, chuchotai-je en la regardant.

— On va juste l'emprunter ! En plus, ce sont les Anciens qui t'ont appris à faire de la moto, il n'y a pas mieux comme professeurs. Allez, prends les clés !

— Mon grand-père pense que sa moto est digne d'être exposée dans le musée de Sturgis, Mendy. Il va me tuer quand il s'apercevra que je la lui ai piquée !

— Sauf s'il ne s'en aperçoit pas… Et puis, pour te rassurer, dis-toi que je suis là, avec toi, et que si on doit mourir, on sera toutes les deux.

— Pas vraiment rassurant, grognai-je en attrapant les clés qui se trouvaient sur la commode près de l'entrée.

Je ne savais pas vraiment pourquoi j'avais accepté ce nouveau défi imposé par Mendy. Chaque fois que nous préparions un coup, elle me disait qu'on ne se ferait pas avoir, bla-bla-bla… Mais on finissait toujours par se faire attraper.

Après lui avoir raconté la balade que j'avais faite avec Alex, elle s'était plainte de n'être jamais montée à moto. L'imbécile que j'étais lui avait rétorqué que si j'avais eu le droit de conduire la Harley de mon grand-père, alors on serait allées faire un tour… Que n'avais-je pas dit ? Mendy avait vu l'opportunité de relever un nouveau défi.

Les portes de la grange grincèrent horriblement. Mon grand-père et les Anciens se trouvaient à l'arrière de la maison, buvant et parlant du bon vieux temps.

Lorsque les portes furent grandes ouvertes, je poussai la très lourde moto hors de la grange, puis jusqu'à la route. Avec un peu de chance, nous passerions ni vu ni connu.

Mendy sautait dans tous les sens, excitée par cette virée à deux sur cette Harley légendaire, tandis que je ne pensais qu'à une chose : Je suis morte.

Je poussai encore l'engin quelques minutes avant de mettre la béquille et de monter dessus. Mendy frappa dans ses mains, les yeux pétillants de joie.

— Je n'arrive pas à croire que tu m'emmènes en balade en Harley !

— Monte, grognai-je en regardant autour de nous, craignant que mon grand-père ne débarque d'un instant à l'autre.

Mendy monta derrière moi. Je ne savais pas quelle image donnaient nos petits corps sur cette énorme moto, mais j'imaginais parfaitement combien ça pouvait paraître insolite.

Je mis le moteur en route. Il fit un bruit monstrueux et je paniquai. Si mon grand-père ne nous avait pas entendues jusque-là, j'étais sûre qu'à présent, c'était chose faite.

J'enlevai la béquille et faillis perdre l'équilibre avant d'accélérer doucement sur la longue route. Mendy couinait d'excitation derrière moi, m'enserrant fortement la taille.

Prenant un peu plus d'aise, j'accélérai, faisant rugir le moteur. Généralement, les bikers personnalisaient leurs motos et les considéraient comme leurs bébés ; la Harley de mon grand-père était reconnaissable entre toutes. J'étais définitivement foutue.

Nous roulions depuis un long moment quand je sentis mes bras faiblir. La moto ralentit tout à coup.

— On s'arrête ? me demanda Mendy en passant son visage par-dessus mon épaule.

— Mendy… On n'a plus d'essence !

— Oh ! oh…

Je lâchai tous les jurons possibles dans ma tête. Si j'avais encore un espoir de rentrer chez mon grand-père sans me faire prendre, il s'était à présent envolé.

— Comment on va faire ?

Je m'arrêtai sur le bas-côté, mis la béquille et descendis de la moto en regardant Mendy.

— Qu'est-ce que j'en sais ?

Je passai les mains dans mes cheveux, réfléchissant à toute vitesse. Nous avions passé depuis longtemps les dernières habitations. A l'exception des champs, il n'y avait absolument rien autour de nous, et laisser la moto seule était hors de question.

— Il faut aller chercher de l'essence, me dit-elle comme si elle avait eu l'idée du siècle.

— Sans blague ?

Je soupirai et me frottai le visage pour tenter de faire disparaître la nervosité qui m'assaillait.

— On n'a qu'à faire de l'auto-stop ! proposa-t-elle.

— Tu vois une voiture dans les parages ?

— Non, mais une moto, oui.

Je me tournai vers la direction qu'elle pointait, et aperçus effectivement deux motos qui roulaient dans notre direction.

— Mets ton décolleté en avant et prends une pose aguicheuse, me suggéra-t-elle en mettant en pratique ses conseils.

— C'est hors de question ! Qui te dit que ces bikers ne sont pas des pervers ?

— Au moins, on attirera l'attention de quelqu'un.

Mendy descendit de la moto, remonta ses seins et mit ses fesses en arrière. Une vraie pin-up. Je secouai la tête, souhaitant courir me cacher au fin fond des champs. Lorsque les motos furent assez proches de nous, je pris Mendy par les épaules.

— Arrête de faire ton cinéma, Mendy ! C'est Alex !

— Oh, mon Dieu !

Elle prit une pose qui se voulait naturelle, mais c'était tout sauf naturel. Dans une autre situation, je me serais moquée d'elle, mais vu les circonstances…

Les deux motos ralentirent avant de s'arrêter à nos côtés. Je mis un instant avant de reconnaître Tucker, grâce à son grain de beauté. Alex coupa son moteur et me sourit.

— Tout va bien ? nous demanda-t-il sans me quitter des yeux.

— Oui, parfaitement bien.

Tucker siffla avant de descendre de sa moto et de faire le tour de celle de mon grand-père.

— Tu conduis la légende, murmura-t-il, admiratif.

Mendy s'exclama :

— On est en panne au milieu de nulle part, donc non, tout ne va pas bien !

Si j'avais eu des pouvoirs magiques, j'aurais claqué des doigts pour la faire taire.

Alex jeta un coup d'œil à Mendy, puis à la moto, avant de me regarder, les yeux pétillants d'amusement.

— Tu as décidé de faire une virée avec la moto de ton grand-père sans avoir vérifié la jauge d'essence ?

— Quelque chose comme ça, oui, grognai-je.

Les deux garçons éclatèrent de rire. Alex finit par secouer la tête.

— Ton grand-père est au courant ?

— Hm, hm.

J'étais trop embarrassée pour lui dire la vérité. Et vu son léger froncement de sourcils, il ne me croyait absolument pas. Il finit tout de même par me faire un signe de tête.

— Monte, je t'emmène à une pompe à essence.

Je m'installai derrière lui le cœur battant, puis le remerciai tout en passant les mains autour de sa taille. Il demanda à Tucker de rester avec Mendy le temps qu'on fasse l'aller-retour.

Alex nous propulsa en avant, roulant rapidement jusqu'à l'entrée du centre-ville où se trouvait une station-service. Je descendis de la moto et me trouvai soudainement complètement stupide.

— Je… Je n'ai pas pris d'argent avec moi.

Il haussa les épaules et sortit son portefeuille. Je me sentis terriblement mal. Nonchalamment, Alex inséra sa carte bancaire dans la machine, puis s'empara d'une bouteille d'eau dans son petit coffre. Il la vida entièrement avant de la remplir d'essence.

— Merci beaucoup pour ton aide, soufflai-je, les mains dans les poches, me sentant complètement inutile.

Alors qu'Alex était occupé à remplir la bouteille, j'en profitai pour le reluquer sans gêne.

— Je t'en prie, me dit-il en refermant la bouteille.

Il me regarda.

— Ton grand-père n'est pas au courant…

— Non, avouai-je en me mordant les lèvres.

Il remit la bouteille dans son petit coffre et me fit face.

— Je m'en doutais, tu n'étais pas très convaincante tout à l'heure.

Je souris, mal à l'aise. Son regard me perturbait au plus haut point.

— Tu accepterais de sortir à nouveau avec moi, ce soir ? me demanda-t-il.

Je haussai les sourcils, étonnée. Je ne savais pas si c'était une bonne idée. La veille, lorsqu'il m'avait raccompagnée, il ne m'avait pas embrassée, bien qu'il m'ait avoué plus tôt que je lui plaisais. Je me demandais donc ce qu'il cherchait vraiment. La curiosité finit par l'emporter.

— Oui, si mon grand-père ne m'a pas tuée avant.

Il rigola en se pinçant l'arête du nez.

— Je passerai te prendre à la même heure qu'hier. On ira manger ensemble. Enfin… Si William ne t'a pas tuée, bien sûr.

Je détournai mon regard du sien, qui était un peu trop intense pour moi. C'était presque insoutenable.

Il me fit signe de remonter sur sa moto, et je m'exécutai. Il me mit son casque sur la tête et me l'attacha. Il était près de moi, trop près. J'avais l'impression d'être ivre, impression qui me fit complètement perdre pied. Je ne voyais plus que lui.

Après m'avoir souri, il monta sur sa moto et me ramena auprès de Mendy. Bien sûr, lorsqu'on rentra à l'exploitation, mon grand-père était fou furieux. Toto, lui, me félicita, discréditant complètement William qui ne cessait de me dire que j'allais causer sa mort prématurée.

Je tentai de me concentrer sur l'instant présent et les remontrances de mon grand-père, mais mes pensées revenaient sans cesse à une seule et unique chose : mon deuxième rendez-vous avec Alex, le soir même…

Aujourd'hui…

Mendy avait quitté son cocon familial peu sain, pour vivre dans un immeuble qui semblait tout aussi peu sain. Sa mère était alcoolique, comme la moitié des habitants de Sturgis, et j'étais plutôt fière qu'elle se soit prise en main.

— Je te proposerais bien de monter à la maison mais c'est le bazar total, alors je ne préfère pas, me dit-elle en grimaçant.

— Une prochaine fois.

Elle acquiesça et sortit de la voiture.

— A ce soir ? On a encore pas mal de choses à rattraper depuis tout ce temps.

J'acquiesçai à mon tour et la regardai s'éloigner. Son mini-haut et son jean taille basse dévoilaient son corps de rêve. Je comprenais parfaitement que le gérant du bar Easyriders l'ait embauchée. Elle était le genre de fille idéale pour ce job, même si j'étais persuadée qu'elle pouvait trouver mieux.

Je quittai le quartier pour me rendre sur Main Street, où se déroulerait le festival. La banderole « Welcome Bikers » y était déjà accrochée, ainsi que les publicités des sponsors — la plupart étant des marques d'alcool ou d'accessoires motoristes.

Je me garai à côté de notre emplacement pour le festival et déchargeai tout le matériel pour pouvoir installer la tente. Bientôt, cet endroit serait noir de monde, mais, pour le moment, seules quelques personnes occupaient la rue.

Je ne mis pas longtemps à monter la tente et je m'éloignai un peu pour vérifier qu'elle était bien droite. Il ne manquait que les présentoirs et les chaises.

— Tu n'aurais pas dû le faire toute seule. On a des Prospects pour faire ce genre de boulot.

Je sursautai et me retournai au son de cette voix familière. Tucker me sourit et me prit dans ses bras. Je me raidis et regardai par-dessus son épaule, effrayée à l'idée de croiser Alex une deuxième fois, mais Tucker semblait seul.

— Comment tu vas, Princesse ?

Il me relâcha et mit les mains dans ses poches en attendant ma réponse.

— Très bien.

Tucker avait laissé pousser légèrement sa barbe blonde et ses cheveux. Il n'avait pas vraiment changé : ses yeux bleus semblaient toujours aussi las. J'avais toujours adoré Tucker, mais bien des années s'étaient écoulées.

— Ça fait combien de temps que tu es arrivée ?

— Deux jours.

Il s'appuya contre la vieille Chevrolet, et prit une grande inspiration.

— Je suis content de te revoir. Je ne sais pas ce qui t'a poussée à revenir, mais ça me fait vraiment plaisir.

— Moi aussi.

Je lui souris et m'appuyai contre la voiture, à ses côtés.

La situation me paraissait étrange, comme s'il y avait entre nous une distance qu'aucun de nous deux ne parvenait à effacer. Ces cinq années avaient creusé un profond fossé, éloignant même les gens que j'aimais.

— Kim... Je suis conscient que voir Alex est la dernière de tes priorités, mais si je suis là, c'est aussi pour te dire que je ne pourrai pas le retenir indéfiniment. Il a été aussi surpris que moi de te croiser tout à l'heure, et il va forcément vouloir te parler. Je pourrai faire diversion pendant un temps, mais avec le festival qui arrive...

— Ne t'en fais pas pour ça, Tucker, j'en suis consciente.

J'attendis un instant, mais je ne pus m'empêcher plus longtemps de l'interroger.

— Comment il va ?

— Il va bien. Mais ç'a été le bordel après ton départ, me dit-il en soupirant et en passant un bras autour de mes épaules. C'est du passé, maintenant. Tu as vu Mendy depuis ton retour ?

— Oui, et je la retrouve ce soir.

Il marmonna quelque chose d'incompréhensible et secoua la tête. Une moto s'arrêta non loin de nous. C'était un jeune garçon qui portait le blouson des Silence avec l'inscription « Prospect » dans le dos. Ils échangèrent un regard, puis Tucker se releva.

— Je dois y aller. Je te dis à ce soir, alors !

Il fit quelques pas en direction du Prospect et se retourna.

— Je suis vraiment content que tu sois de retour.

J'acquiesçai tout en réfléchissant à ce qu'il venait de dire : « *A ce soir* » ? Pourquoi ce soir ? Comment pouvait-il savoir que j'allais à l'Easyriders ? Allait-il venir avec… l'autre ?

Bordel de merde.

Chapitre 5

Cinq ans plus tôt…

— Tu te rends compte que tu vas sortir une deuxième fois avec Alex Miller ? Kim, tu te rends compte ? ALEX !

— S'il te plaît, Mendy, moins fort. Et je t'en prie, arrête de me mettre encore plus de pression. Je m'en mets déjà bien assez comme ça !

Elle se leva de mon lit et regarda par la fenêtre en rigolant.

— Très bien, mais je veux tous les détails !

Mon grand-père nous avait envoyées dans ma chambre et cajolait sa moto dans la grange en boudant. Toto nous avait vraiment sauvé la mise cette fois-ci, mais j'étais sûre que j'en entendrais parler pendant longtemps.

— Qu'est-ce qu'il va se passer, tu crois ? m'enquis-je en m'asseyant sur la chaise du bureau et en tapant nerveusement du pied.

Premier ou deuxième rendez-vous, j'étais tout aussi stressée.

— Bisous ? Câlin ? Virée à moto ? Les trois à la fois peut-être ? proposa Mendy.

Je secouai la tête et décidai de me taire. Mendy me fichait encore plus la trouille.

— Kim, je sais que tu es vierge, c'est presque inscrit sur ton front. Mais rassure-moi, tu as déjà embrassé un garçon, n'est-ce pas ?

Je lui répondis en chuchotant :

— Oui, en primaire.

— Quoi ?! s'exclama Mendy en se frappant le front.

Elle s'assit sur le bord de mon lit et me regarda comme si je venais d'avouer un crime.

— Entraîne-toi avec moi !

— Tu plaisantes, n'est-ce pas ?

— Non. Ne t'en fais pas, j'embrasse très bien, il n'y a pas meilleur professeur que moi.

— Je ne vais pas avoir mon premier baiser avec toi, Mendy !

— C'est courant entre copines ! Ça ne veut rien dire, c'est juste pour t'entraîner.

— C'est hors de question !

— Quelle rabat-joie !

J'éclatai de rire et secouai la tête. Les idées folles de Mendy me surprendraient toujours…

Une fois qu'elle fut partie quelques heures plus tard, je me rendis à l'écurie pour me détendre près des chevaux. Ensuite, je rentrai et croisai mon grand-père ; ses mains étaient noires : il avait dû bricoler sa moto.

— Tu as de la chance, tu ne l'as pas abîmée, grogna-t-il. Mais comment tu aurais fait si tu avais croisé la police ?

— Désolée, papy.

— Comme toujours, n'est-ce pas ?

Il me sourit et secoua la tête.

— Je me demande déjà quelle sera ta prochaine bêtise. J'avoue quand même que je pensais que tu me piquerais ma moto bien avant aujourd'hui.

— Comment tu le savais ?

— Les Anciens ont parié que tu irais faire une virée avant la fin de l'été.

Cela ne m'étonnait pas, surtout venant de Toto, qui m'encourageait dans tout ce que je faisais, même les bêtises. D'après lui, c'est en faisant des erreurs qu'on trouve son chemin.

— J'ai une réunion ce soir, me dit mon grand-père en changeant de sujet. Je ne mangerai pas ici. Ça ira pour toi ?

J'acquiesçai sans préciser que je ne serais pas là moi non plus.

Lorsqu'il quitta la maison, je me préparai rapidement et attendis dans le salon. Vers 20 heures, j'entendis le bruit d'une moto s'arrêtant devant la maison. J'ouvris la porte, l'estomac noué. Alex descendit de sa moto, et m'attendit les mains dans les poches. Je sortis en fermant la porte derrière moi et pris le casque qu'il me tendait, mais lorsque je voulus monter à l'arrière de sa moto, il me prit par les hanches et me fit asseoir à l'avant.

— Tu conduis, me dit-il en montant derrière moi.

— Sérieusement ? Tu n'as pas peur que je nous tue ?

Il rigola dans mon dos et tendit les bras pour attraper le guidon.

— Ne t'en fais pas, je peux toujours reprendre le contrôle.

La moto d'Alex était noire, simple, du moins pour le moment. Il la personnaliserait certainement à son tour dans quelques années.

Je mis le moteur en route, nerveuse au plus haut point. Monter avec lui à moto était une chose. Conduire sa moto avec lui derrière moi en était une autre. J'étais dans un état second.

Je m'exhortai au calme pour la millième fois, mais près de lui, je ne répondais plus de rien.

Il posa les mains sur mes hanches et enleva la béquille. J'accélérai en me concentrant sur la route, souhaitant lui prouver que j'étais une bonne conductrice. Même si je n'avais pas mon permis.

Il m'indiqua les directions au fur et à mesure, puis il me demanda de m'arrêter devant un restaurant-bar : l'Easyriders.

Il n'y avait pas de vrais restaurants à Sturgis, seulement des bars et quelques fast-foods. Il fallait sortir de la ville et faire pas mal de kilomètres pour trouver un bon restau digne de ce nom.

J'étais ravie de ne pas retourner au Broken Spoke, où l'agitation était un peu trop forte pour moi, mais je déchantai quand je repérai les serveuses à moitié nues. Cela ne sembla pas perturber Alex ; il ne les regarda même pas.

On nous installa dans un coin assez reculé pour nous offrir un peu d'intimité. Alex était aux petits soins avec moi, comme s'il ne savait pas trop comment s'y prendre. S'il savait qu'il n'avait besoin de faire aucun effort pour me subjuguer…

Il me posa beaucoup de questions sur moi, sur ma vie en France, ainsi que sur mes ambitions. En revanche, il ne me laissa lui poser aucune question sur lui ; chaque fois, il les esquivait pour ne pas y répondre, comme s'il préférait garder sa vie secrète.

Après avoir dîné, on ne reprit pas la moto. On marcha jusqu'au musée de Sturgis, ouvert presque vingt-quatre heures sur vingt-quatre.

— Je sais que tu veux devenir Intermédiaire des Silence, mais qu'est-ce que tu veux faire ensuite ? lui demandai-je.

— Je suis en train de négocier le prix du garage du centre-ville. Le club me soutient et m'aide financièrement pour que je puisse le racheter. Ça nous permettra de faire pas mal d'économies sur les réparations de nos motos.

On s'arrêta devant l'exposition de la toute première Harley-Davidson créée. Mais les motos ne m'intéressaient pas : toute mon attention était dirigée sur Alex. Lui seul me captivait.

— Et ta famille ? Elle te soutient ?

— Je n'ai plus que mon père, mais… Ce n'est pas un modèle dans cette fonction. Les Silence sont ma famille à présent.

Je comprenais son attachement au club, mais son explication voulait dire tout et rien à la fois.

— C'est pour ça que tu veux entrer dans le club des Silence of Death ? Pour avoir une famille ?

— On peut dire ça, oui.

Il se tourna vers moi et plongea son regard sombre dans le mien. Il me dévisagea un petit moment, comme s'il cherchait quelque chose au fond de mes yeux, puis il se pencha et m'embrassa.

J'eus l'impression de suffoquer pendant un instant, mais je me détendis immédiatement lorsqu'il prit mon visage dans ses mains. Je ne savais pas trop ce que je faisais. J'étais sûrement maladroite. Il finit par vraiment prendre les choses en main, et je n'eus plus qu'à le suivre.

Ses lèvres étaient douces et sa langue chaude. Des millions de pensées me traversèrent l'esprit, mais je les fis taire. J'embrassais Alex. Le garçon qui m'obsédait jour et nuit depuis plusieurs années maintenant.

Ses lèvres sur les miennes, son souffle chaud se mêlant au mien... Désormais, c'était tout ce qui comptait.

Aujourd'hui...

J'hésitai à entrer. Quelques motos étaient garées sur le parking du restaurant, mais cela ne voulait pas forcément dire qu'Alex serait là.

Je me décidai finalement à franchir le seuil. Une fois à l'intérieur, je fouillai la salle du regard pour repérer des visages familiers, mais aucun ne fit battre mon cœur. Une serveuse brune presque entièrement dévêtue passa devant moi et souffla :

— La salope de Princesse est de retour, super...

Je haussai les sourcils et accusai le coup, puis décidai d'ignorer sa remarque. Mon histoire avec Alex était encore à l'ordre du jour, apparemment. Avoir été la petite amie du garçon le plus convoité de Sturgis avait forcément attiré les foudres sur ma personne.

Mais j'étais loin de me douter que ces foudres continueraient de s'abattre aujourd'hui.

La crinière blonde et décoiffée de Mendy apparut devant moi. Un plateau vide à la main, elle me prit par le bras en souriant et m'installa à une table. Habillée d'un mini-haut sous lequel il apparaissait clairement qu'elle ne portait pas de soutien-gorge, ainsi que d'un minishort vraiment indécent, elle semblait complètement à l'aise dans ce restaurant.

— Qu'est-ce que tu veux manger ? demanda-t-elle.

— Je n'ai pas très faim. Je vais juste prendre à boire. Ce que tu veux.

— D'accord, je te rapporte ça tout de suite. Je finis dans une heure, ça ne te dérange pas d'attendre tout ce temps ?

— Non, je ne bouge pas.

— Super. Si tu as besoin de quoi que ce soit, appelle-moi.

J'acquiesçai et la regardai filer vers une autre table. Un homme bourru lui claqua les fesses lorsqu'elle passa à côté de lui. Elle secoua la tête et continua son chemin en riant.

Elle revint deux minutes plus tard avec un cocktail dont le contenu m'était totalement inconnu. Je la remerciai et sirotai tranquillement mon verre en observant les gens.

Jusqu'à ce qu'un groupe de garçons fasse son entrée dans le restaurant. Je reconnus immédiatement Trick et Tucker, qui faisaient désormais partie intégrante des Silence. L'inscription « Prospect » avait disparu de leur blouson en cuir, remplacée par le logo des Silence of Death et par la mention « Sturgis Black Hill Motorcycle Club ».

Alex entra en dernier et fouilla la salle du regard. J'hésitai entre me jeter sous la table ou tout simplement l'ignorer. Me jeter sous la table était hors de question, mais mes yeux ne semblaient pas vouloir se détacher de lui non plus.

Mon cœur rata un battement lorsqu'il accrocha mon regard.

Entièrement vêtu de noir, son blouson sur le dos, il ne bougea pas d'un pouce et me regarda sans cligner des yeux. Pourquoi fallait-il qu'il soit aussi beau ? Même après toutes ces années, j'étais encore subjuguée par lui. Comme s'il était un aimant et qu'une force invisible voulait me projeter contre lui.

Une des serveuses les accueillit en souriant avant d'embrasser Alex à pleine bouche. Je détournai le regard. Cette douche froide m'aida à reprendre mes esprits. Les trois bikers s'installèrent à une table et je ne pus m'empêcher de les observer ; cela me perturbait bien plus que je ne l'aurais voulu.

Tucker finit par venir me voir avec un regard désolé. Il s'assit en face de moi et but dans mon verre comme au bon vieux temps.

— Pardonne-moi, Kim, c'était prévu qu'on vienne ici. J'ai essayé de les faire changer d'avis, ce qui a soulevé des questions, et le Prospect qui était avec moi tout à l'heure a ouvert sa grande gueule. Il n'en a pas fallu plus pour qu'Alex ne veuille plus aller nulle part qu'ici.

— Pourquoi il veut me voir, Tuck ?

Il prit une grande inspiration et haussa les épaules. Il attrapa une de mes mains et embrassa mes doigts.

— Je te l'ai dit, après ton départ, ç'a été le bordel total. Alex…

Il secoua la tête et ne finit pas sa phrase.

— Je pense que vous devriez avoir une conversation.

— Non, il n'y a rien à dire et tu le sais.

— Ce n'est pas ce qu'il pense.

— Je me fiche de ce qu'il pense.

Il se leva, m'embrassa sur la tempe et je sentis sa barbe picoter ma peau. Il me sourit tristement.

— Ça fait peut-être cinq ans que tu n'es pas venue, mais depuis qu'il sait que tu es de retour, dans sa tête, c'est comme si tu étais partie hier.

Je vidai mon verre d'un trait, et me levai à mon tour.

— Pour moi, cela fait cinq ans. Tout ça, c'est du passé. Et je ne veux plus vivre dans le passé, je veux avancer.

— Ouais… Ça risque d'être compliqué.

Il me caressa la joue et dit en haussant les sourcils :

— Tu sais que tu peux compter sur moi. Je retourne vers mes gars mais n'hésite pas, d'accord ? J'espère que ton aversion pour lui ne déteindra pas sur moi.

— Jamais, Tucker. Je n'ai jamais eu de raison de t'en vouloir, ne t'en fais pas.

Il s'éloigna de quelques pas, mais je l'interceptai.

— Tuck ? Félicitations pour ton entrée officielle dans le club.

Il me fit un grand sourire et me montra fièrement son dos.

Déposant un billet sur la table, je sortis du restaurant sans regarder vers eux. Je me rendis dans le seul endroit encore ouvert à cette heure-ci, en dehors des bars : le musée. Il semblait n'y avoir personne à l'intérieur, à l'exception d'un surveillant qui me salua d'un signe de tête.

Traversant le musée lentement, je regardais l'heure toutes les deux minutes, comme si cela pouvait la faire avancer plus rapidement. Mendy ne finissait que dans un quart d'heure, mais le temps me paraissait terriblement long. Je m'arrêtai devant la première Harley créée, en fin de parcours, et restai debout, fixant le vieil engin, perdue dans mes pensées.

— Je savais que je te trouverais ici.

Cette voix… Chaude, grave et toujours aussi sensuelle que dans mes souvenirs. De grandes vagues de frissons remontèrent le long de mon dos, et mon estomac se contracta d'anticipation. L'idée de l'affronter me terrifiait.

Je ne me retournai pas. Je continuai de fixer l'engin. J'essayais de ne rien laisser paraître, mais chaque muscle de mon corps était tendu. Je ne dis rien, l'esprit en alerte. Je n'avais pas besoin de le voir pour savoir exactement où il se trouvait, à quelle distance de moi. Cette connexion qu'il y avait auparavant entre nous existait toujours.

— Ne m'ignore pas, Kimi.

Prenant une grande inspiration pour me donner du courage et pour estomper ces minuscules tremblements que provoquait le son de sa voix, je répondis, sans me retourner :

— Je ne t'ignore pas, mais ne m'appelle plus jamais comme ça.

— Je ne t'appellerai jamais autrement, il faut que tu t'y fasses.

Il soupira et garda le silence un long moment avant que je n'entende le frottement du cuir de sa veste. Il se déplaçait. Je l'imaginais parfaitement passer une main dans ses cheveux comme il le faisait à l'époque, chaque fois qu'il hésitait ou que la situation le dépassait.

— Si tu ne m'ignores pas, pourquoi est-ce que tu me fuis ?

— Je ne te fuis pas.

Je savais aussi que mes paroles allaient l'agacer, et c'était ce que je cherchais. Alex était un faux calme ; il pouvait s'énerver assez vite. Il ne s'était jamais vraiment énervé contre moi. En général, il partait toujours un peu avant que la colère ne le gagne totalement.

— Arrête ça. Je vois parfaitement à quoi tu joues, je te connais, Kimi, et on dirait que tu n'as pas changé.

Je le sentis s'approcher de moi, ce que je voulais à tout prix éviter. Alors que je me retournais pour lui faire face, je fus frappée par la beauté de son visage, si parfait à mes yeux.

— Ça fait cinq ans, Alex, crois-moi, j'ai changé. Je ne suis plus l'adolescente de dix-sept ans naïve et stupide que j'étais à l'époque. Donc non, je ne t'ignore pas, et je ne te fuis pas. Je ne veux simplement plus rien avoir affaire avec toi.

Je vis parfaitement l'instant où il passa en mode chasseur. J'avais horreur de ça, parce que la proie, c'était moi. Il s'était approché de moi pendant que je parlais, le regard déterminé et l'air un peu contrarié.

Mon cœur battait la chamade, mais le sentiment prédominant était la colère.

— Que s'est-il passé pour que tu me haïsses à ce point ?

J'eus un mouvement de recul, choquée par sa réponse. J'étais à la fois frustrée et étonnée.

— Est-ce que tu te fous de moi ?

Il secoua la tête et tenta de prendre ma main, mais je me dérobai avant qu'il puisse me toucher.

— Tu es partie sans rien dire…

— Comme je te l'ai expliqué, je ne suis plus la fille naïve et stupide que tu as connue. Et je ne serai plus jamais ta Brebis.

Je le contournai pour m'éloigner aussi rapidement que possible de lui, mais il me rattrapa par le bras et me força à lui faire face. Ses sourcils étaient froncés, son regard perdu. Il approcha son visage à quelques centimètres du mien.

— Je ne t'ai jamais considérée comme une Brebis, Kimi. Jamais.

Ma dernière remarque semblait l'avoir beaucoup plus énervé que mes pauvres tentatives quelques minutes plus tôt.

Je secouai la tête et me dégageai de sa poigne, avant de lui tourner définitivement le dos.

Quelque part au fond de moi, quelque chose vacilla. Mon cœur se serra.

Peu importe le nombre d'années qui s'étaient écoulées, la blessure de mon premier amour ne guérirait jamais tout à fait…

Chapitre 6

Je tombai sur les jumeaux en sortant du musée. Tucker soupira et entra dans le bâtiment, agacé. Quant à Trick, il me regarda en souriant et me dit :

— Tu es revenue pour retourner la merde, c'est ça ?

— Je n'ai rien demandé, Trick. Je n'ai rien retourné du tout, et c'est toi qui as créé toute cette merde, au cas où tu l'aurais oublié.

Il s'esclaffa et secoua la tête en gardant son stupide sourire. Autant j'adorais Tucker, autant je détestais son frère jumeau.

— Tu as raison. J'ai toujours pensé que tu n'avais pas ta place parmi les régulières du club. Et c'est toujours le cas. Tu ferais mieux de rester loin de nous, Princesse.

— Je ne demande que ça, crétin.

Je m'éloignai de lui d'un pas rapide et rejoignis la vieille Chevrolet où Mendy m'attendait. Quand elle me vit, elle leva les bras au ciel.

— Mais t'étais où ? Je me suis demandé si on ne t'avait pas enlevée ! Tu sais ce qu'aurait dit ton grand-père ? Ça aurait encore été ma faute !

Je m'arrêtai à quelques pas d'elle et éclatai de rire. C'était un rire incontrôlable, comme si quelqu'un avait pris possession de mon corps, parce que j'avais envie de tout, sauf de rire. Quand une larme coula sur ma joue, Mendy souffla un « oh », puis en souffla un autre quand elle aperçut les garçons plus loin derrière moi.

— Monte dans la voiture et file-moi les clés, me dit-elle doucement.

Je me ressaisis et fis ce qu'elle m'avait dit, sans toutefois cesser de sourire. J'avais l'air d'une idiote absolue à sourire ainsi, mais c'était plus fort que moi.

Mendy fit marche arrière et nous éloigna rapidement du bar. Elle garda le silence, et je pus reprendre mes esprits petit à petit.

Il m'avait brisée, comment pouvait-il avoir oublié ce qui s'était passé ?

Je regardai les lumières des lampadaires défiler dans la nuit, le visage d'Alex imprimé dans ma rétine. Aimer, c'est prendre le risque de souffrir : c'était ce qu'il m'avait appris. Ça faisait cinq ans, merde ! Et pourtant, la douleur était toujours présente.

Cinq ans plus tôt…

— Il t'a embrassée ? s'exclama Mendy, allongée sur mon lit.

— Purée, Mendy ! Moins fort !

— Tu es sûre que tu ne veux pas m'embrasser ? Comme ça, je pourrais l'embrasser moi aussi par procuration !

Je lui lançai un oreiller au visage, ce qui la fit rire. Je m'allongeai à ses côtés, puis regardai le plafond blanc.

— Qu'est-ce qui me dit qu'il ne me considère pas comme une de ses Brebis ?

— Le temps, chérie. Tu le sauras avec le temps. Mais si tu veux vraiment être une régulière, il va falloir sortir les griffes et montrer qui tu es.

— Comment ça ?

Elle s'assit et me regarda sérieusement.

— Toutes les Brebis qui courent derrière Alex ne vont jamais accepter qu'il ne soit plus un cœur à prendre. Donc si tu veux affirmer ta place de régulière, il va falloir leur montrer que tu es la fille.

— Je ne vais pas me battre avec toutes les filles de la ville !

— C'est toi qui vois, mais si tu ne le fais pas, je ne donne pas cher de votre relation. Mais au moins, tu pourras dire que tu auras eu un échange d'ADN avec le mec le plus sexy de la ville.

Je soupirai et passai les mains sur mon visage. Elle avait raison, et je le savais, mais tant que je n'étais pas sûre de ce que voulait réellement Alex, je ne pouvais pas revendiquer ma place.

Le lendemain, au festival, j'avais l'esprit ailleurs. Mon regard n'arrêtait pas de revenir au stand des SOD, situé sur le trottoir d'en face, où Toto faisait le clown avec les Prospects, dont Alex. Ce dernier semblait considérer que nous étions ensemble. Chaque fois qu'il en avait l'occasion — lorsque mon grand-père s'affairait à autre chose —, il venait me voir et m'embrassait. C'était aussi excitant qu'enivrant. J'aurais voulu que ces instants durent toujours.

— Tout va bien, gamine ?

Je regardai mon grand-père en me forçant à me secouer.

— Oui, très bien !

— Tu sembles ailleurs… Du moins, plus que d'habitude.

Je me levai et m'appuyai sur lui en souriant.

— Ne t'en fais pas, tout va bien.

— Prends ton après-midi. Il va y avoir un tournoi de motocross, l'affluence ici va diminuer. Va retrouver ta copine Mendy, mais s'il te plaît : aucune bêtise.

— Promis !

Je récupérai ma petite sacoche et sortis du stand. Il y avait des bikers partout. Peu importait leur origine, lorsqu'un clan en rencontrait un autre, il y avait toujours des effusions, des embrassades et des « salut, mon frère » de toute part. Seuls les gangs de motards restaient plus en retrait. Ces derniers voyaient Sturgis comme un rassemblement bon pour les affaires. La police les laissait négocier tranquillement tant qu'il n'y avait pas d'effusion de sang.

Très rassurant…

Je me faufilai entre les gens venus du monde entier et au physique parfois extravagant, puis rejoignis la route pour pouvoir marcher plus librement. Les blousons des bikers affichaient clairement leur appartenance à leur club et leur lieu d'origine. Californie, Miami, New York, Allemagne, France, Australie, Italie… Sturgis était un rendez-vous international.

Une moto s'arrêta à mes côtés.

— Tu pars déjà ? me demanda Tucker, ses Ray-Ban me cachant ses yeux clairs.

— Oui, je prends une pause.

— Je vais à la maison mère chercher des bières pour les Anciens, tu veux que je te dépose quelque part ?

J'acquiesçai, et grimpai derrière lui avant qu'il nous sorte de la cohue de Main Street. Je lui indiquai la maison de Mendy, qui ne se trouvait qu'à quelques minutes à pied, puis lui rendis son casque en descendant de sa moto.

Je le remerciai et attendis un instant en voyant Tucker hésiter.

— Tu veux me dire quelque chose ?

— Ouais…

Il me sourit, visiblement mal à l'aise, avant de poursuivre :

— Ecoute, je suis vraiment content qu'Alex et toi vous fréquentiez, mais… Qu'est-ce qu'il se passera à la fin de l'été, quand tu devras repartir ? Ce ne sont pas mes affaires, et tu n'as pas à me répondre, mais je considère Alex comme mon frère. Et ce serait dommage de ne pas se poser les bonnes questions dès maintenant.

Effectivement, je n'y avais pas pensé. Dans mon esprit, l'été ne prendrait jamais fin.

— Tucker, je ne suis même pas sûre qu'Alex et moi ce soit sérieux. Mais pour te répondre franchement, je n'en ai aucune idée.

Il retira ses lunettes de soleil et me sourit à nouveau.

— Je ne sais pas si pour Alex, c'est du sérieux, mais j'aimerais éviter de vous voir malheureux.

— Pourquoi tu t'inquiètes pour moi ? Pour Alex, je comprends, mais je ne suis rien pour toi.

— Si. Tu es la régulière de mon frère de club. Alors tu comptes pour chacun d'entre nous. Et puis, tu restes la petite-fille de William.

Il remit ses lunettes sur son nez, redémarra le moteur et me lança :

— Je te laisse avant qu'on ne me tape sur les doigts parce que les bières n'arrivent pas assez vite. Prends soin de toi, Kim.

Je ne répondis pas et le regardai s'éloigner. Si Tucker pensait que j'étais la régulière d'Alex, Mendy avait raison : il allait falloir que je sorte les griffes.

Une part de moi était heureuse de cette découverte, l'autre se demandait dans quel genre de pétrin je m'étais encore fourrée. Ce fut avec un sourire radieux que je me dirigeai vers la maison de Mendy.

Je comptais pour le club, et peut-être même pour Alex. C'était tout ce qui m'importait.

Aujourd'hui…

Le lendemain, j'arrivai sur le stand de mon grand-père très tôt dans la matinée. Je pris le temps de tout installer correctement : écussons, posters, souvenirs, et quelques pièces détachées de moteur de Harley dont mon grand-père se séparait. Ce festival était un peu comme une immense brocante pour bikers.

L'affluence fut à son comble en fin d'après-midi. Ce n'est que lorsque le concert d'ouverture de la Bike Week débuta que les gens commencèrent à déserter la rue principale.

Bien sûr, les choses n'avaient pas vraiment changé en cinq ans. Les Silence se trouvaient toujours installés en face du stand de mon grand-père : j'avais une vue parfaite sur leur stand bordélique. Et malgré tous mes efforts pour me concentrer sur les passants, mes yeux revenaient sans cesse vers eux.

Maintenant que mon grand-père n'était plus le Président officiel du club, les autres Anciens quittaient l'équipe des Silence of Death petit à petit. Toto avait pris la place de mon grand-père, mais pas pour longtemps.

Les jumeaux étaient présents, avec deux Prospects. Ils semblaient à l'aise parmi la foule, saluaient tous les bikers qu'ils croisaient, comme si tout ce monde faisait partie de leur famille.

Oui, ce monde-là était bien étrange.

Chaque année, il y avait de plus en plus de gens à la Bike Week. Même les Brebis semblaient être plus nombreuses. Et elles ne m'avaient pas manqué…

Pour se faire repérer, elles étaient bien évidemment très peu vêtues et organisaient les bikinis Bike Wash. Cet événement reposait sur le même principe que les Car Wash, mais pour les motos.

— Je connais ce regard, me dit Mendy en s'asseyant sur une des tables vides.

J'étais en train de ranger notre stand ; la journée se terminait, et je n'avais qu'une envie : rentrer au plus vite. La veille, Mendy avait passé la nuit à la maison et nous n'avions que très peu dormi.

— Quel regard ?

— Celui que tu as chaque fois que tes yeux se posent sur les Brebis. Ce regard qui indique que tu es prête à sortir les griffes.

— Pourquoi devrais-je le faire ?

— Il n'y a pas de raison particulière. Seulement, s'il y a une chose sur laquelle toi et moi sommes parfaitement d'accord, c'est bien au sujet de ces Brebis !

D'une certaine manière, j'aurais dû remercier ces filles. C'était grâce à elles que Mendy et moi avions finalement sympathisé. Notre aversion pour elles nous avait rapprochées.

Je me laissai tomber sur ma chaise puis haussai les épaules.

— Peu importe, soupirai-je en fermant le dernier carton.

Mendy me parlait d'une « soirée combat » au Buffalo Chip qui se déroulerait le samedi suivant, mais je ne l'écoutais que d'une oreille distraite. Tout dans cette ville me rappelait Alex et les SOD. Je n'étais pas sûre de pouvoir vraiment passer à autre chose si à chaque coin de rue quelque chose me projetait dans le passé.

— Salut.

Je relevai la tête du carton que j'étais en train de fermer, pour tomber nez à nez avec Clay. Il me fit un grand sourire. Il paraissait en forme, contrairement à moi.

— Comment ça va ? lui demandai-je en lui rendant son sourire.

— Très bien.

Son regard et le son de sa voix me perturbaient, et chacun de ses mots semblait contenir des sous-entendus.

— Je te présente mon amie Mendy. Mendy, Clay.

Mendy fit la conversation et j'en profitai pour finir de m'occuper de mon carton. Elle finit par signaler qu'elle devait filer.

— On se voit ce soir ? Tu passes me prendre après le travail ?

J'acquiesçai et la regardai partir, les mains dans les poches arrière de son jean.

— Comment vont les affaires, aujourd'hui ? me demanda Clay en s'appuyant sur le bord de la table sans vraiment s'asseoir.

— Très bien. Il y a de plus en plus de monde chaque année, on dirait. C'est donc forcément bon pour les affaires.

J'empilais tous les cartons sur la table lorsque Tucker arriva.

— Tout va bien, ici ? demanda-t-il en enlevant ses lunettes de soleil pour observer Clay d'un œil inquisiteur.

— Salut, mon frère, dit Clay en tendant la main.

Tucker hésita une seconde avant de finalement lui serrer la main.

J'étais au bord de la crise de nerfs : je n'en pouvais plus d'entendre ce genre de salutations fraternelles alors qu'ils ne se connaissaient même pas !

J'attrapai un des cartons posés sur la table et m'apprêtais à rejoindre ma voiture garée très loin d'ici lorsque Tucker m'arrêta pour me prendre le carton des bras.

— Je t'ai déjà dit qu'on a des Prospects pour faire ce genre de travail.

— Je peux le faire toute seule, tu sais.

— Je le sais parfaitement, mais aide-moi à leur donner du boulot. Regarde-les ! Ils n'ont presque rien foutu de la journée.

— Tu te venges de ta période de Prospect, n'est-ce pas ?

Il rigola et me fixa d'un air faussement innocent.

— Moi ? Jamais !

Je secouai la tête et levai les yeux au ciel. Il indiqua aux deux Prospects de son stand d'emporter mes cartons jusqu'à ma voiture. Quelque part sur la droite, j'aperçus Alex qui venait d'arriver. Il discutait avec une fille qui semblait boire ses paroles. Elle se hissa sur la pointe des pieds et l'embrassa. J'entendis parfaitement Toto siffler, et tout le monde éclata de rire, Alex compris.

Je pris une grande inspiration et détournai les yeux, contrariée d'être énervée par ce que je voyais. Clay me regarda avec un petit sourire.

— C'est lui, celui que tu veux éviter ?

— Oui, soupirai-je en regardant vers leur stand.

Le regard d'Alex était posé sur moi, ou plutôt sur Clay. Ce dernier rigola en baissant la tête et me regarda en coin.

— Tu es sûre que je ne dois pas m'attendre à des représailles ?

— Certaine. Je ne leur appartiens pas. Je n'ai plus aucun lien avec eux depuis plusieurs années.

Je regardai à nouveau Alex qui me fixait à présent. Comme pour mettre les choses au clair, je tournai le visage vers Clay et l'embrassai — un vrai baiser, avec la langue et tout le toutim — mais je ne ressentis aucune émotion. Cela faisait bien longtemps que j'avais mis un terme à ce genre de sentiments.

Cette idée m'avait paru bonne sur le coup, même si j'avais conscience de me servir de Clay à des fins personnelles. Mais quand j'y mis fin et que je vis le regard de Clay, assez perplexe, je me rendis compte que ça ne me ressemblait pas du tout de faire ce genre de choses.

J'avais envie de me gifler.

— Je suis désolée. J'ai agi sans réfléchir. J'aimerais juste lui faire comprendre que je suis passée à autre chose.

— En général, je ne suis pas contre des baisers enflammés, mais je n'aime pas trop qu'on se serve de moi…

— Je suis désolée, Clay, répétai-je en passant une main sur mon front.

— Mais pour toi, je peux faire une exception.

Il se pencha vers moi et m'embrassa à nouveau. J'étais surprise, mais je lui rendis son baiser en me demandant où tout ça allait me mener. C'était le troisième service qu'il me rendait. J'espérais juste qu'il n'attendrait rien de plus.

Quand il mit fin à notre baiser, les cartons sur ma table avaient tous disparu. Je ne m'étais même pas aperçue que les Prospects avaient fait leur boulot. Jetant un rapide coup d'œil vers le stand des Silence, je ne vis Alex nulle part, mais Tucker me regardait, l'air plutôt mécontent.

— Je crois que je ferais mieux de partir, dis-je, quelque peu mal à l'aise.

— Comme tu veux, répondit Clay en se levant de la table pour me faire face. Que dirais-tu de me faire visiter cette ville ?

— Tu y viens chaque année et tu ne la connais pas ?

— Je pense que je ne la connais pas aussi bien que toi.

— D'accord. Alors demain ? Je suis prise ce soir.

— Parfait. J'espère t'avoir été utile aujourd'hui. Je te dis à demain ?

J'acquiesçai et le regardai faire demi-tour. En observant son blouson en cuir et le logo de son club, je me demandai encore une fois dans quel pétrin j'étais en train de me fourrer…

Chapitre 7

— Qu'est-ce qu'il se passe, gamine ?

En entendant la voix de mon grand-père, je sortis de mes pensées et me rendis compte que j'étais en train de jouer avec ma nourriture depuis de longues minutes.

— Je n'ai pas très faim.

— Ça, j'avais remarqué. Il n'y a rien d'autre ? Tout s'est bien passé au festival, aujourd'hui ?

— Oui, très bien. Une bonne partie du stock s'est écoulée. Il y avait énormément de monde et il paraît que demain, ce sera pire.

— J'aurais dû être présent, aujourd'hui, s'excusa-t-il en essuyant sa bouche moustachue.

— Ce n'est rien.

Mon grand-père avait passé une bonne partie de la journée à aider à mettre au monde un poulain.

— Tu l'as vu, c'est ça ?

Je croisai le regard gris délavé de mon grand-père. Il semblait résigné.

— Ouais, soupirai-je en me levant pour débarrasser la table.

Je décidai de changer rapidement de sujet.

— Que sais-tu au sujet des Free Souls ?

— C'est un clan du Dakota du Nord, si je ne me trompe pas. Ils font pas mal de transactions avec les SOD du Wyoming. Pourquoi ?

— Comme ça.

— Tu ne poses jamais des questions « comme ça ». Qu'est-ce qu'il se passe, gamine ? Je ne t'ai jamais vue aussi morose.

Je ne savais pas quoi répondre. C'était le bazar total dans ma tête. Comment lui expliquer ce qu'il se passait dans ma vie ?

— Je pense qu'être revenue ici me retourne un peu la tête, mais ça passera.

— Tu veux rentrer en France ?

Mon grand-père me regarda avec des yeux sincèrement attristés à l'idée de me voir repartir. Il s'attendait peut-être même à ce que je lui dise que c'était ce que je voulais.

— En toute franchise, non. Je veux rester. C'est ici, mon chez-moi. Il me faut juste un peu de temps pour que je reprenne mes marques. Je ne veux plus te quitter, papy.

Ses épaules se détendirent et un sourire lumineux fleurit sur son visage marqué par le temps. Je me plaçai derrière lui et passai les bras autour de ses épaules, en posant ma joue sur la sienne.

— Je t'aime, papy. Et je ne t'ai pas assez remercié pour tout ce que tu as fait pour moi.

— Ce n'est rien, ce n'est rien, grogna-t-il en me tapotant la main.

Mon grand-père n'avait jamais été très à l'aise avec les marques d'affection.

— On interrompt quelque chose ? intervint Toto en franchissant la porte de la cuisine.

Il me serra dans ses bras et m'embrassa sur la tempe avant de s'asseoir au côté de mon grand-père. J'étais heureuse de voir que les SOD considéraient toujours mon grand-père comme faisant partie de leur famille. Cela me rassurait de savoir qu'il n'avait pas été seul pendant ces cinq dernières années.

Billy entra quelques secondes après, accompagné de Sam, le second de Toto que je connaissais très peu.

— Tu pourrais nous faire du café, s'il te plaît, gamine ? me demanda mon grand-père en souriant.

Toto me fit un clin d'œil. Voir le bandana autour de sa tête et son regard espiègle me fit sourire. Il était le stéréotype même du biker.

— Je sors avec Mendy, ce soir, annonçai-je en déposant les tasses de café chaud sur la table.

Toto et Billy rigolèrent. Apparemment, ils se rappelaient quelque chose qui m'échappait.

— Pas de bêtises, bougonna mon grand-père.

Il me disait toujours ça chaque fois que les mots « sortir » et « Mendy » se trouvaient dans la même phrase. Mon amitié avec Mendy avait laissé pas mal de traces.

Je récupérais les clés de la voiture quand Toto m'interpella :

— Gamine, assieds-toi un instant avec nous, s'il te plaît.

Mes yeux se posèrent sur cet homme que je considérais comme mon père, puis sur Billy qui buvait son café sans me regarder, tripotant du bout des doigts sa longue tresse qui retombait sur son épaule. Je fis ce qu'il me dit en haussant les sourcils.

— Est-ce que tu comptes me faire un sermon ?

J'en avais entendu beaucoup plus jeune et, même si j'avais grandi, j'étais toujours un peu intimidée lorsqu'il prenait ce ton sérieux qui ne lui ressemblait pas. Mon grand-père, curieux, attendit patiemment que Toto poursuive.

— J'ai vu que tu fréquentais un des Free Souls, cet après-midi. Je voulais juste te mettre en garde le concernant. Tu es une grande fille mais j'espère que tu sais ce que tu fais.

Je levai les yeux au ciel, puis regardai mon grand-père qui paraissait vraiment surpris.

— Je ne le *fréquente* pas. C'est juste un ami.

— Un ami proche dans ce cas.

J'avais oublié que Toto se trouvait au festival aujourd'hui, et qu'il avait dû assister à toute la scène du baiser entre Clay et moi.

— Ne t'en fais pas, je sais ce que je fais.

— Je sais aussi que tu es douée pour mettre les deux pieds dans le plat, rigola-t-il en donnant une tape sur l'épaule de mon grand-père qui rit à son tour. Fais attention à toi, c'est tout ce que je voulais te dire.

— Promis.

Je me levai et allai dans le cellier près de l'entrée pour récupérer mes chaussures. Quand je sortis de la pièce, Toto m'attendait.

— Ce que je n'ai pas dit devant ton grand-père, c'est que je fais tout pour qu'Alex reste loin de toi, mais si tu le provoques ouvertement, je ne pourrai plus le retenir.

Je fronçai les sourcils, sentant la tension raidir mon corps progressivement.

— C'est gentil de t'inquiéter pour ça, mais je me fiche de froisser Alex. Je me fiche de ce qu'il pense et si vous pouviez tous arrêter de croire qu'Alex et moi avons encore quelque chose en commun, ça m'aiderait beaucoup. On est sortis ensemble, mais c'était il y a cinq ans. Notre histoire est terminée, point. Je suis passée à autre chose.

— Je suis désolé, gamine.

Il me pinça gentiment la joue en grimaçant, puis me dit :

— J'avais presque oublié que tu avais le même caractère que ton grand-père. Avec tout le remue-ménage qu'il y a eu la dernière fois que tu es venue, j'avais peur que ça te fasse mal de le revoir… Ce genre de choses, tu vois ?

A présent, il était vraiment mal à l'aise. Je passai une main sur mon front et lui souris en secouant la tête.

— Ne t'en fais pas pour moi. Tout va très bien.

— Parfait. Tant mieux. C'est bien. Amuse-toi bien dans ce cas.

— Merci de t'inquiéter pour moi, Toto. Ça compte beaucoup.

Il me fit un clin d'œil et m'ouvrit la porte d'entrée. Lorsqu'elle se referma derrière moi, je soupirai en essayant de forcer les muscles de mon dos à se détendre. J'avais horreur du mensonge, mais je voulais surtout que les gens que j'aimais arrêtent de me considérer comme une chose fragile. Oui, revoir Alex me faisait du mal, mais non, je n'étais plus aussi fragile que je l'avais été.

Cinq ans plus tôt…

Je coupai le moteur de la vieille Chevrolet que je venais de garer devant le Club House. Une certaine agitation s'échappait de l'intérieur, ce qui me fit hésiter à entrer.

— Allez, râla Mendy. On entre et on ressort rapidement.

Je la suivis à l'intérieur où régnait le chaos. Tous les membres des Silence se trouvaient dans la pièce principale, à l'affût d'un danger imminent. J'aperçus mon grand-père, puis Alex qui semblait en colère, et enfin Trick, assis sur une chaise, le nez en sang.

— Peut-être qu'on ferait mieux de ressortir tout de suite en fin de compte, me souffla Mendy.

Une des Brebis appartenant au club souffla à sa copine en me désignant :

— Et il ne manquait plus que la Princesse…

Ce surnom était complètement ironique et teinté de mépris.

Je me tenais toujours immobile devant l'entrée quand mon grand-père finit par me repérer. Il m'incita à le rejoindre d'un signe de la main. J'embarquai Mendy avec moi tandis que Toto prenait Alex à part dans une autre salle. Je jetai un coup d'œil à Trick, qui s'essuyait le nez, avant de reporter mon attention sur mon grand-père.

— Qu'est-ce qu'il s'est passé ? demandai-je doucement.

— Une histoire de filles, grogna-t-il les sourcils froncés. Tu as rapporté ce que je t'ai demandé ?

— Oui, c'est sur le plateau de la voiture.

Il m'avait appelée un quart d'heure plus tôt pour que je lui rapporte certains outils qui se trouvaient dans la grange, ainsi que des pièces de moteur qu'il avait récupérées auprès d'un autre clan il y avait de cela quelques jours.

— Merci. Tucker et Tim vont s'en charger maintenant. Rentrez directement à la maison, les filles.

Il fit un signe de tête aux deux Prospects qui nous suivirent à l'extérieur. Tandis que les deux garçons récupéraient les objets dans mon coffre, une Brebis blonde sortit et me regarda hargneusement.

— Tu ferais mieux de rester loin d'Alex et des garçons. Personne ne veut de toi, ici. Tu ne le mérites pas !

— C'est le moment de sortir les griffes, me souffla Mendy.

Je secouai la tête, sans rien dire. Je ne pouvais pas être violente, même avec la pire des Brebis.

— Tu n'es qu'une Brebis de plus pour lui.

Mendy monta les marches qui nous séparaient de cette fille et la gifla violemment. Elle se retourna vers moi et leva les mains en l'air pour me signifier que ce n'était pas si compliqué.

La jeune femme blonde répliqua aussitôt en attrapant Mendy par les cheveux. Tucker les sépara rapidement mais j'entendis mon grand-père râler depuis l'intérieur du club, disant qu'il en avait ras le bol de ces enfantillages. Mendy se libéra de la poigne de Tucker et revint vers moi.

— J'espère que tu as pris des notes ?

J'éclatai de rire puis montai dans la voiture, hilare.

— Merci d'avoir essayé de défendre mon honneur, Mendy, mais je ne suis pas faite pour ça. Je ne sais même pas me battre.

— Tu crois que je sais, moi ? Si Tucker n'était pas intervenu, ce que tu aurais vu se serait résumé à des mains maladroites tentant de frapper n'importe quoi.

Je ris à nouveau. Je la regardais se recoiffer quand on cogna à ma vitre. Alex.

— Tout va bien ? demandai-je, un sourire dans la voix.

— Oui, ça va. Et toi ?

Je n'eus pas le temps de répondre que ses lèvres se trouvaient déjà sur les miennes. Son baiser se voulait rassurant, mais je ne savais pas qui de lui ou de moi il souhaitait le plus rassurer.

— Je finis une mission ici et je passerai te voir, d'accord ?

— D'accord.

Il me sourit en gardant un instant son regard sombre plongé dans le mien, et recula d'un pas, pour me laisser partir.

Une fois sur la route, Mendy ne put se retenir davantage et s'exclama avec de grands yeux :

— Woah !

— Quoi ?

— Je crois ne jamais avoir vu un baiser pareil ! Je pouvais ressentir d'ici toute la chaleur que vous échangiez.

— Qu'est-ce que tu racontes ? rigolai-je sans comprendre.

— Ça puait le sexe !

— Oh ! Mendy, arrête ! On n'a même pas couché ensemble.

— Ça, je le sais bien. Mais ça ne veut pas dire que ce n'est pas ce qu'il veut, parce que je t'assure que c'est parfaitement ce que j'ai ressenti.

— Non. Non… pas déjà ? Si ?

— Nous ne sommes plus des enfants, Kim. Alex a dix-neuf ans, bien sûr qu'il y pense, c'est un mec, bon sang ! Les mecs n'ont que ça en tête, et ça ne s'arrange pas avec l'âge !

Je méditai sur ses paroles un instant, et secouai la tête.

— Qu'est-ce que je dois faire ? Tu crois que je devrais coucher avec lui ?

— Qu'est-ce que j'en sais ?

— Tu n'as jamais… Tu sais ? Avec un garçon ?

— Non, je n'ai jamais couché avec un garçon !

Alors, ça ! Mendy était tellement extravertie et parlait de tout si ouvertement que j'avais supposé qu'elle avait déjà passé le cap. A tort, apparemment.

— Je ne suis pas prête, dis-je résolument. Je n'y ai jamais pensé.

C'était un pur mensonge. Il n'y avait pas que les garçons qui pensaient à ce genre de choses. J'y réfléchissais aussi, parfois…

— Je te disais ça comme ça, Kim. Ne te mets aucune pression. Je ne pense pas qu'Alex tente quoi que ce soit s'il n'est pas sûr que tu sois prête. C'est aussi pour cette raison que je pense qu'il ne te considère pas comme une Brebis. S'il ne cherchait qu'à coucher, il utiliserait ces filles qui sont à sa disposition. Mais tu devrais quand même lui en parler.

— Quoi ?! m'exclamai-je horrifiée. Je ne vais pas parler de ça avec lui.

— C'est toi qui vois, rigola-t-elle. Miss Rabat-Joie ! N'empêche que tu devrais sincèrement revoir ton jugement au sujet des griffes et du crêpage de chignon. Ce que tu as vu aujourd'hui, ce n'était qu'un début. Une mise en garde.

Mendy avait sûrement raison, à propos de tout. Mais je n'étais pas encore prête, que ce soit pour les griffes ou… le reste.

Aujourd'hui…

Je coupai le moteur devant l'Easyriders et regardai les alentours, méfiante. Avec le festival qui venait de commencer, les rues étaient pleines de monde. Partout où mon regard se posait, je trouvais des hommes portant les couleurs de leur club.

Mendy ne devait pas finir tard ce soir ; elle remplaçait une de ses collègues pour la première partie de la soirée. Il était peut-être préférable que je l'attende dans la voiture.

Quelqu'un frappa à ma vitre. Je tournai la tête pour voir qui avait bien pu me repérer, et tombai nez à nez avec… Alex. Bordel de merde, il me suivait, ce n'était pas possible autrement.

Je décidai de l'ignorer, mais je ne pus rien faire pour ne pas entendre ce qu'il me disait.

— Kimi, ouvre-moi, s'il te plaît.

Je ne pris même pas la peine de le regarder. Pourtant, du coin de l'œil, je discernais parfaitement sa carrure et son visage paraissait tout près de la vitre. C'était inévitable : lorsqu'il se trouvait dans mon champ de vision, mon cœur s'accélérait d'excitation, ou d'angoisse.

— Il faut qu'on parle.

Je détournai le visage pour lui faire comprendre que je ne voulais en aucun cas m'entretenir avec lui. Je portai mon attention sur l'entrée du restaurant, souhaitant de toutes mes forces que ma volonté de voir Mendy arriver puisse la faire apparaître.

— Putain, Kimi, ouvre-moi !

Je posai ma tête sur le volant pour tenter de faire le vide, mais la proximité d'Alex me perturbait bien trop. Je n'arrivais pas à penser à autre chose qu'à lui.

Il claqua sa main sur la vitre et disparut. Je soupirai et posai la nuque sur l'appuie-tête. Mais bien sûr, ça semblait trop facile pour quelqu'un d'aussi têtu qu'Alex. Ce fut donc sans surprise que je le vis apparaître de l'autre côté de la voiture. Il glissa quelque chose dans la portière et j'entendis parfaitement le loquet céder. Il ouvrit la porte et s'assit sur le siège passager avant de refermer la portière derrière lui. Il se tourna vers moi, le visage fermé. Même en colère contre lui, je réussissais à le trouver terriblement beau.

— Tu viens de forcer la voiture de mon grand-père ? m'écriai-je, complètement démunie.

— Oui, parce que tu ne veux pas m'écouter.

Son visage reflétait certainement la colère que j'éprouvais envers lui. Ses sourcils étaient froncés, sa mâchoire se contractait par à-coups, et ses lèvres étaient entrouvertes… Je fermai les yeux pour tenter de me reprendre.

— Tu as raison, je ne veux pas t'écouter. Sors de cette voiture, Alex.

— Non, il faut qu'on parle.

— Je ne veux pas discuter avec toi. Je ne veux rien de toi. Maintenant, sors de cette foutue voiture !

— Pas avant que tu aies entendu ce que j'ai à dire.

Je tendis le bras pour ouvrir sa porte et le pousser de force à l'extérieur, mais il m'en empêcha. Je le frappai et me débattis, mais il repoussa toutes mes tentatives de le faire sortir avec une facilité qui m'énerva encore plus. Lâchant un grognement furieux, je sortis finalement de la voiture, prenant soin de claquer ma portière de toutes mes forces.

J'entrai dans le restaurant tel un taureau prêt à charger. Alors que je cherchais dans la grande salle le visage familier de Mendy, la même fille pulpeuse de la veille, et qui semblait être la nouvelle Brebis d'Alex, vint vers moi les sourcils froncés.

— Retourne d'où tu viens, c'est mieux pour tout le monde, Princesse de…

Ma main se leva d'elle-même et rencontra sa joue avec une violence qui m'étonna. Le bruit se répercuta dans toute la salle et les gens se tournèrent vers nous. Des bras m'encerclèrent et me bloquèrent complètement. Je n'eus aucun mal à reconnaître les mains d'Alex. Il me fit sortir du restaurant, et j'eus beau résister pour l'empêcher de m'emmener où il le voulait, cela n'eut aucun effet.

D'une main, il ouvrit la portière de la vieille Chevrolet et me projeta à l'intérieur, côté conducteur, avant de me pousser plus loin sur la banquette et de monter à son tour. Je tentai de ressortir de l'autre côté, mais il tendit le bras et m'en empêcha.

— Tu vas écouter ce que j'ai à dire, point final.

J'avais écoulé mon stock de solutions pour le fuir. Quel autre choix me restait-il que celui de l'affronter ?

Chapitre 8

Dans l'habitacle de la voiture, un silence de mort — sans mauvais jeu de mots — s'était installé. Je refusais de regarder Alex. Sa présence me déchirait littéralement le corps. A l'entrée du restaurant, la Barbie d'Alex nous fusillait du regard, les bras croisés.

— Dis ce que tu as à dire, qu'on en finisse et qu'on puisse rapidement reprendre nos vies où elles en étaient. Ta copine t'attend.

Il se passa une main sur la bouche comme s'il retenait une ribambelle de jurons. Mon espoir apparut soudainement à côté de la poupée brune d'Alex : Mendy, suivie de près par Tucker. Je sentis mon corps se détendre légèrement, mais ce fut de courte durée.

— Ne crois pas qu'un des deux pourra me faire sortir de cette voiture, me prévint Alex. Ni toi, d'ailleurs. Il faut qu'on discute. Et je ne partirai pas tant qu'on n'aura pas eu cette conversation.

Je me pris la tête entre les mains, puis regardai Mendy. Debout devant la voiture, elle me faisait des signes pour me demander si tout allait bien. J'acquiesçai, les sourcils froncés, et vis parfaitement au regard qu'elle me lança qu'elle ne me croyait pas du tout. Tucker frappa à la vitre côté conducteur.

— On a besoin de quelques minutes, mon frère, lui dit Alex en baissant légèrement la vitre. Il faut qu'on parle.

— Kim, ça va ? me demanda Tucker en ignorant royalement Alex.

Je n'eus pas le temps de répondre car Alex referma la vitre.

— C'est comme ça que tu traites ton frère ?! m'exclamai-je, sur les nerfs.

— Ce n'est pas un problème qui concerne le club. C'est notre problème. Personne d'autre que nous n'a le droit d'y mettre son nez.

— Alex… Il n'y a pas de problème. Il n'y a pas de *nous*. Il n'y a plus rien.

— Tu te trompes.

Il sourit brièvement, et secoua la tête en plongeant son regard dans le mien avant d'ajouter :

— Je vois très bien que ton cœur s'emballe quand je suis près de toi. Alors ne me dis pas qu'il n'y a plus rien.

— Qu'est-ce que tu attends de moi ? lançai-je, me sentant prise au piège.

Ma gorge se serra. Le voir était une chose, mais être proche de lui et lui parler en était une autre. Une autre, très douloureuse…

— Des réponses, souffla-t-il en fixant le volant. Pourquoi tu es partie, il y a cinq ans ? Pourquoi tu n'as plus voulu me voir du jour au lendemain ?

Je le regardai, bouche bée. Je n'arrivais pas à croire ce qu'il était en train de me dire ; et il avait l'air vraiment sérieux en plus ! Je me tournai vers lui et mis un genou sur le siège pour lui faire face.

— Parce que tu t'es complètement foutu de moi !

— Je ne me suis jamais foutu de toi, Kimi.

Son calme m'exaspéra et me mit encore plus en colère. Il réveillait aussi tous ces sentiments que j'avais enfouis très loin en moi et que je pensais disparus.

— Tu t'es foutu de moi ! répétai-je. Tu as joué avec moi…

— C'est faux.

— … Tu m'as fait croire à des choses qui n'étaient au final que des mensonges !

Il tourna lentement et dangereusement son regard vers moi, les sourcils froncés, comme s'il ne comprenait pas ce que je disais. Je poursuivis en le pointant du doigt :

— Tu m'as rendue folle amoureuse de toi, à un point où je ne pensais même plus pouvoir vivre sans toi, et ensuite, lorsque tu tenais mon cœur entre tes mains, tu as serré de toutes tes forces pour le réduire en miettes ! Tu m'as brisée, Alex. Voilà pourquoi je suis partie et pourquoi je ne voulais plus te voir ni te parler. Et c'est toujours le cas aujourd'hui !

Je fermai les yeux en sentant toute cette rancœur remonter à la surface et se mélanger à un flot d'autres sentiments qui me faisaient tourner la tête. Je sentis mes yeux me brûler, pourtant, je refusais de lui montrer que cette histoire me touchait toujours. Je me réinstallai correctement sur mon siège et gardai les yeux fermés pour empêcher les vannes de s'ouvrir.

— Je…

Il se tut. J'avais parfaitement conscience de sa proximité, de son visage crispé par l'incompréhension. J'entendis son blouson en cuir crisser, comme s'il bougeait, mais rien ne vint. Puis, finalement :

— Je suis désolé, Kimi.

La portière s'ouvrit et se referma. Je gardai les yeux clos, et me mis à trembler. Je relâchai mon souffle mais me braquai de nouveau lorsque la porte se rouvrit.

— C'est moi, chérie, me souffla Mendy. Ce n'est que moi.

J'ouvris les yeux, cherchant son regard. Ses yeux étaient remplis de compassion, ce qui me fit craquer. Je mis une main sur ma bouche et me pliai en deux pour relâcher ces larmes que j'avais contenues.

Je posai mon visage sur les genoux de Mendy. Elle me caressa les cheveux et le dos, en gardant le silence.

C'était douloureux. Trop douloureux. J'avais l'impression de suffoquer, de manquer d'air et de trop en avoir en même temps. Les cinq années écoulées ne comptaient pas. C'était comme si elles n'avaient jamais existé et que la blessure de mon cœur s'était ouverte à nouveau en une plaie béante. Le fait qu'Alex m'avait fait vivre le paradis avant de m'envoyer en enfer avait rendu la chute bien plus dure et cruelle.

Cinq ans plus tôt…

J'avais prévenu mon grand-père que je ne viendrais pas au festival de la journée. Il avait discuté avec Alex lorsque ce dernier était venu me chercher. L'échange avait beaucoup ressemblé à celui d'un père mettant en garde son fils. Mon grand-père était le Président des SOD, et un de ses membres sortait avec sa petite-fille… Il ne devait plus savoir quel rôle jouer : celui du grand-père ou celui du Président ? Quelque chose entre les deux, j'imagine…

Je n'avais aucune idée de l'endroit où Alex voulait aller, mais je le suivis les yeux fermés. J'eus la surprise de passer la journée dans la réserve naturelle située à deux heures de Sturgis.

A cette occasion, je réussis à connaître Alex plus en profondeur. J'appris que c'était lui qui retapait entièrement sa moto. Que ses relations avec son père avaient toujours été tendues ; sa mère avait quitté le foyer familial quand il était encore jeune, et son père avait rapidement sombré dans l'alcool, l'abandonnant à son tour. Il ne m'avait pas tout expliqué aussi clairement, mais je l'avais deviné. Je commençais à comprendre ce que le club représentait pour lui. En entrant dans les Silence, il espérait y trouver bien plus qu'une famille.

Nous étions allongés dans l'herbe. Je jouais avec ses doigts, la tête posée dans le creux de son épaule, tout en écoutant l'histoire de sa famille.

— Ton père n'a rien dit au sujet de ton souhait d'entrer dans le club ?

— Il pense que les Silence sont une bande de malfrats. Il m'a dit qu'il avait toujours su que je finirais mal. Il n'a jamais essayé de savoir qui était ton grand-père, ni même pourquoi nous aimions tant rouler à moto.

Je levai la tête vers lui et déposai un baiser sur sa mâchoire. En réponse, il me fit rouler sur le dos et plongea son regard dans le mien en souriant.

— Ça fait longtemps que j'ai tiré un trait sur mon père. Ce qu'il pense ou ce qu'il dit m'importe peu. J'ai ma nouvelle famille à présent, c'est tout ce qui compte. Je dois tout à William.

— A mon grand-père ? Pourquoi ?

Il haussa les sourcils comme s'il se demandait si je plaisantais.

— Il ne t'a rien dit ?

Je secouai la tête.

— C'est William qui m'a proposé d'entrer dans son club il y a un an, quelque temps après qu'il m'a embauché dans son exploitation. J'avais besoin d'argent, je frappais à toutes les portes et il a été le seul à m'ouvrir la sienne. On parlait souvent bricolage et motos et, quand je lui ai parlé de mon bébé, il a voulu la voir, puis m'a fait sa proposition. J'ai sauté sur l'occasion.

Intégrer un club de motards ne signifiait pas seulement entrer dans une nouvelle famille, c'était aussi une protection financière et un soutien garanti en cas de coup dur.

— Tu connaissais déjà les jumeaux et Tim ?

— Je connaissais les jumeaux. Tim vient juste d'entrer en tant que Prospect.

J'hésitai un instant puis posai la question qui me brûlait les lèvres.

— Qu'est-ce qu'il s'est passé la dernière fois au Club House, avec Trick ?

— Il a eu certains mots déplacés, soupira-t-il. J'ai agi sous le coup de l'impulsion, mais il l'avait cherché. Je l'aime comme mon frère, mais c'est une vraie teigne, il est parfois insupportable.

Il déposa un baiser sur mes lèvres et me caressa la joue du bout des doigts.

— Assez parlé du club. Il y a des choses beaucoup plus agréables à faire…

Il m'embrassa. Mais mon esprit rejoua la discussion que j'avais eue avec Mendy, ce qui me fit légèrement paniquer.

— Alex…

Il ouvrit les yeux et haussa les sourcils en attendant que je poursuive.

— Je n'ai jamais… Je… Je ne veux pas être comme toutes vos Brebis.

Il se retint de rire pendant quelques secondes, puis craqua et rigola en se cachant dans mon cou. Zut. J'étais aussi tendue qu'un bâton et gênée comme jamais.

— Ne t'en fais pas. Je ne te considère pas comme une Brebis.

— D'accord.

Il voulut m'embrasser à nouveau, mais je l'arrêtai.

— Mais je n'ai jamais… Tu vois ? Ce serait bien que tu m'aides, en comprenant ce que je veux dire.

J'avais été élevée dans la retenue et la pudeur, alors c'était une première pour moi de parler de ça.

— Tu n'as jamais eu de relation sexuelle avec un garçon.

Mon Dieu, il l'avait dit. J'acquiesçai en me cachant le visage. Je me sentais stupide d'être gênée par cette conversation, mais c'était plus fort que moi.

— Je le sais, Kimi.

Je le regardai à travers mes doigts en me demandant si Mendy avait raison, et si « vierge » était écrit sur mon front.

— Je suis presque sûr que je t'ai donné ton premier baiser… Alors, il ne faut pas être un génie pour deviner le reste.

— J'embrasse si mal que ça ?

Il éclata de rire et secoua la tête.

— Non, ce n'est pas ça. Disons que notre premier baiser a été… très maladroit.

Je me cachai le visage de nouveau et grognai :

— J'aurais presque préféré que tu me dises que j'embrasse mal.

Il écarta mes mains de mon visage et m'embrassa longuement, caressant ma langue avec lenteur et savoir-faire. Puis il s'éloigna avec un sourire satisfait.

— Tu embrasses très bien.

Je rejetai la tête en arrière avant d'éclater de rire. Comment pouvait-il arriver à cette conclusion alors que c'était lui qui m'avait embrassée ? Il se rallongea sur le dos, une main derrière la tête, et ferma les yeux lorsque je m'appuyai contre lui, comme s'il ne pouvait pas mieux se sentir qu'en cet instant.

Une heure plus tard, Alex me tenait serrée contre lui alors que je conduisais sur la longue route qui s'étendait à perte de vue, en direction de Sturgis. Il était assis derrière moi : c'était devenu notre petite habitude.

Il me serra un peu plus fort contre lui, sa joue légèrement piquante frottant la mienne. Ses bras m'encerclaient totalement, je sentais sa chaleur irradier mon propre corps, malgré le vent qui nous caressait ou nous giflait parfois. Il m'embrassa dans le cou et enfouit son visage dans mes cheveux qui virevoltaient dans tous les sens. C'était déstabilisant et enivrant. Il me perturbait bien trop pour que je sois concentrée sur ma conduite : je ne pensais qu'à lui et aux sensations qu'il me faisait ressentir.

Je l'entendis rire dans mon cou avant que ses bras ne se détachent de mon corps et que ses mains ne se posent sur le guidon.

— Tu roules à gauche, maintenant ?

Reprenant mes esprits, je me rendis compte que j'avais dévié sur la file de gauche lorsqu'il braqua le guidon à droite pour nous remettre sur la bonne route. Bien heureusement, nous étions seuls à circuler.

— Désolée ! Si tu n'étais pas aussi... distrayant, peut-être que je conduirais normalement.

Il éclata de rire, reposa les bras autour de ma taille et cala son front entre mes omoplates.

Cela faisait un bon moment que nous roulions et je sentais que mes bras commençaient légèrement à faiblir. Je finis par ralentir et m'arrêtai sur le bas-côté, avant de couper le moteur.

— Je n'en peux plus. Je ne sens plus mes bras.

Alex mit pied à terre et se posta debout à mes côtés.

— C'est normal, tu n'es pas habituée à conduire aussi longtemps.

Il me massa les épaules puis ses mains descendirent jusqu'à mes poignets, avant de remonter en sens inverse.

— C'est encore loin ?

Il haussa les sourcils et se pencha pour m'embrasser.

— Patience. Je vais prendre le relais.

Je souris, heureuse de pouvoir retrouver ma place à l'arrière. Je l'enlaçai, puis posai ma joue contre son dos en fermant les yeux. Si seulement je pouvais mettre le temps sur pause, enregistrer son odeur et conserver cette sensation de bien-être...

Le vent nous enveloppait telle une couverture. Le sentiment de liberté que je ressentais lorsque j'étais sur sa moto était incomparable. Je commençais à comprendre son engouement pour la conduite à deux-roues, et même si les règles et le mode de vie des bikers m'échappaient encore un peu, j'y prenais petit à petit goût.

Je me redressai et posai le menton sur son épaule. Il tourna légèrement la tête dans ma direction, le sourire aux lèvres. J'embrassai sa joue, puis le coin de sa bouche. Il retourna son visage vers la route, mais une de ses mains vint se poser sur ma cuisse, qu'il caressa. Calant mon visage contre son dos, je me laissai transporter, les yeux fermés.

Aujourd'hui…

— Ça va mieux ? me demanda Mendy lorsque je m'installai à côté d'elle sur son canapé.

— Ça va.

Je venais de prendre une douche bien chaude pour tenter de me détendre, sans succès. Mendy nous avait conduites directement chez elle, oubliant définitivement la sortie que nous avions prévue plus tôt dans la journée.

— Qu'est-ce qu'il s'est passé ?

— Tu l'as vu… On s'est disputés.

— Ce que j'ai vu, c'est toi lui hurlant dessus, mais je ne sais rien de plus. Moi aussi, tu m'as abandonnée il y a cinq ans sans me dire pourquoi. Je sais seulement que tout a un rapport avec Alex.

Je soupirai et pris un de ses coussins que je calai contre mon ventre. Je haussai les épaules et expliquai vaguement :

— C'est l'histoire classique. Le garçon fait croire à la fille monts et merveilles et la trompe.

— Alex a fait ça ? Tu es sûre qu'il t'a trompée ?

— Certaine.

— L'enfoiré.

Elle détacha ses cheveux blonds, puis secoua la tête.

— Tu ne serais pas partie s'il n'y avait que ça. Je te connais, Kim. Tu ne serais pas partie sans rien dire parce que tu avais le cœur brisé.

— J'avais dix-sept ans. Je suis tombée de haut.

Elle me regarda d'une drôle de façon, me signalant clairement qu'elle n'y croyait pas du tout, mais elle passa tout de même à autre chose.

— Tu l'aimes toujours ?

— Non.

— Tu es sûre ?

— Non.

— Tu ne veux pas lui laisser une chance de s'expliquer ?

— Non.

— Je trouve cette histoire louche. Dans mon souvenir, Alex et toi partagiez tout. Il était aussi fou de toi que toi de lui…

— S'il te plaît, Mendy, on peut parler d'autre chose ? Tout ça, c'est du passé.

— Ce n'est pas en fuyant ton passé que tu arriveras à avancer.

— Je sais, mais j'ai déjà eu mon moment d'émotion aujourd'hui, et j'aimerais juste oublier.

Elle respecta ma demande, se leva et ouvrit les bras.

— Voilà mon chez-moi ! Ce n'est pas très grand, mais je vis seule et c'est quand même beaucoup mieux qu'avec mes parents.

Ses parents étaient des gens assez violents, c'était en partie pour cela qu'elle avait passé tous ses étés avec moi, chez mon grand-père.

Son appartement était petit, mais il lui assurait une sécurité et une tranquillité qu'elle n'avait pas chez sa famille.

— Pourquoi tu as choisi l'Easyriders comme bar où travailler ?

— Parce que personne d'autre ne voulait de moi. Je n'ai pas fini le lycée. Les postes décents m'étaient tous inaccessibles, alors je n'avais pas le choix. Je savais que j'étais assez bien foutue pour faire partie de l'équipe du restaurant. Ce n'est pas mal payé, et les gens laissent pas mal de pourboires. Ça aurait pu être pire…

— J'imagine, oui.

— Tu sais ce qui nous ferait passer une bonne soirée ?

Je lui souris et attendis la suite, pressentant le pire.

— Descendre une bouteille d'alcool, mettre la musique à fond pour emmerder mes voisins, et danser jusqu'au bout de la nuit ! Qu'en dis-tu ?

Qu'avait dit mon grand-père déjà ? « Pas de bêtises » ? Je retrouvai le sourire en acquiesçant, me disant qu'on ne pouvait pas changer les bonnes (mauvaises ?) habitudes.

Chapitre 9

Je fus réveillée par une sonnerie qui résonna douloureusement dans mon crâne. J'avais l'impression qu'une perceuse me trouait le cerveau. Mendy mit un coussin sur sa tête et geignit, à l'agonie. Je fus tentée de faire la même chose qu'elle, mais mes membres semblaient peser une tonne, du moins, ils me paraissaient trop lourds pour que je réussisse à déplacer mes bras.

— C'est la dernière fois, Mendy.

— Je suis d'accord.

La sonnerie retentit une seconde fois. Je commençais à me rappeler où je me trouvais.

Après avoir passé une bonne partie de la nuit à faire les folles dans le petit appartement de Mendy, nous nous étions endormies à même le sol, juste après que la police était passée pour nous demander de baisser le volume de la musique.

Je réussis enfin à me lever et restai un instant immobile, le temps que ma tête cesse de tourner, puis allai ouvrir la porte d'entrée. Je pensais que la personne qui sonnait avait perdu patience depuis le temps, mais ce n'était pas le cas.

— Pourquoi ça ne m'étonne pas ? rigola Tucker en voyant ma mine affreuse.

— Qu'est-ce que tu fais là ?

— J'apporte le petit déjeuner. Ton grand-père a demandé

que quelqu'un vienne s'assurer que vous alliez bien. Je me suis dit qu'un bon petit déj en début d'après-midi ne serait pas de refus.

— Mon sauveur, grogna Mendy quelque part derrière moi.

Elle apparut, les cheveux en bataille et le visage vraiment pâle, pour récupérer le sac que Tucker avait dans la main et disparaître. J'ouvris la porte en grand pour le laisser entrer et rejoignis Mendy.

— J'ai besoin d'une aspirine, dis-je en me massant les tempes.

— Ça aussi, j'y ai pensé.

Tucker sortit une boîte de médicaments de sa poche, ce qui me fit rire.

— Comment tu savais ?

— On s'en fout de comment il a su, me coupa Mendy. Aujourd'hui, il est notre sauveur.

Tucker nous donna la boîte et s'installa à son tour sur le canapé en regardant le désastre qui régnait dans l'appartement.

— Vous auriez pu m'inviter ! Je suis sûr que votre petite fête était bien meilleure que la nôtre.

— Tu n'as pas idée, mon pote, lui dit Mendy en buvant son café.

Les paroles de Tucker m'intriguaient : avait-il passé une mauvaise soirée à cause d'Alex et des événements de la veille ? J'écartai cette pensée, je n'avais pas l'esprit très clair de toute façon, et me concentrai sur mon grand-père et le festival. Il devait être seul sur le stand. Cette idée me fit ressentir une petite pointe de culpabilité.

— Je ferais mieux de ne pas trop tarder, dis-je en prenant deux petits comprimés ainsi que mon café Starbucks.

— Je passerai te voir tout à l'heure, m'assura mon amie en se rallongeant à moitié sur le canapé. Je vais d'abord finir ma nuit.

Je lui souris même si ses yeux étaient déjà fermés, puis récupérai mes affaires avant de sortir de chez elle, suivie par Tucker. Dans le couloir, j'aperçus un des Prospects qui m'avaient aidée la veille avec les cartons. Je le saluai d'un signe de tête et descendis l'escalier.

— On ne va pas discuter de ce qui s'est passé hier ?

Je lançai un regard d'avertissement à mon ami. Il leva les mains en signe de reddition, et je montai dans la Chevrolet en refoulant un bâillement.

— Merci pour le petit déjeuner, lui dis-je à travers la vitre baissée.

— C'est normal. Je n'oublie pas que tu m'as sauvé la mise plusieurs fois, toi aussi.

Je lui souris et mis le moteur en route, mais un clic se fit entendre et la Chevrolet ne démarra pas.

— Saleté de tas de boue, grognai-je.

— J'ai déjà dit à William d'investir dans une autre voiture, mais il ne m'a jamais écouté.

— Peut-être parce que, généralement, tes idées sont assez nulles, rigolai-je.

Le Prospect ne put s'empêcher de rire aussi.

Tucker grimaça, mais ne me contredit pas.

— Monte avec moi, Princesse. Je t'emmène au festival.

Je le remerciai et montai derrière lui en lançant un regard mauvais au vieux tacot capricieux. Ce n'était pas très loin, mais le chemin était suffisamment long pour que je me rende compte à quel point la moto m'avait manqué.

Cinq ans plus tôt…

J'étais assise sur une des chaises hautes du Club House, et je récupérais le Coca que Tim venait de me servir quand Tucker entra.

— Qu'est-ce qui t'a pris autant de temps, Prospect ? demanda Toto. On nous a appelés pour nous prévenir que tu avais été en retard pour la livraison de la marchandise.

Je regardai le Prospect qui grimaça, ne sachant visiblement pas quoi répondre.

— C'est ma faute, intervins-je. La voiture est tombée en panne et il m'a aidée à redémarrer. Problème de batterie, apparemment.

Toto me considéra en plissant des yeux, puis regarda Alex qui acquiesça, assis à mes côtés. L'histoire était vraie, j'étais bien tombée en panne un quart d'heure plus tôt, mais c'était Alex qui m'avait aidée et non Tucker, qui n'était même pas là et ne connaissait rien aux moteurs de voiture. Toto grogna quelque chose puis secoua la tête avant de disparaître dans la salle de réunion. Tucker vint nous rejoindre, prit une gorgée de mon Coca et me sourit.

— Merci. Toto ne dit rien quand c'est toi qui lui sors une excuse. Mais pourquoi il ne me croit jamais, moi ?

— Parce que tes excuses sont toujours bidons, le charria Alex. T'étais où ?

— Au lit, répondit-il en souriant. Je n'ai pas pu voir le message concernant la livraison plus tôt. J'étais… occupé.

Ce n'est que lorsque Tim et Alex rigolèrent que je compris ce qu'il voulait dire par « occupé ».

Deux Brebis entrèrent dans la grande salle et se dirigèrent vers les quelques Intermédiaires assis sur les canapés, ignorant royalement les garçons qui m'entouraient.

— C'est fou, souffla Tim, mais dès que tu es dans les parages, gamine, je n'existe plus.

— Désolée.

Ces filles m'ignoraient depuis l'altercation avec Mendy. Cela me convenait parfaitement, et j'appréciais surtout le fait qu'elles ignoraient aussi Alex.

— Je te revaudrais ça, Princesse, me dit Tucker avant de s'éloigner vers la salle de réunion.

— C'est la deuxième fois que tu lui sauves la mise, me dit Alex, sa bouche sur mon cou. Est-ce que je dois m'inquiéter ?

— Absolument pas.

Je lui souris en posant la main sur sa joue.

Il prit une grande inspiration, passa les bras autour de ma taille et me souleva.

— Allons-nous-en d'ici, juste toi et moi, me dit-il en me volant un baiser.

Aujourd'hui…

Nous approchions du festival. Tucker zigzagua comme il put entre les motos qui cherchaient un emplacement où se garer et les gens qui affluaient dans la rue. Il finit par me déposer devant le stand de mon grand-père. Il me fit un clin d'œil avant de poursuivre son chemin jusqu'à son propre stand.

— A voir ton visage, je suis sûr que tu as passé une bonne soirée, je me trompe ?

Je n'avais pris le temps ni de me coiffer ni de me pomponner. Ma mère aurait été horrifiée de me voir ainsi. Je haussai les épaules et embrassai mon grand-père avec un sourire un peu forcé.

— C'était bien.

— J'ai reçu la visite du shérif, ce matin.

Il n'alla pas plus loin dans son explication. Au sourire qu'il me fit, je compris parfaitement qu'il était au courant de notre petite « soirée » chez Mendy. Cela ne m'étonnait pas vraiment étant donné que le shérif Turner était un ami de mon grand-père. Habiter dans une petite ville avait ses bons et ses mauvais côtés.

— La voiture ne démarre plus, indiquai-je pour changer de sujet.

Il râla un peu sur ces engins qui n'en faisaient qu'à leur tête, puis discuta avec un client, m'oubliant totalement. Je m'étais interdit de regarder de l'autre côté de la rue, mais je ne tins pas ma résolution très longtemps…

La première chose que je vis, c'était qu'Alex n'était pas là, et j'en fus soulagée. Parce que le savoir non loin de moi ne m'aurait pas aidée à penser à autre chose qu'à lui. Tucker avait rejoint Toto, ainsi que les deux Prospects et son frère jumeau. Depuis mon retour, j'avais vu une bonne partie du club, même certains Intermédiaires que je ne connaissais pas très bien, sauf Tim. Lorsque mon grand-père fut disponible, je l'interrogeai à ce sujet :

— Où est Tim ?

— En prison, gamine. Il a été incarcéré à la prison de Yankton pour possession illégale de drogues et d'armes.

— On parle bien de la même personne ?

— Oui. C'est surprenant, je sais, j'ai été le premier étonné, mais il a conclu un marché avec un autre clan du Dakota du Nord qui faisait du trafic. Il voulait gagner plus d'argent et il se disait sûrement qu'il ne se ferait pas prendre. Je ne sais pas grand-chose de plus ; ce qu'il se passe dans le club reste dans le club.

J'observai mon grand-père d'un air suspicieux : il me cachait des choses… Il me mentait. Sa dernière excuse me paraissait bizarre. Mon grand-père m'avait toujours fait part des affaires du club, même quand c'était *confidentiel*.

Je pensais à Tim et à ce qui avait pu se passer pendant le reste de l'après-midi. Cela ne lui ressemblait pas. Tim aimait bien trop le club pour en trahir ses lois, mais en cinq ans, beaucoup de choses avaient pu changer.

Mon grand-père finit par appeler une dépanneuse pour la vieille Chevrolet. Ensuite, je l'aidai à remballer nos affaires, puis les Prospects embarquèrent le tout pour le ramener à l'exploitation.

— Je ne serai pas là, ce soir, lui indiquai-je lorsqu'il fut sur le départ.

— Pas de bêtises cette fois, grogna-t-il en faisant les gros yeux.

Je lui souris et le regardai s'éloigner sur sa moto légendaire. Je sursautai lorsque je me retournai vers le stand : Trick était assis sur une chaise, les pieds posés sur la table. Contrairement à Tucker, il portait les cheveux coiffés en arrière et son regard était tout sauf amical et sincère.

— Qu'est-ce que tu fais là ?

— C'est marrant de voir qu'après tout ce temps, il suffit que tu pointes le bout de ton nez pour tout chambouler.

— Je ne vois pas de quoi tu parles, Trick, mais si je m'en souviens bien, hier, tu me demandais de rester loin de vous, alors pourquoi est-ce que tu viens me voir ?

— Pour la même raison qu'il y a cinq ans. Tu n'as rien à faire ici.

— J'ai bien compris le message. Je ne cherche pas à perturber ton petit monde, alors évite de venir perturber le mien.

Il s'esclaffa et passa la langue sur ses lèvres. Il se leva, se pencha par-dessus la table qui nous séparait et me regarda droit dans les yeux.

— Je n'ai pas fait en sorte que tu partes il y a cinq ans pour que tu ramènes ton joli derrière ici aujourd'hui. Quand je parle de pointer le bout de ton nez, ce n'est pas seulement dans notre club, c'est à Sturgis. Repars d'où tu viens, Princesse. C'est mieux pour tout le monde.

— Tes menaces n'ont aucune prise sur moi, Trick. Je n'ai qu'une question : qu'est-ce qu'il s'est passé pour que tu me détestes à ce point ?

Il me sourit et contourna la table avant de s'éloigner en ignorant royalement ma question… Je m'appuyai contre la table et le regardai marcher, songeuse.

Je savais pourquoi Trick me détestait sans pour autant comprendre la force de sa haine, même encore aujourd'hui.

Quelques années plus tôt, il s'était amusé à tirer sur une cible derrière le Club House, et il avait fini par toucher son frère en voulant faire le malin. Tucker n'avait été que légèrement éraflé, mais sur le coup, j'avais été impressionnée par la blessure et j'avais fait l'erreur d'appeler mon grand-père et de tout lui raconter. Trick avait passé un sale quart d'heure et les Intermédiaires ne lui avaient plus confié aucune responsabilité à la suite de cet incident. Je l'avais blessé sans le vouloir, en touchant une chose qui lui était chère. Après ça, il avait promis de se venger.

Il avait malheureusement réussi son coup, et en beauté. Et même si c'était Alex qui avait déconné, Trick avait dû y être pour quelque chose.

— Tout va bien ?

Clay s'arrêta devant moi et me sortit de mes pensées.

— Très bien. Prêt pour notre balade sur le site des Black Hills ?

— Je suis prêt !

— Parfait. Seulement, ça ne te dérange pas qu'on prenne ta moto ? Je suis en panne de transport.

— Non, ça ne me dérange pas. C'est par là ! Par contre, je ne pourrai pas rester tard avec toi. Mon club organise un vote et je dois me rendre au camp un peu plus tard dans la soirée.

Avant de le suivre, je jetai un dernier regard vers Trick qui donna une tape à l'arrière de la tête d'un des Prospects. Je croisai ensuite le regard de Tucker qui secouait la tête en me regardant, comme s'il essayait de me dire que ce n'était pas une bonne idée que je m'en aille avec un quasi-inconnu.

Je haussai les épaules et suivis Clay jusqu'à sa Harley. Je grimpai derrière lui et m'accrochai aux poignées arrière de sa moto. Je lui indiquai ensuite la route à prendre pour faire le tour de la ville en passant devant le Broken Spoke, le Buffalo Chip et l'Easyriders, entre autres. On s'éloigna finalement de la ville et je lui montrai les endroits que je connaissais — tous grâce à Alex —, comme le mont Rushmore, Keystone, la ville fantôme, et pour finir les Black Hills. Bien sûr, il y avait pas mal d'autres sites à visiter, mais la nuit tombait et je savais qu'un concert était organisé à la sortie de la ville, là où je voulais finalement l'emmener.

On prit de quoi grignoter et on s'installa sur un banc à l'écart de la foule tournée vers la scène. Un groupe de musiciens se déchaînait plus loin, faisant hurler les haut-parleurs.

— Combien de temps restes-tu ici ? lui demandai-je, en croquant dans mon hot-dog.

— Encore deux semaines. Ensuite, je pars pour New York et je retourne en France.

— Ça ne te manque pas trop la vie de biker quand tu es en déplacement ?

— Un peu, mais je reste toujours en contact avec mes frères. Je tiens les comptes du club et j'assure les transactions, même de loin, donc je n'ai pas le temps de sentir le manque.

— Qu'est-ce que ton club fait pour gagner de l'argent ?

Il grimaça et je compris toute seule sa réponse.

— Tu ne peux pas en parler.

— Non, désolé. Je ne pourrais en parler qu'à d'autres frères pour conclure un marché, mais pas à toi.

— Je comprends.

Ce que je comprenais surtout, c'était que les Free Souls ne devaient pas être aussi réglo que le pensait mon grand-père.

— Qu'est-ce qu'il s'est passé entre toi et le mec des Silence ?

— Rien qui n'ait encore de l'importance.

— C'est assez important pour que tu le fuies en tout cas, mais je ne veux pas me mêler de ce qui ne me regarde pas. Sache juste que tu peux m'utiliser autant que tu le souhaites en cas de besoin. Et je voudrais te demander une petite chose : j'ai vu que tu étais assez proche des membres de ce club, tu penses que tu pourrais me faire rencontrer le Président ?

— Je ne me mêle pas des affaires du club, et je ne veux rien avoir affaire avec tout ça. Désolée, je ne préfère pas. Pourquoi ?

Il haussa les épaules et secoua la tête.

— Je ne peux rien dire, mais merci quand même. Qu'est-ce que tu dirais d'aller acheter une glace, là-bas ?

Je regardai le marchand de glaces non loin de la scène et acquiesçai. Clay était gentil, je ne doutais pas de ce point, mais quelque chose chez lui me rendait nerveuse. Peut-être était-ce à cause de tous ses non-dits…

Je revins sur un point qu'il avait abordé pour m'éclaircir les idées :

— Quand tu dis que je peux t'utiliser… Tu n'attends rien de plus, n'est-ce pas ?

— Non, rassure-toi, j'ai bien compris que ton cœur était déjà pris, même si tu refuses de l'avouer.

Je fronçai les sourcils. Je n'aimais absolument pas sa réponse.

— Mon cœur n'est pas pris, Clay. Ça fait longtemps qu'il ne l'est plus.

Clay me regarda, et à travers son regard je vis parfaitement qu'il ne croyait pas un mot de ce que je disais.

— Alors, si ton cœur est libre, tu accepterais de sortir à nouveau avec moi ?

J'aurais sûrement décliné l'invitation venant de quelqu'un d'autre, mais je n'oubliais pas qu'il m'avait sauvé plusieurs fois la mise.

— Pourquoi pas ? Il va y avoir des animations samedi soir, on pourrait y aller ensemble ?

— Parfait.

Il me sourit et commanda nos glaces qu'il paya.

— Je suis désolé si je te parais mystérieux, mais les lois des clubs font que ce qu'il se passe dans le club reste…

— … reste dans le club, conclus-je. Je suis au courant. Ce n'est pas grave, je tiens vraiment à rester loin de tout ça.

— Je ne t'embêterai plus avec ça, promis.

Me faisant face, il se pencha et déposa un court baiser sur mes lèvres. Je haussai les sourcils en une question muette.

— Je n'attends rien de plus, ça aussi, je te le promets.

Je me tournai vers le concert, perplexe. Avoir une relation d'amitié améliorée avec un biker n'était certainement pas la meilleure des idées pour réussir à oublier mon passé…

Chapitre 10

Le lendemain, je démarrai ma journée par une balade matinale à cheval. Je n'étais pas montée depuis longtemps, ce qui me valut de sentir des engourdissements dans les jambes au bout de seulement quelques minutes. Mais la sensation enivrante de fusionner avec un cheval au galop en valait la chandelle.

En rentrant, je croisai mon grand-père qui se préparait dans l'entrée pour aller au festival. Il récupéra les clés de sa moto, puis prit ses lunettes, mais je l'interpellai avant qu'il ne file :

— Tu comptes partir sans moi ?

Il fit une drôle de tête, comme chaque fois qu'il avait une mauvaise nouvelle à m'annoncer.

— Non, je ne compte pas partir sans toi, mais tu ne vas pas au festival, ce matin.

Je le regardai en m'attendant au pire.

— Et où est-ce que je vais dans ce cas ?

— Au garage.

J'ouvris grand les yeux et secouai la tête en signe de négation. Il n'y avait que deux garages dans cette ville. Le premier était hors de prix, tandis que le second appartenait à Alex. Et je savais très bien de quel garage il parlait.

— C'est hors de question ! C'est non. Je n'irai pas au garage, je vais tenir le stand.

— Le seul moyen de transport qu'on a, c'est ma moto, et je ne veux pas que tu fasses des allers-retours avec mon bébé. Personne n'est disponible pour nous aider, donc c'est la meilleure solution.

Je passai les mains sur mon visage pour tenter de me réveiller de ce cauchemar, sans succès.

— Tu veux qu'il y ait un meurtre, bougonnai-je en m'appuyant contre le mur.

— Personne n'a eu de nouvelles d'Alex depuis deux jours. Tu ne le croiseras pas.

Une petite voix dans ma tête s'inquiéta immédiatement de cette disparition, mais je la fis taire en me rappelant qu'il n'était pas rare qu'Alex parte en balade pour se changer les idées. Cette petite voix revint cependant en force, pleine de curiosité : *Est-ce ma faute ?*

J'écartai ces pensées, sachant que me triturer les méninges à son sujet ne me mènerait à rien. Alex était déjà bien trop présent autour de moi pour qu'en plus il envahisse mon esprit. Sortant de mes pensées, j'interceptai mon grand-père avant qu'il ne puisse filer par la porte.

— Tu connais ma poisse légendaire, papy ! Je vais y aller, et la première personne qui va pointer le bout de son nez, c'est lui. Il a un sixième sens me concernant.

Mon grand-père rigola et ne put qu'acquiescer. Alex avait toujours su où me trouver, même lorsque je ne savais pas moi-même où j'étais. Et je savais aussi toujours le situer avec exactitude, même les yeux fermés. Nous étions connectés d'une façon inexplicable.

— Je suis désolé, gamine, mais tu n'auras qu'à récupérer les clés de la voiture et partir. C'est aussi simple que ça. Allez, on y va, on est déjà en retard pour le festival.

Je me décollai du mur en boudant. Ce programme ne me convenait absolument pas.

Mon grand-père sortit sa moto de la grange et je levai les yeux au ciel lorsqu'il me tendit un casque et me força à le mettre. Il prit quelques fournitures qu'il accrocha à sa moto, puis attendit que je sois bien installée pour démarrer. Il n'y avait rien de plus agréable que la conduite douce et paisible de mon grand-père. Que ce soit en voiture ou à moto, il était très facile de s'endormir lorsqu'il conduisait. Mais bizarrement, cette fois, mon corps resta tendu tout le trajet.

Je me rendais directement sur le territoire d'Alex. Je savais que je finirais par le croiser à nouveau, mais je n'aurais jamais imaginé que je ferais le premier pas, et que ce serait en me rendant directement chez lui, dans l'entreprise qu'il avait montée avec l'aide du club. Je n'avais plus qu'à espérer que mon grand-père avait raison et que je ne le croiserais pas. Seulement, qui tenait la boutique s'il n'était pas là ?

J'eus très vite la réponse à ma question. Lorsqu'on arriva sur la large place qui menait au garage, Trick et les deux Prospects étaient là. Je ne savais plus ce qui était pire : croiser Alex ou un nouvel affrontement avec Trick ?

Mon grand-père me déposa et me lança un regard qui disait : « Tu vois ? J'avais raison. » S'il savait qu'il m'envoyait dans la gueule du deuxième loup…

Il repartit après avoir salué les membres de son ancien club, me laissant seule face à Trick. Ce dernier m'adressa un sourire qui était tout sauf rassurant. Il me faisait penser à un fou qui venait de trouver un jouet avec lequel s'amuser.

— File-moi les clés de la Chevrolet et je m'en irai.

Il rigola brièvement, se passa une main sur sa joue barbue sans cesser de me fixer de son regard bleu électrique et dangereux avant de simplement me tourner le dos sans répondre. Il disparut dans le bureau à l'entrée du garage et n'en ressortit pas. Je soupirai en réalisant qu'un énième affrontement avec Trick serait inévitable.

Mais avant que je me décide à le rejoindre dans le bureau, un des Prospects vint à ma rencontre.

Il était un peu plus grand que moi et avait l'air sympathique. Il me fit un sourire contrit ; apparemment, lui aussi avait une mauvaise nouvelle à m'annoncer. Il se passa une main sur sa crête iroquoise coupée presque à ras et m'expliqua :

— La voiture de William n'est pas prête. C'est Alex qui répare les voitures et il n'est pas encore revenu.

— « Pas encore revenu » ?

— En fait, on ne sait pas où il est.

Je regardai le Prospect en me demandant si je devais me pendre maintenant ou attendre un peu, au cas où. Ce qu'il était en train de me dire, c'était que j'allais devoir attendre patiemment qu'Alex revienne. Avec Trick dans les parages. Encore une fois, je ne savais pas ce qui me dépitait le plus : devoir attendre Alex ou bien rester en compagnie d'un biker que je n'appréciais pas et qui me haïssait ouvertement.

Baissant la tête, vraiment contrariée, je tournai le dos au jeune homme. Si les choses n'avaient pas changé, je pouvais trouver Alex à deux endroits possibles et j'étais prête à partir à sa recherche pour pouvoir quitter cet endroit maudit au plus vite. Le premier endroit était à ma portée, mais le second était bien trop loin pour que je m'y rende à pied…

Je contournai le garage et passai dans une toute petite ruelle où se trouvait une grande échelle qui permettait d'accéder au toit du bâtiment. J'entrepris de grimper et mes bras me lancèrent rapidement, mais pas autant que mes jambes. La montée à cheval de la matinée n'arrangeait rien à la brûlure que je ressentais dans mes muscles. Il était temps que je me remette au sport.

En arrivant sur le toit, qui n'était pourtant pas très haut, j'étais vraiment essoufflée. Je pris un instant pour reprendre mon souffle, puis regardai autour de moi. Les meubles étaient différents, plus modernes, mais tout le reste était comme dans mon souvenir. Et malheureusement pour moi, Alex n'était pas là…

Cinq ans plus tôt…

— Qu'est-ce qu'on fait ici ? demandai-je à Alex en me tournant vers lui.

Ce dernier fit un pas vers moi et passa les doigts dans mes cheveux, avant de m'embrasser avec passion. Il me sourit et me fit faire demi-tour, collant son torse contre mon dos.

— Tu vois ça ?

Ma main dans la sienne, il m'indiqua une vieille bâtisse, anciennement un garage.

— C'est à moi, maintenant.

J'ouvris la bouche en une exclamation muette et me tournai vers lui en riant.

— C'est pas vrai ! Quand est-ce que tu as finalisé la vente ?

— Hier soir, après t'avoir déposée. Bienvenue au Miller's Garage.

Je passai les bras autour de son cou et l'embrassai, sincèrement heureuse pour lui. C'était le début de son rêve qui se réalisait. Alex avait un don pour transformer une épave en une voiture de course, exactement comme il l'avait fait avec sa moto.

— Félicitations, je suis contente pour toi !

Il me sourit, ravi, et me picora les lèvres de baisers avant de regarder de nouveau sa nouvelle propriété.

— Il y a beaucoup de travaux de rénovation à faire, mais le club va m'aider. Je dois beaucoup à ton grand-père. En plus de m'avoir sorti de ma vie merdique, il m'a aidé à me construire entièrement, et je ne sais pas comment faire pour m'acquitter de cette dette immense que j'ai envers lui.

— Je ne pense pas qu'il attende quelque chose en retour. Il considère tous les membres du club comme ses fils ou ses frères. Ne t'en fais pas pour ça.

Il me prit par la main et m'emmena dans une petite ruelle qui contournait le garage.

— J'aimerais te montrer autre chose.

Il grimpa une vieille échelle rouillée qui menait directement au toit. Bien heureusement, le bâtiment ne faisait pas quatre étages, mais un seul. Je montai à sa suite, plus lentement et avec beaucoup moins d'aisance. Alex m'aida à monter les derniers barreaux avant de me soulever pour me faire passer de l'autre côté. Il s'appuya contre le muret en brique et me regarda en souriant, guettant ma réaction.

Le sol était recouvert de petits gravillons. Des chaises longues et une petite table en plastique étaient installées de façon à créer un petit salon.

— Tu as aménagé une terrasse ?

— J'ai récupéré quelques bricoles dont le club n'avait plus besoin. Ce sera « notre » endroit. On y sera tranquilles, à l'abri de tous les regards indiscrets. Je pourrai travailler et, surtout, passer des petits moments en toute intimité avec toi.

Je rigolai et secouai la tête. Il perdait la raison.

— Tu es complètement malade !

Je lui souris avant de l'embrasser.

— A qui la faute ?

Je me mordillai la lèvre sans cesser de sourire. A cet instant, je sentis parfaitement que je sombrais un peu plus loin dans ma folie amoureuse. Debout devant moi, ses yeux sombres plongés dans les miens, son visage rayonnant de bonheur, Alex était en parfaite osmose avec moi.

Il me prit la main et m'emmena jusqu'à une chaise longue sur laquelle il s'installa, avant de tirer ma main pour que je m'asseye entre ses jambes. Blottie contre lui, je me demandai si on pouvait déjà reconnaître l'homme qui nous était destiné à dix-sept ans. C'était peut-être l'effet du premier amour, mais au fond de moi, je savais qu'aucun autre homme ne réussirait à me faire ressentir un amour aussi fort et passionnel. J'étais sûre qu'aucun autre ne pourrait me faire sentir aussi vivante. Seulement Alex…

Aujourd'hui…

J'ouvris les yeux, le cœur meurtri. Je ne sais pas combien de temps j'étais restée allongée sur le canapé qui remplaçait les chaises longues, mais suffisamment longtemps pour que les souvenirs me serrent le cœur.

Tout me rappelait Alex. J'avais été tellement stupide… Tout le monde sait qu'il ne faut jamais se donner entièrement à quelqu'un ; tout le monde, sauf moi. Je l'ignorais, à l'époque. Et aujourd'hui, je ressentais encore dans mon ventre les pincements de cet amour profond et passionnel. J'aurais pu faire n'importe quoi pour lui.

N'importe quoi. C'en était presque malsain.

Je me levai rapidement quand j'entendis des bruits provenant de l'échelle. Mon cœur s'accéléra. Une seule personne pouvait venir ici. Alex.

Il enjamba le muret aussi agilement qu'à l'époque et s'avança prudemment vers le canapé en face de moi. Il s'y assit tranquillement et m'invita d'un geste à faire de même sur celui où j'étais allongée quelques minutes plus tôt. Je restai debout, me demandant s'il n'était pas préférable de m'en aller tout de suite.

Ses cheveux courts dégageaient son visage parfait. Ses traits s'étaient durcis mais il avait toujours ce charisme et cette assurance qui pouvaient rendre folle n'importe quelle fille. Il avait une prestance qui attirait l'œil et, malgré tous mes efforts pour le détester, je ne pouvais nier qu'il avait toujours un effet ravageur sur moi.

Foutu passé.

— C'est pour toi que j'ai fait ça, tu sais ?

Je fronçai les sourcils, sans comprendre de quoi il parlait.

— J'ai changé les meubles et installé ce faux toit pour les protéger de la pluie un peu avant que tu partes.

Je haussai les épaules. Je me fichais royalement qu'il ait pu faire quoi que ce soit pour moi à l'époque et je ne voyais pas où il voulait en venir.

— Pourquoi me dis-tu ça ?

— Je n'en ai aucune idée. Peut-être parce que j'étais fier de ce que j'avais accompli et que tu ne l'as jamais vu.

Mon esprit s'embrouillait, alors je finis par m'asseoir sur le canapé. Alex avait l'air en colère, mais sa voix restait neutre, son visage impassible. Il semblait vouloir discuter, mais ce qu'il comptait me dire ne m'intéressait pas.

Vraiment ? Alors pourquoi tu viens de te rasseoir ?

— Est-ce que tu sors avec le gars des Free Souls ?

Je le regardai, abasourdie.

— Est-ce que tu sors avec la serveuse de l'Easyriders ?

— Non.

— Mais pourquoi est-ce que tu me réponds ?!

— Parce que tu m'as posé une question.

Je me levai et fis les cent pas, une main posée sur mon front. Je ne savais pas quoi faire de lui, ni de cette réponse et de ce qu'elle provoquait en moi. J'en étais satisfaite alors que je n'aurais pas dû l'être.

— Ce que je voulais te faire comprendre en te posant cette question, c'est que ce qui te concerne ne me regarde plus, et vice versa, expliquai-je.

Il se pencha en avant et posa les coudes sur ses genoux, avant de se frotter la joue comme s'il réfléchissait sérieusement à ce que je venais de dire. Il retira ses lunettes de soleil et plongea son regard sombre dans le mien.

— Peu m'importent les années qui se sont écoulées, Kimi, ce qui te concerne comptera toujours pour moi.

Je lui tournai le dos pour qu'il ne remarque pas combien ses paroles me touchaient. Que m'avait dit Mendy, déjà ? Que ce n'était pas en fuyant le passé que je pourrais aller de l'avant. Mais comment faire quand affronter son passé revenait à endurer une séance de torture ? Chaque face-à-face, chaque conversation était comme un poignard planté dans ma poitrine, tout près de mon cœur, qui ne cessait de l'effleurer, de l'entailler à plusieurs endroits pour mieux me faire ressentir la douleur déchirante qu'avait été notre séparation.

— Qu'est-ce que tu espères en me disant ça ? demandai-je en me tournant vers lui, les sourcils froncés.

— Je n'en sais foutrement rien, s'énerva-t-il en se levant. J'aimerais juste comprendre pourquoi tu es revenue après cinq ans d'absence. Après cinq années de putain de silence.

— Si ça n'avait tenu qu'à moi, je ne serais pas revenue, figure-toi !

— Qu'est-ce qu'on fait maintenant ?

— « Maintenant » ? J'aimerais juste récupérer la voiture de mon grand-père et partir d'ici.

— Bien. Dans ce cas, je vais remplacer le démarreur et tu pourras repartir.

Il remit ses lunettes sur son nez et se dirigea vers le muret où se trouvait l'échelle, mais s'arrêta avant de descendre.

— Tu aurais mieux fait de ne jamais revenir, me dit-il sans me faire face.

— C'est ce que j'aurais préféré, moi aussi.

Il se tourna vers moi, ses sourcils disparaissant sous ses lunettes.

— Tu sais comment ç'a été après ton départ ?

J'eus envie de lui rétorquer que non, puisque je n'étais plus là, mais je préférai ne pas trop le chercher.

— C'était le vrai merdier ! Tout est parti en couille. Tout, Kimi !

— A qui la faute ?

— A moi, bien sûr… Sauf que je ne sais même pas ce que j'ai pu faire pour que tu prennes la fuite !

Je me pris la tête entre les mains. J'étais proche de la crise de nerfs.

— Tu n'as qu'à demander à Trick. Il pourra te répondre.

— Qu'est-ce que Trick a à voir avec ça ? C'est à toi que je pose la question.

— Katherine. Ce prénom te rafraîchira sûrement la mémoire.

Il secoua la tête, mais je vis parfaitement dans ses yeux qu'il comprenait tout à fait ce que je disais, alors je continuai.

— Tout ce que je te demande, c'est de me laisser tranquille, Alex. Depuis que je suis revenue, je n'arrête pas de me heurter au passé alors que je ne cherche qu'une chose : tirer un trait définitif sur tout ça. Donc, s'il te plaît, oublie-moi.

— Tu crois vraiment que c'est possible ? Est-ce que tu arrives à m'oublier, toi ?

Je gardai le silence, incapable de répondre.

— On connaît tous les deux la réponse, continua-t-il. Alors on va faire un marché : quand tu m'auras oublié, redemande-moi de le faire, et peut-être que, là, je considérerai ta demande. En attendant, on aura encore des choses à se dire, toi et moi.

Je soupirai. Il s'en rendrait sûrement compte si je lui mentais, alors je le regardai sans rien dire. Il ne bougea pas et, l'espace de quelques secondes, je perçus parfaitement ce qu'il ressentait. Un sentiment de frustration et de colère, mélangé à quelque chose de plus profond enfoui depuis trop longtemps pour pouvoir être clairement identifié. Cette foutue connexion existait toujours.

Il resta immobile, son regard caché derrière ses lunettes braqué sur moi, comme s'il attendait quelque chose, une réponse, une nouvelle pique qui relancerait notre dispute, ou encore une acceptation de son stupide marché. Mais ce que j'allais lui donner n'allait certainement pas lui plaire.

— Pour te répondre : oui, je sors avec Clay.

J'aurais donné cher pour pouvoir voir ses yeux à ce moment-là. Pas parce que je voulais le blesser — je savais que cela n'arriverait pas de sitôt —, mais pour le voir en colère. Parce que s'il y avait une chose qu'Alex n'aimait pas, c'était qu'on le contrarie. Il prit une profonde inspiration. Son visage ne trahissait aucune émotion, mais je repérai que sa mâchoire se contractait. Il était furieux. Je le ressentais jusque dans mes entrailles, et contrairement à ce que je m'attendais, je n'étais pas satisfaite, bien au contraire. Je me sentais moi-même sur les nerfs.

Il secoua la tête et me tourna le dos, avant de disparaître de ma vue. Je pris le temps de prendre de grandes inspirations pour détendre les muscles de mon dos.

Parler avec Alex, c'était comme être sur un ring. Chaque parole me faisait l'effet d'un coup. C'était douloureux.

Je descendis à mon tour, et pris soin de rester loin du garage en attendant que ma voiture soit prête. Une voiture bleue se gara dans la cour du garage. C'était Mendy. Elle en sortit et se dirigea vers Alex. Elle semblait légère et, comme à son habitude, enjouée, tandis qu'Alex était froid et distant. Je n'entendis rien de leur échange qui ne dura que quelques minutes. Alex finit par jeter quelque chose brutalement dans sa caisse à outils et disparut quelque part dans le garage.

Mendy se tourna vers moi et vint à ma rencontre. Elle était

habillée d'un léger top, d'un jean ultramoulant et de talons aiguilles. Je ne comprenais vraiment pas comment cette fille pouvait être encore célibataire.

— Eh bien, eh bien, me dit-elle en arrivant près de moi. Alex n'est pas commode aujourd'hui. Tu y es pour quelque chose ?

— Peut-être bien.

Elle me sourit et posa sla tête sur mon épaule en regardant l'entrée du garage où se trouvaient les deux Prospects.

— Qu'est-ce qu'on va bien faire de vous deux ?

— Ne surtout pas nous jeter dans une fosse pour un autre face-à-face.

Elle rigola en haussant les sourcils de manière suggestive.

— Vous finiriez par vous entre-tuer... Ou par vous sauter dessus pour des retrouvailles sexy et chaudes comme la braise.

Elle entama une danse assez explicite qui me fit éclater de rire. Je la poussai et niai totalement, refusant de la regarder plus longtemps.

— S'entre-tuer, je pense que c'est la bonne réponse.

— Qu'est-ce qu'il s'est passé ? Raconte-moi tout.

Je lui fis un bref compte rendu de mon entrevue avec Alex. Ses yeux s'écarquillaient au fil de mon explication. Elle finit par me pincer le bras, en me lançant un regard mauvais.

— Aïe ! Qu'est-ce que j'ai dit ?

— Tu sors avec un des Free Souls ? Tu as perdu la tête ? Essayer de te soigner d'un biker en sortant avec un autre biker, ce n'est pas la bonne solution !

— Il n'est là que pour deux semaines, ça n'ira pas très loin.

— Alors, quoi ? Vous prenez du bon temps, et basta ? Est-ce que tu as pensé à ce qu'Alex pourrait ressentir ?

— Mendy ! On n'est plus ensemble ! De quel côté es-tu ?

— Aucun, chérie. Je mets simplement les choses à plat. Si Alex trimballait une nana sous tes yeux, je sais que tu en souffrirais.

J'avais sincèrement espéré que Mendy me comprendrait, parce que je ne cherchais pas à blesser qui que ce soit. Je voulais seulement tourner cette foutue page restée inachevée. Le regard de mon amie me fit ressentir de la culpabilité.

— Je veux juste qu'il me laisse tranquille.

— En le provoquant ? Hm, hm, me fit-elle en secouant la tête. Mauvaise option.

— Et qu'est-ce que je devrais faire, selon toi ?

— Je n'en ai aucune idée ! Je ferais sûrement comme toi, à ta place…

Je levai les yeux au ciel, appréciant sa franchise et contente de voir une porte de sortie qui pourrait nous faire changer de sujet de conversation, loin du danger que représentait Alex.

— Comment savais-tu où je me trouvais ?

— Ton grand-père me l'a dit. J'ai pensé que tu serais heureuse de me voir venir à ta rescousse.

— Tu as eu tout à fait raison !

— Mendy à la rescousse ! Allez, viens. On va aller boire un petit quelque chose en attendant que ton vieux tacot soit prêt.

Elle me prit par l'épaule et m'embarqua avec elle. Ce temps mort était vraiment le bienvenu.

Chapitre 11

Assise sur mon lit, je regardai Mendy finir de se préparer pour les festivités de la Bike Week. Ses cheveux blonds étaient ramenés en un chignon parfait. La bouche ouverte, elle se mettait du mascara.

— N'empêche que si je ne te connaissais pas, je penserais que tu es une Brebis ! D'abord Alex, ensuite ce Free Souls. En vérité, tu aimes les bikers, les gros durs, sur leurs grosses motos…

— Tu divagues, Mendy.

— … avec leurs blousons en cuir, leur air mauvais, et…

— Mendy !

— D'accord… J'arrête.

Je secouai la tête en la regardant faussement bouder. Pour la faire changer de sujet, j'allumai la chaîne hi-fi plus toute jeune et mis un peu de musique.

Mendy avait insisté pour choisir la tenue que je porterais ce soir, mais en voyant ma garde-robe, elle avait vite déchanté. Je n'avais pris avec moi que des vêtements basiques… et c'était bien pour cette raison que j'avais accepté qu'elle m'aide : j'étais sûre qu'elle ne trouverait rien de sexy ni de vulgaire.

Elle m'avait donc conseillé de porter un short noir avec un top léger bleu ciel. Rien de trop extravagant. De son côté, elle portait une jupe en jean avec des bottes à talons qui lui remontaient jusqu'aux genoux.

La soirée dans laquelle nous allions n'avait rien d'extraordinaire, pourtant, c'était un des rares événements à ne pas louper. A l'exception de la Bike Week, Sturgis n'avait aucune autre animation. Le Buffalo Chip était une immense salle, avec un bar, une scène, un ring, et des barres de pole dance un peu partout. Le reste de l'année, cet endroit était surtout fréquenté par les hommes qui venaient voir les stripteaseuses, mais pendant la Bike Week, le Buffalo Chip organisait des animations spéciales.

Mendy tourna plusieurs fois dans les allées du parking, avant de dénicher une place — qui n'en était pas une — sur un talus de sable. On retrouva Clay près de l'entrée, accompagné des membres de son club.

— Ils me foutraient presque les jetons, me souffla-t-elle.

Effectivement, certains membres de son groupe avaient le regard dur, des tatouages jusque sur le crâne, et des visages pas très chaleureux. Clay nous salua comme à son habitude et nous suivit à l'intérieur du club en laissant le reste de son groupe dehors. Ces derniers ne semblaient pas être ici pour s'amuser.

Nous payâmes l'accès au sous-sol, puis nous descendîmes l'escalier d'où la musique nous parvenait. Clay passa un bras autour de mes épaules, et tout naturellement, je l'enlaçai. Il sentait bon, vraiment bon. Mais j'échouai à faire taire la petite voix qui me rappelait que l'odeur enivrante d'Alex n'avait pas son pareil. La soirée n'avait pas encore commencé et j'étais déjà énervée contre moi-même.

Le sous-sol était plein à craquer. Les gens dansaient ou regardaient les autres danser. Des femmes et des hommes montaient sur les podiums où se trouvaient les barres de pole dance et dansaient parfois vulgairement. Beaucoup de femmes n'étaient que très peu vêtues… Pour changer.

On se faufila parmi la foule pour atteindre l'autre bout de la salle où se trouvaient les sièges. Clay dénicha une chaise libre et me tira par la main pour que je m'asseye sur lui.

Mendy nous tournait le dos, dansant sur place comme si elle était seule au monde. Elle adorait les soirées organisées par le Buffalo Chip. Ce n'était pas le meilleur endroit pour tenir une discussion, mais cela ne semblait pas déranger Clay, qui regardait partout autour de lui, comme si c'était la première fois qu'il venait dans ce club.

Je me relevai subitement parce que je ne me sentais pas du tout à ma place sur les genoux de Clay. C'était peut-être encore trop tôt… Quoi qu'il en soit, je n'étais pas à l'aise. Au loin, je reconnus la silhouette de Tucker.

— Je vais nous chercher à boire, vous voulez quelque chose ? demandai-je à Mendy et Clay.

Ils me donnèrent leurs commandes, et je pus respirer un peu en me dirigeant vers le bar. J'espérais juste que c'était bien Tucker au bar, et non son frère démoniaque.

Je traversai la piste de danse, me faisant bousculer de tous les côtés. Une main m'arrêta et un jeune homme me proposa de danser avec lui. Je refusai poliment. Plus loin, un autre me proposa la même chose, et je refusai à nouveau d'un signe de tête. Quand une troisième personne m'arrêta, je me retournai, vraiment agacée.

Le léger picotement qui parcourut ma main aurait dû me renseigner sur la personne qui me faisait face. Alex.

— Evidemment, soufflai-je sans qu'il puisse m'entendre.

Je me défis de sa prise sèchement, et le dévisageai. Il était vêtu d'un jean noir, avec un haut de la même teinte sous son blouson en cuir, ce qui lui donnait un air encore plus sombre que d'habitude. Je m'attendais à le croiser ce soir, seulement je n'avais pas pensé que ce serait aussi tôt.

— Qu'est-ce que tu veux ? lui demandai-je en haussant le ton pour qu'il puisse m'entendre.

Il récupéra mon poignet et me rapprocha de lui brusquement. Son regard plongé dans le mien, il ne laissait transparaître aucune émotion. Il se baissa légèrement et me répondit calmement :

— Tu es vraiment venue avec lui ?

— En quoi ça te regarde ?

— Il est sur mon territoire, et je ne le veux pas ici.

— C'est la Bike Week, Alex. Sturgis est donc un territoire neutre.

Il haussa les sourcils pour me dire que cela lui était complètement égal.

Je repris :

— Très bien ! On va s'en aller, comme ça, il n'y aura plus aucun problème.

— Non, toi, tu restes ici.

— Si tu crois que je vais obéir à tes ordres, tu peux toujours rêver ! Je te précise quand même que je ne le ferai pas.

— Ne me pousse pas à faire des choses que tu regretteras ensuite, Kimi.

— Qui est-ce qui essaie de pousser l'autre ? Ce n'est pas moi qui suis venue te voir simplement pour te dire que ta copine me dérangeait !

Il écarta les bras et regarda autour de lui avec un sourire satisfait.

— Je ne vois aucune copine.

Je levai les yeux au ciel, et soufflai pour tenter d'évacuer la tension qui me nouait l'estomac.

— Peu importe. Si tu en avais amené une avec toi ce soir, je ne t'aurais rien dit, alors essaie au moins de respecter mes choix.

— Tu es sûre de toi ? me demanda-t-il avec un petit sourire qui n'augurait rien de bon.

— Très sûre.

— Bien.

Il tourna les talons et s'éloigna de moi sans un mot de plus. Ça sentait mauvais. Alex n'était pas du genre à abandonner, il était bien trop têtu pour me laisser le dernier mot. Je le suivis du regard jusqu'à ce qu'il disparaisse de ma vue. Machinalement, je me tins le poignet : je sentais encore la chaleur de sa main sur ma peau.

— Qu'est-ce qu'il m'énerve, grognai-je pour moi-même en me dirigeant vers Tucker.

Je montai les marches pour accéder au bar et retrouvai enfin mon ami. Il me regarda avec des yeux rieurs tout en secouant la tête.

— Vous êtes impossibles tous les deux.

— C'est lui qui est impossible. Il a un caractère de cochon !

— Je te l'accorde, rigola-t-il, mais tu crois que c'est une bonne idée d'être venue ici avec ton Free Souls ?

— Pourquoi ça ne le serait pas ?

Il appuya son dos sur le bar et posa ses coudes sur le comptoir pour pouvoir observer la foule qui s'étendait au-dessous de nous.

— Tu vois le ring, là-bas ?

Je pris la même posture que lui et regardai dans la direction qu'il me montrait. Je ne comprenais pas où il voulait en venir.

— Je le vois, oui. Et alors ?

— C'est là-bas que tout va se finir.

— Non. Pourquoi dis-tu ça ? Ils ne sont pas assez idiots pour se battre.

— Tu crois ?

Le regard bleu de Tucker m'indiqua clairement qu'il pensait que j'étais très naïve de croire ça. Les combats clandestins faisaient partie des moments attendus de la Bike Week. Ils étaient très appréciés par le public et les paris pouvaient s'élever très haut en fonction des clans de bikers qui s'affrontaient.

Je rectifiai ma phrase :

— Enfin… Clay n'est pas assez idiot pour accepter ce combat.

D'un geste du menton, il m'indiqua un autre endroit et me fit ravaler tout ce que je venais de dire.

— Putain, grognai-je.

Clay et Alex se faisaient face. Tous deux avaient l'air tendus, sur le point de laisser éclater leur colère. La pauvre Mendy se trouvait au milieu, les bras écartés, faisant preuve d'un sang-froid admirable.

— Je dirais plutôt…

— Et merde, crachai-je.

Tucker avait raison.

— Exactement !

Je me décollai du bar et filai vers l'escalier. Tucker me cria quelque chose que je n'entendis pas. Je n'avais qu'une idée en tête : désamorcer la bombe qui était sur le point d'exploser. Sans ménagement, je poussais les gens sur mon passage — je n'avais pas le temps pour la politesse. Lorsque je fus assez proche, je les vis échanger quelques mots, mais avec la musique, il m'était impossible d'entendre ce qu'ils se disaient. Mendy secoua la tête.

Lorsqu'elle me vit arriver, elle me fit une grimace me signifiant qu'elle ne savait pas quoi faire. Je me plaçai devant Clay pour m'interposer entre eux, mais Alex m'ignora royalement.

— Tu ne veux pas partir sans elle, mais je ne veux pas qu'elle parte avec toi, dit Alex, le regard furieux.

— On s'en va, coupai-je. Clay, il vaut mieux qu'on parte.

Ce dernier me regarda et acquiesça, se détendant visiblement. Alex se passa une main sur la bouche. Il n'avait certainement pas prévu mon intervention. Lorsque je le contournai, il m'attrapa par le bras.

— Non, tu ne vas nulle part avec lui.

Je me dégageai, et fronçai les sourcils. Je commençai à sentir la colère prendre le dessus, mais avant que je puisse parler, Clay pointa un doigt menaçant sur Alex.

— Ne la touche pas.

Grave erreur. Alex regarda son doigt avec fureur, puis il sourit, d'un sourire qui n'annonçait vraiment rien de bon. Il nous tourna le dos, et disparut dans la foule. J'en profitai pour attraper la main de Clay et tenter de filer rapidement d'ici.

— Il ne va pas s'arrêter là, me dit Mendy en trottinant à mes côtés.

— Je sais, c'est pour ça que plus vite on sera sortis, mieux ce sera.

La musique baissa d'un seul coup, et le maître de cérémonie déclara au micro :

— Mesdames et messieurs, j'espère que vous passez une bonne soirée ?

Les gens hurlèrent dans la salle, ce qui me fit accélérer un peu plus.

— Nous avons une première demande de défi. Et pas des moindres ! Que diriez-vous de voir un des membres des Silence of Death sur le ring, ce soir ?

Deuxième salve de hurlements.

— Il est légitime de laisser le clan à qui appartient ce territoire ouvrir le bal, qu'en dites-vous ?

Troisième salve de hurlements.

— La demande de défi concerne un des membres du clan des Free Souls du Dakota du Nord.

Clay s'arrêta. Je le tirai par la main pour qu'il continue de marcher, mais il secoua la tête.

— Je ne peux pas refuser ce défi, Kim. C'est inscrit dans nos lois.

— Non, non et non, ce n'est inscrit nulle part. On s'en va. Vite. Je n'ai rien entendu, tu n'as rien entendu, tout va très bien. Allez ! On s'en va !

Il me lâcha la main et se tourna en direction de la scène où le maître de cérémonie — un grand monsieur baraqué à la peau sombre — patientait en dansant sur les cris du public. Je criai de frustration, mais cela passa complètement inaperçu.

J'avais l'impression de céder progressivement à la folie. C'était certainement ce qu'Alex cherchait, et il y arrivait parfaitement. Je passai les mains sur mon visage et regardai Clay se diriger vers la scène, me sentant impuissante.

— Je suis désolée de te dire ça, Kim, me déclara Mendy en se retenant de sourire. Mais… Putain ! Qu'est-ce que je les trouve sexy tous les deux ! Et les voir se battre va me faire tourner de l'œil. Tu comprends ? Je succombe au trop-plein de testostérone.

— Merci Mendy pour ton soutien, répliquai-je.

Je n'étais absolument pas d'humeur à plaisanter.

— Je t'en prie, ma chérie. Allez, viens. Le défi est lancé, on ne peut plus faire grand-chose maintenant.

Je savais qu'elle avait raison, mais je ne voulais pas voir Alex et Clay se battre. Mendy m'emmena près du ring, où les gens commençaient à se rassembler. Les paris montaient rapidement.

— Le défi est relevé ! s'exclama le maître de cérémonie. Mesdames et messieurs, applaudissez nos deux clans : les Silence of Death de l'Etat du Dakota du Sud et les Free Souls du Dakota du Nord !

Les gens applaudirent et sifflèrent les deux rivaux. Je ne cessai de secouer la tête, comme si je refusais de croire que ce qui se passait sous mes yeux était la réalité. Je ne comprenais pas pourquoi j'étais la seule à trouver tout ceci complètement absurde.

Alex retira son blouson qu'il donna à Sam, le second de Toto, puis enleva son T-shirt. Toutes les filles de la salle se mirent à hurler. Si je devais lui accorder une chose, c'est que son corps était une merveille à regarder. Ses muscles bien dessinés, son dos parfait avec une cambrure à se damner… et sur lequel figurait le nom du club des Silence tatoué ainsi qu'une tête de mort sans mâchoire, avec des arabesques sur le contour. Chaque membre du club possédait ce tatouage, y compris mon grand-père.

— Je te l'avais dit, me souffla Tucker avec un petit sourire.

— Ce n'est pas drôle, Tucker.

— Laisse, Tuck, intervint Mendy. Elle fait sa rabat-joie !

Il sourit à la remarque de mon amie et posa un billet de cinquante sur le ring. Une femme vêtue d'un minishort et d'un soutien-gorge rouge ramassa le billet.

— Pour les Silence, cria Tucker.

— Tu viens de parier sur ce combat ? m'écriai-je en le frappant.

— C'est mon frère, Princesse. Je le soutiens, c'est tout !

Mendy rigola et donna un billet à son tour à la jeune femme qui enregistra son pari pour Alex. J'avais envie de crier ma frustration. Je crachai tous les jurons de ma connaissance, mais rien ne calma ma colère.

Clay retira son blouson à son tour, puis son T-shirt. Les filles de la salle hurlèrent à nouveau, me cassant les oreilles au passage. Clay aussi était bien bâti, mais d'une autre manière. Il arborait son propre tatouage dans le dos — la faucheuse, vue de de dos —, et c'était apparemment le seul tatouage qu'il avait.

Il se fit bander les mains par le maître de cérémonie tandis qu'une jeune femme faisait de même avec Alex. Ce dernier avait le regard braqué sur moi. Il ne pouvait pas m'entendre, mais je lui dis quand même :

— Arrête.

Il dut lire sur mes lèvres, car il me répondit :

— Je ne peux pas.

— Déclare forfait.

Il rigola et détourna la tête en la secouant. Mes épaules s'affaissèrent. Je ne pouvais pas rester ici, en spectatrice du désastre qui allait se produire. L'un d'eux en ressortirait sacrément amoché, et je ne voulais voir aucun d'eux comme ça.

Lorsqu'ils furent prêts, le maître de cérémonie fit une annonce sur les sponsors, rappela les règles de ce combat, puis lança le gong de départ. Les deux hommes sautillèrent sur place et firent quelques mouvements pour s'échauffer, avant de s'avancer au milieu du ring. A mes côtés, Mendy gigotait sur place, sûrement en état de surexcitation.

Alex donna le premier coup, que Clay évita. Ce petit jeu dura un moment, avant que Clay ne donne un coup de poing dans le torse d'Alex. Ce dernier recula et sourit à Clay d'un sourire que je connaissais parfaitement : il était prêt à passer aux choses sérieuses. S'avançant doucement vers son adversaire, Alex fit une feinte, puis assena une droite à Clay. Son poing s'écrasa sur la mâchoire, et malgré les cris qui régnaient, le bruit sourd du choc résonna douloureusement dans mes oreilles.

Je fermai les yeux et les rouvris en entendant un autre choc, celui d'un poing s'écrasant sur l'os. Alex venait de mettre un deuxième coup au même endroit que le premier. Clay secoua la tête, comme pour s'éclaircir les idées, et contre-attaqua en frappant une fois dans le ventre d'Alex, puis enchaîna par un revers de son autre main, écrasant son poing sur la mâchoire de son adversaire. Alex n'attendit pas de récupérer et laissa libre cours à sa colère. Il fit pleuvoir les coups sans aucune interruption. Je savais parfaitement que si Alex continuait ainsi, Clay ne ferait pas long feu.

Je refusai de rester plus longtemps et de regarder ce combat qui me mettait hors de moi. Baissant la tête, je tournai le dos au ring, et me faufilai entre les gens pour pouvoir m'éloigner.

Je mis un temps fou à sortir de la cohue. Quand j'aperçus enfin la sortie, le gong retentit.

— Mesdames et messieurs ! Nous avons notre premier grand vainqueur de cette soixante-quatorzième édition de la Bike Week de Sturgis. Le grand gagnant est Silence of Death !

Je ne me retournai pas pour voir Alex debout près du maître

de cérémonie, la main levée, acclamé par le public. Il avait eu ce qu'il voulait. Il avait gagné.

Je montai les marches quatre à quatre, ne souhaitant qu'une chose : m'éloigner au plus vite de toute cette folie.

Et surtout, m'éloigner de lui.

Chapitre 12

Cinq ans plus tôt…

Dans ma chambre, Alex regardait les livres empilés sur mon bureau. Il en ouvrit un au hasard et lut quelques lignes avant de faire une drôle de tête et de le refermer.

— Très peu pour moi, rigola-t-il en passant à un album photo que je venais d'acheter. Tu as un appareil photo ?

Je récupérai l'appareil que j'avais mis dans un des tiroirs du bureau et le lui tendis. Il l'alluma et prit une photo de moi. Je mis la main devant mon visage, refusant de me prêter au jeu.

— Je ne vais pas faire un album photo de moi ! Arrête ça, protestai-je.

— Alors, tu veux qu'il y ait qui dans cet album ?

Je lui pris l'appareil des mains et le poussai vers mon lit. Il s'y assit en haussant les sourcils et fit un petit sourire quand je le pris en photo. Il m'attrapa ensuite par les hanches avant de me jeter sur le lit. J'éclatai de rire, et continuai de le photographier. Il m'arracha l'appareil des mains et prit une photo de nous alors qu'il m'embrassait dans le cou. Je n'étais pas sûre que nous serions sur la photo, vu qu'il ne regardait pas ce qu'il faisait, mais peu m'importait, du moment que sa bouche ne quittait jamais ma peau.

Il m'embrassa en me serrant d'un bras contre lui, et prit plusieurs photos. Lâchant finalement l'appareil, il se cala entre mes jambes et me câlina pendant un long moment, faisant grimper rapidement la température de nos corps, sans jamais dépasser les limites que je n'avais pas eu besoin de poser explicitement.

Alex finit par caler sa tête contre ma poitrine et resta un moment ainsi, comme s'il avait besoin d'un instant pour se reprendre. Pour détendre l'atmosphère, je dis :

— Il y a une soirée au Buffalo Chip, ce soir. Tu y vas ?

Il releva la tête, et plongea son regard sombre dans le mien.

— Ce serait mieux si tu ne venais pas, Kimi.

— Pourquoi ?

— Tu connais ces soirées. Il va y avoir des gens soûls, des bagarres sur le ring et hors ring…

Je savais parfaitement à quel genre de soirée je me rendais. Cette excuse ne me fit donc pas changer d'avis, bien au contraire.

— J'ai déjà prévu d'y aller avec Mendy.

Il eut un rire bref, comme s'il s'attendait à cette réponse.

— Pourquoi cela ne m'étonne pas ?

— C'est le seul vrai bar qui ouvre ses portes aux mineurs, et seulement pendant la Bike Week. C'est donc normal qu'on y aille. Il n'y a rien à faire d'autre par ici.

Il s'assit, et acquiesça. Je voyais parfaitement que l'idée que je me retrouve dans la foule ne l'enchantait pas, mais je sentais qu'il n'y avait pas que ça.

— Qu'est-ce qu'il y a ?

— Je vais me battre ce soir.

— Quoi ?

— C'est un combat réglo, qui se déroulera sur le ring. Un clan allié d'Atlanta m'a mis au défi aujourd'hui d'affronter un de leurs Prospects. Les gens vont parier gros. Prospect contre Prospect, un seul combat.

— Pourquoi toi ?

— Parce que Trick a ouvert sa grande gueule en vantant mes mérites sur un ring.

— Ces mérites sont fondés ?

— Je me débrouille, dit-il, modeste, avec un petit sourire qui m'indiqua qu'il était bien meilleur que ce qu'il me laissait entendre.

— Alors fais attention à toi, je serai là pour te soutenir. Je serai ta fan numéro un !

— J'espère bien, me souffla-t-il en me ramenant contre lui. Ce soir, je me battrai pour toi, dans ce cas.

Je m'installai à califourchon sur lui, et lui souris. Il franchit une étape en passant les mains sur mes fesses qu'il pressa doucement. Un frisson me parcourut, me faisant ressentir le besoin de plus : plus de caresses, plus de baisers, plus de passion, plus d'amour, plus de lui…

Je me penchai légèrement vers lui et l'embrassai sur chaque parcelle de son visage, espérant qu'il ne serait pas blessé ce soir.

Aujourd'hui…

Lorsque enfin, je sortis du Buffalo Chip, la nuit était tombée. Je pris une grande inspiration, et me dirigeai rapidement vers le parking désert. Je ruminais inlassablement ce qui venait de se passer, laissant échapper des grognements de frustration.

J'en avais marre de ce combat de coqs ; jamais je ne me serais doutée que ça finirait réellement sur un ring ! Je me tordis la cheville sur mes talons hauts et faillis fondre en larmes. De rage, je les enlevai et marchai pieds nus. Au moins, j'avançais plus vite.

Marcher me fit du bien. J'espérais juste que Mendy se rendrait rapidement compte de ma disparition et qu'elle me chercherait parce que, seule sur ce parking, sans les clés de la voiture, je ne pouvais pas faire grand-chose.

— Pourquoi tu t'en vas ?

Je me retournai sans cesser de marcher, et sentis mes nerfs sur le point de lâcher lorsque je vis Alex, torse nu, avançant rapidement vers moi. Il ne pouvait pas se rhabiller ?

Je lui lançai une chaussure qu'il esquiva en se baissant, avant de la ramasser, ce qui, bien évidemment, m'énerva encore plus. Je lui jetai la seconde et continuai de m'éloigner, sans regarder si je l'avais assommé comme je le voulais. Il soupira, exaspéré. J'imagine que j'avais raté ma cible…

— Il va bien, Kimi.

Je continuai de me diriger vers la petite voiture de Mendy, que j'apercevais au loin. Je ne savais pas vraiment ce que je cherchais en allant jusqu'à sa voiture, mais pour le moment, je visais cette destination.

— Très bien ! Tu m'en veux, je l'ai bien compris, mais il le fallait.

Je m'arrêtai brusquement avant de me tourner vers lui, et lâchai toute ma colère.

— Qu'est-ce que tu voulais prouver en montant sur ce ring ? Que tu es le plus fort ? C'est fait. Félicitations !

Je marchai de nouveau, souhaitant mettre le plus de distance possible entre lui et moi, mais il m'attrapa par le bras, et me força à lui faire face.

— Je voulais juste te montrer qu'il n'était pas assez bien pour toi.

Je regardai sa mâchoire rougie, et le coin de sa lèvre qui saignait légèrement. Si j'avais eu la force d'un homme, je l'aurais frappé pour avoir osé dire ça.

— En le battant sur un ring ? Tu crois que parce qu'il s'est fait battre par toi, il n'est pas assez bien pour moi ? Tu ne penses pas que c'est à moi d'en décider ?

— Non.

— « Non » ? Alors, dis-moi une chose : qui est assez bien pour moi ? Toi ? Et qui es-tu au juste pour moi ?

Il me lâcha et se redressa de toute sa hauteur en me fusillant du regard. Ma remarque ne lui avait pas plu, mais grand bien lui fasse, parce que moi, c'était toute cette discussion qui ne me plaisait pas. *Si seulement son corps n'était pas si déstabilisant, peut-être que je le frapperais. Peut-être…*

— Je pourrais au moins te protéger, ce qui n'est pas son cas.

— Me protéger de quoi, Alex ? La seule personne de laquelle je dois me protéger, c'est de toi !

— Et on revient à cette fameuse discussion où je suis le coupable et le grand méchant, c'est ça ?

— Non, je ne veux plus parler avec toi, tout simplement !

Je me tournai de nouveau, et m'éloignai de lui. Seulement, je finis par arriver près de la voiture et n'eus plus aucune raison de continuer à m'éloigner. Je l'entendis jurer, mais visiblement, il n'était pas encore assez énervé pour partir de lui-même.

— Alors quoi ? Quand ton chevalier va se remettre de ses blessures, tu vas retourner auprès de lui ? Le soigner ? Comme tu l'as fait avec moi, c'est ça ?

— Parfaitement ! criai-je en le regardant et en tapant mon pied nu sur le sol, ce qui me fit très mal.

— Ah oui ?

Il s'approcha de moi, les sourcils froncés, le regard sombre, de plus en plus menaçant. A présent, il était vraiment énervé. Sa bouche était aussi rouge que s'il venait de recevoir des baisers enflammés. Je voyais ses muscles rouler sous sa peau à mesure qu'il avançait. Je mis un instant avant de répondre, parce que dans cet état, Alex me faisait un effet que je devais absolument contrôler.

— Oui. Je vais le cajoler, l'embrasser, et le soigner. Je serai aux petits soins avec lui, sans penser une seconde à toi. D'ailleurs, je ne pense plus à toi, Alex. C'est lui à présent. C'est lui qui compte.

Il s'arrêta devant moi, et se mordilla la lèvre, comme s'il n'avait qu'une envie, me réduire en miettes. Il leva la main et lâcha mes chaussures à mes pieds.

— J'en ai fini de tout ça. J'en ai marre de toi.

Il me tourna le dos, et s'éloigna. J'avais obtenu ce que je voulais. Pourtant, j'étais tout sauf soulagée. En fait, je me sentais même très mal.

— Donc, parce que tu décides que cette discussion est finie, elle l'est ?

Il m'ignora.

— Pourquoi tu ne me laisses pas tranquille quand c'est moi qui te le demande ?

Il m'ignora de nouveau. Il devait avoir atteint un point de non-retour, mais cela ne m'arrêta pas pour autant. J'étais furieuse contre lui, et je voulais le toucher là où ça faisait mal. Sauf que je ne savais absolument pas ce qui pouvait l'atteindre. Ma seule arme était mes mots qui l'agaçaient fortement, ainsi que mes chaussures.

Je récupérai mes escarpins et lui en jetai un dans le dos, de toutes mes forces. Il s'arrêta, baissa la tête et se pinça l'arête du nez. Il était à bout de nerfs. Je lui jetai la seconde chaussure qui lui atterrit sur l'épaule, mais encore une fois, il n'eut aucune réaction.

— Réponds-moi !

Je m'élançai vers lui, prête à lui sauter sur le dos et à le rouer de coups, mais au moment où je me jetais sur lui, il se tourna vers moi et me récupéra dans ses bras. Je le frappai à l'épaule, en essayant de m'échapper de sa prise.

— Arrête, m'ordonna-t-il en me plaquant sur le capot de la voiture de Mendy.

— Alors lâche-moi !

— Pas avant que tu te sois calmée.

Je le giflai violemment et le regrettai immédiatement. J'étais allée trop loin. Il tourna son visage vers moi, me dominant entièrement de toute sa hauteur. Il leva les deux mains et les abattit sur le capot. Le bruit claqua dans mes oreilles. Je fermai les yeux. Pendant quelques secondes, j'avais vraiment cru que le coup serait pour moi.

Quand je rouvris les yeux, Alex était encore au-dessus de moi. Il me regardait toujours aussi rageusement, le regard enflammé par la fureur.

— Ne refais plus jamais ça, siffla-t-il.

— Sinon quoi ?

Il se releva, se prit la tête à deux mains, complètement démuni, puis revint rapidement vers moi, m'emprisonna dans ses bras et écrasa ses lèvres sur les miennes.

Sous le coup de la surprise, je me figeai. Puis je voulus le repousser, mais, au lieu de ça, je passai les mains sur sa nuque et appuyai pour l'attirer plus près de moi. Je ne savais plus ce que je faisais, ni ce que je voulais. Est-ce que je souhaitais vraiment le repousser ? J'ouvris la bouche et répondis avec ferveur à son baiser. Je le griffai dans le dos, sentant la force de ses épaules sous mes doigts, et le mordis. En réponse, il me mordit aussi, avant de plonger sa langue dans ma bouche.

Il avait un goût de paradis, avec une touche d'amertume.

Qu'est-ce que je suis en train de faire ?

Je tournai le visage pour me soustraire à son baiser et le repoussai le plus fortement possible. Il ne bougea que lorsqu'il se rendit compte à son tour de ce qu'on était en train de faire. Il recula d'un pas et caressa sa lèvre inférieure, comme s'il était surpris d'être allé aussi loin. On se regarda, se perdant dans les yeux l'un de l'autre, complètement abasourdis. Pour le coup, ce qui venait de se passer nous avait entièrement calmés.

Enfin, c'est ce que je croyais…

— Je le savais.

— La ferme, Alex. Ne dis pas un mot de plus.

— Et tu me demandes de t'oublier ?

Je grognai et m'assis sur le capot de la voiture. Je me détestais. Je me passai une main sur le visage, souhaitant reprendre le contrôle de mon esprit, et surtout de mes émotions qui semblaient faire le grand 8.

— Il ne s'est rien passé. Rien du tout ! On a juste perdu les pédales.

— Tu crois ? Parce que tu répondais très clairement à mon baiser.

— C'est faux.

Il fronça les sourcils, de nouveau prêt au combat. Le round numéro deux venait apparemment de sonner. Il vint se placer entre mes jambes, et me prit le menton pour que je le regarde. Me perdant dans son regard furieux, je ne bronchai pas, toujours aussi en colère contre lui, mais également contre moi. Je n'avais jamais vu autant de colère et de passion dans un même regard. Le sien.

— Redis-moi ce que tu m'as dit au sujet du Free Souls.

Je n'arrivais plus à réfléchir. Je ne savais même plus ce que j'avais dit. Son visage était si près du mien… Je sentais sa colère irradier jusque dans mon corps. Jamais je n'aurais pensé que nos retrouvailles se dérouleraient ainsi.

— Regarde-moi dans les yeux, et dis-moi que tu ne penses plus à moi, m'ordonna-t-il. Qu'il n'y a que lui qui compte. Dis-le.

La seule chose dont j'étais certaine, c'était que cette colère que je retenais était en train de se transformer en quelque chose de plus sauvage encore. Je le détestais, c'était ce que je me répétais, mais mon traître de corps ne l'entendait pas de la même oreille, et réagissait d'une tout autre façon.

— Pourquoi tu ne me dis plus rien ? Maintenant que je te demande de parler, tu te tais ?

— Fous-moi la paix, Alex.

— Pas tant que tu garderas pour toi le fin mot de l'histoire.

— Il n'y aura jamais de fin d'histoire.

— Eh bien… Pour une fois qu'on est d'accord sur quelque chose.

Je fronçai les sourcils, et me rendis compte trop tard que ma phrase pouvait avoir un double sens. Je secouai la tête et rectifiai.

— Tu ne comprends pas…

— Au contraire, me coupa-t-il. Je comprends parfaitement tout ce qu'il se passe dans ta tête. Maintenant, mens-moi en me regardant dans les yeux, et dis-moi que tu ne penses plus à moi.

Je secouai la tête et baissai les yeux, fuyant son regard qui m'empêchait de réfléchir correctement.

— Je ne pense plus à toi.

Il prit mon visage en coupe entre ses mains, et me força à le regarder dans les yeux. Bordel… Si seulement il n'était pas si sexy, peut-être que je serais plus convaincante !

— Dis-le-moi en me regardant droit dans les yeux.

— Je ne pense pas à toi, murmurai-je en sachant que je n'étais absolument pas crédible.

— Dis-moi que je ne compte pas, chuchota-t-il à son tour, son visage si près du mien que je pouvais compter le nombre de ses cils, recourbés naturellement.

— Tu ne comptes pas, soufflai-je si doucement que je ne m'entendis pas.

— Tu mens.

Il se rapprocha encore un peu, passa une main sur ma nuque,

glissa l'autre dans mon dos, et m'attira contre lui. J'avais presque oublié à quel point nos corps s'emboîtaient à la perfection.

— Non, je ne mens pas.

— Alors pourquoi tu ne me repousses pas ? Pourquoi ton souffle est-il si rapide ? Pourquoi tes pupilles sont tellement dilatées qu'on dirait que tu as pris de la drogue ? Pourquoi ton visage est-il tendu vers le mien, et ta bouche n'attend-elle que mes lèvres ?

Il avait débité ses questions si rapidement que j'avais eu du mal à suivre. J'étais déjà très peu concentrée, mais son flot de questions me fit perdre définitivement le fil. J'étais juste perdue dans son regard sombre, ne sachant plus ce que je voulais.

Il effleura mes lèvres des siennes, gardant son regard rivé au mien. Nos hanches emboîtées, je me perdis dans ce trop-plein d'émotions qui m'envahissait. Comment pouvait-on haïr une personne et la désirer si ardemment que c'en était douloureux ? Comment pouvait-on avoir besoin de tenir quelqu'un à la fois si proche et loin de soi ?

Il me mordit fortement la lèvre inférieure.

— Ce n'est pas fini, Kimi.

Puis il me lâcha et recula d'un pas. Il finit par me tourner le dos, et s'éloigna en direction du Buffalo Chip.

En le regardant disparaître, mon cœur se serra, et je retrouvai petit à petit mes esprits. Je baissai la tête et touchai du bout des doigts ma lèvre inférieure. Je sentais encore la sourde douleur de sa morsure. Il m'avait marquée.

Qu'est-ce que j'ai fait ? me demandai-je, complètement perdue et vidée de presque toute émotion.

La seule chose que je ressentais, c'était un vide terrifiant, apparu au moment où il était parti, me laissant seule sur ce parking. Ce même vide que j'avais éprouvé en reprenant l'avion cinq ans plus tôt…

J'étais loin d'être guérie de lui. J'étais sûre qu'on ne se remettait pas d'avoir connu Alex Miller. Parce que je ne pouvais pas réussir à vivre correctement sans lui ; je n'avais d'ailleurs jamais vraiment réussi. Depuis le temps, j'avais fini par oublier ce détail, par oublier que ma vie sans lui n'en était pas une, et il venait brutalement de me le rappeler…

Chapitre 13

Cinq ans plus tôt…

J'étais dans tous mes états. Premièrement, c'était la première fois que j'assistais à une soirée au Buffalo Chip, et deuxièmement, Alex venait de gagner son combat.

Il avait pris pas mal de coups et son visage saignait à plusieurs endroits. J'avais hâte qu'il descende de ce ring pour le prendre dans mes bras. La folie qui régnait dans ce sous-sol était indescriptible. Cette ambiance survoltée m'avait transportée pendant tout le combat et, en toute sincérité, je n'avais jamais pensé pouvoir être excitée à la vue d'un homme se battant sur un ring, mais en même temps, cet homme n'était pas n'importe qui : c'était Alex. Et le voir torse nu, la peau luisante sous la lumière bleutée, me mettait dans tous mes états.

Debout sur le ring en présence du maître de cérémonie, Alex scruta la foule jusqu'à croiser mon regard. Il me fit un petit sourire avant de récupérer son blouson et son T-shirt et de descendre du ring.

Je lui sautai littéralement dessus et il me porta en grimaçant. Je voulus descendre, inquiète de lui avoir fait mal, mais il secoua la tête et me bloqua contre le ring pour m'embrasser devant la ribambelle de filles qui l'entouraient. Au moins, il mettait les choses au clair — Alex m'appartenait —, ce qui me satisfaisait pleinement. Après m'avoir déposée au sol, il me prit par la main et me souffla :

— Allons-nous-en.

Il ne récupéra pas l'argent gagné, le second de mon grand-père allait s'en occuper. De toute façon, cet argent finirait dans les caisses du club. Etant donné qu'Alex avait combattu pour les couleurs des SOD, c'était logique.

Je fis signe à Mendy pour qu'elle nous suive, mais elle secoua la tête en souriant et en faisant des gestes assez explicites sur ce qu'elle pensait qui allait arriver entre Alex et moi. Je la regardai disparaître dans la foule, et suivis Alex qui traversa la salle pleine sans difficulté. C'était comme si les gens s'écartaient sur son passage, s'inclinant devant son aura et son statut de vainqueur.

Une fois dehors, il remit son T-shirt et son blouson et me tendit les clés de sa moto.

— Tu peux conduire ?

J'acquiesçai en le regardant se tenir une côte. Voyant mon regard inquiet, il s'assit sur la moto et m'embrassa.

— Ne t'en fais pas, ce n'est rien.

Je montai à mon tour et nous fis sortir du parking. Je frissonnai en sentant l'air frais de la nuit effleurer ma peau. Alex m'indiqua le chemin. On prit une longue route bordée de champs, avant qu'il ne me demande de ralentir près de la lisière de la forêt, à la sortie de la ville. Il me désigna un large chemin entouré d'arbres, sur lequel nous nous arrêtâmes. Nous n'étions éclairés que par le phare de la moto, et je n'arrivais pas à comprendre où Alex voulait m'emmener. Il descendit de la moto et la poussa plus loin dans le chemin tandis que je le suivais péniblement dans le noir. Il prit une lampe torche et éclaira devant nous, jusqu'à ce qu'une porte miteuse apparaisse.

Ma curiosité était à son comble.

— Où est-ce qu'on est ? lui demandai-je.

— Dans mon second chez-moi.

Je fronçai les sourcils. Il ne vivait pas avec son père ? La maison semblait petite et complètement à l'abandon. Il n'habitait pas ici quand même ? Si ? Il ne vit pas mon expression totalement perdue, et ouvrit la porte avant d'allumer la lumière. L'endroit où nous nous trouvions était en pleins travaux.

— Comment ça, ton second chez-toi ?

— Cette maison était abandonnée. Je venais souvent passer la nuit ici, quand je ne voulais pas rentrer. J'ai fini par la déclarer à mon nom. A présent, je la refais entièrement pour lui redonner vie.

— Il y a des chambres au club, pourquoi dormir dans cette maison en piteux état ?

— Je venais ici quand je ne faisais pas encore partie du club.

— Et pour l'acte de propriété, ça n'a posé aucun problème ?

— Non. Il y a eu un appel au propriétaire qui n'a jamais donné suite, donc en trois mois, elle était officiellement à moi.

Je regardai autour de moi, curieuse de ce qu'Alex allait pouvoir faire de cette maison. L'escalier n'était pas fonctionnel, il manquait pas mal de marches et celles qui restaient semblaient près de céder.

— Elle est loin d'être finie, précisa-t-il en suivant mon regard. Seul le salon est opérationnel pour le moment.

Il me prit la main et me dirigea dans la pièce située sur la gauche. Il ouvrit des portes coulissantes et alluma la lumière. J'eus l'impression d'entrer dans une maison différente. Les meubles étaient modernes, de couleurs chaudes, masculines. C'était un salon banal, avec un canapé, une télé et une petite table, mais en le comparant avec l'entrée, j'imaginais parfaitement l'ampleur du travail qu'il avait accompli.

— Tu rénoves cette maison tout seul ?

— Non, encore une fois, ton grand-père m'aide énormément, ainsi que tous les Anciens. Il n'y a qu'eux qui sont au courant.

— Pourquoi ne pas en parler aux autres ?

— Je ne sais pas, me dit-il en posant la main sur ses côtes. Peut-être parce que pour l'instant, cette maison ressemble à ce qu'elle est : miteuse et en ruine.

Je le pris par la main, désormais seulement préoccupée par son état. Sous la lumière tamisée de la pièce, je vis qu'il avait pris beaucoup plus de coups que je l'avais cru. Je le fis asseoir sur le canapé et m'agenouillai devant lui.

— Ce n'est rien, tenta-t-il de me rassurer.

— Laisse-moi voir quand même.

Je soulevai son T-shirt et regardai ses côtes : une grande plaque rouge s'étendait sur le côté droit. Je tâtai la zone du bout des doigts, ce qui le fit grimacer.

— Désolée. Tu as peut-être une côte brisée ?

Il secoua la tête.

— Fêlée alors ?

— Non. Tout va bien, ne t'en fais pas, rigola-t-il en se penchant pour m'embrasser.

— N'empêche que ton visage est pas mal amoché. Ta lèvre est fendue, et tu as un bleu qui apparaît au-dessus de ton œil droit. Tu as de la glace ? Une pharmacie quelque part ?

— Non, je n'ai rien. Kimi, arrête-toi cinq minutes, et assieds-toi juste près de moi.

Je m'appuyai sur son épaule pour me relever, et il grimaça à nouveau.

— Oh ! désolée. Laisse-moi voir.

— Kimi…

— Laisse-moi voir, insistai-je d'un ton autoritaire.

Il rigola, mais se laissa faire. Je lui retirai son blouson, puis son

T-shirt. Il garda son regard planté dans le mien, un demi-sourire aux lèvres.

— Si je ne te connaissais pas, je penserais que ce n'est qu'un prétexte pour pouvoir me déshabiller.

Je me figeai. C'était effectivement ce que j'étais en train de faire.

— Je... Non, ce n'est pas...

Il éclata de rire et secoua la tête.

— Je sais. Mais même si c'était le cas, ça ne me dérangerait pas.

Je baissai la tête, refusant de le laisser voir le trouble qui avait envahi mon visage. Me concentrant sur son épaule, je passai les mains sur sa peau, et il grimaça encore. Son corps était bouillant sous mes mains froides. Je le massai un peu, doucement, pour essayer de détendre ses muscles. Il finit par fermer les yeux, s'abandonnant à mes soins. Je continuai mon massage : son cou, ses épaules... Je descendis jusqu'à ses mains.

— Tu sais où j'ai mal aussi ? me demanda-t-il avec un sourire en coin. Ici.

Il m'indiqua sa poitrine, et j'hésitai.

— J'aimerais juste sentir tes mains sur moi, me rassura-t-il.

Il s'installa plus confortablement, prit mes mains et les fit glisser sur son torse. Assise à califourchon sur lui, je perçus avec exactitude le moment où ce que je lui faisais dépassa le cadre de simples soins. Mon corps réagit intensément au contact sous mes doigts de ses pectoraux et de ses abdos, qui étaient aussi parfaits et bien dessinés que son visage. Faisant preuve d'un sérieux que je ne lui avais jamais connu, il garda les yeux verrouillés aux miens, me caressant le haut des cuisses avec ses mains.

Je ne savais pas de quoi j'avais envie, mais j'étais dans un état de tension qui était complètement nouveau. Des désirs et des sensations que je n'avais jamais ressentis m'envahissaient, et je ne savais absolument pas comment réagir. Je maudissais intérieurement l'éducation très stricte de mes parents.

Les choses prirent un autre tournant quand je sentis avec précision son désir grandir sous mes fesses. Sans réfléchir, je me penchai vers lui pour l'embrasser. Ses mains s'accrochèrent à mes hanches, et il me guida jusqu'à ce que je frotte en de lents mouvements mon bassin contre lui, ce qui accrut encore un peu plus mon désir.

Je ne savais pas ce que je faisais, mais je savais que c'était ce dont j'avais envie. C'était ce que je voulais, ce qui était le plus naturel pour moi. Quant à lui, il ne semblait pas s'en plaindre…

Aujourd'hui…

Je me glissai entre mes draps, suivie de près par Mendy. Elle colla ses pieds ultra-froids contre mes jambes, mais je ne bronchai pas. J'attachai mes cheveux bruns, l'esprit ailleurs, perdue dans le méli-mélo de mes sentiments.

Mendy était arrivée quelques minutes après qu'Alex m'avait laissée seule sur le parking. Elle m'avait dit que Clay allait bien et que les membres flippants de son club étaient venus le chercher. Elle était allée prendre de ses nouvelles, et à part son air sonné et quelques bleus, il n'avait rien de bien méchant.

Une fois rassurée sur l'état de Clay, je m'étais rejoué inlassablement ce qu'il s'était passé avec Alex. Ce besoin irrationnel d'être proche de lui et d'avoir ses lèvres contre les miennes ne m'avait toujours pas quittée depuis notre face-à-face. J'étais furieuse contre moi-même d'être si faible et d'avoir presque oublié le mal qu'il m'avait fait.

— Je peux dire quelque chose ? me demanda Mendy en libérant sa longue chevelure blonde.

— Je t'écoute.

— J'avais raison.

Je haussai un sourcil, la fixant sans comprendre.

— Tu te souviens de notre conversation sur les retrouvailles sexy et chaudes comme la braise ?

Je soupirai et lui tournai le dos. Elle me grimpa à moitié dessus pour me regarder.

— Allez, chérie, avoue-le ! C'était chaud bouillant.

— A partir de quel moment tu as suivi la scène ?

— A partir du moment où tu lui as sauté dessus.

Donc elle avait assisté à tout. Super…

— On se disputait, Mendy.

— Je dirais plutôt que vous en étiez au stade des préliminaires avancés.

Je ne pus m'empêcher de rire, et soupirai en me tournant pour m'allonger sur le dos, complètement dépitée. Elle se releva et s'assit en face de moi.

— Je ne comprends pas encore très bien ce qu'il s'est passé, Mendy. C'était comme si je ne contrôlais plus rien.

— Tu ne peux pas oublier ton premier amour. Du moins, tu ne peux pas tant que tu n'auras pas mis les choses au clair avec lui. Tu ne veux rien me dire, je sais, mais il ne semble pas comprendre ce qui s'est passé il y a cinq ans. Si tu lui expliquais…

— Je ne peux pas.

— Pourquoi ? Et moi ? Tu ne peux vraiment rien me dire non plus ?

— Non, Mendy. Si je parle, je remuerai trop de choses qui affecteront beaucoup de gens. Je ne veux pas que tu saches tout ça.

— Si c'est ce genre de choses que tu dis à Alex, c'est normal qu'il devienne fou. Parce qu'en toute sincérité, je ne comprends rien à ce que tu racontes.

— Oublie. C'est du passé.

— Ce passé que tu souhaites tellement fuir, il risque de te revenir tôt ou tard en pleine face, comme un boomerang.

Espérons que ce sera tard, dans ce cas.

Sur le stand, le lendemain, j'avais la tête complètement dans le coton. Mendy était restée faire la grasse mat à la maison, tandis que je m'étais levée tôt pour aider mon grand-père. Ce dernier ne me posa aucune question sur la soirée de la veille, ce dont je lui fus reconnaissante. Je voulais juste oublier l'inoubliable.

Je passai la journée complètement à côté de la plaque. A cause de la fatigue ou de mon esprit dérangé, je n'aurais su le dire.

Mon grand-père avait quitté le stand depuis plus d'une heure ; impossible de me souvenir précisément de ce qu'il m'avait dit à propos de cette absence… Il allait sûrement voir ses amis. Je me secouai un peu pour prêter attention aux personnes qui s'arrêtaient à notre stand, essayant d'être aimable, mais c'était comme demander à un chat d'être calme dans une piscine : impossible.

Je mis quelques minutes à réaliser que quelqu'un se trouvait devant moi, attendant que je le remarque. Je me levai subitement en voyant Clay, des lunettes de soleil sur le nez.

— Salut, dis-je en cherchant ce qui n'allait pas sur son visage. Comment tu vas ?

Il ne semblait pas si amoché que ça, en fin de compte. Enfin… je le pensai jusqu'à ce qu'il enlève ses lunettes. Je regardai la bosse au-dessus de son œil ainsi que le bleu aux teintes très sombres qui entourait l'autre.

— Ça va. Rien de grave. Et toi ?

Il me posa la question comme si c'était moi qui m'étais retrouvée sur le ring.

— Je vais bien. Ça ne te fait pas trop mal ?

Je tendis la main vers son visage, mais il intercepta mon geste, gardant ma main dans la sienne.

— Tant qu'on ne touche pas, je ne souffre pas.

Ses yeux marron étaient toujours aussi rieurs, mais je me sentais affreusement coupable. C'était ma faute s'il s'était retrouvé dans cette position.

— Je suis désolée pour tout ce qu'il s'est passé. Et je suis désolée de ne pas être restée. C'était plus fort que moi.

— Je comprends, mais ne te sens pas coupable. Ce n'est pas ta faute. J'aurais très bien pu déclarer forfait.

— Peut-être, mais je me sens quand même fautive.

Il se pencha au-dessus de la table et m'embrassa doucement. Un sentiment de culpabilité m'envahit. Seulement, je ne savais pas si je culpabilisais pour Alex ou pour Clay. Et merde…

— N'y pense plus. Tout le monde va bien.

— Ouais…

— Il y a finalement eu des représailles, plaisanta-t-il.

Je ne souris qu'à moitié. Il me caressa la joue, et changea de sujet :

— Je voulais t'emmener manger, ce soir, mais une tempête a été annoncée. Le festival est suspendu à partir de ce soir pendant vingt-quatre heures. Il vaut mieux ne pas prendre la route et se mettre à l'abri.

Je n'étais même pas au courant qu'il allait y avoir une tempête. A moins que mon grand-père me l'ait dit et que je n'aie rien écouté…

— On remet ça pour après la tempête ? proposai-je. On se réserve une soirée, mais promets-moi qu'on quittera Sturgis.

— Promis.

Je passai la main sur sa joue sans m'approcher de ses blessures.

— Je suis vraiment désolée, Clay, dis-je en m'excusant pour tout ce pour quoi je culpabilisais.

— Je te le redis : n'y pense plus.

Il effleura mes lèvres et me sourit.

— Je dois rejoindre mon équipe. On se voit mardi, à ton stand ?

J'acquiesçai et le regardai s'éloigner. Clay était un homme bien et j'avais l'impression de tout gâcher. Je savais parfaitement que cette relation n'était que temporaire, mais même ainsi, je n'y arrivais pas. Pas lorsque Alex était dans les parages.

J'avais l'impression tenace de trahir Clay parce que tout ce que je ressentais quand il était près de moi, c'était le manque d'Alex.

Ce ne fut qu'au moment où je m'affaissais sur ma chaise que je m'aperçus que mon grand-père était revenu.

— J'imagine que c'est lui, le Free Souls dont m'a parlé Toto ?

— Oui, c'est lui.

Mon grand-père n'ajouta rien de plus mais observa Clay disparaître dans la foule d'un œil sceptique. Je décidai d'oublier les garçons et changeai de sujet.

— Il y a une tempête annoncée ?

— Oui, me répondit-il en me regardant étrangement. Je t'en ai parlé ce midi. Tout va bien ?

— Oui, ça m'est sorti de la tête, c'est tout.

Il bougonna quelque chose, et sortit les cartons.

— Le festival ferme plus tôt pour que la ville puisse prendre des mesures de sécurité. Donc on doit tout remballer.

Je l'aidai à ranger et les Prospects des SOD récupérèrent le tout pour l'emporter directement chez mon grand-père. Je marchai avec lui jusqu'à sa moto, discutant du coup de fil qu'il avait reçu de ma grande sœur. On rigola sur l'absurdité de cet appel, qui était des plus inhabituels. Ma grande sœur, Anita, n'était pas du tout proche de mon grand-père. Elle tenait énormément de ma mère, alors j'imaginais parfaitement la stupidité de cette conversation.

— Je ne rentre pas directement à la maison, lui indiquai-je quand il monta sur sa moto. Je dois faire un petit truc avant.

— Tu es bien mystérieuse, gamine.

Je haussai les épaules et lui souris.

— Très bien. Sois rentrée avant que le déluge ne tombe.

Je le regardai partir, puis filai rapidement jusqu'à la vieille Chevrolet. Depuis que je m'étais réveillée, il y avait une chose que je voulais absolument voir. *Oui, cette chose est en rapport avec Alex, mais ce n'est qu'une question de curiosité*, me rassurai-je.

Il y avait deux endroits dans Sturgis où Alex s'isolait. Le toit aménagé de son garage, et sa maison que personne ne connaissait — du moins, que personne ne connaissait cinq ans auparavant. Depuis le temps, les travaux avaient dû avancer.

Je ne ferais qu'un aller-retour. J'en avais pour une demi-heure tout au plus. Je serais rentrée bien avant que la tempête n'éclate et ma curiosité serait assouvie. Oui, je n'avais besoin que d'une demi-heure. Juste une demi-heure…

Chapitre 14

Le ciel, qui était resté gris toute la journée, virait au noir charbon, devenant de plus en plus menaçant. *Une demi-heure*, me répétai-je, incapable de faire demi-tour. La pluie attendrait bien que je sois rentrée. J'avais le pied au plancher, mais le vieux tacot n'avançait pas plus vite pour autant. Je sentais que le vent se levait parce que la voiture basculait d'un côté puis de l'autre. Les deux mains posées sur le volant, je rectifiais la trajectoire lorsqu'il le fallait, avec une seule idée en tête : découvrir ce qu'il était advenu de cette maison. Alex avait-il abandonné les travaux ou les avait-il entièrement terminés ? Mes plus beaux souvenirs étaient dans cette maison. S'il l'avait laissée à l'abandon, cela me déchirerait le cœur…

Cinq ans plus tôt…

Je claquai la porte derrière moi et rejoignis Alex à petites foulées. Il m'attendait, assis sur sa moto. J'étais dans tous mes états depuis que j'étais rentrée du festival.

J'avais décidé d'appeler mes parents, non pour savoir comment ils allaient mais pour leur demander si je pouvais être scolarisée ici, à Sturgis. Je ne savais pas vraiment s'ils avaient compris que je resterais toute une année loin d'eux, mais mon père m'avait dit qu'il ferait le nécessaire. Après coup, leur réaction m'avait tout de même fait un peu mal au cœur. J'avais l'impression que mon éloignement les arrangeait plus qu'autre chose.

Mon père allait s'occuper du transfert de mon dossier scolaire ainsi que des formalités administratives alors même que nous n'étions qu'à cinq semaines de la rentrée. Avoir un père haut placé avait ses avantages. Mon grand-père, au contraire, avait accueilli la nouvelle avec un grand sourire et m'avait prise dans ses bras, sincèrement heureux que je veuille rester avec lui.

— Qu'est-ce qui te met de si bonne humeur ? me demanda Alex en souriant.

— De bonnes nouvelles, mais ça attendra.

Je montai derrière lui et m'accrochai à sa taille en le serrant fort contre moi. La fraîcheur de la soirée me fit légèrement frissonner. Ici, une fois le soleil disparu, les températures chutaient assez rapidement. Alex s'en rendit compte : il enleva son blouson et le posa sur mes épaules.

— Tu sais ce que mon grand-père te dirait, s'il te voyait sans blouson ? lui demandai-je, sincèrement surprise qu'il s'en sépare, alors que les bikers considéraient leur blouson comme leur seconde peau.

— Il dirait que j'ai bien fait. Tu es sa petite-fille, donc je ne crains rien.

— Ouais… Tu as sans doute raison.

Il m'embrassa rapidement avant de mettre le moteur en route. Je respirai discrètement l'odeur de son blouson, un mélange de cuir et de son odeur à lui, avant de l'enlacer.

— Tu ne me demandes pas où est-ce qu'on va ?

— Non. Emmène-moi où tu veux. Fais-moi juste rêver, dis-je en posant ma joue sur son dos.

J'espérais en fait qu'il nous emmènerait chez lui, et je fus ravie de constater qu'il avait eu la même idée. Lorsqu'il entra sur le large chemin de terre, je ne pus m'empêcher de sourire.

Je descendis de la moto, un engourdissement familier dans les jambes, et contemplai la vieille maison, le cœur en joie. Surprenant les yeux d'Alex sur moi, je me tournai vers lui et l'interrogeai du regard. Il rigola doucement, et baissa le visage.

— J'étais juste en train de me dire que tu es vraiment sexy avec mon cuir.

Il me fit un sourire encore plus sexy, dévoilant ses dents blanches qui contrastaient avec son regard sombre. Il finit par descendre de sa Harley et me prit par l'épaule avant de m'emmener chez lui. Il alluma des bougies avant d'éteindre la lumière. Puis on s'installa sur le canapé et on discuta un long moment. J'étais confortablement lovée dans ses bras, et je le sentais, lui, l'esprit ailleurs.

— A quoi tu penses ? demandai-je.

— A la fin de l'été. Tu vas devoir repartir…

— Il n'y aura pas de fin, Alex.

— Qu'on le veuille ou non, l'été prendra fin.

— Mais ça ne veut pas dire que je vais devoir partir.

Il fronça les sourcils et me regarda, perplexe.

— Mes parents sont d'accord pour que je sois scolarisée ici.

— Ici ?

J'acquiesçai.

— A Sturgis ?

Il semblait complètement surpris mais finit par sourire et me serra contre lui en soupirant.

— Ce n'est pas une blague ?

— Non. Ils vont m'inscrire au Brown High School.

Il prit mon visage entre ses mains et m'embrassa. Il était si empressé que j'eus du mal à le suivre. Je finis par éclater de rire, ce qui le fit sourire.

— Je suis vraiment heureux, Kimi.

— Moi aussi.

Je reposai la tête contre son torse et regardai une bougie s'éteindre, laissant derrière elle un filet de fumée blanche. Mon cœur s'accéléra subitement : si j'avais voulu venir ici, c'était pour une raison particulière… Raison que ne connaissait pas encore Alex.

Je me levai et me tournai vers lui. Il grogna en me tendant les bras.

— Qu'est-ce que tu fais ? Reviens là.

Je retirai la pince qui se trouvait dans mes cheveux sans le quitter des yeux, espérant sincèrement qu'il comprendrait où je voulais en venir et prendrait les choses en main. Parce que s'il me laissait le contrôle, on était loin d'y arriver. Je retirai son blouson que je déposai sur le bord du canapé, puis le regardai à nouveau, hésitante.

— Qu'est-ce que tu fais ? me demanda-t-il à nouveau, s'appuyant sur ses coudes.

Sa voix avait baissé d'une octave.

Je laissai mes bras pendre le long de mon corps, me demandant tout à coup, moi aussi, ce que j'étais en train de faire. Il allait me prendre pour une imbécile. Alex se redressa pour s'asseoir sur le canapé et leva les yeux vers moi.

— Kimi, qu'est-ce que tu cherches à me faire comprendre ?

— Rien.

Je me rassis sur le canapé, me sentant complètement stupide. S'il avait eu envie de coucher avec moi, il me l'aurait déjà fait savoir… Non ? Il se tourna vers moi et effleura ma joue, avant d'écarter mes cheveux bruns qui me cachaient le visage.

— Regarde-moi, me chuchota-t-il. Ça, ce n'était pas rien. De quoi tu as envie ?

— Toi, dis-je d'une voix minuscule.

Je le vis faire un gros effort pour se retenir, mais il finit par me pousser en arrière en secouant la tête avec un grand sourire.

— Tu peux avoir ce que tu veux de moi. Tu n'as pas besoin de demander, tu peux tout prendre. Tout.

Je l'embrassai et fis glisser mes mains sous son T-shirt, caressant son dos. Sa peau était bouillante. Il se souleva un peu et attendit que je m'allonge correctement avant de se réinstaller sur moi, passant un bras dans mon dos.

— Jusqu'où tu veux aller ? me chuchota-t-il entre deux baisers.

— Jusqu'au bout.

Il retint son souffle durant une fraction de seconde, puis prit une grande inspiration. Son regard changea brutalement, s'assombrissant un peu plus, devenant plus… sauvage. Comme un chasseur tenant sa proie. Je n'avais jamais pensé pouvoir être enflammée par un simple regard, mais ce fut le cas. Je sentis mon corps s'échauffer doucement, jusque dans les moindres recoins de mon âme.

Il m'embrassa et glissa les mains sous mon haut. Je frissonnai en le regardant faire. Un désir brûlant m'envahissait. Plus. J'avais besoin de plus. Je le voulais, lui, de toutes les manières possibles. C'était nouveau, et c'était un besoin complètement irrationnel qui me fit perdre le fil de mes pensées. Un autre sentiment courait dans mes veines : le stress. Cela faisait longtemps que j'imaginais des milliers de scénarios possibles, et maintenant que cela devenait réel, j'appréhendais légèrement.

— Je t'aime, dis-je spontanément.

Il garda son regard braqué dans le mien ; plusieurs émotions traversèrent ses beaux yeux sombres. Il me sourit et m'embrassa avec toute la passion qui existait entre nous. Et même s'il ne me répondit pas, je sus que lui aussi m'aimait.

Aujourd'hui…

Je repris mes esprits quand je sentis une goutte de pluie, puis deux, sur ma tête. Je regardai autour de moi, réalisant alors que j'étais sortie de la voiture et que je m'étais avancée devant le perron sans m'en être aperçue.

J'étais fascinée par ce qu'était devenue la maison. Elle n'était plus en ruine, mais ressemblait maintenant à un petit chalet. Le bois semblait neuf, et non plus rongé par les termites. Des volets gris ornaient chaque fenêtre, et le second étage, que je n'avais jamais visité, avait été surélevé. C'était une maison tout simplement époustouflante.

J'étais troublée par les sentiments différents qui m'envahissaient. Des souvenirs me revenaient en mémoire alors que tout avait changé. En réalité, me laisser guider par ma curiosité n'avait pas été une bonne idée. J'étais en train de m'infliger une torture de plus, à croire que croiser Alex et me disputer avec lui ne m'avait pas suffi. Pourtant, notre dernière rencontre m'avait beaucoup plus perturbée que je ne voulais l'admettre.

Je reculai en comprenant que je me trouvais bien trop près de l'entrée. Le chemin menant à la maison, auparavant de terre, était à présent en béton, bordé de clôtures en bois, ce qui rendait l'endroit vraiment accueillant. Un petit garage avait même été construit à gauche de la maison.

Je me recroquevillai lorsqu'une bourrasque de vent me poussa en direction de la barrière et que des trombes d'eau se mirent à tomber. Je fis demi-tour et courus jusqu'à la voiture, où je m'enfermai.

Je m'essuyai le visage et tentai de reprendre mon souffle. J'étais si nostalgique que mes yeux me brûlaient. Venir ici était stupide : je n'aurais pas dû remuer le passé alors que tout ce que je souhaitais, c'était tourner la page. Quelle idiote !

Je mis le moteur en route ; il râla paresseusement. Puis je passai la première pour quitter cet endroit au plus vite. Je ne fis pas dix mètres que la voiture cala. J'embrayai et me garai sur le bas-côté quand un coup de tonnerre éclata. Je tentai de redémarrer, le cœur battant à toute allure, sans résultat.

— Oh non ! Ça, c'est vraiment cliché ! grognai-je en essayant de démarrer à nouveau. Démarre. Démarre, putain de merde !

Je frappai le volant et me laissai aller en arrière. Cette voiture n'en faisait qu'à sa tête ! La pluie redoubla d'intensité, et je gémis d'angoisse. Comment allais-je bien pouvoir rentrer ? Il était hors de question de sonner chez Alex. Moi vivante, jamais je n'irais chez lui de mon plein gré.

Je ne voyais rien au-delà de cinquante mètres à cause de la pluie, et en pensant à la forêt environnante, je fus prise d'une crise de panique incontrôlable, m'imaginant mille et un scénarios catastrophe. Une ombre passa tout près de ma fenêtre au moment où un deuxième grondement de tonnerre retentissait. Je secouai la tête, refusant de laisser ma peur prendre le dessus. Je tentai de remettre le moteur en route encore une fois, sans succès, quand ma portière s'ouvrit brusquement. Je hurlai de peur, prête à me battre, mais me figeai la main sur le cœur en voyant Alex, trempé de la tête aux pieds, les yeux plissés à cause de la pluie et le visage fermé.

— Qu'est-ce que tu fous là ?

Il était furax. Je n'avais pas choisi le bon jour. Malgré tout, une part de moi était contente de le voir ; une autre était aussi furax qu'il semblait l'être.

— Je fais bronzette, ça ne se voit pas ?

Il claqua ma portière et disparut. Merde. Le seul mécanicien qui aurait pu m'aider venait de partir. Le mettre en rogne n'était sûrement pas la bonne option dans ma situation. J'allais ouvrir ma portière, quand celle côté passager s'ouvrit. Il monta dans la voiture et me fit face.

— Je répète, Kimi : qu'est-ce que tu fous là ?

— Je suis en panne.

— Ça, je l'ai bien compris. Je te demande ce que tu fais près de chez moi ?

Je mis un instant avant de répondre, sachant parfaitement que cela déclencherait une nouvelle dispute. Je ne m'étais pas encore remise du sentiment de nostalgie qui m'avait envahie ces dernières minutes que, déjà, j'étais en colère contre lui, sans aucune raison apparente.

— J'étais juste curieuse, finis-je par dire en fuyant son regard. Je n'avais pas prévu de tomber en panne ici à l'approche d'une tempête.

Je le regardai et haussai les sourcils.

— Tu peux m'aider ?

Il s'esclaffa et secoua la tête. Il semblait proche de la crise de nerfs.

— C'est une blague ?

— J'aimerais bien.

Il soupira et passa une main sur son visage, comme pour se reprendre.

— Je ne pourrai rien faire sous cette pluie. Je ne verrai rien. Je te réparerai ça quand la tempête sera calmée.

— C'est peut-être le démarreur ?

— Non, je l'ai changé il y a quelques jours. Ce n'est pas ça. Dans tous les cas, même si je trouve la panne, je ne pourrai rien faire. Maintenant que tu es là, viens à l'intérieur.

— Non, c'est hors de question.

Je voyais parfaitement qu'il essayait de maîtriser sa voix et ses émotions. L'idée que j'entre chez lui ne l'enchantait pas, lui non plus, et je n'aimais pas être coincée sur son territoire. De plus, il me serait impossible de dormir dans une maison qui contenait bien trop de souvenirs aussi heureux que douloureux. Il devait forcément y avoir une autre option.

— Je croyais que tu étais curieuse.

— Pas à ce point.

— De quoi tu as peur ?

Alex haussa ses sourcils. Il me mettait au défi. Mais je n'allais pas passer vingt-quatre heures avec lui dans sa maison. C'était impossible.

— Je n'ai peur de rien, Alex. Je ne veux simplement pas mettre les pieds chez toi et passer un nombre incalculable d'heures en ta compagnie.

— Bien.

Il sortit de la voiture. Son départ m'embêtait, parce que j'allais devoir passer la nuit dans cette voiture, perdue au milieu de nulle part, entourée d'une forêt, sous une tempête. Laissant tomber ma fierté, je récupérai mes affaires et sortis rapidement.

— Attends, Alex !

Il était sur sa moto, prêt à repartir. La pluie me gifla et me glaça le corps. Elle avait encore redoublé d'intensité. Je serrai les bras autour de ma poitrine, me protégeant comme je le pouvais.

— Tu as changé d'avis ? me demanda-t-il en se retournant à moitié.

J'eus envie de lui dire que non, je voulais simplement jouer aux billes, mais faire du sarcasme alors que j'étais en position de faiblesse n'était pas une bonne idée.

— Je ne veux pas passer la nuit dans cette voiture, répondis-je en haussant la voix.

— Monte !

J'ignorai son ordre et continuai le chemin à pied, passant devant lui sans regarder son visage trempé et son corps robuste qui m'attendait. Il était hors de question que je me plie à ses ordres. Il fit gronder le moteur de sa moto bien plus fort que nécessaire, me signalant sans doute son mécontentement. Lorsqu'il passa à côté de moi, il roula dans une flaque d'eau et m'éclaboussa des pieds à la tête. Je me figeai et hurlai de rage. Je courus les derniers mètres qui me séparaient du chemin menant à la maison. Alex rentra sa moto dans le petit garage puis ferma les portes en me lançant un regard suffisant et amusé à la fois.

— Tu étais obligé de m'éclabousser ? criai-je en arrivant vers lui.

— C'était plutôt amusant.

Son sourire satisfait me rendit folle. Je le poussai de toutes mes forces, mais il ne bougea pas d'un pouce.

— Crétin !

— Tu es déjà trempée, Kimi. Un peu plus d'eau ne change rien, grogna-t-il en secouant la tête.

— Tu fais tout pour me mettre hors de moi.

— On va se battre une nouvelle fois ? Toi et moi, on sait comment ça va se finir si c'est le cas.

Je m'essuyai les yeux et lui tournai le dos, refusant de rester une seconde de plus près de lui. Tant pis pour mes angoisses, je n'irais pas chez lui.

— Où tu vas ?

Je gardai le silence, et m'éloignai de la maison d'un pas déterminé.

— C'est stupide, Kimi ! La tempête ne va faire qu'empirer. Viens t'abriter !

Je l'ignorai à nouveau, frissonnant de froid.

— Putain, Kimi !

Je crus entendre quelque chose qui ressemblait à « tête de mule ». Je continuai de marcher, mais il me rattrapa facilement. Ses bras m'encerclèrent et il me souleva.

— Lâche-moi !

— Pas avant d'être à l'intérieur.

Je me débattis et réussis à m'extirper de ses bras, vraiment énervée. Le pointant du doigt, je haussai la voix :

— Je ne suis pas une poupée que tu peux manipuler comme tu le souhaites, Alex. Je ne suis pas à tes ordres non plus. Tu fais toujours tout pour me pousser à bout. Putain, mais qu'est-ce que tu veux ?

— Ce que je veux ? Ce que je veux, c'est la vérité !

— Tu la connais, la vérité, mais tu préfères fermer les yeux.

— Je ne comprends rien à tout ce que tu dis, à tes explications vagues. Contrairement à ce que tu crois, je ne comprends toujours pas la raison de ton départ. Je n'ai strictement rien fait. Je t'aimais comme un fou, Kimi. Putain ! J'aurais fait n'importe quoi pour toi. Tout ce que je voulais, c'était te rendre heureuse, mais du jour au lendemain, plus rien. Qu'est-ce qu'il s'est passé ? Je veux juste savoir.

Je secouai la tête, refusant de croire ce qu'il me disait. Tout n'était que mensonge. Du vent. Mais mon cœur se serra à la vue de son visage torturé et en colère. Pourquoi niait-il ?

— C'est faux, soufflai-je en tremblant de froid. Tout a toujours été faux.

Il s'approcha de moi, et me prit le menton pour que je le regarde. C'était difficile avec la pluie qui nous fouettait le visage.

— Rien n'était faux, répondit-il calmement. Je n'ai jamais été aussi vrai que lorsqu'on était ensemble. Et je t'en veux tellement…

Je regardai son visage dégoulinant d'eau. Son regard était tourmenté, comme si une ancienne douleur remontait à la surface. Il poursuivit :

— Du jour au lendemain, tu as jeté notre relation par la fenêtre. Tu m'as abandonné sans explication. Ça, c'est du réel. Tu sembles avoir le cœur brisé, mais tu ne connais pas l'état du mien. Parce qu'en un été, tu étais devenue mon monde, et puis un beau jour, plus rien. Alors tu as certainement des raisons de me détester — raisons que tu tiens absolument à garder secrètes —, mais moi, je te déteste parce que tu *nous* as abandonnés.

Je reçus ses paroles comme des coups de poignard.

J'avais envie de le croire. Je voulais le croire. Mais ce que mes yeux avaient vu il y a cinq ans m'en empêchait.

— Ce ne sont que des paroles. Toujours des paroles.

— Qu'est-ce que tu veux de plus ? C'est la vérité !

Il fronça les sourcils et écarta les bras comme s'il abandonnait. Mon cœur allait éclater. Je le poussai, puis le frappai à l'épaule.

— Tu mens !

Il attrapa mes mains et me maîtrisa avec une facilité qui m'énerva d'autant plus. Il me rapprocha de lui et plaça son visage à quelques centimètres du mien.

— Je ne mens pas, me dit-il, les yeux enflammés par la colère. Arrête de toujours vouloir te battre contre moi. Ça ne sert à rien.

Son visage si près du mien me faisait perdre le contrôle.

— Arrête de te battre tout court. Explique-moi. Parle-moi sans sous-entendus, Kimi. Laisse-moi comprendre.

J'en avais marre de me battre contre lui. J'en avais marre de me battre contre moi-même. Peu importe le nombre d'années qui pouvaient passer, Alex resterait toujours une plaie à vif. Les larmes me montèrent aux yeux parce que sa simple vue mettait mon cœur au supplice. Je fermai les yeux un court instant puis décidai de lâcher prise.

Je libérai une de mes mains coincées dans les siennes pour la placer sur sa nuque et l'embrasser. C'était plus fort que moi. C'était trop dur de résister. J'oubliai tout, même la pluie et la tempête. Tout ce qui m'importait, c'était lui, c'étaient ses lèvres et son corps chaud contre le mien. Il passa les mains sous mes cuisses avant de me soulever tandis que j'enroulais les jambes autour de ses hanches. Ses gestes étaient brusques, nos dents s'entrechoquaient. Mais je m'en foutais, j'avais besoin de lui. J'avais envie de lui.

Une porte claqua, et le bruit de la pluie s'estompa. Il me plaqua contre un mur, ses lèvres toujours sur les miennes. Je pris son visage dans mes mains, comme si je n'en avais pas assez. Je voulais plus. Nos souffles se mêlèrent, nos gémissements aussi. Nous étions trempés. Et tant pis si nous n'arrivions pas jusqu'au salon, je le voulais. Et tout de suite.

Chapitre 15

Cinq ans plus tôt…

A la lumière des bougies, je plongeai mon regard dans celui d'Alex, sombre et sauvage.

Sa main caressa la peau de mon ventre et remonta jusqu'à la naissance de mes seins. Il glissa sa langue dans ma bouche et trouva la mienne. Puis il aspira ma lèvre inférieure tandis que ses doigts dessinaient le contour du bonnet de mon soutien-gorge.

D'un petit mouvement de hanches, il se rapprocha de moi et je sentis avec précision la force de son désir. Autant cela faisait grimper mon propre désir, autant cela me terrifiait. Il me terrifiait. Du moins, son expérience me faisait peur, mais j'avais envie de lui, et c'était ce sentiment qui primait.

Il se leva et me tendit la main pour que je fasse la même chose. Je haussai un sourcil.

— Je croyais que c'était mieux d'être allongée pour une première fois ?

— Je veux te voir, me dit-il avec un sourire en coin. Entièrement.

Il m'attira à lui et captura de nouveau mes lèvres. Mes mains restaient sagement sous son T-shirt. Je caressai la peau de son dos, sentant ses muscles rouler sous mes doigts. Nos hanches étaient soudées, et je sentais son érection contre mon ventre. Lorsque mon entrejambe s'embrasa sous la force de mon désir, j'entrepris de lui enlever son T-shirt.

Il n'allait pas assez vite. Mon envie était bien trop forte, et mon corps était si tendu que c'en devenait presque douloureux. Je laissai tomber son T-shirt quelque part dans la pièce, et l'embrassai dans le cou en me mettant sur la pointe des pieds. Je l'entendis grogner de satisfaction, ce qui m'encouragea à continuer.

Il retira mon T-shirt, puis mon pantalon. Je n'avais même pas remarqué qu'il l'avait déboutonné. Je piétinai avant d'éloigner mon pantalon, restant en sous-vêtements devant lui. Il s'écarta légèrement de moi, et me regarda. J'en profitai pour observer son corps parfait, tout en m'occupant de son pantalon.

Son ventre était ferme, ses abdos se contractaient au rythme de sa respiration régulière. Une fois que j'eus défait son jean, il attrapa mes mains et les posa sur ses pectoraux, puis les descendit jusqu'à son ventre.

— Touche-moi. Je ne veux pas que tes mains quittent mon corps.

Ses yeux avaient pris une teinte encore plus sombre, et sa voix… Elle était grave. Très grave, à tel point que ses paroles vibraient dans tout mon corps. Tout était sexy chez lui : son physique, sa voix et sa façon d'être.

J'attrapai ses mains à mon tour et les posai sur ma poitrine. Je me disais que, si je faisais comme lui, je ne risquerais pas de me louper. Il regarda ses mains posées sur mes seins, puis m'embrassa à nouveau. Mon soutien-gorge disparut si vite que je me demandai si je n'avais pas raté un épisode. Il sourit en voyant mon visage perplexe, puis caressa à nouveau ma poitrine. J'appréciais assez mon bonnet B, mais lorsque je vis mes seins disparaître sous ses grandes mains, je me demandai si je ne devais pas un peu complexer.

Je passai les bras autour de son cou et collai ma poitrine contre la sienne. Il prit une grande inspiration dans mon cou, avant de me soulever dans ses bras. Il se débarrassa de son jean et m'allongea doucement sur le canapé, comme si je ne pesais pas plus lourd qu'une plume. Il resta un instant au-dessus de moi, avant de m'embrasser à nouveau et de tracer un chemin de baisers le long de mon cou, puis de ma clavicule. Il captura mon sein droit dans sa main, et sa bouche s'affaira sur le gauche.

J'enfouis les mains dans ses cheveux et me cambrai sous ses caresses. J'avais chaud, j'avais besoin… de plus. J'avais besoin de lui. Nos regards se croisèrent. Ses yeux n'étaient plus que de la lave en fusion.

— Je n'ai aucune protection, Kimi.

— J'ai confiance, chuchotai-je, tremblante.

Il prit son temps pour embrasser chaque parcelle de peau autour de mon nombril, puis descendit jusqu'à ma hanche. Il releva mes jambes et attrapa l'élastique de ma culotte avec les dents. C'était excitant !

Je réalisai à quel point j'étais trempée pour lui. J'en aurais eu honte si j'avais pu penser correctement. Ma culotte disparut, et il me regarda un instant en souriant.

Je voulus fermer les jambes, mais il les écarta et cala ses épaules sous mes cuisses. Je compris, par le regard d'avertissement qu'il me lança, qu'il ne voulait pas que je sois embarrassée.

Son souffle chaud effleura la peau fine de l'intérieur de mes cuisses. Il déposa un baiser sur mon pubis, avant d'embrasser mon sexe. J'arrêtai de respirer, et une multitude de pensées confuses traversèrent mon esprit. Je me ressaisis pour me concentrer sur ces sensations nouvelles et si magnifiques qui me faisaient perdre la raison.

Sa langue se faufila entre mes cuisses, et titilla mon point sensible, avant de le lécher plus doucement, comme pour calmer le feu qui se propageait dans tout mon corps.

Des soupirs incontrôlables sortaient de ma bouche. Sa bouche et sa langue expertes m'emmenèrent au septième ciel. Mon corps était tendu à l'extrême, tout n'était plus que plaisir.

Après un dernier baiser, il remonta vers mon cou, puis mes lèvres. Je ne savais plus où j'étais, et tout ce que je voulais, c'était qu'il ne s'arrête jamais.

Quelque chose de lourd se frotta contre mon ventre, et en jetant un coup d'œil, je vis que son boxer avait disparu. Son pénis était droit, tendu, terriblement gonflé.

— J'irai doucement, je te le promets, murmura-t-il dans un souffle tremblant.

J'acquiesçai. J'avais peur. J'étais excitée. J'appréhendais. Un cocktail explosif de sentiments contradictoires.

Il plaça son sexe entre mes cuisses, puis m'embrassa et effectua des petits mouvements pour mieux se positionner, prêt à entrer. Il glissa ensuite ses avant-bras sous mes épaules, et commença à me pénétrer.

— Putain, grogna-t-il. T'es serrée…

— Et toi, t'es trop gros !

On se regarda et on éclata de rire. Il laissa tomber son visage dans mon cou, secoué par ses rires. Il reprit son sérieux avant moi et me pénétra un peu plus, s'aventurant progressivement en moi, là où aucun autre homme n'était jamais allé. Je grimaçai. Je n'avais pas mal, mais la sensation n'était pas non plus agréable.

Il s'arrêta, prit mon visage entre ses mains et garda ses yeux verrouillés aux miens. Il me laissa un petit moment pour que je m'habitue à sa présence en moi. Un tas d'émotions passaient sur son visage, mais il se contrôlait. Il avait l'air de prendre son pied, lui.

Une fine pellicule de sueur luisait sur sa peau. Sa respiration était irrégulière. Il guettait mes expressions pour vérifier que tout allait bien.

Il finit par laisser son corps me recouvrir, me caressa le visage et fit courir ses lèvres sur chaque parcelle de peau qui lui était accessible. Sa langue se faufila dans ma bouche et m'embrassa avec douceur.

Alex bougea les hanches, et je fis de même. Toute son attention était portée sur moi.

Il finit par se retirer presque entièrement, et replongea en moi doucement, glissant avec une facilité qui m'étonna. Il frissonna, sa bouche entrouverte contre la mienne. Puis il recommença, allant et venant en moi avec une douceur qui me touchait profondément. Faire l'amour avec Alex était bien plus qu'un acte charnel. C'était comme si nos âmes s'entremêlaient, fusionnaient, et dansaient ensemble.

Je passai les mains dans son dos, puis agrippai ses fesses fermes qui se contractaient à chaque va-et-vient. Ma respiration était rapide, mais pas autant que la sienne. Je pouvais l'entendre grogner de plus en plus fréquemment, jurer parfois.

Il accéléra le rythme. Je savais qu'il était sur le point de jouir, et cela m'excita un peu plus.

Sa joue était contre la mienne, je sentais son souffle entrecoupé. Ses bras tremblèrent et il me serra plus fort contre lui, puis, son regard rivé dans le mien, il jouit en poussant un long gémissement, avant que tout son corps ne se détende. Il me garda serrée contre lui un moment, le temps de reprendre son souffle, et m'embrassa.

Puis il finit par recouvrer ses esprits, et dévora de baisers un de mes seins, puis l'autre. Je le regardai faire, toujours aussi excitée, si ce n'est plus encore.

Il cala de nouveau ses épaules sous mes cuisses, et plongea sa langue dans les plis de mon intimité, redoublant de passion. Il glissa un doigt, puis deux dans mon vagin, stimulant avec expertise chacune de mes terminaisons nerveuses.

Mon cœur s'accéléra, prêt à exploser dans ma poitrine. Je ne savais pas qui de lui ou moi gémissait le plus fort. J'étais sur le point de me désagréger de plaisir entre ses mains. C'était inexplicable. Mon corps se tendit de nouveau, et je me cambrai brusquement en ayant l'impression d'exploser.

Je fus parcourue d'un long frisson et me mis à trembler de façon incontrôlable. Un couinement — on ne pouvait vraiment pas appeler ça un gémissement — sortit de ma bouche, puis les sensations qu'Alex me faisait ressentir m'engloutirent. Je me perdis dans l'abîme du plaisir, ne pouvant penser à rien d'autre qu'à ce bonheur inexplicable.

Redescendant sur terre, j'ouvris péniblement les yeux et regardai Alex s'asseoir entre mes jambes, un sourire satisfait aux lèvres. Mon regard glissa sur son corps parfait avant de m'apercevoir qu'il était de nouveau prêt, son pénis tendu au possible. Il s'allongea de nouveau sur moi et me picora les lèvres.

— Comment était ta première fois ?

— Parfaite, soupirai-je.

— Alors, tu serais prête pour une deuxième ?

Je rigolai et l'embrassai en acquiesçant, heureuse de lui avoir offert ce qu'aucun autre homme que lui ne pourrait avoir.

Aujourd'hui…

Alex me plaqua contre le mur, mais je ne ressentis aucune douleur. On se dévorait littéralement, dominés par un besoin complètement irrationnel et primitif.

« Primitif. » C'était le terme pour qualifier le regard d'Alex. Ses yeux étaient incroyablement sombres, animés d'une flamme sauvage.

Il fit quelques pas en me portant, avant de me plaquer contre un autre mur. Mon jean fut rapidement défait. Je descendis de ses bras et fis passer son T-shirt par-dessus sa tête. Il agrippa mes cheveux et tira ma tête en arrière pour capturer de nouveau mes lèvres, avant de glisser les siennes dans mon cou. J'en profitai pour toucher son corps parfait, encore plus musclé que dans mon souvenir. J'avais la sensation de revenir à la maison après un très long voyage. Son corps, son odeur et la vue de sa beauté virile m'avaient manqué. J'avais tant besoin de lui… J'avais l'impression que j'allais imploser sous peu si nous n'allions pas directement au but.

Il enleva mon haut et agrippa mes seins, tandis que je défaisais son pantalon sans ménagement. Mes gestes étaient brusques, mais pas autant que les siens. Il me souleva de nouveau dans ses bras, sa bouche courant sur mes lèvres et mon cou. Il me mordait, grognait et ne cessait de se frotter contre moi. Il n'était que puissance et force brute.

Je sentis son pénis dur et prêt contre moi. Je glissai une main entre nous et attrapai son membre raide. Je le serrai entre mes doigts et effectuai un mouvement de va-et-vient en gardant mon regard accroché au sien, le faisant gémir fortement contre ma bouche.

Il attrapa l'élastique de ma culotte avant de tirer dessus avec tant de force qu'elle se déchira. Je descendis son boxer et il le retira en quelques mouvements de jambe. Mon soutien-gorge disparut rapidement sans que je m'en rende vraiment compte. Il me coinça contre le mur, posa son front sur le mien, les sourcils froncés et, enfin, me pénétra. Puis il se retira avant de me pénétrer plus fort encore. Je fermai les yeux et ouvris la bouche en un gémissement muet.

— Regarde-moi.

Je gardai les yeux fermés, refusant de lui obéir. Il se retira et me prit plus brutalement encore, faisant naître une nouvelle vague intense de plaisir.

— Regarde-moi.

J'ouvris les yeux et les plongeai dans son regard furieux, impérieux et terriblement sauvage, m'accrochant à ses épaules. Il se retira encore et me pénétra, s'assurant que je gardais mon regard rivé au sien, avant d'accélérer. Nos souffles se mêlaient, et la frustration d'être ainsi contrôlés par cet irrépressible désir devait se lire dans chacun de nos regards. La colère aussi. Mais le besoin de l'autre était plus fort que tout.

Il me souleva un peu plus haut avant de nous décoller du mur. Il s'assit sur une des marches de l'escalier et me laissa le contrôle. Il savait que l'envie et le besoin qu'il ressentait m'habitaient aussi.

Assise sur lui, je montai et descendis sur son sexe, me donnant un plaisir qui m'embrouilla l'esprit. Alex m'attrapa les hanches et m'aida en venant à ma rencontre, lâchant une volée de jurons.

Il transpirait à grosses gouttes, tout comme moi.

Cette position ne devait pas le satisfaire, puisqu'il me retourna et me posa délicatement, le dos contre une marche pour reprendre le contrôle.

Il cala mes jambes sur ses épaules et me pénétra brusquement, sans ménagement, poussant toujours plus loin, toujours plus vite. Il me mordit le mollet. J'étais au bord du gouffre. Je n'arrivais même plus à le suivre, tout n'était plus que sensation. Le plaisir ne cessait de grandir dans mon ventre et se propageait dans le reste de mon corps. Mes yeux se refermèrent d'eux-mêmes.

— Regarde-moi, Kimi !

Je rouvris les yeux et, énervée par ses ordres, je lui pris la nuque, le forçant à rapprocher son visage du mien. Je l'embrassai et gémis dans sa bouche lorsqu'il accéléra encore. Il posa son torse contre le mien et j'en profitai pour mordre fortement sa lèvre inférieure, comme il me l'avait fait quelques jours plus tôt. Il en grogna de plaisir.

Je le griffais, le mordais, j'avais un furieux besoin de destruction. Lui gardait son regard noir dans le mien et continuait à me prendre sans relâche.

Les marches de l'escalier me rentraient dans le dos, mais je m'en fichais. Tout ce que je voulais se trouvait sur moi et en moi. Nos bouches l'une contre l'autre, on se mit à trembler et à gémir ensemble, les yeux dans les yeux, comme si nos âmes étaient en communion.

Je lui agrippais les fesses et l'accompagnais à chaque coup de reins. Il empoigna mes seins et lâcha une autre ribambelle de jurons. Il était près de l'orgasme.

— Tu aimes avoir ma queue en toi ? me demanda-t-il furieusement, comme s'il essayait de me punir pour une raison qui m'échappait.

Son regard, la passion mêlée à la colère m'excitaient. Il m'excitait. Il était pour moi le plus fort des aphrodisiaques.

— Et toi ? Tu aimes être en moi ?

— T'as même pas idée combien j'aime ça.

Il se retira complètement et se leva, me regardant les yeux en feu.

— Retourne-toi.

— Non.

Il se laissa tomber sur moi, mais se retint aux marches, son visage tout près du mien.

— Je veux te prendre par-derrière, alors retourne-toi.

— Je ne veux pas me retourner, parce que je ne veux pas t'obéir.

— Tu me rends fou.

Il me souleva contre lui et je l'entourai de mes jambes, puis il m'allongea sur le sol avant de reprendre place entre mes cuisses et de revenir en moi avec une lenteur qui me tortura.

Ce fut le seul geste de douceur qu'il eut. Ensuite, il recommença à me prendre avec la même hargne. Il me baisa — on ne pouvait pas appeler ça autrement — avec force et détermination, et c'était bon. C'était même plus que bon. Je perdis la tête, fermai les yeux et criai quand il me donna le plus bel orgasme de ma vie.

Il continua de me pénétrer sans ménagement, me regardant jouir, les sourcils froncés, puis s'appuya sur les mains et ralentit le rythme.

Je savais qu'il se retenait de me montrer combien il prenait son pied. Les veines de son cou étaient gonflées, et il contrôlait sa respiration, signe qu'il se retenait de gémir. Son regard restait plongé dans le mien. Il finit par s'étaler de tout son poids sur moi, calant la tête dans mon cou. Seul son souffle m'indiquait qu'il était encore en vie.

Alex resta en moi, immobile. Si immobile que je crus qu'il dormait. Je mis mes mains dans son dos et fermai les yeux en sentant les larmes monter. Je ne voulais pas penser à ce que tout cela allait impliquer, mais à présent que la tension redescendait, je décidai d'abandonner, d'arrêter de me battre contre lui. Je n'en pouvais plus. Je n'y arriverais plus.

Je profitai de ce moment silencieux pour graver dans ma mémoire son corps, sa chaleur, son odeur. J'étais bien contre lui, à même le sol. Je me fichais de tout le reste. Je souhaitais simplement que le temps s'arrête.

La fatigue me tomba subitement dessus, et je finis par me laisser aller et m'endormir.

Lorsque j'ouvris les yeux, je mis un instant pour me situer. Il faisait nuit et j'étais confortablement allongée. Les souvenirs de la veille me revinrent en mémoire, ce qui suffit à me réveiller complètement. J'étais dans un lit, au chaud, et entièrement nue. En tournant mon visage vers la gauche, je me rendis compte que j'étais seule.

Puis je relevai la tête et le vis.

Alex était debout dans l'entrée de la chambre et me tournait le dos. Il avait les bras écartés d'un côté et de l'autre du chambranle de l'entrée. Il était nu et, dans la pénombre, j'apercevais ses puissantes épaules, sa cambrure et ses fesses fermes.

Dehors, l'orage grondait, la pluie ne s'était pas arrêtée et claquait contre la maison. Je m'appuyai sur les coudes pour avoir un meilleur angle de vue, mais mon mouvement l'alerta.

Il se retourna et, lorsque son regard croisa le mien, je baissai les yeux vers son sexe qui se raidissait déjà. Il était prêt à nouveau.

Il avança, sûr de lui, jusqu'au lit. La virilité et la puissance qu'il dégageait m'excitèrent. C'était plus fort que moi. Peu importe ce qu'il faisait, mon besoin de lui, de l'avoir en moi, était toujours plus fort.

Il tira d'un geste brusque les draps qui me couvraient, puis regarda mes tétons durcis à cause de mon désir pour lui et des frissons qui me parcouraient.

— Round numéro deux, grogna-t-il en montant sur le lit tel un félin prêt à passer à l'attaque.

— Et si je ne veux pas ?

— Tu le veux, répondit-il, sûr de lui.

— Qu'est-ce que tu en sais ?

Il aspira un de mes seins entre ses lèvres et prit l'autre en coupe. J'écartai les jambes aussitôt.

— Tu mouilles pour moi, de la même manière que je n'arrive pas à me retenir de bander dès que je te vois. Tu as besoin de moi autant que j'ai besoin de toi. Alors je sais que tu veux ce round numéro deux.

— Tu crois ?

— Je ne crois pas, j'en suis sûr.

Il s'allongea sur moi et m'embrassa, me faisant ressentir ce besoin impérieux qu'il avait de me posséder. Il avait raison, j'étais prête pour ce round numéro deux.

Je penserais aux conséquences demain.

Chapitre 16

Lorsque je me réveillai, j'ouvris grand les yeux et mon corps se tendit au souvenir de ce que j'avais fait la veille. Je tournai la tête vers la gauche et regardai un instant Alex dormir paisiblement. Il n'avait pas trouvé le sommeil avant le cinquième round. Son besoin de me posséder semblait l'avoir beaucoup tourmenté.

Je me redressai, et me figeai en entendant le matelas grincer. Alex ne bougea pas d'un pouce. Assise au bord du lit, je passai une main sur mon front pour reprendre mes esprits. Je n'avais pas vraiment le temps de m'insulter de tous les noms pour avoir été si faible face à lui.

Je me levai et parcourus la chambre à la recherche de mes vêtements. Je finis par sortir doucement de la pièce et longeai le couloir sombre avant de descendre les marches entièrement rénovées. La maison d'Alex était à présent chaleureuse et spacieuse. Je récupérai mon pantalon, mon soutien-gorge et mon haut encore humides dans l'entrée. Il fallait que je trouve des vêtements secs. J'ouvris une porte qui donnait sur un cellier, puis une autre qui menait à la cuisine. Je retournai dans l'entrée, toujours nue, et continuai ma recherche dans le salon, qui était exactement comme dans mon souvenir, puis j'entrai dans une pièce qui me donna le sourire.

C'était une petite salle de sport. Il y avait un sac en suspension et des haltères, mais au fond se trouvaient un étendoir et des vêtements propres. Je traversai la salle et enfilai un des joggings étendus là, ainsi qu'un T-shirt, en prenant le temps de les respirer. Ils sentaient le linge propre et Alex.

Je roulai mes vêtements en boule sous mon bras, puis enfilai mes chaussures avant de sortir. Il pleuvait toujours mais l'orage avait cessé. Une bourrasque de vent souleva mes cheveux et me fit hésiter. Une branche d'arbre était tombée en plein milieu de l'allée. La tempête avait dû être bien plus impressionnante que je ne l'avais imaginé. J'enjambai la branche et partis à petites foulées jusqu'à la voiture avant de me souvenir qu'elle était en panne.

Je tentai quand même de mettre le moteur en route, sans résultat. Je sortis de la voiture en soupirant, dépitée de devoir attendre qu'Alex se réveille et, surtout, à l'idée d'affronter les conséquences de cette nuit.

Je retournai vers la maison en traînant les pieds. En ouvrant la porte d'entrée, je tombai sur Alex qui, le dos contre le mur et les bras croisés sur son torse, me fusillait du regard. Il haussa un sourcil en me voyant dans ses vêtements. Lui ne portait rien d'autre qu'un pantalon large.

— Tu comptais filer en douce ? me demanda-t-il, la voix à nouveau pleine de colère.

— Je voulais juste vérifier si la voiture était toujours en panne.

Il eut un rire bref, ironique, puis secoua la tête.

— Parce que si elle avait fonctionné, tu serais revenue ?

— Non. Il fronça les sourcils, prêt pour un énième face-à-face.

— Dans le salon, tout de suite, m'ordonna-t-il.

— Arrête avec tes putains d'ordres ! Demande-le-moi plus gentiment, et peut-être que je t'écouterai.

— Pourriez-vous, s'il vous plaît, mademoiselle Kimi Vervel, aller dans ce putain de salon tout de suite ?!

— C'est mieux, fis-je en me retenant de rire.

Il mit une main sur sa bouche, retenant une flopée de jurons. Si j'avais été un homme, il m'aurait mis son poing dans la figure. Mais c'était plus fort que moi, je voulais le pousser à bout. *J'aimais* le pousser à bout…

Je retirai mes chaussures et allai m'installer sur le canapé. Alex resta debout, les bras croisés, me fusillant du regard.

— J'ai faim, dis-je en sentant mon estomac gargouiller.

— Et alors ?

— Tu n'as pas quelque chose que je pourrais grignoter le temps que tu t'occupes de la voiture ?

Il secoua la tête et marmonna quelque chose qui ressemblait à « elle va me faire péter un câble », avant de disparaître dans le couloir et de revenir avec un paquet de céréales qu'il me jeta.

— Tu veux repartir ? me demanda-t-il, toujours aussi furieux.

— Oui, ce serait bien.

— Alors on va faire un autre marché. Je vais réparer la voiture seulement lorsque la pluie aura cessé et que tu m'auras expliqué de A à Z ce qu'il s'est passé il y a cinq ans.

Je m'enfonçai sur le canapé. Sa requête ne me surprenait pas vraiment, mais cette discussion allait remuer beaucoup de souvenirs. Alex allait apprendre des choses qui ne manqueraient pas de l'énerver et moi… Moi, j'allais revivre la douloureuse découverte, faite cinq plus tôt, qu'un biker, même amoureux, ne pouvait se réserver pour une seule femme.

Je gardai le silence encore un instant, hésitant à évoquer les événements que j'avais tant souhaité oublier. Je me trouvais à présent au pied du mur, et mon cœur se serra lorsque je compris que je ne pouvais plus éviter cette discussion.

— D'accord. Assieds-toi.

Il haussa un sourcil, sans bouger.

— Je ne dirai rien tant que tu ne seras pas assis, alors assieds-toi !

Il décroisa les bras et soupira en secouant la tête. Il s'installa à l'autre bout du canapé et me regarda droit dans les yeux, attendant que je commence.

Je baissai la tête et débutai mon récit…

Cinq ans plus tôt…

— Mon amour paresseux, murmura Alex tout près de mon oreille…

Alex ne cessait de m'appeler ainsi depuis deux semaines, parce que chaque fois que nous avions l'occasion de nous retrouver seuls, nous ne faisions rien d'autre que l'amour. Il avait bien essayé de me divertir autrement, sans succès. J'étais insatiable. Il venait parfois me chercher très tôt dans la matinée, pour — normalement — qu'on aille passer la journée ensemble je ne sais où, mais puisque c'était moi qui conduisais sa moto à chacune de nos sorties, je nous ramenais chez lui. On y passait la journée entière, l'un contre l'autre, unissant nos corps, sans dire un mot. Nous n'avions pas besoin de mots.

Je connaissais l'Alex gentil et dragueur, j'avais aperçu l'Alex en colère et, à présent, je voyais l'Alex amoureux. Parce qu'il ne pouvait pas en être autrement. Sa douceur, les attentions qu'il me portait, comme s'il me considérait comme une chose précieuse et fragile, me mettaient des étoiles plein les yeux. J'adorais ça.

Nous étions allongés sur le tapis du salon, sous un long plaid à poils chaud, et il embrassa mon épaule dénudée. J'émergeai doucement du sommeil.

— Salut, murmurai-je en ouvrant un œil.

Il me sourit et m'embrassa sur la tempe, puis me souleva pour me caler sur lui. D'un air absent, il dessinait du bout des doigts des formes mystérieuses dans mon dos tandis que, la joue posée contre son torse, je suivais de mon index les contours de ses tatouages — des motifs tribaux qui s'étendaient d'une clavicule à l'autre.

— Je ne vais pas pouvoir paresser toute la journée avec toi, me dit-il en passant une main derrière sa tête. On a une livraison à effectuer avec les jumeaux et Tim. Cette fois, je ne peux pas me désister : Tucker m'a couvert plusieurs fois et il effectue les travaux de rénovation avec Tim au garage, mais ça n'avance pas beaucoup. Du coup, les Intermédiaires commencent à se douter que je ne fais pas mon boulot.

Je grognai en l'enlaçant, l'immobilisant sous mon corps.

— Je ne veux pas que tu partes loin de moi, marmonnai-je dans son cou.

— Ce n'est que pour quelques heures. Je viendrai te récupérer à la minute où je serai revenu à Sturgis.

— Où est-ce que vous allez ?

— Rapid City. Ce n'est qu'à une demi-heure d'ici. On ne devrait pas rentrer tard ; le club organise une fête pour l'anniversaire de Tim, ce soir, ça commencera un peu avant minuit. Ça te dit de venir ? Ou l'affamée que tu es veut rester ici toute la nuit ?

Il m'embrassa en me faisant rouler sous lui. Ses larges épaules me couvraient entièrement. Je lui souris et secouai la tête.

— Va pour l'anniversaire de Tim. Je peux inviter Mendy ?

— Bien sûr. Elle est la bienvenue… Elle et sa folie.

— Alors ne viens pas me chercher dans ce cas, dis-je en souriant. Je passerai la prendre et je viendrai directement au Club House avec elle.

— D'accord.

Je le regardai se lever et me sentis subitement seule. Son absence laissait un grand vide qui me prit au ventre. Je le regardai se rhabiller en soupirant de déception. Ce genre de spécimen masculin n'aurait pas dû avoir l'autorisation d'être habillé. C'était injuste de priver le monde d'une si belle vue…

Il se laissa tomber au-dessus de moi en s'appuyant sur ses bras musclés et m'embrassa longuement.

— C'est vraiment dur de te laisser, Kimi, dit-il en souriant. Surtout quand je sais que là-dessous, tu es nue.

Il déposa un léger baiser sur mes lèvres et se releva.

— Je dois me présenter au Club House un peu plus tôt. Ça ira pour rentrer ?

J'acquiesçai et le regardai enfiler son blouson en cuir. Il franchit le seuil de la porte puis me lança un dernier regard avant de disparaître dans l'escalier.

Je laissai ma tête retomber en arrière et restai allongée, contemplant le plafond, jusqu'à ce que je n'entende plus le bruit de sa moto.

Sur le trajet du retour, je me fis arrêter par la police. J'étais morte de trouille parce que je n'avais pas de permis, mais après avoir contrôlé les papiers de la Chevrolet, le policier me sourit et m'indiqua que je pouvais repartir. Le nom de mon grand-père y était certainement pour quelque chose. Malgré tout, mes jambes tremblaient tellement que je dus attendre plusieurs minutes avant de repartir sans paraître suspecte.

J'arrivai à l'exploitation de mon grand-père en fin de journée. Je garai la voiture devant la maison et récupérai le paquet déposé devant la porte, avant de rentrer passer un coup de fil à Mendy du téléphone fixe de la maison — je devais être la seule adolescente au monde à ne pas posséder de portable, mais je m'en fichais. Mendy exulta à l'idée d'une soirée au Club House mais elle se calma rapidement lorsque je lui rappelai qu'on allait devoir se coltiner les Brebis.

Après avoir raccroché, je regardai le paquet blanc que j'avais récupéré et lus la petite carte qui figurait dessus.

Rejoins-moi au garage à minuit. J'ai une petite surprise pour toi.

Alex

Je souris et ouvris le paquet. Une rose rouge. Je la pris délicatement et respirai son parfum. Je n'avais plus qu'une hâte : être à ce soir.

Je me débrouillerais donc pour me rendre au garage et aller ensuite à la soirée d'anniversaire avec Alex. J'étais si impatiente de découvrir sa surprise !

Il m'était impossible de me passer de lui à présent. Chaque fois que je le quittais, il me manquait immédiatement. Et à cet instant, il me manquait bien plus encore…

Aujourd'hui…

— Je ne t'ai jamais envoyé de rose, Kimi, me dit Alex, les sourcils froncés.

— Je sais…

Il semblait avoir des milliers de questions à me poser mais il se tut, attendant la suite. Je sentais qu'il se retenait de se lever, de faire les cent pas, de bouger, de s'agiter, n'importe quoi pour évacuer la tension et l'incompréhension.

Remuer le passé était aussi pénible pour lui que pour moi. Il était clairement mal à l'aise. Et en toute franchise, je prenais un malin plaisir à lui rappeler nos journées sensuelles.

Parce qu'il m'avait fait mal, je voulais qu'il souffre en retour…

***

Cinq ans plus tôt…

— Qui t'a envoyé cette rose, gamine ? me demanda mon grand-père en enfilant son blouson.

— Alex.

Il haussa les sourcils, surpris, et sourit.

— Qui aurait cru ça possible ? marmonna-t-il. Miller amoureux… J'aurai tout vu.

Il se tourna vers moi à l'entrée de la cuisine.

— Je suppose que vous venez au Club House, ce soir. Tu prends la voiture ?

J'acquiesçai.

— Alors fais attention à toi, et à tout à l'heure.

Il quitta la maison, me laissant seule.

Je pris une douche pour passer le temps, grignotai quelque chose, puis regardai un film. J'appelai à nouveau Mendy qui cria par-dessus le bruit du sèche-cheveux qu'elle était en train de se préparer.

— Tu passes me chercher ? me demanda-t-elle une fois le sèche-cheveux éteint.

— Je dois faire quelque chose avant de venir au Club House.

— Je viendrai en taxi dans ce cas, mais ne tarde pas trop : je n'ai pas envie de me retrouver seule parmi les Brebis pendant trop longtemps. Tu ne voudrais pas qu'elles déteignent sur moi, n'est-ce pas ?

Je rigolai et secouai la tête.

— Je n'en ai pas pour longtemps, normalement. Je devrais être là avant 1 heure du matin.

— D'accord ! J'irai à la soirée un peu plus tard dans ce cas, comme ça, je ne resterai pas seule longtemps.

Je raccrochai et allai me préparer. J'enfilai une robe noire près du corps, des escarpins et une longue veste, puis je quittai la maison. Si tout allait bien, je devrais être pile à l'heure.

Lorsque j'arrivai au garage, tout était éteint. Le lieu était plongé dans le noir le plus complet, à l'exception des phares de ma voiture. Les grilles protégeant l'entrée du garage étant fermées, je me préparais psychologiquement à devoir me rendre sur le toit — chose à laquelle je n'avais pas pensé en choisissant ma tenue.

Je coupai le moteur mais laissai les phares allumés. Je sortis de la voiture sans prendre toutes mes affaires et me rendis directement dans la ruelle où se trouvait l'échelle qui menait au toit. Il n'y avait absolument aucun bruit, ce qui me fit hésiter. Peut-être qu'Alex n'était pas encore arrivé…

Je retournai à la voiture. Il faisait bien trop sombre pour l'attendre là-haut et je voulais éviter de monter cette échelle en robe.

Lorsque j'ouvris la portière, un coup de pied la referma brusquement. Je sursautai, puis me retournai, mais avant que je ne puisse le faire complètement, une main d'homme se plaqua brutalement sur ma bouche. Ce n'était pas Alex. Ce n'était ni sa main ni son odeur, et jamais il n'aurait été si violent avec moi.

Je me débattis en donnant des coups comme je le pouvais. J'entendis jurer la personne qui me retenait. Il avait une voix grave et rauque. Il agrippa mes cheveux pour me maintenir en place et colla sa bouche contre mon oreille.

— Reste tranquille et tout ira bien.

La peur me paralysait. Ma respiration était aussi rapide que si j'avais couru le cent mètres, et j'attendis la suite, mes pensées frénétiques s'embrouillant un peu plus à chaque seconde écoulée. Deux autres hommes arrivèrent, avec des cagoules noires sur la tête. La panique m'envahit complètement. J'étais maintenant sûre d'une chose : Alex ne viendrait pas.

— Qu'est-ce que vous voulez ?

Personne ne me répondit. Je tremblais comme une feuille à la vue des hommes en cagoule qui s'approchaient de moi. L'un d'eux leva la main et me gifla brutalement. Je fermai les yeux, m'attendant à recevoir d'autres coups, mais quand rien ne vint, je les rouvris et m'aperçus que les deux hommes regardaient dans ma direction. Je n'arrivais pas à voir leurs yeux, ce qui les rendaient encore plus terrifiants.

L'homme qui me retenait prisonnière me fit avancer jusqu'à un fourgon garé un peu plus loin. Ils me jetèrent à l'arrière. Je m'écorchai les genoux sur le sol métallique et me recroquevillai au fond de la cabine. Les deux hommes cagoulés entrèrent à leur tour et fermèrent la porte derrière eux. Une certitude glaciale s'imposa à moi : ils allaient me violer.

— Qu'est-ce que vous voulez ? répétai-je.

Personne ne me répondit, mais une autre main claqua sur ma joue, m'assommant.

— Il ne nous avait pas dit que c'était la petite-fille du Président des SOD, entendis-je.

— On s'en fout. On s'en tient au plan. Amoche-la.

Aussitôt, je tentai de m'éloigner d'eux, mais les coups plurent sans interruption. Je criai, sans plus chercher à me débattre. Je me recroquevillai en position fœtale pour tenter de protéger mon visage et mon ventre.

Ma dernière heure était arrivée, j'en étais certaine. J'avais mal. Mon corps s'était transformé en un hématome géant. Je n'avais pas le temps ni la force de pleurer. Tout ce que je pouvais faire, c'était encaisser les coups. Encaisser et souffrir. Souffrir jusqu'à ce que je perde connaissance…

Aujourd'hui…

Alex s'était levé et faisait les cent pas, serrant et desserrant les poings.

— C'était qui ? souffla-t-il dangereusement sans me regarder.

— Je n'en sais rien.

— Comment ça, tu n'en sais rien ? hurla-t-il en se tournant vers moi.

Je me levai calmement et lui fis face. Je pris son visage dans mes mains, plongeai mon regard dans ses yeux pleins de rage.

— Calme-toi tout de suite, Alex, lui ordonnai-je d'une voix posée. Ça fait cinq ans. Ta colère ne sert plus à rien.

Je le lâchai puis reculai sans le quitter des yeux. Je vis parfaitement le moment où il comprit ce que je venais de lui dire. Ces mots l'avaient blessé, mais il allait devoir s'y faire, parce que c'était loin d'être fini.

— Pourquoi tu ne m'as rien dit ? me demanda-t-il en continuant de marcher à travers le salon.

Je laissai échapper un rire jaune et secouai la tête. C'était le pompon.

— Je suis venue te voir, Alex.

Il se rassit et me regarda en fronçant les sourcils.

— Je n'aurais jamais laissé qui que ce soit ayant levé la main sur toi s'en sortir indemne ! Si tu étais venue me voir, je m'en souviendrais.

— Et pourtant, je suis bien venue te voir.

La seconde partie du récit allait tout chambouler. Je ne savais même pas si je devais la lui dévoiler. Alex était impulsif, et il deviendrait fou quand je lui donnerais tous les détails.

Il se rapprocha de moi et caressa mon visage. Je reculai pour me soustraire à ce contact, mais il attrapa mon visage entre ses mains et me força à le regarder.

— Si j'avais su… Si tu m'avais regardé dans les yeux et que tu m'avais tout expliqué, je les aurais poursuivis jusqu'au bout du monde et je les aurais regardés mourir. Je n'aurais jamais accepté que ma régulière soit traitée comme ça. Tu étais mon monde…

— Tu penses que c'est pour ça que je suis partie ?

— Oui, pourquoi ? Ce n'est pas pour ça ?

Il fronça les sourcils un instant avant de comprendre.

— Il y a Katherine aussi, soupira-t-il en se reculant.

— En effet. Au moins, tu ne nies plus.

J'allais me faire un plaisir de lui rafraîchir la mémoire sur ce qu'il s'était ensuite passé…

Chapitre 17

Cinq ans plus tôt…

Je repris connaissance en me sentant ballottée dans tous les sens. J'étais sur une surface dure et froide. Une secousse me fit gémir de douleur. J'avais mal aux côtes, au dos, à la tête… Partout.

Une porte coulissa, laissant l'air froid de la nuit s'engouffrer dans l'habitacle. Je frissonnai. Cet air frais me fit du bien. On me souleva avant de me laisser tomber sur de l'herbe humide. Je restai allongée en écoutant le fourgon s'éloigner. J'étais seule à présent, et cela me soulagea. C'était fini. C'était enfin fini.

Je tremblais de froid et je n'avais aucune force pour bouger. Même le plus infime mouvement me faisait trop mal. Alors, je restai dans l'herbe, regardant d'un œil le ciel sombre — mon autre œil refusait de s'ouvrir.

Je ne sus pas combien de temps je restai là, mais les oiseaux se mirent à chanter. Je me concentrai alors sur leur chant pour essayer d'éloigner les questions qui revenaient inlassablement. Pourquoi ? Pourquoi moi ? Pourquoi m'avoir tabassée ? La seule chose dont j'étais sûre, c'était que c'était prémédité, parce qu'Alex ne m'aurait jamais donné rendez-vous sans venir.

Et si c'était lui qui avait organisé tout ça ? Non. Impossible. Je refusais d'envisager cette idée.

J'entendis une voiture approcher puis s'arrêter. Je cessai de respirer. J'avais peur que mes agresseurs soient revenus à la charge. De mon œil valide, j'aperçus une silhouette que je mis du temps à reconnaître. Je gémis pour indiquer ma position. Tucker vint près de moi, s'accroupit à mes côtés et me regarda. Il ne semblait pas surpris.

Non. Ce n'était pas Tucker. C'était Trick. L'absence du grain de beauté près de son œil me fit perdre l'espoir d'être en présence du Prospect que j'appréciais. Trick, lui, allait peut-être me laisser dans ce ravin…

— Tu es vraiment horrible à voir, dit-il en secouant la tête.

A ma grande surprise, il me prit dans ses bras et me souleva, avant de se diriger vers la remorqueuse qui appartenait au club. Mon corps semblait s'être transformé en bouillie et je me retins de gémir de douleur. Il me déposa sur le siège passager, puis grimpa de son côté avant de mettre le chauffage à fond. La petite horloge sur le tableau de bord indiquait 5 heures du matin.

Tenir ma tête droite était une épreuve. Ma nuque me lançait et j'avais l'impression qu'un marteau-piqueur faisait des travaux de rénovation dans mon cerveau.

— Je te ramène à William.

— Non, gémis-je doucement. Alex.

Trick me regarda rapidement de côté, puis haussa les épaules.

— D'accord, mais ensuite, je te ramène à William.

Je ne sais pas pourquoi il souhaitait tant me ramener à mon grand-père, mais peu m'importait. Je voulais voir Alex. J'avais besoin de lui. Je voulais être près de lui.

Pourquoi Trick conduisait-il la remorqueuse, et pas sa moto ? Comment avait-il fait pour me voir, alors que j'étais dans un ravin ? Tout un tas d'autres questions me traversèrent l'esprit, mais je souffrais bien trop pour avoir la force de les poser à voix haute.

Je fermai les yeux et frissonnai en me réchauffant progressivement. On passa devant le garage que je refusai de regarder. La Chevrolet y était sûrement encore.

Pas mal de motos étaient garées devant le Club House, pourtant, tout était étrangement silencieux à l'intérieur. Je me calmai un peu en apercevant la moto d'Alex.

Je descendis de la remorqueuse en me retenant de crier de douleur, puis boitai jusqu'aux marches avant que Trick ne passe un bras autour de ma taille pour m'aider à monter. J'avais mal aux côtes, mais je ne dis rien, troublée par la gentillesse inhabituelle de Trick envers moi.

En entrant dans le Club House, je restai un instant sur le seuil pour regarder le désastre qui régnait. Tout le monde était endormi, sur les canapés, à même le sol, et sur les tables. La fête de Tim avait dû être mouvementée. Une part de moi était triste… J'avais passé la nuit à souffrir entre les mains de mes agresseurs, croyant ma dernière heure arrivée, quand les autres s'amusaient.

Je boitai derrière Trick jusqu'à la salle de réunion. J'aperçus Tim sur un des canapés. Il dormait entre deux filles. Alex n'était pas là, et ça commençait à m'inquiéter.

Trick m'emmena dans un petit couloir, entrebâilla une porte et la referma en secouant la tête. Il continua son chemin et en poussa une deuxième avant de sourire. Il l'ouvrit en grand et me laissa entrer.

Je m'arrêtai sur le pas de la porte. Alex était allongé dans un lit, nu. A côté de lui se trouvait Katherine, nue, endormie à moitié sur lui. Katherine… Cette fille qui s'était battue avec Mendy, et qui m'avait traitée de Brebis. Elle avait finalement eu ce qu'elle voulait…

Mon estomac dut comprendre avant moi ce que je voyais car je me retournai, et vomis tripes et boyaux dans le couloir. Mon corps n'était plus que souffrance, les contractions de mon ventre me faisaient horriblement souffrir, transformant, par la même occasion, mon cerveau en bouillie.

Je restai un instant dans le couloir, pliée en deux en me tenant le ventre, ne pouvant plus retenir les larmes qui brouillaient ma vue. Trick passa une main autour de ma taille et me fit sortir du Club House. Une fois dehors, je laissai libre cours à mes sanglots et m'effondrai. Complètement détruite.

Aujourd'hui…

J'observais Alex. Immobile, comme figé sur place, il me regardait avec un air perdu. Je pris un coussin et le frappai avec. Je ne m'arrêtai que lorsqu'il m'enlaça pour m'arrêter.

— Calme-toi, grogna-t-il près de mon oreille.

— Je ne me calmerai pas, Alex ! Je te déteste !

— C'est faux, tu ne me détestes pas.

Je me débattis et lui écrasai le pied, réussissant par cette occasion à me libérer. J'en profitai pour lui redonner un coup de coussin dans la tête, ce qui finit par l'énerver. Il prit mon arme qu'il jeta au loin, m'attrapa par les épaules, et me jeta sur le canapé.

— Je n'ai rien fait avec Katherine, alors calme-toi !

Son visage était fermé, dur, et son regard complètement perdu. Il recula et se passa une main sur le visage, comme pour reprendre ses esprits.

Je n'aurais pas dû parler de tout ça. Les souvenirs de cette nuit étaient encore difficiles à supporter, et la douleur était toujours aussi vive. Cet arrière-goût de trahison me revenait en bouche et je me sentais aussi mal que lorsque je l'avais aperçu nu dans ce lit, avec une autre fille. J'en avais encore l'estomac retourné, et je me félicitai de ne pas avoir mangé depuis la veille.

— Est-ce que tu imagines ce que j'ai vécu ? Ce que j'ai pu ressentir ? m'écriai-je.

Il me tourna le dos, posant une main sur le mur, et baissa la tête comme s'il réfléchissait. Je me levai et m'arrêtai juste derrière lui, observant le tatouage du club dans son dos. J'étais mal, et la seule chose à laquelle je pensais, c'était de le toucher, de parcourir chaque ligne de son corps du bout des doigts et chaque griffure rouge que je lui avais infligée la veille. Comment était-il possible de détester une personne et d'avoir terriblement envie qu'elle vous prenne dans ses bras ?

Je devais être atteinte du syndrome de Stockholm…

— Pendant qu'on me séquestrait, toi, tu prenais du bon temps avec elle. Dis-moi : c'était bien au moins ? Ça valait le coup ?

Il se retourna et me fusilla du regard.

— Arrête avec tes provocations, Kimi. Je n'ai rien fait avec elle.

— Vous étiez nus et elle était allongée contre toi.

Je reculai pour m'éclaircir les idées. Son visage trop près du mien ne m'aidait pas à réfléchir.

— On va échanger les rôles. Imagine qu'on te séquestre et que la seule personne à laquelle tu penses quand cet enfer se termine, c'est moi. Tu viens me voir…

— Arrête.

— … Et là, qu'est-ce que tu vois ?

— Arrête !

— Clay et moi, nus dans un lit, l'un contre l'autre.

— La ferme, Kimi ! Putain…

Il garda un instant le silence. Il essayait certainement de se calmer.

— Je dors nu, et tu le sais, déclara-t-il. Je ne sais pas ce qu'elle faisait là, je ne me souviens de rien concernant cette soirée…

— Bien sûr ! Tu penses sincèrement que je vais te croire ? C'est l'excuse parfaite, n'est-ce pas ? Ça fait cinq ans, Alex. Tu pourrais au moins me dire la vérité !

— C'est la vérité ! Quand j'ai vu Mendy arriver seule ce soir-là, je lui ai demandé où tu étais, c'est d'ailleurs la première chose que j'ai faite. Elle m'a dit que tu avais quelque chose à faire avant de venir, ce que je n'ai pas compris, puisqu'on avait prévu de se retrouver au Club House. J'ai attendu trente minutes de plus avant de vouloir partir à ta recherche, et ensuite, c'est le trou noir.

— Ensuite, tu as juste trouvé mieux à faire, objectai-je d'un ton acide.

Il se retourna et reprit sa position initiale, appuyé contre le mur les poings fermés, me tournant le dos. Seulement, je n'en avais pas fini avec lui.

— Comment tu te serais senti, Alex, en découvrant que pendant que tu souffrais le martyre, celle que tu considères comme ta régulière s'envoyait en l'air avec un autre ?

Je le forçai à se retourner.

— Réponds-moi !

Son visage était déformé par la tristesse et la colère. Je ne savais pas s'il allait me chasser à grands coups de pied, ou bien me crier dessus. Il finit par fermer les yeux, me poussa sur le côté et s'éloigna rapidement. Il attrapa une lampe qu'il jeta contre le mur, avant de quitter la pièce en claquant la porte. Je regardai les débris de porcelaine éparpillés sur le sol en soupirant.

Finalement, il semblait que je n'aurais pas de réponse…

Je m'assis sur le bord du canapé et me passai une main sur le visage tout en me frottant la cuisse de l'autre, respirant calmement pour évacuer la tension que je ressentais dans tout mon corps. Je savais que je lui faisais mal. Je le voyais. Mais c'était plus fort que moi. Je voulais le faire souffrir, même si cela m'était insupportable. Je voulais qu'il comprenne l'enfer que j'avais vécu. Qu'il me donne des réponses. Qu'il s'excuse. Non, pas qu'il s'excuse, ça ne servait plus à rien. Ou si, qu'il s'excuse de nous avoir détruits. Parce que j'aurais pu survivre à l'agression, mais je n'avais pas survécu à sa trahison. Mon cœur était mort ce jour-là, le jour où tout mon univers s'était écroulé.

Le récit n'était pas fini, mais lui raconter la suite ne ferait que créer des ennuis. Tout ça, c'était du passé. Il connaissait les grandes lignes, et c'était suffisant.

Cinq ans plus tôt…

Je repris place dans la remorqueuse, et Trick referma ma portière avant de monter du côté conducteur. Après avoir rendu tout ce que contenait mon estomac, je restai sans bouger, complètement stone.

« Ce n'est pas possible », voilà ce qui se répétait inlassablement dans ma tête. Alex ne pouvait pas me faire ça. Il ne pouvait pas…

Le trajet jusqu'à l'exploitation me parut interminable ce matin-là. Je n'arrivais pas à penser correctement : mon esprit restait bloqué sur l'image d'Alex et de cette fille couchée sur mon homme.

« Mon homme… » Ce n'était plus le mien. D'ailleurs, l'avait-il déjà été ?

— Quand on arrivera chez William, précise-lui que c'est moi qui t'ai récupérée et ramenée, me dit Trick sans lâcher la route des yeux.

— Pourquoi ? murmurai-je. Il le saura quand il me verra arriver avec toi.

— Dis-lui, c'est tout.

Envahie d'une vague de colère, j'eus enfin le courage de lui poser les questions qui me trottaient dans la tête. La colère était plus facile à gérer que la peine, et c'est en m'accrochant à ce sentiment que je me tournai vers Trick et demandai :

— Qu'est-ce que tu faisais avec la dépanneuse ? Sur cette route, précisément ?

Il eut un petit sourire en coin, mais ne me répondit pas. Avec tout ce qui venait de m'arriver, quelque chose me disait de me méfier. Je réfléchis puis continuai :

— Comment tu savais que j'étais dans le ravin ? Comment tu as fait pour me voir ?

— Je l'ai deviné.

— Tu as engagé des hommes pour me séquestrer ?

Il tourna le visage vers moi et secoua la tête en souriant.

— Non, je n'aurais jamais fait ça !

Le ton de sa voix m'indiqua clairement le contraire.

— Tu m'as mis hors jeu dans le club. Tu n'as pas su fermer ta grande gueule et tu as raconté des choses qui m'ont discrédité. Le club ne me fait plus confiance. Te trouver amochée dans un ravin et te secourir est la meilleure chose qui pouvait m'arriver pour regagner la confiance du club.

— Tu es en train de me dire que tu as organisé tout ça pour ça ?

— C'est ce que tu en conclus, ce n'est pas ce que j'ai dit. Tu n'as aucune preuve, et personne n'aura jamais de preuve, Princesse.

— Je pourrais parfaitement faire part de mes soupçons à mon grand-père.

— A quoi bon ? Maintenant qu'Alex a trouvé une nouvelle Brebis, quelle raison as-tu de rester ? Tu pars, je retrouve ma place, et tout rentre dans l'ordre.

Il m'attrapa brusquement le bras et le serra fortement, ce qui me fit gémir.

— Tu diras ce que je t'ai dit, parce que sinon, je terminerai le travail. Regarde-moi bien, Princesse. Je ne plaisante pas. Un mot, un indice, n'importe quoi qui pourrait me mettre à nouveau hors jeu, et tu n'auras plus que quelques heures à vivre.

J'acquiesçai en serrant les dents sous la douleur, de nouveau au bord des larmes, et il me relâcha enfin. Je le croyais. Trick était un sociopathe dingue du club. Il voulait devenir Intermédiaire, et l'avoir discrédité aux yeux de mon grand-père lorsqu'il avait tiré sur son frère avait réduit ses chances de réaliser son rêve.

A quoi bon résister ? Dire la vérité ne ferait qu'empirer la situation, et j'avais déjà pas mal de choses à réparer.

Lorsqu'on arriva devant l'exploitation, Trick m'aida à descendre et me chuchota une dernière menace avant d'entrer chez mon grand-père. Ce dernier était déjà debout. Quand on gère une exploitation, le sommeil n'est pas prioritaire.

— Bordel de merde, souffla mon grand-père en me voyant, avant de hurler : Qu'est-ce qui lui est arrivé ?

Trick m'installa délicatement sur le canapé et raconta à mon grand-père qu'il m'avait trouvée. Mon grand-père semblait au bord de l'explosion. L'inquiétude et la fureur marquaient son visage.

— Retourne au Club House, réveille les Inter et les Anciens. Préviens-les qu'il y a une réunion d'urgence dans une heure.

Trick me regarda une dernière fois, les sourcils levés en une ultime mise en garde, puis s'en alla. Mon grand-père s'installa à mon côté et me scruta, ses mains proches de mon visage sans pour autant le toucher. Il devait avoir peur de me faire mal, mais il ignorait que toutes ces plaies n'étaient rien en comparaison de celle de mon cœur…

— Mon bébé, murmura-t-il. Qui t'a fait ça ? Explique-moi tout.

Tremblante, je lui racontais la rose, le mot, le rendez-vous et ce qu'il s'était passé une fois là-bas. Je finis en larmes, sans avoir mentionné ma visite au Club House. Je n'arrivais toujours pas à y croire…

— Tu penses que c'étaient des bikers ?

— Je n'en sais rien, papy.

— Est-ce que tu as été marquée ?

Je secouai la tête.

— Tu es sûre ?

En réalité, je n'en avais aucune idée. Il retira ma veste avec prudence, et inspecta chaque parcelle de ma peau. Je ne sais pas ce qu'il cherchait, mais, lorsqu'il observa mes jambes, je compris soudain. L'ourlet de ma robe remonta légèrement sur mes cuisses, et c'est avec horreur que je découvris sur le haut de ma cuisse ma peau cisaillée. Le sang séché formait une croûte encore fraîche. Deux lettres avaient été taillées dans ma chair : HG.

— Les fils de pute, éructa-t-il, avant de se lever et de faire les cent pas.

— Qu'est-ce que ça veut dire ?

— Hell's Gods. Les dieux de l'enfer.

— Pourquoi ?

— Je suis désolé, gamine. Tout est ma faute. Tu es ma petite-fille, c'est pour cette raison qu'ils s'en sont pris à toi. Je pensais que la hache de guerre était enterrée depuis longtemps.

— Ce n'est pas ta faute, protestai-je.

La dernière chose que je souhaitais, c'était que mon grand-père s'en veuille pour une chose dont il n'était pas coupable.

— Si, ça l'est. Les gangs de bikers laissent toujours une trace de leurs méfaits. Initiales, symboles, n'importe quoi pour qu'on les reconnaisse. Ils marquent pour dire qu'ils ont empiété sur le territoire d'un autre clan. C'est ce qu'ils ont fait en te marquant, pour nous menacer. Et tout cela parce que tu es ma petite-fille.

Est-ce que le temps pouvait juste se mettre sur pause un instant ? Je me mis à pleurer. Je n'en pouvais plus de tout ça.

— Pardonne-moi, gamine.

Il m'embrassa sur le front, et m'aida à me relever.

— Je vais appeler Ashley pour qu'elle t'examine. Va te laver le temps qu'elle arrive, d'accord ?

Je ne répondis pas, mais l'idée d'une douche ne m'avait jamais paru si bonne qu'en cet instant. Mon grand-père s'en voulait alors que ce n'était pas sa faute. J'avais été marquée, et mon cœur était brisé.

En arrivant dans la salle de bains, je vomis à nouveau dans le lavabo. Mon grand-père jura et parla de quelque chose comme une commotion cérébrale, mais je n'écoutais plus rien. Je ne voulais plus rien entendre.

Il ouvrit les robinets et me laissa en paix. En entrant dans la douche, je me laissai aller sous l'eau chaude qui brûla chaque partie entaillée de mon corps. Je pleurai comme jamais auparavant. L'image d'Alex était gravée sur ma rétine. Je frottai mon corps, et cette marque, jusqu'à me faire saigner à nouveau. J'avais mal, mais j'avais besoin d'enlever toute trace de cette soirée. Si je pouvais arracher mon cœur par la même occasion… Il était serré, compressé dans un étau, et ne cessait de me rappeler qu'à présent, Alex n'était plus mien.

Mon grand-père frappa doucement à la porte, ce qui me fit sortir de mes pensées morbides. Je regardai l'eau rougie par le sang. J'y étais peut-être allée trop fort.

Je sortis de l'eau après m'être rincée une dernière fois. Tous mes organes, tous mes os, et ma peau me faisaient mal. Je fus horrifiée en apercevant mon visage dans le miroir. Mon œil gauche était tuméfié, ma lèvre ouverte, et un peu de sang séché traînait encore près de mon nez. J'avais des bleus qui apparaissaient un peu partout… L'état de mon corps reflétait parfaitement celui de mon cœur.

Mais mon corps, lui, allait s'en remettre. Ashley — la femme de Toto, qui était infirmière — allait m'aider. Pour mon cœur, en revanche, aucun traitement n'existait…

Chapitre 18

Aujourd'hui...

J'étais encore assise sur le canapé à me remémorer ces souvenirs horribles quand l'ombre d'Alex me sortit de mes pensées.

Il me poussa dans le fond du canapé et tira l'élastique du jogging que je portais pour le descendre. Je remontai le pantalon rapidement.

— Mais qu'est-ce qui te prend ?! criai-je en le repoussant.

Apparemment, il était toujours aussi furieux, mais sa fureur n'était pas dirigée contre moi — et, heureusement, il avait enfilé un T-shirt.

— Tu as un tatouage sur la cuisse, dit-il simplement.

— Et alors ?

— Tu m'as toujours dit que tu ne t'en ferais jamais !

— J'ai changé d'avis.

Il secoua la tête et baissa à nouveau mon jogging. Je savais ce qu'il cherchait. J'avais fait ce tatouage quelque temps après mon retour en France pour cacher ces horribles initiales qui resteraient gravées à vie sur ma peau. Je me débattais, mais il gagna la partie en me lançant un regard qui me cloua sur place.

— Ce n'est qu'un papillon, rien de plus !

Il fronça les sourcils et se baissa pour examiner attentivement mon tatouage. Je voulus remonter le jogging mais Alex posa ses grandes mains sur ma cuisse, et me regarda de nouveau avec des éclairs dans les yeux.

— Tu peux me faire ton regard de psychopathe-tueur-en-série-sociopathe, je m'en fous, Alex. Ce regard ne m'a jamais fait peur.

Il reporta son attention sur le tatouage, avec un sourire en coin qu'il perdit rapidement. Il caressa ma cuisse, bougeant ma peau pour faire ressortir le moindre reflet. En cinq ans, la cicatrice avait presque disparu, ne laissant qu'une légère boursouflure qui, elle, ne partirait jamais. Il finit par me masser la cuisse avant de remonter mon pantalon.

— Tu n'avais qu'à me demander, ajoutai-je. Je te l'aurais dit.

— Je te l'ai demandé, mais tu m'as répondu que tu ne savais pas. Et puis, qui a dit que tu étais la seule à vouloir chercher la bagarre ?

Je lui lançai un autre coussin qu'il rattrapa aisément en souriant. Son sourire… Je baissai rapidement les yeux, troublée. J'étais censée être en colère contre lui, non ?

— Tu as vu les initiales. Qu'est-ce que tu comptes faire maintenant ? Mon grand-père s'est déjà occupé de tout ça.

— Maintenant, je vais réparer ta voiture. Il ne pleut presque plus. On va continuer à parler, mais dehors, parce qu'il faut que je m'occupe les mains.

— C'est ta façon de me dire que je dois partir ?

— Parce que tu veux rester, maintenant ?

— Non, juste avoir le dernier mot.

Il plissa les yeux et secoua la tête sans rien ajouter. Tant mieux, parce que j'étais à court d'arguments. Il me laissa seule dans le salon. Qu'est-ce qui allait se passer à présent ? Je mis plusieurs minutes avant de le rejoindre à l'extérieur. Parler avait changé la donne. J'étais toujours remontée contre lui, mais l'avoir blessé m'avait soulagée. C'était horrible de penser ainsi, mais c'était ce que je ressentais.

Alex avait raison, la pluie s'était calmée, mais le vent soufflait toujours aussi fort. Je croisai les bras sur ma poitrine en sentant la fraîcheur matinale glisser sur ma peau. Alex était à quelques pas de moi et regardait la grosse branche d'arbre tombée en plein milieu du chemin comme s'il avait sous les yeux une équation impossible à résoudre. Il finit par la contourner sans m'attendre et alla jusqu'à la voiture. Il ouvrit le capot et disparut de ma vue. Je songeai que voir Alex réparer une voiture était l'une des choses les plus sexy auxquelles j'avais assisté. Hmm… Je ferais sans doute mieux de rentrer au chaud… mais j'avais besoin de lui parler.

Je posai mes fesses sur le bord de la voiture à côté de lui, ignorant la fine pluie glaciale qui tombait. Alex trifouillait dans le ventre du vieux tacot.

— Tu as couché avec elle ? demandai-je calmement.

J'étais vraiment curieuse et, plus tôt, sa réaction m'avait laissée perplexe. Alex soupira, sortit ses mains noircies de la voiture et les posa sur l'avant du vieux tacot en tournant son visage vers moi.

— Je n'en sais rien, Kimi, répondit-il.

On progressait, apparemment. Son ton posé m'encouragea à creuser pour en savoir un peu plus. Son visage défait et marqué par une profonde douleur me serra le cœur, mais ne m'arrêta pas pour autant.

— Comment ça, tu n'en sais rien ? Tu as passé la nuit avec elle, tu devrais bien savoir ce que tu as fait.

— Je n'ai pas « passé la nuit avec elle » !

Le voyant s'énerver, je lui lançai un regard de mise en garde. Il soupira une seconde fois et se remit à trifouiller dans le moteur.

— J'ai peut-être passé la nuit avec elle, mais je n'en ai aucun souvenir. Je ne sais pas si j'ai couché avec elle. Je ne sais pas ce que j'ai fait.

Il renifla et grinça des dents. Je ne savais pas si c'était cette conversation qui l'agaçait ou le fait de ne pas se souvenir de cette fameuse nuit.

— Comment tu peux ne pas savoir ? Tu avais bu ?

— Pas plus que d'habitude, me dit-il en haussant les épaules.

Il n'avait donc pas bu plus d'une bière ou deux. Peut-être que Trick avait prévu de mettre Alex hors jeu cette nuit-là pour que ce soit lui qui me trouve et non Alex, parce que Trick savait parfaitement qu'il finirait par partir à ma recherche. Il se pencha au-dessus du moteur avec une lampe.

— Je t'en veux vraiment, Alex. Tu m'as dit que c'était moi qui nous avais abandonnés, mais pour moi, c'est toi qui m'as abandonnée.

— Tu crois que je ne m'en veux pas ? Ç'a été le bordel total après ton départ, et je ne savais pas ce qu'il se passait. Ton grand-père ne me parlait plus, ne me regardait même plus, comme s'il m'en voulait. Personne ne m'a expliqué, même Trick, ce…

Il prit une profonde inspiration et secoua la tête avant de continuer :

— Ça fait peut-être cinq ans que ça s'est passé, mais je le ressens comme si c'était hier. Je comprends aujourd'hui pourquoi on s'est mis en guerre contre un autre clan, même si, à l'époque, les Prospects ont été mis à l'écart de tout ça. C'est la courroie d'alternateur.

— Quoi ?

— La voiture. Elle est en panne, parce que la courroie d'alternateur est partie. C'est ce qui alimente la batterie quand tu roules. Il y a une fuite d'huile et la courroie s'est détachée.

Il me montra un genre d'élastique en caoutchouc noir.

— Elle n'est pas déchirée, donc je vais pouvoir te la remettre, mais il va falloir la changer, et changer la batterie qui est à plat.

J'acquiesçai, complètement perdue. A un moment, il me parlait d'il y a cinq ans, et l'instant d'après, il me donnait un cours de mécanique. Il garda le silence un moment, contemplant l'élastique noir, puis il plongea ses yeux dans les miens.

— Je suis désolé, Kimi. Quand je t'ai vue dans le centre de Sturgis, j'ai oublié toutes les années qui s'étaient écoulées, et je suis redevenu l'Alex d'avant. Si Tucker ne m'avait pas arrêté, je t'aurais poursuivie. Je n'avais aucune idée de ce qui t'était arrivé, et toutes les questions que je me posais sur ton départ sont revenues en force. Depuis que je sais que tu es de retour, je n'ai pensé qu'à une chose : comprendre pourquoi tu es partie. Je pensais que je ne te reverrais jamais…

Il m'écarta de la voiture et referma le capot. Il semblait toujours en colère, mais aussi troublé. Il soupira comme s'il se débarrassait des fantômes du passé.

— Viens, on rentre à l'intérieur, il faut que je récupère des outils pour remettre cette courroie.

Je baissai la tête, incapable de lui en vouloir plus longtemps. Peut-être avait-il réellement couché avec l'autre Brebis, ou peut-être pas — même si j'imaginais parfaitement Katherine profiter de l'occasion… Mais s'il disait vrai et qu'il ne se souvenait de rien, comment lui en vouloir ? Il y avait cinq ans, je m'étais sentie trahie et humiliée. A présent que j'avais confronté Alex, je ne savais plus ce que je devais éprouver. J'étais complètement perdue moi aussi…

Cinq ans plus tôt…

Je descendis les marches avec une extrême lenteur. Ma cheville gauche me faisait horriblement mal, et ma jambe droite me lançait.

— Oh ! mon Dieu, souffla Ashley lorsqu'elle m'aperçut.

Elle eut un instant d'hésitation avant de venir à ma rencontre et de m'aider à descendre les quelques marches restantes. Mon grand-père était au téléphone et criait des choses que je ne voulais pas entendre. Je fis donc abstraction de son agitation et me laissai guider par Ashley jusqu'à la salle à manger, où elle m'installa sur une chaise. Elle sortit un instant de la pièce avant de revenir avec une grosse trousse de soins, mon grand-père sur ses talons.

— Je dois aller au Club House, indiqua-t-il en récupérant son blouson. Je n'en ai pas pour longtemps.

Avant qu'il s'éloigne, je l'interceptai.

— Papy, pas un mot de tout ça aux Prospects.

— Même pas à Alex ? demanda-t-il en haussant les sourcils.

— Surtout pas à Alex.

Il eut une fraction de seconde d'hésitation avant d'acquiescer. Son regard était suspicieux et je voyais clairement qu'il se posait un tas de questions.

— Tu veux bien te déshabiller pour que je puisse t'examiner ? me dit Ashley avec douceur quand mon grand-père fut parti.

Je la regardai attacher ses cheveux d'un roux flamboyant. Leur couleur reflétait son caractère volcanique, qui contrastait avec celui de son compagnon, Toto. Je retirai ma chemise de nuit et l'entendis hoqueter en voyant l'état de mon corps. Des bleus et des coupures, des égratignures partout : ce n'était pas beau à voir.

Elle désinfecta chacune de mes plaies avec douceur avant de me dire de me rhabiller. Elle regarda mon œil amoché et secoua la tête en signalant qu'il n'y avait pas besoin de points de suture.

— Est-ce qu'ils ont abusé de toi ?

— Tu veux dire : est-ce qu'ils m'ont violée ? Non.

— Tant mieux. Tu veux m'en parler ?

— C'était exactement comme tu le vois sur mon visage. Horrible.

— Les SOD vont les retrouver. Tu peux en être sûre.

Je m'en fichais. Je voulais revenir à hier, quand tout allait parfaitement bien. J'avais l'impression que rien ne me sortirait de ce trou sans fin où la douleur était omniprésente.

Elle me fit une prise de sang pour le tétanos, puis me donna des comprimés pour atténuer la douleur, et me demanda si j'avais besoin de quoi que ce soit. Je secouai la tête et m'apprêtai à monter dans ma chambre lorsque le téléphone sonna. Je regardai Ashley en priant pour qu'elle réponde, ce qu'elle fit. Elle finit par me dire :

— C'est Mendy.

Je fis non de la tête, refusant de parler à qui que ce soit. Elle acquiesça et dit à mon amie :

— Elle dort, mais ça va. Elle t'appellera quand elle se réveillera.

Sauf que j'aurais tout donné pour ne plus me réveiller…

Aujourd'hui…

Après une bonne douche, je redescendis au salon. Alex semblait être en pleine réflexion lorsque quelqu'un sonna à l'entrée. Il me regarda et se leva pour aller ouvrir.

— Elle est là ? demanda Mendy de sa voix fluette.

Elle entra dans le salon et me regarda de haut en bas, avant de me pointer du doigt puis de s'écrier :

— Ne me dis pas que vous avez fait des bébés ?

— Non, on n'a pas « fait des bébés », répondis-je en ouvrant grand les yeux.

— Oh ! mon Dieu ! Vous avez fait des bébés !

— Mendy !

Alex secoua la tête derrière elle, me regarda une fraction de seconde durant laquelle je vis passer plusieurs émotions que je ne sus interpréter dans ses yeux, avant de disparaître quelque part dans la maison. Cette discussion devait être un peu trop bizarre pour lui, et elle l'était tout autant pour moi. Mendy vint me rejoindre et posa les mains sur mes joues en m'observant très attentivement.

— Ça se voit comme le nez au milieu de la figure, Kim. Vous

avez fait des galipettes tous les deux, autrement, il n'y aurait plus de maison, ça aurait été la troisième guerre mondiale.

Lorsque je ne répondis rien, elle éclata de rire en sautillant sur place.

— J'ai raison, hein ?

Je me laissai tomber sur le canapé en soupirant et m'assurai qu'Alex n'était pas dans les parages avant de répondre à Mendy.

— Oui.

— Tu sais ce que ça veut dire ?

— Que je me suis mise dans la merde ?

— Non, andouille ! Que vous êtes sur la voie de la guérison. Est-ce que je dois en conclure que vous avez communiqué ? Ah non… Il n'y a pas de place pour parler quand on fait des galipettes. Mais peut-être avant ? Vous avez parlé avant ? Ou après ?

M'assurant qu'elle avait fini son monologue, je répondis en souriant :

— Calme-toi, Mendy. Sérieusement, tu me fais presque peur.

— Chérie… Ma vie n'a jamais été aussi intéressante que depuis que tu es revenue. Je ne veux en perdre aucune miette. Alors réponds à ma question.

— Oui, nous avons discuté.

— Et personne n'est mort ?

— Personne n'est mort.

— Woah… Vous êtes en constante progression !

Je levai les yeux au ciel en rigolant et changeai de sujet.

— Comment savais-tu que j'étais ici ?

— Ton grand-père a complètement paniqué. Tucker est venu à la maison pour voir si tu étais là. Je lui ai dit que non mais que je savais où tu pouvais te trouver. Il a voulu venir avec moi mais je l'ai semé, et me voilà !

— La prochaine fois, pour me semer, évite de garer ta voiture au milieu de l'allée, coupa Tucker en souriant tandis qu'il entrait dans le salon.

J'éclatai de rire en voyant le visage surpris de Mendy. Alex arriva et salua le nouvel arrivant avec un grand sourire. Ça faisait longtemps que je ne l'avais pas vu sourire ainsi. Mon cœur se serra et ce sentiment de jalousie m'agaça. C'était stupide, je le savais parfaitement, mais le voir sourire sincèrement à son ami me fit me sentir rejetée. Je détournai le regard et surpris celui de Mendy sur moi.

— Tes yeux ne trompent pas, ma chérie. Quoi qu'il en soit, ajouta-t-elle à voix basse, comment t'es-tu retrouvée ici ?

— Je suis tombée en panne.

Je lui racontai en quelques phrases ce qu'il s'était passé la veille, puis haussai les épaules. Mendy ne cessa de sourire.

— Tu te souviens de notre conversation sur le boomerang qui revient ? Je t'avais prévenue.

Elle rigola doucement et se leva.

— Ce n'est pas tout, mais il faut que je m'en aille. Maintenant que je sais que tu es entre de bonnes mains, je suis soulagée.

Elle continua à voix très basse.

— Je veux tous les détails croustillants quand tu rentreras.

— Tu ne me ramènes pas ? demandai-je, en me levant à mon tour.

— Non. Je te laisse te débrouiller avec ton sexy biker.

— Je te déteste, grognai-je en me laissant retomber sur le canapé.

— Oui, je sais, rigola-t-elle. Tuck et moi, on se charge de ton grand-père.

Elle quitta le salon et embarqua Tucker sur son passage. Ce dernier se laissa emporter par la tornade qu'était Mendy sans rien dire, nous laissant à nouveau seuls, Alex et moi.

— Cette maison n'est plus un secret ? demandai-je pour briser ce silence qui me tendait.

— Non. Ce n'est plus notre secret.

Il secoua la tête avant de reprendre :

— J'ai remis la courroie pendant que tu étais sous la douche, mais je crois que ta voiture est embourbée.

J'acquiesçai et le regardai quitter la maison. Je finis par me lever et récupérai mes affaires en contemplant cette maison une dernière fois.

Je ne savais pas vraiment ce qui avait changé au cours de cette nuit, mais avoir remué le passé m'avait apaisée. Alex et moi n'avions pas été maîtres de nos choix. Peut-être à cause de Trick, peut-être était-ce le destin… Mais nous avions subi les événements sans pour autant en être responsables.

La tempête avait laissé pas mal de traces derrière elle. Mais la plus importante était aussi la moins visible : cette nuit avec Alex, qui resterait immanquablement ancrée dans mon cœur.

Chapitre 19

Je montai dans la voiture et mis le moteur en route pour m'assurer que je pouvais partir. Alex me demanda d'abaisser ma fenêtre.

— Garde la fenêtre ouverte et n'accélère pas tant que je ne te l'ai pas dit.

Il disparut quelque part à l'arrière de la voiture qui était complètement embourbée. Dans le rétro, je le vis placer des morceaux de bois près des roues arrière. Je laissai le moteur tourner sans lâcher le rétro des yeux, profitant simplement de la vue une dernière fois avant qu'on reprenne le cours de nos vies.

Alex croisa mon regard et me fit un petit sourire. Aussitôt, j'accélérai, mais la voiture ne bougea pas d'un pouce.

— Ça n'a pas marché, indiquai-je.

Ma portière s'ouvrit : Alex était couvert de boue de la tête aux pieds. Surprise, je posai une main sur ma bouche avant d'éclater de rire. Donc son sourire n'était pas le signal pour démarrer…

— Pardon, murmurai-je en reprenant mon souffle.

— Je t'avais dit d'attendre mon signal, grogna-t-il.

— Je croyais que tu m'avais fait ton signal.

Il tendit les bras pour tenter de me recouvrir de boue, mais je le repoussai et reculai sur la banquette jusqu'à la place côté passager. Alex me tira par la cheville pour me rapprocher de lui, puis se laissa tomber sur moi. Je tentai de le repousser et criai « à l'aide » même si cela ne servait à rien.

Il se frotta contre moi en riant doucement près de mon oreille, ce qui réchauffa mon cœur. Je finis par rendre les armes et m'étendis sur la banquette en essayant de retrouver mon calme. Alex releva la tête et croisa mon regard, puis regarda ma bouche en retrouvant soudainement son sérieux. Je détournai les yeux et le poussai pour qu'il se relève.

— C'est maintenant que tu vas me dire que cette nuit ne change rien entre nous ? me demanda-t-il, de nouveau tendu.

Il avait des traces de boue sur sa mâchoire et son nez, et partout sur ses vêtements, mais même ainsi, il était tellement sexy que cela me brûlait presque les yeux.

— En effet, Alex. Ça ne change rien.

— Est-ce que tu es en train de te foutre de moi ?

— Non. Tu voulais des réponses, je te les ai données. Ça s'arrête là.

Il posa les deux mains sur la tête et me regarda comme s'il n'en croyait pas ses oreilles.

— Et coucher ensemble, poursuivit-il de nouveau énervé, ça faisait partie de tes réponses ? Si les mots « nous » et « erreur » se retrouvent dans la même phrase, je te préviens, Kimi, je ne répondrai plus de rien.

Je pris le temps de bien choisir mes mots. Je ne voulais plus me battre contre lui… Mais je ne pouvais pas non plus effacer ces cinq dernières années parce que nous avions passé la nuit ensemble. Nous avions parlé, certes, mais cela ne comblait pas pour autant ce fossé qui s'était créé entre nous.

— Coucher avec toi n'a jamais été une erreur, mais trop de mal a été fait.

— Tu sais très bien que si je pouvais tout recommencer, je le ferais. Je sais que tu m'en veux, mais je n'étais pas maître de moi-même cette nuit-là. Je n'aurais jamais touché une autre femme que toi, Kimi. J'étais amoureux…

— Tu le dis toi-même : tu « *étais* amoureux ». Cinq ans sont passés depuis. Les choses ont changé. J'ai changé. Et je suis avec Clay aujourd'hui.

J'aurais vraiment dû me taire. Ses yeux s'assombrirent et son visage se ferma subitement. Je me sentis de nouveau la proie, et le chasseur semblait hors de lui.

— Parce qu'après avoir baisé avec moi tu vas retourner dans ses bras ?

Sa voix était basse. Il essayait de se contrôler. Je m'insultai intérieurement parce que je finissais toujours par faire ou dire quelque chose qui l'énervait.

— J'ai besoin de réfléchir.

— Réponds à ma question : tu vas retourner dans ses bras ?

Que je dise oui ou non, ce serait forcément lui mentir.

— Il faut que je parle avec lui, Alex.

— Laisse-le.

— Comment ça « laisse-le » ?

— Quitte-le.

Je soupirai et secouai la tête. J'entendis Alex grogner — un vrai grognement d'agacement — et, en le regardant, je fronçai les sourcils, perplexe.

— Ta colère n'est pas justifiée, Alex. Ce n'est pas parce qu'on a couché ensemble que ça change quoi que ce soit. J'ai besoin d'y voir clair. Je me suis sentie trahie par toi depuis tellement longtemps, et ce n'est pas un sentiment dont on peut se débarrasser du jour au lendemain. J'avais tourné la page. J'avais réussi à tourner cette foutue page et, maintenant, tu vas me demander de la rouvrir ?

— Tu l'as rouverte toute seule quand tu m'as sauté dessus, hier soir.

— Ça n'était qu'une question de temps avant que ce soit toi qui me sautes dessus.

— Tu as couché avec lui ?

— Quoi ? Non, ça ne te regarde pas !

Il s'avança vers moi, ses sourcils encore plus froncés.

— Est-ce qu'il t'a touchée comme je t'ai touchée ? Est-ce que tu l'as laissé te faire l'amour ?

— Non, répondis-je finalement en avalant péniblement ma salive.

— Je ne veux pas qu'il pose les mains sur toi.

— Je ne t'appartiens pas.

— Tu te trompes.

— Non, je ne me trompe pas. Tu as perdu le droit de me considérer comme tienne quand tu t'es retrouvé dans un lit avec une autre pendant qu'on me torturait !

Je posai les mains sur mon visage en essayant de me ressaisir. Ne pas s'énerver. Rester calme.

Seulement, si moi j'avais réussi à me calmer, je vis sur le visage d'Alex que, même s'il luttait vraiment pour reprendre le contrôle de lui-même et ne pas se laisser emporter par la colère, ses émotions étaient trop violentes pour qu'il y parvienne.

— Que veux-tu que je te dise ? Tu veux que je m'excuse ? C'est déjà fait. Tu veux que je le fasse à genoux ? Je le ferai, si c'est ce que tu me demandes, mais même lorsque je me serai plié en quatre pour toi, tu trouveras toujours une raison pour m'éloigner. Tu sais très bien que je n'y suis pour rien dans ce qu'il t'est arrivé il y a cinq ans. Tu sais que je n'étais pas moi-même cette nuit-là, et que si ça avait été le cas, je n'aurais jamais fini dans ce foutu lit avec cette fille mais je t'aurais cherchée toute la nuit pour m'assurer que tout allait bien.

Mon cœur se serra, parce qu'Alex avait entièrement raison. Je voulais simplement un coupable et m'énerver contre lui était facile.

La colère et le sentiment de trahison que je ressentais depuis tout ce temps étaient en train d'exploser, et je les lui envoyais pleine face. Mais je ne voulais pas l'écouter. Je ne voulais *plus* l'écouter.

— Arrête.

— Ce que tu cherches à faire, c'est me punir. Me punir pour une chose dont je ne suis pas coupable. Tu sais aussi bien que moi que ce qui existait entre nous est toujours là. Alors oui, tu m'appartiens toujours. Et oui, j'ai dit que *j'étais* amoureux, parce que je ne vais pas me mettre à nu devant toi alors que tu n'es pas capable d'en faire autant. Je suis un homme, j'ai un ego qui m'impose certaines limites.

Je le regardai, surprise qu'il me dise tout ça de manière si calme. Il continua sans me lâcher du regard :

— Tu ne peux pas me demander de tourner la page. Et tu ne peux pas me demander de te laisser retourner dans les bras d'un autre. Je ne le ferai pas. Tu m'appartiens, Kimi. Quoi que tu en penses, ce que je ressens, tu le ressens aussi. C'est inscrit dans ton corps, tout comme ça l'est dans le mien, sinon, tu ne serais pas ici, aujourd'hui.

Je ne savais plus quoi répondre.

— Je… j'ai besoin de temps.

— Je vais te le laisser, ce temps, mais il faut que tu me pardonnes. Il faut que tu tires un trait sur le passé pour qu'on puisse repartir de zéro.

Etait-il réellement en train de me dire qu'il était prêt à recommencer une histoire avec moi ? Mais qu'est-ce que Trick ferait cette fois ? Et que faire des informations que je n'avais pas encore révélées à Alex ?

Un 4 × 4 noir s'arrêta près de nous. Toto en sortit en souriant, mais Alex lui tomba dessus et lui balança son poing dans la figure avec une force qui me fit sursauter.

Je sortis de la voiture et courus jusqu'à Toto qui se tenait la mâchoire, appuyé contre la voiture.

— Mais tu es devenu complètement fou ?! criai-je à Alex.

Toto se secoua et bougea sa mâchoire, avant de me prendre par l'épaule et de m'écarter pour faire face à son Intermédiaire.

— Qu'est-ce qu'il te prend, fils ?

— C'est *ma* régulière ! cria Alex. J'aurais dû être au courant. J'aurais dû être le premier à savoir ce qui lui était arrivé, mais vous avez laissé les Prospects de côté. Pourquoi ?

— Calme-toi, Alex, dit Toto.

Il me lança un coup d'œil rapide avant d'ajouter :

— Je ne pense pas que ce soit le bon moment pour en parler.

— Au contraire. C'est le bon moment. Putain !

Alex se retourna comme s'il essayait de reprendre le contrôle sur lui-même. Je décidai d'intervenir.

— C'est ma faute, Alex. J'ai demandé à mon grand-père de ne rien dire aux Prospects. Je ne voulais pas que tu sois au courant.

— C'est toi qui…

Il se tourna vers moi et secoua la tête, incrédule. Il passa une main sur son visage, fronça les sourcils et rentra chez lui. J'avais fini par obtenir ce que je voulais : je l'avais réellement blessé, et je me sentais terriblement mal.

Je soupirai et m'appuyai contre la voiture. J'étais vidée et j'avais le cœur en vrac.

— Tout va bien, gamine ?

— Moi, ça va.

— Jusqu'où es-tu allée dans tes explications ?

— Il connaît les grandes lignes.

Il passa une main sur sa joue, là où Alex l'avait frappé, et me sourit.

— C'est pour ça que son coup était si fort. Allez, monte en

voiture, je te ramène chez William. Je ferai venir les Prospects pour qu'ils remorquent ta voiture jusqu'au garage.

Je regardai la vieille Chevrolet, puis la maison où je venais de passer ces dernières vingt-quatre heures, et montai dans le 4 × 4 de Toto.

— Ne lui en veux pas, dis-je en regardant le Président des SOD. Ne le sanctionne pas pour ce qu'il a fait, s'il te plaît.

— Ne t'inquiète pas pour ça. Ça restera entre lui et moi, mais j'ai bien peur qu'il s'en prenne à Trick. Je comprends son geste. J'aurais réagi de la même manière si on m'avait caché une chose aussi importante concernant Ashley.

— Mais vous avez respecté ma demande.

— En effet. Ça n'a pas été facile, gamine. Il a fallu trouver une excuse pour ne pas impliquer Alex, Tucker, Trick et Tim dans nos représailles. Et il a fallu contenir Alex lorsqu'il a su que tu étais partie.

J'eus soudainement envie de fondre en larmes. Une part de moi me disait que ce n'était pas ma faute, mais une autre, bien insistante, me disait que si j'avais été moins stupide, j'aurais confronté Alex à l'époque au lieu de prendre la fuite…

Cinq ans plus tôt…

Je ne quittai pas mon lit de toute la matinée. J'avais la nausée alors que je n'avais rien mangé. J'étais dans un état second, l'esprit en ébullition, pensant sans cesse à Alex et à tous nos moments heureux, puis à cette fameuse matinée.

J'avais fini par arrêter de pleurer ; pleurer me faisait trop mal. J'avais ressorti l'album photo d'Alex et moi, mais je finis par abandonner l'idée de le regarder : c'était une vraie torture.

J'essayai tant bien que mal de trouver le sommeil, sans succès. Les courts instants pendant lesquels je sombrais dans ce que j'espérais être une pause bienvenue dans mon état de souffrance constant, je faisais des cauchemars. Alors, j'avais décidé d'arrêter de dormir.

Mon grand-père revint en début d'après-midi ; la réunion avait dû être plus longue que prévu. Il resta un long moment au téléphone et j'écoutai sa voix rocailleuse, sans comprendre ce qu'il disait. Il vint me voir quand il eut raccroché, et resta un petit moment sur le pas de la porte, sans rien dire.

Lorsque j'ouvris mon œil valide, il tenta de me sourire, en vain. Il s'avança vers moi et s'assit sur le bord de mon lit.

— J'ai vu Alex, dit-il en secouant la tête.

Entendre son prénom me serra le cœur.

— Est-ce que tu es passée au Club House avant de rentrer ? reprit-il.

— Oui.

Il soupira et plongea son regard dans le mien.

— Je ne comprends pas ce qui a pu se passer. Alex n'est pas comme ça, gamine. Enfin… Au fond, on ne connaît jamais vraiment les gens. Il ne sait rien de ce qui t'est arrivé, mais il va venir tout à l'heure, tu pourras t'expliquer avec lui.

— Non, papy.

— Tu ne veux pas le voir ?

— Non.

— Je lui dirai de repasser plus tard, dans ce cas.

— Non. Dis-lui que je suis repartie en France.

— Tu vas bien finir par le revoir quand tu auras repris l'école.

— Non, parce que je veux repartir en France. Je ne veux pas rester ici. Je veux partir tout de suite.

Il ne dit rien. Son visage était impassible. Il finit par renifler et acquiesça tristement. Je pouvais lire un profond sentiment de culpabilité sur son visage marqué par les rides. J'avais envie de m'excuser auprès de lui, parce que je voyais que je lui faisais du mal, mais je n'en avais pas la force.

— Très bien, finit-il par dire en se levant. Dans ce cas, je vais appeler tes parents.

Je ne répondis rien et fermai mon œil, essayant de m'imaginer loin d'ici. Partir était la meilleure solution. Il le fallait. Je ne pouvais pas faire autrement : j'avais trop mal. Il fallait que je m'en aille, que je quitte Sturgis, et que je ne remette plus jamais les pieds ici. C'était purement égoïste, j'en avais conscience. Mais pour moi, partir était vital. Je ne voulais pas revoir Alex. Je ne pouvais pas…

Je restai dans mon lit sans bouger toute la journée. Mon grand-père revint plus tard m'annoncer que mon père avait tout arrangé pour que je puisse prendre un avion le lendemain matin. Il me prévint aussi qu'il avait expliqué la situation à mes parents pour qu'ils ne soient pas surpris par mon état, mais leur choc était inévitable et j'en entendrais sûrement parler toute ma vie. Surtout de la part de ma mère. Je l'entendais déjà me dire qu'elle avait eu raison, et que c'était pour ça qu'elle était partie de Sturgis, bla-bla-bla. Mais je préférais encore subir ses remarques plutôt que de rester ici.

Ashley revint en fin de journée et s'entretint un moment avec mon grand-père à voix basse. Il jura comme je ne l'avais jamais entendu jurer. Elle entra finalement dans ma chambre, une enveloppe à la main. Mon grand-père se tenait derrière elle, le visage si décomposé que je me relevai en envisageant le pire.

— Qu'est-ce qu'il se passe ? demandai-je, en m'attendant à une autre mauvaise nouvelle.

— J'ai une très mauvaise nouvelle à t'annoncer, ma chérie, déclara Ashley en venant près de moi.

Elle s'assit à mes côtés et me tendit l'enveloppe. Sans savoir ce que c'était, j'étais persuadée que cela allait m'enfoncer un peu plus loin dans l'abîme de la souffrance.

Aujourd'hui...

— Tu n'étais pas chez Mendy, devina mon grand-père en s'installant en face de moi.

— Non, soupirai-je. J'étais chez Alex.

Etonnamment, mon grand-père sourit. M'avoir vue revenir avec Toto l'avait mis sur la piste, et de toute façon, je ne voulais pas lui mentir.

— Vous avez réglé vos différends ?

— On a parlé, mais je ne sais pas si nos différends sont vraiment réglés. Je pense qu'il y a encore pas mal de chemin à parcourir. Il m'a dit qu'il ne se souvenait de rien concernant la fameuse nuit et, bizarrement, quelque chose me pousse à le croire.

— Quand je l'ai vu le matin même juste avant la réunion, il avait l'air vraiment sonné, comme s'il avait pris une cuite, mais je ne lui ai pas posé de questions. Ensuite, cette fille est sortie de la chambre après lui, et c'est ainsi que j'ai su ce que tu avais vu. Si pour toi il était coupable, alors il l'était pour moi aussi. Je n'ai pas cherché plus loin à l'époque, donc je ne peux pas t'aider beaucoup plus aujourd'hui.

— Merci, papy. Pour tout.

— Je t'en prie, gamine, grogna-t-il en se levant.

Les effusions d'affection n'étaient pas trop du goût de mon grand-père. Il avait plutôt tendance à fuir ce genre de situations.

— La voiture est encore en panne, l'informai-je. Il faut changer la courroie d'alternateur et il y a une fuite d'huile apparemment.

— Salut, papy ! intervint Mendy en entrant par la porte de la cuisine.

— Hé, salut la turbulente ! répondit mon grand-père en souriant avant de froncer les sourcils. Je sais que Kim est ton amie, mais la prochaine fois, évite de la couvrir.

Mendy me regarda avec une drôle de tête. Je haussai les épaules avec un sourire d'excuse qui lui fit lever les yeux au ciel. Mon grand-père continua comme si de rien n'était :

— J'irai voir où en sont les réparations demain matin.

— Non, intervins-je. J'irai. Mendy va m'y conduire.

Il acquiesça et nous laissa entre filles.

— La prochaine fois, quand je te dis que je me charge de ton grand-père, comprends que ça veut dire que je te couvre et que forcément, je vais mentir pour toi, râla Mendy. Mais ce n'est pas grave, raconte-moi tout !

Elle se pencha au-dessus de la table et me sourit de toutes ses dents.

— D'accord. Je te raconte tout, mais tu veux bien m'accompagner au garage demain ? Je vais avoir besoin de soutien.

— Pour quoi faire ?

— Pour dire à Alex une dernière vérité. Promets-moi de ne pas m'en vouloir, Mendy. Quand je t'aurai tout raconté, je vais avoir besoin de ta force, alors ne me lâche pas, d'accord ?

— Chérie, je ne comprends rien à ce que tu me dis, mais je suis là, ne t'inquiète pas. Tu peux compter sur moi.

J'acquiesçai et pris une grande inspiration pour lui raconter mes dernières vingt-quatre heures. J'allais aussi devoir lui expliquer ce qu'il s'était passé cinq ans plus tôt… J'espérais simplement qu'elle ne m'en voudrait pas de lui avoir caché tous ces détails.

Chapitre 20

Mendy m'en voulait.

Nous avions passé une bonne partie de la nuit à discuter. Je lui avais raconté exactement la même chose qu'à Alex : les raisons de mon départ et tout ce qu'il s'était passé cette nuit-là. Elle n'avait rien dit, gardant le silence, le visage triste.

— Tu aurais dû me l'expliquer avant de partir, déclara-t-elle en prenant mes mains. Je t'aurais dit qu'Alex n'avait rien fait.

— Sur le coup, je n'ai pas réfléchi. Les faits étaient là… Mais comment tu sais qu'il n'a rien fait ?

— J'étais présente à la soirée, je te rappelle. Je suis restée avec Tim et Tucker, on a bu, dansé, et je n'ai pas vu le temps passer. Après qu'Alex m'a demandé où tu étais, il a bu une bière avec nous, mais il semblait ailleurs. Je dansais avec Tucker et quand je suis retournée au comptoir, Alex était en train de dormir la tête posée sur le bar. Je me suis dit qu'il devait avoir trop bu. Tucker l'a aidé à se remettre debout avant de l'emmener dans une des chambres du club. Il était bien trop amorphe pour pouvoir faire quoi que ce soit avec une fille, Kim. Ça, j'en suis certaine.

Si seulement les choses s'étaient déroulées autrement…

— Trick était à cette soirée ?

— Oui… Enfin, je crois. Je ne m'occupais pas vraiment de lui, donc je ne peux pas te l'affirmer à cent pour cent. Pourquoi ?

— Comme ça.

Même si j'avais compris que me taire n'était pas toujours la meilleure des solutions, je continuai de passer sous silence certains passages de mon histoire, notamment le rôle de Trick. C'était la meilleure solution pour protéger le club ainsi que moi-même. Cela faisait peut-être cinq ans, mais Trick semblait toujours aussi déterminé à me voir quitter Sturgis.

Mendy m'accompagna au garage le lendemain matin. Sur la route, je ne cessais d'envisager la possibilité que Trick soit responsable de tout, et pas seulement de mon agression.

— Tu veux que je vienne avec toi ou tu préfères que je t'attende ici ?

Je regardai mon amie sans savoir quoi répondre. Alors, je pensai à Alex et à la réaction qu'il risquait d'avoir, ainsi qu'à ce qu'il préférerait, lui.

— Attends-moi ici, si ça ne te dérange pas. Je ne devrais pas en avoir pour longtemps.

Elle acquiesça et me fit un clin d'œil encourageant. Je descendis de la voiture et me dirigeai vers le bureau où se trouvait Chris, le Prospect à la crête iroquoise.

— Salut, me dit-il en relevant la tête des papiers qu'il remplissait. Alex est…

— Je suis là, le coupa-t-il en arrivant juste derrière moi.

Je sursautai et me retournai vers lui. Il s'adressa à moi sans me regarder :

— La voiture est prête, tu peux récupérer les clés.

— Merci.

Le voyant me tourner le dos, je l'interceptai.

— Attends, Alex. Il faut que je te parle.

Il fit demi-tour et entra dans le bureau. Il fit un signe de tête au Prospect, qui se leva et quitta la pièce. Alex referma la porte, et se tourna vers moi, les bras croisés.

— Je t'écoute.

Bordel de merde. Je me sentais prise au piège, ce qui était ridicule, puisque c'était moi qui voulais lui parler. Plongeant mon regard dans le sien, complètement froid, je pris une courte inspiration et me lançai :

— Il y a quelque chose que tu devrais savoir.

Il s'appuya sur le bureau et haussa les épaules.

— Je t'en prie, soupira-t-il, blasé. Remue le couteau dans la plaie.

C'était exactement ce que je m'apprêtais à faire…

Cinq ans plus tôt…

Je pris l'enveloppe en lançant un coup d'œil à mon grand-père, puis à Ashley. J'eus envie de leur demander de me dire de quoi il s'agissait : ils connaissaient le contenu, non ?

Je gardai néanmoins le silence et ouvris la lettre le cœur serré.

— Je suis malade ? J'ai le tétanos, c'est ça ?

— Je n'ai pas encore les résultats concernant ces tests, me répondit doucement Ashley. Je ne les aurai que demain matin.

— Alors qu'est-ce que c'est ? m'enquis-je.

Je dépliai la feuille de résultats sans rien comprendre à ce qui était écrit. C'était déjà compliqué en français, alors en anglais…

— Qu'est-ce que ça veut dire ?

Ashley soupira en passant un bras autour de mes épaules, et m'expliqua doucement, comme pour me laisser le temps de comprendre :

— Ça veut dire que tu es enceinte, ma chérie.

J'eus la sensation de tomber dans un trou sans fond. Mon

cerveau sembla se compresser. Le sang quitta complètement mon visage et le souffle me manqua. Je ne comprenais pas ce qui m'arrivait. J'avais l'impression d'être hors de mon corps et de me regarder tomber.

Ashley m'allongea sur le lit et me ventila avec un de mes livres. Elle me parlait, mais je n'entendais rien. Je réfléchissais à des milliers de choses en même temps, sans réussir à mettre de l'ordre dans mes idées.

Ce n'était pas possible. Ma vie était définitivement foutue…

Aujourd'hui…

La nouvelle était tombée. Alex fixait un point précis sur le plafond et resta ainsi pendant un moment. Je n'osais ni bouger ni parler. J'avais l'impression qu'il adressait une prière muette au ciel. Je l'avais de nouveau blessé.

Lorsqu'il me regarda, ses yeux sombres me prouvèrent que la nouvelle l'avait assommé.

— Si je te dis tout ça, murmurai-je, c'est parce que tu m'as dit qu'il fallait que je te pardonne. Et je pense que je ne le pourrai pas si tu ne sais pas tout ce qu'il s'est passé. Pourquoi j'ai fui. Pourquoi je t'en ai voulu. Je ne t'en veux pas parce que je suis tombée enceinte. On était deux pour faire l'amour, et je n'étais pas contre le fait de ne pas se protéger, mais j'ai affronté ça seule, et avec tout ce qu'il s'était passé, cette grossesse a renforcé ma volonté de partir loin de toi. A l'époque, je pensais que tu m'avais trahie et cette nouvelle m'a enfoncée un peu plus. Aujourd'hui, avec ce que j'ai découvert, je me dis que j'aurais dû faire les choses autrement…

Je baissai la tête et haussai les épaules avant de conclure :

— Maintenant, tu sais.

— Tu ne m'as pas laissé une chance de m'expliquer. Tu ne

m'as pas non plus laissé une chance d'être celui qui te vengerait. Et maintenant, j'apprends que tu m'as privé de l'occasion d'être avec toi pour traverser cette épreuve. Tu ne peux pas me dire que tu m'en veux, Kimi. Parce qu'avec ce que j'ai appris, c'est moi qui ai toutes les raisons du monde de t'en vouloir !

Je gigotai sur place, vraiment mal à l'aise. Je me rendais compte de la bêtise que j'avais faite. Si les choses s'étaient déroulées autrement, peut-être que je ne serais jamais partie. Peut-être que je me serais relevée plus rapidement, avec lui à mes côtés. Peut-être qu'il aurait été présent pendant ma grossesse et qu'il m'aurait empêchée de prendre ces cachets qui y avaient mis fin…

Je n'arrivais plus à respirer et les larmes me montèrent aux yeux. Quelle imbécile j'étais !

— Je suis désolée, soufflai-je sans le regarder, et en me mordant la lèvre inférieure pour retenir mes larmes.

Il se décolla du bureau sur lequel il était appuyé et avança vers moi. Il passa un doigt sur ma joue, et le glissa jusque sous mon menton pour lever mon visage vers lui, mais je fermai les yeux. Je les ouvris finalement et les plongeai dans les siens. Il secoua la tête, son corps tout près du mien, s'assurant qu'il avait toute mon attention.

— J'ai toutes les raisons du monde de t'en vouloir, mais je ne t'en veux pas, Kimi. D'une certaine façon, je comprends.

Je relâchai mon souffle, puis fermai les yeux, sincèrement soulagée. Alex était meilleur que moi. C'était un homme que je ne méritais pas.

Il passa une main sur ma nuque et me rapprocha de lui. Ma tête se posa sur son épaule, tout naturellement. Il me serra dans ses bras, son souffle dans mes cheveux. J'en profitai pour respirer son odeur.

Je passai les bras dans son dos pour le serrer contre moi. Je ne m'étais jamais sentie aussi bien qu'en cet instant. Remuer le passé était douloureux, mais après la douleur venait l'apaisement.

— Je vais quitter Sturgis quelque temps, me dit-il doucement en enfouissant son visage dans mon cou.

— Pourquoi ?

— J'ai demandé un vote pour faire accepter mon exil. Ce sera un peu comme des vacances, mais à durée indéterminée. Toto me l'a suggéré pour que je prenne du recul, et je pense que c'est une bonne idée. Le vote n'est qu'une formalité, je sais que mes frères valideront ma décision.

— Où vas-tu aller ?

— Rapid City. Ce n'est pas loin, mais assez pour que je m'aère la tête. Alors, je te propose quelque chose : rejoins-moi sur le toit demain soir, et pars avec moi. Tu me pardonnes, on efface tout, et on repart à zéro. On s'en va, juste toi et moi. Si tu décides de rester ici, je considérerai que tu ne peux pas tout effacer…

Avant que je puisse dire quoi que ce soit, la porte s'ouvrit et Trick entra, ses cheveux blonds en bataille. Il nous détailla de son regard mauvais, un petit sourire aux lèvres.

— La Princesse est de retour au bercail ?

Alex voulut me placer derrière lui pour foncer sur Trick, mais je me mis devant lui en le poussant au fond du bureau avant qu'il ne s'attaque à son frère de club. Trick s'appuya sur la porte et croisa les bras.

— Je t'en prie, Alex, ne fais rien, lui chuchotai-je. Calme-toi.

J'avais envie que Trick se fasse botter les fesses, mais si Alex le faisait, Trick ne tarderait pas à me tomber dessus, et la dernière chose que je souhaitais, c'était que l'histoire se répète.

La respiration d'Alex était irrégulière, il fusillait Trick du regard. Je savais qu'il faisait un gros effort pour se calmer, parce qu'il lui aurait été facile de m'écarter de son chemin pour aller l'anéantir. Je posai les mains sur son ventre et serrai son T-shirt.

— Regarde-moi, Alex. Calme-toi. C'est du passé. Il faut tout effacer et tout recommencer.

Il ferma les yeux avant de les rouvrir et de les baisser vers moi. Je posai une main sur sa joue. Il frotta sa joue piquante contre ma paume, mais se tendit de nouveau lorsque Trick parla :

— C'est du passé, mon frère. Toto m'a prévenu que tu étais au courant, c'est pour ça que je suis là. Ne rien dire était un ordre du Président.

— Ne m'appelle pas « mon frère », Trick. Peu importent les ordres et de qui ça provenait. Kim est *ma* régulière ! Ce qui la concerne me concerne, et tu aurais dû m'en parler. J'aurais dû être le premier au courant.

Le voyant perdre son sang-froid petit à petit, j'attrapai à nouveau son T-shirt et remis la main contre sa joue. Il passa un bras dans mon dos et me serra contre lui, comme pour me protéger d'une menace invisible.

— Le truc, *mon frère*, c'est que c'est ce qu'on a fait. On est venus te voir, mais tu étais occupé à autre chose.

Je soupirai, agacée, et posai mon front sur le torse d'Alex. Ce dernier se raidit. S'il explosait maintenant, je ne pourrais rien faire.

— Dégage, Trick, ordonna Alex. Dégage d'ici tout de suite !

Jetant un coup d'œil à ce dernier, je le vis lever les mains en reculant, puis il secoua la tête et disparut de notre vue. Je me détendis avant de poser mon regard sur Alex, qui continuait de fixer furieusement l'endroit où s'était trouvé Trick quelques secondes plus tôt.

— Tu comprends pourquoi je dois m'éloigner d'ici quelque temps ? grogna-t-il en se secouant.

— C'est du passé. Tout effacer, tout recommencer, tu t'en souviens ?

Il s'appuya de nouveau contre le bureau et haussa les sourcils sans me quitter des yeux.

— Tu en es capable, toi ?

— Peut-être bien, répondis-je.

Il passa sa langue sur ses lèvres et soupira.

— Qu'est-ce que tu vas faire de l'autre ?

— « L'autre » ?

— Le Free Souls…

Je mis un instant pour répondre parce que la dernière chose que je voulais, c'était qu'il s'énerve de nouveau contre moi. Mais la vérité vaut toujours la peine d'être dite.

— Je le vois ce soir. Je discuterai avec lui.

— Non, tu ne vas pas discuter avec lui, tu vas le quitter.

— Il faut bien que je parle avec lui pour le quitter, non ? dis-je en souriant, espérant sincèrement que ma remarque le détendrait.

Cela ne fonctionna pas du tout.

— Je n'aime pas l'idée que tu le voies. Je n'aime pas l'idée que tu sois avec un autre. Tu pourras dire ce que tu veux, Kimi, mais tu m'appartiens toujours. C'est inscrit dans nos lois. *Une* régulière. Une seule. Tu es ma régulière. Tu es à moi.

Je le regardai, le cœur palpitant. Venant de lui, c'était une véritable déclaration et je ne savais absolument pas comment réagir. Mon regard toujours plongé dans le sien, je ne bougeais pas. Il finit par se relever, et secoua la tête.

— Je te laisse le choix, Kimi. C'est toi qui vois…

La discussion était apparemment close. J'acquiesçai, ne sachant pas quoi dire, et me dirigeai vers la sortie. Je me retournai avant de partir.

— Je te pardonne, Alex. En fait, tu n'as rien fait, alors il n'y a rien à pardonner.

Il me regarda simplement, sans rien dire. Je finis par baisser les yeux, récupérai les clés de la voiture accrochées près de la porte et sortis du garage. Je pris une grande inspiration et me sentis libérée d'un poids dont je n'avais pas réalisé l'importance jusqu'à présent. J'avançai vers la Chevrolet garée sur le parking extérieur et me tendis lorsque je vis Trick appuyé contre l'aile avant.

— Tic-tac, Princesse, me dit-il en regardant ses mains.

— Personne n'est au courant de notre petit secret, Trick. Arrête donc de paniquer.

Il se figea, et j'eus des frissons dans le dos lorsqu'il releva les yeux vers moi. Il s'approcha et colla sa bouche à mon oreille.

— Tic-tac, Princesse.

Il s'éloigna vers sa moto, qu'il enfourcha avant de disparaître. Pourquoi « tic-tac » ? Etait-une façon tordue de me prévenir qu'il prévoyait encore une fois de s'en prendre à moi ? Il m'effrayait car je ne savais pas jusqu'où il était capable d'aller. Révéler son implication m'apparaissait comme la meilleure des solutions, mais je me sentais bloquée car, dans tous les cas, les ennuis m'attendaient.

— Qu'est-ce que Trick te voulait ? me demanda Mendy en jouant avec ses clés. Je ne l'ai jamais vu avec un regard si sombre.

— Rien, laisse tomber, fis-je en me ravisant.

Finalement, ce n'était peut-être pas le bon moment de tout révéler.

Mendy soupira et posa une main sur sa hanche en se plaçant devant moi.

— Quand est-ce que tu vas arrêter de me mentir ? Ça, ce n'était pas rien. Qu'est-ce qu'il voulait ?

— Je ne t'ai jamais menti, Mendy, je t'ai juste caché la vérité.

— Ce n'est pas mieux, et ne détourne pas la conversation !

Je lui souris en la voyant essayer d'être sévère, mais cela ne lui allait pas du tout. Elle leva les yeux au ciel en apercevant mon sourire, et me fit les gros yeux pour que je réponde.

— Il voulait juste me dire « tic-tac », répondis-je.

— « Tic-tac » ? Il a un vrai grain celui-là. Pourquoi « tic-tac » ?

Du coin de l'œil, je vis Alex sortir du bureau et se diriger vers une moto en réparation. J'attrapai Mendy par le bras et la fis monter dans la vieille Chevrolet.

— Je vais te dire quelque chose, Mendy, mais il faut que tu me jures de ne rien répéter.

— D'accord..., répondit-elle, hésitante. Je croyais que tu nous avais dit tous tes secrets !

— Oui, j'ai tout raconté, mais celui-là doit rester entre toi et moi. Si quelqu'un du club l'apprend... ce sera une véritable guerre.

— Woah ! Kim, chérie, tu me fais peur.

Nerveuse, je lui racontai rapidement à voix basse l'épisode qui avait suivi ma découverte d'Alex nu avec Katherine. Je lui expliquai ce que Trick m'avait dit une fois dans la voiture et ses menaces. A mesure que je parlais, les yeux marron ambré de Mendy s'écarquillaient de plus en plus. Quand j'eus fini, elle fronça les sourcils et déclara :

— Tu dois le dire à Alex.

— Non, Mendy. Dans le bureau, tout à l'heure, Alex était déjà prêt à se battre avec Trick, alors imagine ce qu'il lui ferait si je lui disais ça.

— Justement ! Tu ne peux pas taire les menaces qu'il t'a lancées. Tu te rends compte qu'on t'a agressée à cause de lui ? Jusqu'où tu penses qu'il pourrait aller ? Je comprends à présent ce que veut dire « tic-tac ». Tu ne vas pas attendre qu'il te tombe dessus quand même ?

Je soupirai et secouai la tête. Je ne voulais pas que l'histoire se répète, mais je ne voulais pas non plus que d'autres ennuis me séparent à nouveau d'Alex.

— Je vais partir, Mendy…

— Ah non ! Tu ne vas pas recommencer ! Tu m'as abandonnée une fois, sans un mot, sans un au revoir. Maintenant que tu es revenue, il est hors de question que tu t'en ailles à nouveau !

— Je vais partir avec Alex.

— Euh… Quoi ?

— Il souhaite s'exiler un moment. Il m'a fait une proposition : partir avec lui. Ce n'est pas pour longtemps, et je pense qu'on en a besoin. Il veut tout effacer et tout recommencer…

— Ah oui ! Ah oui, oui, oui, va-t'en !

J'éclatai de rire et Mendy finit par rire à son tour. Cette fille était un vrai numéro. Je posai la tête sur son épaule et l'enlaçai.

— Je lui dirai tout une fois là-bas. On sera assez loin pour que j'aie le temps de le raisonner.

— Qu'est-ce que tu comptes faire de ton Free Souls ?

— Je le vois ce soir. On doit aller manger ensemble, hors de Sturgis. Je pense l'emmener au Deadwood Grill.

Mendy éclata de rire sans que je comprenne pourquoi. Je relevai la tête et la regardai en fronçant les sourcils.

— Tu vas l'emmener dans la ville du Bois-Mort pour lui annoncer que tu le quittes ? Il n'y a que moi qui vois l'ironie de la situation ?

J'éclatai de rire à mon tour, pas pour l'ironie de la situation, mais pour la bêtise de Mendy.

— Tu es incroyable, dis-je en me plaçant correctement derrière le volant.

— Ce qui est incroyable, c'est que tu veuilles recoller les morceaux avec Alex.

Je ne répondis rien, je ne savais pas quoi dire.

— Je dois y aller, dit Mendy. Je dois être au bar pour le service du midi. Je veux tous les détails de ta rupture à Deadwood !

Elle sortit de la voiture en éclatant de rire, contente d'elle, et fila jusqu'à sa petite voiture bleue. Je la suivis du regard jusqu'à ce qu'elle quitte le parking, tout sourires derrière son volant.

En jetant un coup d'œil à l'intérieur du garage, je croisai le regard d'Alex. Il ne souriait pas, lui ; il était assis à côté d'une moto et gardait son regard planté dans le mien. Même à cette distance, il réussissait à me caresser de son seul regard et j'avais l'impression de le sentir tout contre moi.

Je mis le moteur en route, et me secouai pour m'éclaircir les idées. Je devais m'occuper d'un biker à la fois. D'abord Clay, et ensuite Alex. En fait, Mendy avait raison : j'avais l'air d'une Brebis…

Chapitre 21

Mes paumes étaient moites, je n'arrivais pas à rester naturelle face à Clay. Le trajet à moto m'avait laissé le temps de réfléchir à ce que je pourrais lui dire, mais, une fois arrivées, je ne savais absolument pas comment aborder le sujet.

Lorsqu'on entra dans le restaurant, je fus surprise de constater qu'il y avait peu de monde. Pourtant, ce n'était pas vraiment étonnant : pendant le festival, les populations touristique et locale se concentraient à Sturgis même, et non aux alentours. Finalement, ce n'était pas plus mal. On fut accueillis comme des rois, et installés à une table dans un coin tranquille. J'avais faim, mais je n'arriverais à rien avaler tant que je n'aurais pas mis les choses au clair avec Clay.

— Tout va bien ? Tu sembles ailleurs, me dit-il en s'asseyant après moi.

— Ça va, répondis-je avec un petit sourire.

Il portait un jean taille basse avec un T-shirt large, et bien sûr, son cuir. Clay était charmant à sa façon. Je savais depuis le début que notre relation ne serait que temporaire ; malgré tout, je me sentais mal de mettre fin prématurément à notre amitié améliorée. Il m'avait dit que je pouvais me servir de lui autant que je le voulais, mais quel homme sensé serait content de savoir qu'on l'avait trahi ?

On nous apporta les menus, et je décidai d'entamer la conversation aussi légèrement que possible tandis qu'on choisissait nos plats.

— Qu'est-ce que tu as fait pendant la tempête ?

Il haussa les épaules et me sourit.

— J'étais au camp, à la sortie de la ville, avec mes frères et d'autres bikers. C'était plutôt sympa. Et toi ?

Merde. J'aurais dû la voir venir celle-là !

— J'étais à l'exploitation… Avec Mendy.

Premier mensonge.

— Quand comptes-tu revenir, après ton voyage d'affaires ? repris-je.

— Je n'ai pas de date précise… Est-ce que tout va bien, Kim ? Tu sembles… étrange.

Je soupirai et m'enfonçai sur mon siège. En regardant le visage de Clay, sa barbe de quelques jours, ses yeux légèrement en amande et ses cheveux coiffés en arrière, je me sentis terriblement coupable. Je gâchais toujours tout.

— C'est à cause des Silence ?

Je me figeai. Etais-je si transparente que ça ?

— Comment tu le sais ?

— Parce que deux d'entre eux nous ont suivis jusqu'ici.

— Quoi ? criai-je en me décomposant.

Clay rigola et me fit un signe de tête vers l'extérieur. Je tournai mon regard vers les fenêtres et vis sur le parking deux silhouettes que je reconnus parfaitement. Je me levai, sentant la moutarde me monter au nez et tendue à bloc.

— Tu m'excuses un instant ?

Clay acquiesça, le sourire aux lèvres, et me suivit des yeux. Je sortis et marchai d'un pas énergique jusqu'aux deux Prospects des SOD.

— Qu'est-ce que vous faites ici ? leur demandai-je en essayant de garder mon calme. Pourquoi vous m'avez suivie ?

Chris me regarda, l'air gêné.

— On est désolés, Kim. On a reçu des ordres, on ne fait que les exécuter.

— Venant d'Alex, je suppose ?

Ils acquiescèrent comme un seul homme.

— Retournez à Sturgis, les garçons. Je n'ai besoin d'aucune surveillance.

— On ne peut pas.

— Comment ça, vous ne pouvez pas ?

— Les ordres sont les ordres, m'expliqua Chris. Le ciel pourrait nous tomber sur la tête qu'on resterait ici tant que tu y es.

Je savais que les Prospects faisaient le sale boulot et qu'ils étaient prêts à tout pour montrer leur loyauté au club et pouvoir en porter un jour les couleurs.

J'ouvris la bouche, prête à crier de frustration, mais me retins à temps. Mes moindres faits et gestes seraient rapportés à Alex.

— Très bien, soupirai-je. Quand vous aurez Alex au téléphone, dites-lui que je me vengerai. N'oubliez pas, c'est très important.

Je retournai dans le restaurant en boudant. Clay rit en me voyant et attendit que je sois installée avant de parler.

— Ce ne sont que des Prospects…

— Je sais. Je suis désolée, Clay. Même loin de Sturgis, les SOD me poursuivent.

— Pourquoi est-ce que ce club semble si protecteur avec toi ?

— J'ai été la régulière d'un de leurs membres. Et je suis la petite-fille de l'ancien Président, alors, forcément, ça crée des liens…

Clay fronça les sourcils et pencha la tête sur le côté.

— Tu es la petite-fille de l'ancien Président ?

— Oui, dis-je en fronçant les sourcils à mon tour. Pourquoi ?

Clay semblait en profonde réflexion, comme si un problème gros comme le monde s'imposait à lui.

— Clay ?

— Non, ce n'est rien. Ne t'en fais pas.

— Ça n'avait pas l'air d'être rien.

Il prit une profonde inspiration et me sourit en secouant la tête, encore un peu perturbé.

— J'ai juste entendu parler de toi, mais je ne savais pas que c'était toi. De toi et d'un certain Miller.

Tous mes muscles se contractèrent. Je regardai Clay sans cligner des yeux, tandis qu'il jaugeait ma réaction. Je ne voulais laisser aucune émotion passer sur mon visage.

— Qu'est-ce que tu as entendu exactement ? demandai-je.

— Que tu es la régulière de Miller et que le club serait sur le point d'entrer en guerre.

— En guerre ? Contre qui ?

— Je ne sais pas, dit-il en haussant les épaules. Je n'y prêtais pas attention ; pour moi, ce n'étaient pas mes affaires. Alors tu es la régulière de Miller ?

— Peut-être que oui, peut-être que non…

Je me figeai en me rendant compte que j'avais parlé à voix haute.

— Euh… En fait, je n'en sais rien, repris-je.

Il me sourit et baissa la tête en acquiesçant.

— Ne t'inquiète pas, j'étais au courant que ton cœur était déjà pris. Je savais où je m'aventurais. Je savais aussi que ce n'était qu'une question de temps. Et puis, je vais bientôt repartir…

Je gigotai sur mon siège, terriblement mal à l'aise. Clay s'en rendit compte, et me prit la main pour l'embrasser.

— Tout va bien, Kim. Ne t'inquiète pas.

J'acquiesçai et gardai ma main dans la sienne un moment. Plus tard, après le dîner, il me ramena à la maison. Je laissai ma tête reposer contre son dos durant tout le trajet, une dernière fois. Oui, Clay était un homme bien, tout comme Alex. Et je ne méritais aucun des deux…

*
* *

Mendy passa de nouveau la nuit à la maison pour me changer les idées.

— C'est notre dernière soirée ensemble, chérie ! Demain soir, tu pars avec ton sexy biker, alors je t'en prie, amuse-toi ! avait-elle lancé.

J'avais fini par écouter son conseil, et on s'était couchées au petit matin. Ce fut donc avec les yeux rougis et les traits marqués que je me rendis au festival le lendemain. Mon grand-père était déjà présent lorsque j'arrivai sur les lieux. Il tira une chaise sur laquelle je me laissai tomber.

— La prochaine fois, tu sauras que se coucher deux heures avant de se lever n'est pas une bonne idée, se moqua mon grand-père en rigolant doucement.

Je grognai quelque chose que je ne compris pas moi-même et fermai les yeux en posant ma tête sur le présentoir. Je me réveillai et sursautai lorsque je me sentis tomber dans le vide. Le cœur battant et le dos courbaturé, je regardai autour de moi, tâchant de reprendre mes esprits.

Je clignai des yeux, hagarde, et me passai une main sur le visage, ce qui fit pouffer quelques bikers qui passaient devant le stand. Je cherchai mon grand-père. En me retournant pour vérifier l'arrière de la tente, je croisai le regard de Tucker.

— Qu'est-ce que tu fais là ? lui demandai-je en me secouant pour me réveiller. Où est papy ?

— Il est parti faire un tour. Il m'a confié la garde de la Belle au stand dormant.

Je plissai les yeux à la suite de sa remarque et il rit. Il se leva et s'appuya contre la table, me faisant face.

— Alex s'en va. Ce soir, déclara-t-il.

— Je sais.

Il fit une drôle de tête et fronça les sourcils.

— Ah oui ? Et tu vas le laisser partir ?

— Oui. Il pense que c'est mieux pour lui.

Tucker garda le silence, insatisfait de ma réponse. Il secoua la tête et croisa de nouveau mon regard.

— Qu'est-ce qu'il a contre mon frère ?

Je me levai, mal à l'aise. Je ne voulais pas parler une troisième fois de ce qu'il s'était passé cinq ans auparavant.

— Je ne veux plus en parler, Tucker. C'est du passé, tout ça.

— Pourquoi personne ne veut jamais rien me dire ?

Sa moue boudeuse me fit mal au cœur. Je l'enlaçai et le serrai contre moi.

— Demande à Mendy, elle t'expliquera.

— Avec Mendy, je ne sais jamais si ce qu'elle me dit est vrai, si elle en rajoute ou en enlève, ou si elle me raconte l'épisode d'une série qu'elle a vu la veille. Sérieusement, tu ne veux rien me dire ?

Je lui fis un sourire désolé qui me valut une nouvelle moue boudeuse de sa part. Je ne voulais pas être celle qui lui révélerait les manigances de son jumeau. Tucker leva les yeux au ciel et m'embrassa sur la tempe.

— Il va y avoir un vote ce soir, pour le départ d'Alex. Je suis contre, je ne veux pas qu'il s'exile. S'il part, il ne sera plus sous la protection du club…

Il laissa sa phrase en suspens et je me souvins tout à coup de la conversation que j'avais eue avec Clay la veille.

— Les SOD vont entrer en guerre avec quel club, Tuck ?

Il haussa les sourcils, visiblement surpris que je sois au courant.

— Personne ne va entrer en guerre contre personne, ne t'inquiète pas.

— Je sais que les affaires du club ne me regardent pas, mais ne me mens pas, s'il te plaît.

— Je ne devrais même pas avoir cette conversation avec toi, Princesse… On a reçu des menaces, mais on ne sait pas de qui elles proviennent, alors on est sur nos gardes. Tu comprends mieux pourquoi je ne veux pas qu'Alex parte ? La fin du festival la semaine prochaine marquera un retour au calme, mais pour le moment, on est tous sur le qui-vive.

— Qui pourrait vous en vouloir ?

— Personne. Nous n'avons plus d'ennemis depuis que le seul club avec qui on était en guerre a été dissous.

Je décidai de ne pas demander de quel club il s'agissait, ni qui l'avait dissous. J'avais bien trop peur que la réponse ait un rapport avec ce passé que je souhaitais tant oublier.

— Fais attention à toi, Tucker.

— Toujours, Princesse. Je vais au garage essayer pour la millième fois de dissuader Alex de partir. Tu as peut-être un message secret à lui faire passer ?

— Dis-lui que ma vengeance tient toujours.

Il fronça les sourcils et je posai un doigt sur sa bouche avant qu'il ne prononce à voix haute les questions qui lui brûlaient les lèvres. Il grogna en s'éloignant.

— Quand je dis que personne ne veut jamais rien me raconter…

Je ris en le regardant s'éloigner, le sourire aux lèvres. Je m'étirai puis discutai avec plusieurs clients jusqu'à ce que la réplique démoniaque de Tucker pointe le bout de son nez. Je perdis instantanément mon sourire en le voyant approcher.

— Qu'est-ce que tu veux encore ? demandai-je.

— Tu comptes partir avec lui, c'est ça ?

— En quoi ça te regarde ?

Trick s'appuya nonchalamment contre la table et sourit. Il haussa les épaules, et passa sa langue sur ses lèvres.

— Votre petite réconciliation hier, c'était touchant. Vraiment.

Mais tu penses sincèrement que je vais te laisser revenir dans le club ? Et quoi de mieux que de briser le cœur de notre cher Alex…

— Qu'est-ce que tu racontes ?

— Tic-tac, Princesse. Tic-tac.

Il disparut dans la foule aussi vite qu'il était arrivé.

Bordel de merde, ce mec me fichait vraiment la trouille. Je ne réussis à reprendre mes esprits que lorsque mon grand-père revint. Les paroles de Trick me trottèrent tout de même dans la tête le reste de la journée. Je ne savais pas ce qu'il préparait, mais j'espérais être loin de Sturgis lorsqu'il mettrait ses plans à exécution.

Ce ne fut qu'une fois rentrée à la maison, au moment du dîner, que j'annonçai à mon grand-père que j'allais quitter Sturgis quelque temps.

— Tu pars avec Alex, devina-t-il.

— Comment le sais-tu ?

— Je ne suis peut-être plus le Président des Silence, mais ce club m'appartient toujours d'une certaine façon. Je suis au courant du vote de ce soir. Tu es sûre de vouloir partir avec lui ?

— Oui. On a parlé. On a beaucoup parlé même, et je crois que j'ai mal interprété ce que j'ai vu cette fameuse nuit. On veut essayer de tourner la page. Repartir du bon pied. Tu comprends ?

Il était vital que mon grand-père accepte mes choix. Lui plus que quiconque.

— Je comprends, gamine. Alex est un bon garçon.

— Je sais.

Je regardai ses yeux bleu-gris délavés, sa barbe et les traits de son visage en y guettant une éventuelle preuve d'une contradiction avec ses paroles, mais il garda un petit sourire aux lèvres et me tapota la main.

— Je suis content que tu lui donnes une seconde chance. Je l'aime bien ce grand gaillard.

— Lui aussi t'aime beaucoup.

— Je sais. C'est moi qui l'ai formé. Je sais qu'il me considère comme le père qu'il n'a jamais eu. Je connais son attachement pour le club et ses membres. Je connais aussi ses sentiments pour toi, c'est pour ça que je suis content. Beaucoup plus que si tu m'avais dit que tu partais avec ce Free Souls.

— Pourquoi ? Pourquoi personne ne semble l'apprécier ? Clay est gentil…

— Je t'ai dit que ce club était réglo, mais lui, il ne l'est pas. Quand tu m'as posé cette question, je n'avais pas compris que c'était parce que tu fréquentais un de leurs membres. Leurs affaires ne nous concernent pas, et toi encore moins.

— Qu'est-ce qu'ils font au juste ?

— Beaucoup de choses, mais je suppose que tu as mis un terme à cette relation, alors il n'y a plus aucune raison d'en parler.

Je me levai et débarrassai la table en réfléchissant, puis m'appuyai contre l'évier en fronçant les sourcils. Mon grand-père se leva et m'embrassa sur le front.

— N'y pense plus. Pars avec Alex, et revenez unis comme vous l'étiez. Ce qu'il y a entre vous me fait penser à ta grand-mère et moi. Nous étions fous l'un de l'autre, et si tu peux un jour vivre ce que j'ai vécu avec elle, alors je suis sûr que tu seras heureuse.

Je devais certainement être en période prémenstruelle, parce que j'étais beaucoup trop émue par les paroles de mon grand-père. Il me caressa la joue en ignorant mon trouble.

— Les Prospects ne devraient pas tarder, annonça-t-il. Ils viennent m'aider à travailler dans l'exploitation. Va te préparer, mais préviens-moi lorsque tu pars.

— Je peux prendre la voiture ? Je dois aller au garage.

— Bien sûr. Je dirai à l'un des Prospects d'aller la récupérer demain. Que Dieu bénisse celui qui a inventé la hiérarchie des bikers ! Il n'y a rien de mieux que d'avoir des Prospects sous la main.

Je rigolai et le regardai quitter la maison par la porte de la cuisine.

Je montai finalement dans ma chambre préparer mes affaires. L'heure arrivait. J'allais enfin pouvoir tirer un trait sur le passé. Une part de moi s'inquiétait toujours de ce que Trick comptait faire, mais rien ne pourrait m'empêcher de rejoindre Alex.

Je descendis avec un sac contenant quelques vêtements de rechange et des sous-vêtements, ainsi que le nécessaire de voyage indispensable à toute fille qui se respecte. Par la fenêtre de la cuisine, j'appelai mon grand-père, et croisai le regard de Chris au loin. Il me sourit avant de se remettre au travail. Ce Prospect devait en savoir long sur Alex…

Mon grand-père me rejoignit, me sortant de mes pensées, et m'accompagna jusqu'à l'entrée. Nous étions à peine arrivés devant la porte lorsque quelqu'un sonna. Ce ne pouvait pas être un des Silence, ils entraient directement. Mon grand-père ouvrit la porte et salua le shérif. Ce dernier me regarda et me montra un sac en plastique.

— Mademoiselle, ceci vous appartient-il ?

C'était un collier exactement identique à celui que je portais de temps en temps. La chaîne était fine et en argent. Dessus étaient inscrits, découpés dans le métal, mon prénom et la première lettre de mon nom de famille. Un cadeau de ma sœur Anita, qui savait que plus c'était discret et plus j'adorais.

J'acquiesçai, sans comprendre pourquoi le shérif l'avait en sa possession.

— Je suis désolé, mademoiselle Vervel, vous allez devoir me suivre au poste de police. Votre bijou a été retrouvé dans un véhicule volé contenant plusieurs kilos de cocaïne. Nous devons vous interroger pour les besoins de l'enquête.

— C'est une blague, n'est-ce pas ?

— J'ai bien peur que non. Par respect pour votre grand-père, je ne vous mettrai pas les menottes, sauf si vous me forcez à le faire. Veuillez me suivre, s'il vous plaît.

— Turner, intervint mon grand-père. Tu ne peux pas arrêter ma petite-fille. Tu sais aussi bien que moi qu'elle n'a rien à voir avec cette histoire. Elle ne ferait jamais rien de mal, tout ça est ridicule !

— Désolé, William. Je n'ai pas le choix.

Je jetai rageusement mon sac au sol en ravalant toutes les insultes qui tentaient de s'échapper de ma bouche. Je me tournai vers mon grand-père tandis que le shérif me tirait doucement par le bras pour m'emmener.

— Préviens Alex, papy. Je t'en prie, préviens-le.

Il acquiesça, le visage fermé, furieux de me voir partir ainsi. Je repensai aux paroles de Trick sur le cœur brisé d'Alex. Non, Trick ne gagnerait pas. Pas cette fois… Du moins, l'espérai-je…

PARTIE 2

Alex

Chapitre 22

Je venais de terminer les finitions des deux dernières motos que j'avais accepté de réparer avant mon départ. Je me lavais les mains lorsque Tucker arriva. Je pouvais parier que sa première phrase serait : « Arrête de faire le dur en voulant quitter Sturgis », comme chaque fois qu'il me croisait depuis qu'il avait appris ma demande d'exil.

— Arrête de faire ton putain de dur en voulant quitter Sturgis, grogna-t-il en s'arrêtant près de moi.

Tiens, j'avais oublié le « putain ». Je rigolai doucement et lui donnai une bourrade dans l'épaule.

— Je sais ce que je fais, mon frère.

— Tu sais aussi bien que moi que ce n'est pas le moment de demander l'exil. Pourquoi partir maintenant ? Et pourquoi tu sembles aussi furax contre tous les Anciens ?

— Il vaut mieux que tu ne sois pas au courant, crois-moi.

Tucker paraissait énervé. Je comprenais ce qu'il ressentait parce que je n'avais pas apprécié qu'on me cache des choses cinq ans auparavant, mais cette fois-ci, c'était pour son bien. Il fit les cent pas, puis s'arrêta et changea de sujet.

— J'ai un message de Kim.

Je relevai instantanément la tête et la première chose qui me vint à l'esprit fut qu'elle lui avait transmis son refus de venir avec moi. Je chassai cette idée. J'avais confiance en elle. Et j'étais sûr qu'elle croyait encore en nous…

— Elle m'a demandé de te dire : « Ma vengeance tient toujours. »

Elle n'avait pas dû apprécier le fait de se faire suivre par les Prospects, mais la savoir avec ce Free Souls me donnait des idées noires. J'aurais pu lui couper les mains et lui arracher les yeux simplement parce qu'il avait osé la regarder.

Je rigolai doucement sans vraiment savoir si c'était à cause de ce que venait de me dire Tucker ou de mes sombres pensées. Kimi viendrait. Car pour se venger, il faudrait forcément qu'elle m'affronte, alors elle viendrait ce soir, et on s'en irait, rien qu'elle et moi. J'étais impatient.

— Tu ne vas pas me dire de quoi il s'agit, n'est-ce pas ?

Je me tournai vers Tucker. Il semblait vraiment blasé. Je reniflai sans cesser de sourire. Cela suffisait pour qu'il comprenne quelle était ma réponse, mais je la lui confirmai quand même :

— Non. Désolé, mon pote.

— Vous me faites tous chier.

Il sortit du garage en boudant et enfourcha sa Harley.

J'entrepris de ranger mon matériel, l'esprit déjà loin de Sturgis. Les propriétaires des deux motos devaient venir les récupérer demain matin. Les Prospects se chargeraient de régler les détails avec eux. Je regardai une dernière fois le garage, puis le fermai sans regret, fin prêt à décoller. Il ne restait qu'une seule étape : le vote.

Je montai sur mon bébé, enlevai la béquille et mis les pleins gaz en direction du Club House. Sur la route, je croisai plusieurs frères appartenant à d'autres clubs, tous plus excentriques les uns que les autres avec leurs motos personnalisées et leurs accoutrements extravagants, spécialement préparés pour la Bike Week. Ils partaient sûrement en direction du centre de Sturgis, où un concert était prévu en début de soirée… Mais quand il débuterait, je serais déjà loin avec Kimi.

En arrivant devant le petit bâtiment tout en longueur, je me garai à côté de Sam, qui venait d'arriver. Je le saluai respectueusement et rejoignis Chris, assis sur les marches menant à l'entrée.

— Pendant mon absence, je te laisse aux soins de Tucker, lui dis-je en restant debout devant lui.

J'étais son parrain, comme William avait été le mien. Un parrain est une personne choisie pour former le Prospect et le malmener un peu, aussi. Je m'amusais assez avec Chris, lui donnant des choses à faire toutes plus tordues les unes que les autres, mais il avait réussi à me surprendre par son dévouement. Aujourd'hui, je le laissais un peu plus tranquille et le considérais déjà comme mon frère. J'avais choisi de confier Chris à Tucker parce que j'étais sûr qu'il ne le maltraiterait pas.

Les Silence étaient une fraternité ; je devais tout à ce club. Demander l'exil n'était pas chose facile, même si ce n'était que pour un temps, mais rester ici et devoir croiser chaque jour les gens qui m'avaient trahi, menti et caché des choses importantes… Ce n'était pas possible.

J'avais besoin de prendre du recul, de m'éloigner, de m'aérer l'esprit. Depuis le retour de Kimi, j'étais une boule de nerfs, et ces derniers jours n'avaient rien arrangé. Avoir enfin les pièces du puzzle qui m'avaient manqué toutes ces années n'avait fait qu'augmenter ma nervosité. Il fallait que je m'éloigne un moment de mes frères. J'en avais besoin.

De ça, et de Kimi.

— Tu penses vraiment que partir est la bonne solution ? me demanda Chris en inspirant une bouffée de nicotine sur sa cigarette roulée.

— C'est la meilleure.

Il sourit et secoua la tête.

— Je ne cherche qu'à entrer dans ce club, et toi, tu demandes à en partir.

— Ce n'est que temporaire, Chris, et tu fais partie de ce club. Bientôt, ce sera à ton tour de parrainer un Prospect. Tu pourras te venger de toutes les misères qu'on a pu te faire.

Il éclata de rire, enchanté par cette perspective. Je lui donnai une tape sur l'épaule, puis entrai dans le Club House. Mon visage se ferma en voyant Toto et Billy, ainsi que quelques Intermédiaires déjà présents : tous m'avaient trahi.

Il fallait vraiment que je me barre d'ici au plus vite. Je les dépassai et me dirigeai vers la salle de réunion. Je fermai la porte derrière moi, contournai la grande table ovale, et m'installai à ma place habituelle.

Le vote n'était qu'une formalité. Dans moins d'une heure, je serais en route pour Rapid City. Avec elle…

Cinq ans plus tôt…

Le bruit d'une porte se claquant lourdement me sortit de mon sommeil profond. J'avais mal au crâne, et mon corps était aussi mou qu'une éponge. J'étais complètement endolori et le réveil était rude. Ouvrir les yeux était impossible.

Je tentai de m'éclaircir les idées, de me souvenir de ce qui avait pu me mettre dans cet état, mais tout ce dont je me souvenais, c'était que la fête organisée pour l'anniversaire de Tim avait été une réussite. Je ne comprenais pourtant pas ce qui avait pu me rendre malade : c'était le trou noir complet. Un instant, j'étais assis au bar à attendre Kimi, et l'instant d'après, je me réveillais dans ce lit.

Kimi…

Je ramenai mon bras gauche contre moi et sentis une lourdeur sur mes jambes. Un corps de femme était contre moi, et je souris. La soirée avait dû être bonne. L'idée d'avoir Kimi à mes côtés réveillait un désir intense qui se concentra plus au sud de mon corps. Je tournai mon visage et enfouis ma tête dans sa chevelure soyeuse. Prenant une grande inspiration, je me figeai subitement en me rendant compte que l'odeur que je sentais n'était pas celle de ma régulière.

Je reculai la tête et trouvai soudainement toute la force nécessaire pour ouvrir les yeux. Je repoussai la jambe de Katherine qui se trouvait enroulée autour de moi. Qu'est-ce qu'elle foutait au pieu avec moi ?

Et merde ! Où était Kimi ?

Je me levai et récupérai mes fringues dispersées un peu partout dans la pièce sans m'occuper de ma tête qui tournait. Katherine se redressa, les paupières lourdes. A une certaine époque, j'avais apprécié me retrouver au lit avec une Brebis, mais ce temps était définitivement révolu. Aujourd'hui, je me sentais con et perdu.

— Tu t'en vas déjà ? me demanda-t-elle avec une voix éraillée par le sommeil.

Je me figeai en passant mon T-shirt par-dessus ma tête et me tournai vers elle tout en boutonnant mon jean.

— Qu'est-ce qu'il s'est passé cette nuit ?

Elle s'assit et remonta le drap sur sa forte poitrine, puis repoussa ses longs cheveux noirs en arrière lorsqu'elle comprit que je n'étais pas d'humeur.

— On a dormi ensemble, dit-elle en hésitant.

— Ça, j'avais compris, mais qu'est-ce qu'il s'est passé ?

Bordel, qu'avais-je fait ?

— On a pris du bon temps.

Je fronçai les sourcils, m'avançai jusqu'au lit, puis me penchai vers elle.

— Ça, ce n'est pas possible. Même bourré, je n'aurais jamais bandé pour toi. Alors je répète : qu'est-ce qu'il s'est passé ?

Elle recula un peu, essayant de prendre sur elle pour ne pas montrer sa peur ; pourtant, je pouvais la sentir d'ici.

— C'est ce qu'il s'est passé, Alex.

Je lui attrapai brusquement les joues d'une main, sans trop serrer. Elle gémit. De peur ou de douleur.

— Ne te fous pas de ma gueule, on n'a pas couché ensemble. Qu'est-ce que tu m'as fait pour que je ne me souvienne de rien ?

— Rien, souffla-t-elle les yeux grands ouverts. Je te le jure.

Je la relâchai d'un coup. Tous les muscles de mon dos étaient tendus. Elle s'éloigna de moi en gardant une main sur le drap qui la recouvrait. Je la fusillai du regard, puis, après avoir récupéré mon cuir, je sortis de la chambre.

Une fois dans le couloir du club, je me passai une main sur le visage. Je me rendis rapidement compte qu'une agitation inhabituelle régnait parmi les Intermédiaires et les Anciens. Je fis quelques pas dans le couloir et vis que tout le monde, à l'exception des Prospects, entrait dans la salle de réunion.

Remarquant William, je me dirigeai vers lui en ignorant Tim encore dans les vapes. Il me dit quelque chose que je ne compris pas.

— Papy, commençai-je avant de m'arrêter.

William passa devant moi et m'ignora royalement. Il était en colère. Non, il était furieux, voire enragé. J'eus soudainement peur que quelque chose soit arrivé à Kimi.

— William ! Qu'est-ce qu'il se passe ?

Je fis quelques pas dans sa direction mais m'arrêtai net lorsqu'il se figea sans se retourner. Tout son corps était contracté. Notre Président avait peut-être atteint un certain âge, mais il était toujours en forme et incroyablement vif, en plus d'avoir le charisme d'un leader.

Il tourna son visage marqué et barbu vers moi sans me regarder.

— Rien qui concerne les Prospects.

— Où est Kimi ? Est-ce qu'elle va bien ?

Il mit plusieurs secondes avant de me répondre. Je me demandai si j'allais devoir répéter ma question et péter un plomb dans la foulée. Je fus pris d'un mauvais pressentiment.

— Elle va bien. Elle dort. Ne va pas la déranger, Alex. C'est un ordre.

William fit les quelques pas restants jusqu'à la salle de réunion et claqua la lourde porte derrière lui avant que je ne puisse l'intercepter à nouveau. Il savait que je n'étais pas assez fou pour entrer dans cette salle qui m'était encore interdite.

Je ne comprenais rien à ce qu'il se passait. William ne m'avait jamais appelé par mon prénom, toujours « Fils ». J'avais l'impression qu'on venait de me balancer un coup de poing dans le ventre.

Qu'est-ce que j'avais fait, putain ?!

— Tout va bien, mon frère ? me demanda Tucker avec la tête d'un mec ayant la gueule de bois.

— Tu as vu Kimi, hier soir ? Cette nuit ? Elle est venue ?

— Non, mon pote. Je ne l'ai pas vue de la nuit.

— Qu'est-ce qu'il s'est passé cette nuit ? Qu'est-ce que j'ai fait ?

— T'as trop bu, je crois. Tu n'étais plus du tout en état de faire quoi que ce soit. Une vraie chiffe molle.

Il me sourit, mais j'étais en colère et inquiet. Seule Kimi m'importait, tout le reste, je m'en foutais. Pourtant, une remarque me revint à l'esprit. Si j'avais autant bu que le prétendait Tucker, pourquoi n'avais-je pas la gueule de bois ?

Je me passai une main dans les cheveux. Je ne comprenais rien et je n'aimais pas ça. Ça sentait vraiment mauvais.

— Salut, mes frères, lança Trick.

Il semblait en pleine forme.

— Tu as vu Kimi cette nuit ? demandai-je à nouveau sans le saluer.

— Non. Aucune nouvelle, et ce n'est pas plus mal, sans vouloir te vexer.

Le sang me monta au cerveau. Son commentaire me mit encore plus en colère et ne m'aidait pas à comprendre. Les remarques de Trick au sujet de Kimi ne m'atteignaient pas en temps normal, mais aujourd'hui, si j'en avais eu la force, je l'aurais amoché.

Agacé, je soufflai et leur tournai finalement le dos, quittant le Club House. Ma moto était là où je me souvenais de l'avoir laissée la veille, ce qui voulait dire que j'avais vraiment passé la nuit ici.

Je montai dessus.

Tout ça sentait mauvais.

Très mauvais.

Aujourd'hui…

Tout le monde avait pris place autour de la table. On attendit encore cinq minutes avant que Trick ne se ramène enfin. Ce dernier prit tout son temps pour s'installer et Toto put enfin démarrer la réunion.

Posant les coudes sur la table, mon menton sur mes poings fermés, je fixai l'emblème du club : une tête de mort sans mâchoire, gravée sur le bois, au centre de la table. Ce meuble avait été fait par Billy. Pour moi, il avait créé un véritable chef-d'œuvre de précision, avec des détails si fins sur le logo que j'étais chaque fois subjugué.

— Bien, déclara Toto les mains jointes, en bout de table. Maintenant que tout le monde est présent, on peut démarrer. Les recherches de Curtis concernant la menace que nous avons reçue n'ont encore rien donné. Que chacun soit prudent et reste sur ses gardes. Avec la Bike Week, cela pourrait provenir de n'importe quel club et nous tomber dessus à tout moment. On en saura certainement plus lorsque le festival sera terminé, en fin de semaine prochaine. Soyez tous attentifs.

Le premier point à l'ordre du jour avait été abordé, nous allions donc parler du deuxième, qui me concernait. Je n'écoutais que d'une oreille : mon esprit était déjà loin, avec les courbes familières de Kimi.

— Nous avons un vote à effectuer. Alex souhaite l'exil pour quelque temps, ce que j'approuve. Ce n'est peut-être pas le meilleur moment, mais il ne restera pas à Sturgis, et je pense que c'est préférable. Je vote donc oui.

Le tour de table se fit lentement. Sam vota oui aussi. Grim, un des Anciens aux cheveux gris mi-longs, très proche de William, vota non, et me regarda pour se justifier.

— Ce n'est pas une solution, fils. Les conflits entre frères arrivent souvent, ce n'est pas pour autant qu'il faut prendre la fuite. Surtout que le club est menacé. Alors pour moi, c'est non.

J'acquiesçai. Je comprenais ce qu'il me disait, mais honnêtement, je m'en fichais un peu. Trick vota oui, et Tucker, le dernier, vota non, ce qui ne m'étonna pas. Il ne chercha pas à se justifier. Je connaissais déjà ses raisons.

— Douze votes pour, et deux contre. Le club valide donc en majorité ton départ, Alex. A qui laisses-tu le soin de former ton Prospect ?

— Tuck.

Ce dernier frappa la table de sa grande main, se leva brusquement et quitta la salle avant même que Toto n'ait clôturé officiellement la séance.

— Accordé, annonça Toto.

Je me levai et, sans un mot pour personne, j'enlevai mon cuir que je déposai sur ma chaise. C'était étrange : je ne m'étais jamais séparé de ce blouson. Mais aujourd'hui, je quittais Sturgis, et mon cuir, sans regret. Je sortis de la salle de réunion et rejoignis Tucker à l'extérieur, sur la première des marches menant au Club House. Il secouait la tête, ses yeux bleus perdus dans le vague.

— C'est ridicule, et tu le sais, grogna-t-il sans me regarder. Je ne comprends pas pourquoi tu demandes l'exil, mec. Et Kim dans tout ça ? Vous aviez l'air d'être sur la voie de la réconciliation, pourquoi tu veux tout gâcher ?

— Je pars avec elle, Tuck.

Il fronça les sourcils, puis sembla se souvenir de quelque chose.

— Oh ! la garce, rigola-t-il avant d'acquiescer et de me regarder en reprenant son sérieux. Ce n'est quand même pas prudent. Tu n'auras aucune protection.

— Ne t'en fais pas pour moi.

Il passa un bras par-dessus mon épaule et me frappa dans le dos.

— Sois prudent, mon frère, dit-il.

— Toujours.

Je remontai sur ma moto, pris une grande inspiration et quittai le Club House pour de bon. C'était bizarre de rouler sans mon blouson. Il me faudrait du temps pour m'y habituer.

De retour au garage, je récupérai mon bagage que j'accrochai à l'arrière de la moto, puis montai sur le toit. J'étais pile à l'heure. Je m'installai sur un canapé et regardai le ciel grisâtre avant de fermer les yeux.

Trente minutes plus tard, je me fis une raison. Kimi ne viendrait pas. Je me relevai et me sentis terriblement con. Au fond, pourquoi avais-je été certain qu'elle viendrait ? Avec le fossé qui s'était creusé entre nous au fil des années, peut-être qu'elle ne pouvait pas tourner la page, finalement.

Peut-être était-ce ça, sa vengeance ? Peut-être qu'elle préférait rester dans les bras de ce Free Souls…

Je serrai les poings et chassai cette idée avant qu'elle ne me rende fou. Il était préférable de ne pas y penser. Je descendis du toit et récupérai mon téléphone. Je souris amèrement en voyant deux appels manqués de William. Kimi avait dû essayer de m'appeler pour me prévenir. Certainement par pitié…

Quel con j'étais.

Je mis le moteur en route, puis m'éloignai, quittant Sturgis pour tourner ma propre page et tenter d'oublier cette femme que j'avais dans la peau…

Chapitre 23

J'étais sur les nerfs lorsque j'arrivai à Rapid City. D'habitude, conduire ma Harley me permettait de me vider l'esprit, mais cette fois-ci, rien n'y faisait… Je ruminais sans cesse, ne comprenant pas le choix de Kimi… De Kim, devrais-je dire.

Je passai devant l'immense église qui faisait la fierté de cette petite ville, puis débarquai dans un hôtel standard, impatient de déposer mes affaires. La réceptionniste, une vieille femme tirée à quatre épingles, m'accueillit nerveusement, n'osant pas me regarder dans les yeux trop longtemps. Je n'avais aucune envie de faire bonne figure, ni de la rassurer avec un sourire, ou encore de cacher mes tatouages. J'étais sur les nerfs et je me fichais pas mal de ce que pouvaient penser les autres.

Quand elle me fila les clés, je la remerciai sèchement, et me rendis à la chambre numéro 101, toute simple : un lit, une chaise et une table de chevet, ainsi qu'une salle de douche. Je jetai mon sac dans un coin de la pièce et m'allongeai sur le lit, mon regard fixé sur le plafond blanc plus vraiment blanc.

Je m'endormis. Je savais que je dormais parce que je rêvais de Kimi : elle était dans mes bras, ses pieds froids contre les miens. Son rire cristallin résonnait à mes oreilles comme une musique apaisante. Sa chaleur, son odeur… J'étais complètement enivré.

Là était ma place, tout contre elle, dans ses bras. Elle releva la tête et m'embrassa. Le désir m'envahit rapidement…

J'ouvris les yeux en regrettant immédiatement de ne pas avoir dormi plus longtemps. Mon sexe était dur et douloureux. Le souvenir de l'abandon de Kimi résonnait tristement en moi. Je me frottai la poitrine du plat de la main pour tenter d'atténuer cette sensation de déchirement. Je tournai et me retournai dans mon lit, cherchant le sommeil sans succès, avant de finir par me rendormir tardivement, les nerfs à bloc…

Je me réveillai le lendemain matin en pétard.

Je fis une série d'exercices intensive, jusqu'à ce que mes muscles soient un peu plus détendus. Cela prit un temps fou et, malgré tout, je me sentais encore aussi nerveux qu'un pitbull. Rien n'y faisait, je me sentais blessé et trahi de me retrouver ici, seul.

Après avoir pris une douche et rempli mon estomac, je me mis en route pour la réserve indienne au sud de la ville. Lorsque je passai devant le panneau indiquant l'entrée à Pine Ridge, je pénétrai immédiatement dans un nouvel univers. Les habitations étaient modernes et donc familières, mais les odeurs, les regards curieux et méfiants me rappelaient que je n'étais pas d'ici.

Je m'éloignai un peu de la civilisation et passai devant des paysages magnifiques. Cascades, déserts, bisons et chevaux sauvages… Je ne m'y attardai pas et filai droit vers le Club House des bikers de la ville. Les Indians Spirits n'étaient pas réputés pour apprécier les autres clans, surtout les hommes blancs, mais je connaissais leur Président, et je savais que mon passage sur leur territoire ne les dérangerait pas. Pourtant, lorsque je me garai devant leur QG, quelques membres sortirent et braquèrent leurs armes sur moi.

Je descendis prudemment de moto et levai les mains en tournant sur moi-même, puis soulevai mon T-shirt pour leur montrer le tatouage des Silence.

— Qu'est-ce que tu veux ? me demanda l'un d'eux.

Ils étaient trois et leur ressemblance était frappante : ils devaient être de la même famille. Ils avaient les cheveux aussi noirs que le charbon et aussi longs que ceux d'une femme, le teint tanné, et les yeux légèrement bridés.

— Je viens demander une entrevue avec votre Président.

Comme si ce dernier avait senti qu'on parlait de lui, il sortit du Club House et indiqua à ses Intermédiaires de baisser leurs armes.

— Ahote ! Que viens-tu faire ici ?

Ahote, qui signifiait « L'Agité », était le surnom que j'avais reçu lors de ma première entrevue avec lui alors que je n'étais encore que Prospect. Ce surnom ne m'avait plus quitté depuis.

— Je viens te demander la permission de parcourir les rues de ton territoire en toute tranquillité, Coyote.

Ce Président était la personne la plus étrange que j'avais eu l'occasion de rencontrer. Il ne répondait aux questions que par d'autres questions et semblait toujours connaître chaque détail de votre vie. C'était assez troublant.

— Où sont tes frères ? Doit-on s'attendre à la visite des Silence ?

— Non, il n'y a que moi.

— L'exil, comprit-il. Viens donc à l'intérieur.

Je passai devant les trois frères qui ne dirent rien, gardant leurs armes en main. Je ne les lâchai du regard que lorsqu'ils furent hors de mon champ de vision et suivis le Coyote dans sa taverne, qu'il nous fit traverser jusqu'à un jardin. Il m'invita à prendre place dans le fauteuil en face de lui.

— As-tu trouvé ton Aiyana ?

Je réfléchis un instant pour retrouver la signification exacte de ce mot avant de me souvenir que ça avait un rapport avec Kim.

Aiyana voulait dire « fleur éternelle ». Je me rembrunis, ne souhaitant vraiment pas aborder ce sujet. Seulement, le Coyote obtenait toujours ce qu'il voulait. Allumant quelque chose qui ressemblait à un joint, mais qui n'en était pas un, il me sourit, en acquiesçant.

— J'en conclus que tu l'as retrouvée.

— Et comme tu vois, elle n'est pas là, donc je ne crois pas que ce soit elle, Coyote. Je suis là uniquement pour demander ton laissez-passer. Pas pour une psychanalyse.

La première fois que j'avais eu affaire au Coyote, j'avais été impressionné par sa perspicacité. Il savait des choses sur ma vie, des choses très personnelles même. En fait, cet Indien avait un don. Je refusais d'utiliser le mot « magie », car je n'y croyais pas, mais il me faisait quand même douter chaque fois que je le rencontrais.

Le Coyote rit doucement et inclina la tête. Ses yeux noirs étaient pétillants et ils semblaient voir bien plus que ce que je laissais paraître, ce qui me rendit nerveux.

— Oh si, Ahote. C'est bien elle.

Je pris une courte inspiration. Je refusais de le croire, même si tout ce qu'il avait pu me dire jusqu'à aujourd'hui s'était toujours réalisé. Il me tendit son genre de joint, que je déclinai. Je me rappelais parfaitement ma première expérience avec ses joints hallucinogènes.

— Comment sais-tu que c'est elle ? demandai-je.

— Exactement de la même manière que j'ai su qu'elle reviendrait lorsqu'elle est partie.

Etre en présence de cet homme me rendait nerveux ; ce qui confirmait la pertinence de mon surnom indien. Je n'étais pas venu pour parler de Kim, mais de ma venue à Rapid City. Seulement, je savais que tant que ce vieil Indien ne m'aurait pas dit tout ce qu'il avait à me dire, je ne pourrais pas m'en aller d'ici.

— Ne te mets pas en colère lorsqu'elle te parlera du Matchitehew, continua-t-il en fumant tranquillement.

— Qu'est-ce que ça veut dire ?

— Tu comprendras lorsqu'elle t'en parlera.

Ces paroles obscures m'agaçaient, mais je me retins de dire le fond de ma pensée. Le but n'était pas de le froisser, mais de m'en faire un allié pour obtenir ce foutu laissez-passer.

— Je ne comprends rien à ce que tu me dis, Coyote.

— Sois patient. Tout vient à point à qui sait attendre.

— C'est dur d'être patient avec quelqu'un comme toi, sans vouloir t'offenser. Tu sais des choses que j'ignore et tu me balances des messages codés. Je ne sais pas ce que je dois comprendre.

— Sois patient, répéta-t-il avant d'enchaîner. Une guerre va éclater très prochainement. Kuchunniwi ne saura plus où donner de la tête. Ne sois pas sévère avec ton frère.

Une guerre allait éclater ? Je savais qu'il parlait de Tucker, mais je ne comprenais rien au reste. Le club était menacé, c'était vrai, mais pourquoi Tucker serait-il mêlé à cette histoire plus qu'un autre frère ? J'abandonnai. Tenter de comprendre ne servait à rien.

— Reviens me voir avec ton Aiyana lorsqu'elle sera là. J'aimerais m'entretenir avec elle. Tu as ma permission de circuler sur mon territoire, et tu es le bienvenu au Buck'N Gator, ce soir.

J'acquiesçai et le remerciai, comprenant que notre entrevue était enfin terminée. Il ne me raccompagna pas à l'entrée, il savait que je connaissais la maison. Lorsque je fus enfin sur ma moto, prêt à partir, je soupirai de soulagement. Cet homme était aussi mystérieux que fascinant, et même inquiétant. Et cette guerre qu'il annonçait… Elle nous pendait au nez, bien sûr, mais dans la bouche du Coyote, les événements devenaient nettement plus proches et réels.

Je quittai la réserve beaucoup plus rapidement que je n'y étais arrivé. Cet endroit était trop étrange pour moi. J'allais bien évidemment me rendre au bar des bikers de la ville : toute distraction serait la bienvenue, surtout que mon objectif principal était de me vider la tête. Le deuxième, à présent, était de tourner cette foutue page de ma relation avec Kimi. Même si le vieux Coyote m'avait prévenu de son arrivée ici, Kimi m'avait clairement fait comprendre, elle, qu'elle n'était pas encore prête à tout effacer pour repartir à zéro et qu'elle ne le serait peut-être jamais…

Cinq ans plus tôt…

Je finis par revenir au Club House. L'envie de me rendre à l'exploitation pour vérifier que Kimi allait bien me démangeait, mais je n'étais pas assez fou pour désobéir à un ordre. Je fronçai les sourcils en voyant Toto ressortir de l'arrière-salle avec la malle contenant nos armes. Je me dirigeai vers lui, de plus en plus agité.

— Qu'est-ce qu'il se passe, Toto ?

Il posa la lourde malle sur une des tables basses et replaça son bandana correctement autour de la tête.

— On est en guerre, fils.

— Contre qui ? Pourquoi ?

— Cette histoire ne concerne pas les Prospects. Ne t'en fais pas, tout ira bien.

Sa réponse ne me plut pas. On nous cachait délibérément des informations, ce qui me rendit encore plus nerveux. Plusieurs Intermédiaires se réunirent autour de la table et choisirent leurs armes. Chacun s'arma dangereusement, du Glock à la mitraillette. Ce n'était donc pas qu'un simple conflit : le club était vraiment en guerre.

En voyant William sortir de la salle de réunion, le visage déconfit et fatigué, je me dirigeai vers lui pour tâcher de comprendre ce qu'il se passait.

— Papy, déclarai-je en m'arrêtant net car il ne me regardait pas. Qu'est-ce qu'il se passe ?

— Rien qui te concerne. Va à Rapid City avec Tucker et Tim pour livrer les cylindres en V et les autres pièces détachées qu'ils ont commandés.

J'allais péter un plomb. Quelque chose n'allait pas, et on cherchait délibérément à m'éloigner de Sturgis. Mais je ne pouvais pas m'énerver contre William, je ne pouvais pas m'énerver contre le monde entier sans raison spécifique ; alors, comme un con, je fis ce qu'il me demandait.

Une fois à Rapid City, les Indians Spirits nous accueillirent d'un signe de tête. Ils s'assurèrent que nous n'étions pas armés puis nous conduisirent jusqu'à leur chef, à l'arrière du Club House.

— Ahote, Kuchunniwi et Langundo, soyez les bienvenus à Rapid City, et merci pour la livraison. Je vous en prie, prenez place.

La signification des surnoms était respectivement : L'Agité, Petit Loup et Paisible. Tim charriait tout le temps Tucker à propos du surnom qu'il avait reçu : Petit Loup.

Je regardai les trois fauteuils qui nous étaient destinés sans comprendre comment ce vieil homme avait pu savoir que nous viendrions à trois.

— Seriez-vous prêts pour une petite expérience ? nous demanda le Coyote avec un sourire qui n'annonçait rien de bon.

— De quel genre ? s'enquit Tim, intéressé.

— De ce genre-là.

Il nous montra une sorte de joint. Tim acquiesça, ravi à l'idée de planer. Tucker hésita mais en prit un aussi. Quant à moi, j'étais vraiment sceptique.

— Vous avez du feu ? demanda Tim.

Le vieil homme lui tendit un briquet, avec ce même sourire qui me laissait perplexe. Tim alluma son joint, Tucker le suivit, et je finis par faire de même, me disant que ce n'était pas un moyen pire qu'un autre pour me détendre.

Je ne tirai que quelques bouffées avant de me rendre compte que ce n'était pas un joint normal. Tim fut le premier à délirer. Il éclata de rire et ouvrit grand les yeux sur quelque chose qu'il était le seul à voir. Puis Tucker délira aussi au moment où Tim tombait dans les vapes.

— Qu'est-ce que c'est que cette merde ? demandai-je, inquiet.

— Détends-toi, répondit le Coyote.

L'atmosphère changea brusquement. Je délirais à mon tour ; le ciel ne pouvait pas être devenu violet, et j'étais maintenant dans une prairie au milieu de nulle part.

— Et merde, soufflai-je avant de perdre connaissance.

Assis dans l'herbe verte, je regardai autour de moi, sans rien comprendre à ce qu'il se passait. J'étais en plein délire. Tout était calme, à l'opposé de ce que je ressentais. Je pris une grande inspiration et m'allongeai dans l'herbe pour observer ce ciel étrange. J'étais dans une sorte de rêve conscient, où je pouvais contrôler mes faits et gestes. Si je ne bougeais pas, je finirais bien par me réveiller à un moment ou à un autre, non ?

— Tu es dans une quête spirituelle, fils.

Surpris, je m'assis en grimaçant et regardai le vieux Coyote s'avancer tranquillement vers moi. Cet homme était complètement fou.

— Comment je fais pour sortir de là ? Je n'ai pas besoin d'une quête spirituelle, grognai-je, de plus en plus nerveux.

— Tu n'en sortiras que lorsque tu l'auras terminée.

— Pourquoi nous as-tu fait ça ?

— Ce n'est qu'un passage. Tu es bien trop agité, fils. Détends-toi, évacue ta colère et laisse-toi guider.

Je regardai de nouveau autour de moi ; de l'herbe à perte de vue.

— Comment…

Le vieil homme n'était plus là. Je grognai et me levai. Je ne croyais pas en la magie, ni en la spiritualité. Seuls les faits m'importaient. Me retrouver dans cette situation n'avait aucun sens.

Tournant sur moi-même, je vis qu'une porte était apparue derrière moi. Sur mes gardes, je l'ouvris et entrai avec la sensation d'être dans un très mauvais rêve. Je me retrouvai dans la maison de mon père. Mais qu'est-ce que je pouvais bien faire ici ?

Je tentai de rouvrir la porte par laquelle je venais d'arriver pour partir d'ici, mais sans succès. Après un soupir, je regardai autour de moi, cherchant à comprendre pourquoi je m'étais retrouvé ici et comment en sortir. J'entendis des bribes de phrases provenant de la salle à manger. Je m'y dirigeai et m'arrêtai près d'un petit garçon aux cheveux noirs et au regard sombre. C'était moi, quand j'avais six ans. Je m'accroupis à ses côtés et regardai comme lui à travers l'embrasure de la porte.

— Tu ne vaux pas mieux que ton père, Phil, grogna ma mère avec un regard si méprisant en direction de mon père que je détournai la tête.

— Ne t'en va pas, Elise, je t'en prie, supplia mon père. Et Alex. Tu as pensé à Alex ?

Elle eut un moment d'hésitation, puis haussa les épaules.

— Tu apprendras peut-être à être moins égoïste comme ça.

Les deux adultes se disputaient, mais je m'en désintéressai car je connaissais déjà la suite : ma mère allait nous abandonner. Elle allait me laisser entre les mains du père le plus indigne au monde.

— Ne t'en fais pas, petit Alex, chuchotai-je calmement au garçon qui observait ses parents se disputer sans comprendre. Tout ira bien.

Je me figeai en entendant le cri d'un enfant. Je tournai le regard vers le fond du couloir, soudainement silencieux. Tout avait changé. Je n'avais pas bougé, mais mes parents et mon moi plus jeune avaient disparu. Je reconnaissais ce cri : c'était le mien. Je filai rapidement dans le couloir exigu et entrai dans la salle de torture. Je l'avais toujours appelée ainsi parce que c'était dans cette pièce que mon père me battait.

— Choisis celle que tu veux pour aujourd'hui.

Je regardai ce père que je haïssais tant. Il demandait à ce petit garçon qui n'avait rien fait de mal de choisir la ceinture avec laquelle il se ferait battre. Hésitant, le petit garçon prit son temps. Il savait que ça serait douloureux, peu importe la ceinture qu'il choisirait, mais l'une d'entre elles avait des coutures en laine qui atténuaient la brûlure des coups.

Je détestais ce que je voyais. Je m'avançai vers ce père indigne et tentai de l'attraper par le cou, mais c'était comme si la scène qui se déroulait sous mes yeux n'était que fumée. Ma colère grandit rapidement lorsque mon père saisit la ceinture et demanda au petit garçon de poser ses mains sur la table.

Je me souvenais parfaitement de ce moment, lorsque j'attendais le premier coup, terrorisé. Quand le premier coup partit, je sursautai et me retournai vivement, refusant d'assister à cette scène ; mais la porte de la pièce était maintenant fermée à clé. Je posai mon front en sueur sur l'encadrement en bois de la porte et tentai de faire le vide, d'ignorer le sifflement de la ceinture et le bruit sourd lorsqu'elle s'abattait avec force sur le dos du petit garçon.

Je me retournai et collai mon dos contre la porte, l'esprit en proie à des dizaines de questions. Pourquoi est-ce que je revoyais mon passé ? Je finis par ouvrir les yeux, puis observai la scène horrible qui se déroulait devant moi. Je pris une grande inspiration, et refoulai la colère qui faisait rage en moi.

C'était du passé. Rien de tout ça n'arriverait plus.

Progressivement, je retrouvai mon calme. La surface dure contre mon dos disparut subitement et je tombai à la renverse sur une surface molle.

Je ne compris pas tout de suite ce que je faisais dans une chambre qui appartenait visiblement à une fille. Puis je m'aperçus, quelques années plus jeune, et je compris. J'étais en présence d'une fille qui avait un an de plus que moi. Même sans expérience, j'avais été sûr de moi avec elle, et j'avais pris les choses en main, Je souris en me levant du lit, et m'appuyai contre l'encadrement de la porte. Cette vision-là n'était pas si désagréable… Mais je compris rapidement que quelque chose n'allait pas. Quelque chose dont je ne m'étais pas rendu compte à l'époque et qui me sautait aux yeux aujourd'hui. Le regard de ce garçon de quinze ans était brûlant, comme possédé, et ce n'était pas à cause du désir…

Ce garçon regardait cette fille comme une proie qu'il allait savourer. Cette fille, je ne l'avais pas aimée. Je m'étais juste servi d'elle à des fins personnelles, puis je l'avais lâchement abandonnée. Je baissai le regard. Finalement, cette vision n'était pas si agréable que ça… J'avais été un crétin. Un connard fini. Et cette nuit-là avait été le début de mes conneries avec les filles…

J'ouvris la porte pour sortir et fus surpris lorsqu'elle céda sans résister. Je compris que pour avancer dans cette quête, il me fallait trouver le message caché dans chaque vision. Que je me rende compte de mes erreurs. Toto disait toujours que c'est en faisant des erreurs qu'on apprend la vie. Cette phrase prenait tout son sens aujourd'hui.

Je refermai la porte de la chambre derrière moi et je regardai où j'avais atterri avec appréhension. Je n'avais pas eu une vie très heureuse, et devoir l'affronter à nouveau n'était pas pour me réjouir.

Je me trouvai cette fois-ci devant mon ancien lycée. Je me reconnus rapidement : j'étais face à trois garçons qui me cherchaient des embrouilles. Je me souvenais parfaitement de ce jour-là. C'était le jour où j'étais devenu ami avec Tucker et où j'avais rencontré William.

Les trois garçons se mirent à frapper l'ado que j'étais. Même à l'époque, alors que je ne m'entraînais pas encore au combat, je me défendais assez bien, mais pas assez pour neutraliser trois personnes. Tucker arriva. Je souris en voyant un Tucker plus jeune de quatre ans, en train de sauter sur le garçon le plus violent des trois.

Deux motos s'arrêtèrent soudain devant le lycée ; William et Toto en descendirent et nous séparèrent avec calme et maîtrise.

— C'est comme ça que tu as su que tu voulais devenir biker ? me demanda un petit garçon, ma réplique en miniature, qui venait d'apparaître.

Je regardai autour de moi, essayant de voir si c'était bien à moi qu'il s'adressait. J'en déduisis que oui lorsqu'il me prit par la main et m'emmena vers une autre porte. J'acquiesçai, sans comprendre comment il faisait pour me voir. N'étais-je pas dans mes souvenirs ?

Je me retrouvai maintenant dans la cour de l'exploitation Materston. C'était le jour où William m'avait pris sous son aile, m'avait aidé à devenir celui que j'étais à présent. Il m'avait offert mon tout premier job d'été juste après la fin du lycée. Ce job avait été beaucoup plus qu'un simple travail ; j'avais plus appris en un été avec William que durant toute ma vie…

— Qu'est-ce qu'elle est belle ! souffla le petit garçon à mes côtés.

Je suivis la direction du regard du petit garçon et vis Kimi derrière le rideau de la cuisine. C'était aussi durant cet été-là que je l'avais remarquée. Elle n'avait que quinze ans à l'époque et je m'étais interdit de faire l'imbécile avec la petite-fille de William. Pourtant… Je n'avais fait que penser à elle durant tout l'été.

— Viens, il faut continuer, me dit le garçon qui tenait fermement ma main entre ses petits doigts.

Je le suivis en direction de la cuisine, et passai devant Kimi qui continuait de regarder l'ado que j'étais à l'époque. Je souris en la croisant…

En tournant mon regard vers le petit garçon, je me rendis compte que l'endroit avait changé. Je me trouvai dans la maison que j'avais retapée et qui était désormais sale et délabrée.

Seulement, cette fois, ce n'était pas un souvenir. Je ne m'étais jamais soûlé seul, comme un alcoolique. S'il y avait une chose que je refusais, c'était de ressembler à mon père. Pourtant, c'était bien ce que j'avais sous les yeux. Je me voyais à peu près au même âge qu'aujourd'hui, allongé sur le tapis devant le canapé, avec une bouteille d'alcool presque vide à la main. Je me regardai, anéanti, sans comprendre ce qu'il se passait.

— Pourquoi es-tu si triste ? me demanda le petit garçon.

— Je n'en ai aucune idée.

La porte d'entrée rongée par la pourriture s'ouvrit et William entra. Il jura en me voyant sur le sol et vint jusqu'à moi. Il me gifla pour me faire reprendre connaissance et écarta la bouteille d'alcool loin de moi.

Je regardai la scène, abasourdi. Qu'est-ce qu'il se passait ? Pourquoi étais-je dans cet état ? Etait-ce le futur ?

— Viens, il faut continuer, déclara le petit garçon.

Je voulais connaître la suite. Je voulais comprendre comment j'en étais arrivé à cette situation, malgré tout, je le suivis et ressortis de la maison pour y atterrir à nouveau. Cette fois, elle était totalement rénovée et soigneusement entretenue. J'allais donc finir par y arriver, pensai-je, satisfait. Mon moi du futur était là, avec Kimi. Je haussai les sourcils en les voyant se dévorer littéralement.

— Ah, berk ! Je ne veux pas voir ça !

Je rigolai en regardant le petit garçon qui se cachait les yeux et je n'eus aucun scrupule à m'observer faire l'amour avec Kimi.

C'était… sauvage. On avait dû se disputer… J'aimais cette vision du futur dans laquelle on était toujours aussi accro l'un à l'autre.

Je souris et suivis le petit garçon jusqu'à la salle à manger. Il ouvrit la porte-fenêtre et sortit dans le jardin. Il s'arrêta et me regarda en souriant. Sa ressemblance avec moi était frappante : ses yeux étaient aussi sombres que les miens, et son regard me rappelait celui que j'avais été à son âge. Pourtant, plus je l'observais et plus je prenais conscience que les traits de son visage étaient légèrement différents…

Le petit garçon me lâcha la main et courus dans le jardin.

J'avançai à sa suite, curieux. Kimi était en train d'étendre le linge ; lorsqu'elle vit le petit garçon, elle s'arrêta pour le prendre dans ses bras. J'ouvris la bouche, complètement stupéfait par cette image. Jusqu'ici, j'avais pensé que l'émotivité était une exclusivité réservée aux femmes, mais je me ravisai en sentant mes yeux me brûler.

Un bruit de moteur se fit entendre, et le petit garçon en fut tout excité.

— C'est papa !

Il descendit des bras de Kimi et passa devant moi sans me voir, courant comme un fou jusqu'à l'entrée de la maison. Je m'avançai vers Kimi qui continuait d'étendre le linge et la regardai. Elle était plus âgée et plus belle encore. Elle avait coupé ses cheveux au carré et son ventre était arrondi. Pas de beaucoup, mais assez pour me faire comprendre qu'elle attendait un autre bébé.

J'eus envie de poser la main dessus mais l'image n'était qu'un écran de fumée. Je me retournai en entendant la voix du petit garçon et l'aperçus, volant dans les airs, dans les bras de Tucker.

— Salut, Tuck ! dit Kim en terminant d'étendre son linge. Qu'est-ce que tu fais ici ?

— Salut, Princesse. J'ai reçu des ordres assez spécifiques de ton imbécile de mari. Il veut que je t'aide le temps qu'il revienne.

Kimi secoua la tête et soupira.

— Il me fatigue plus qu'autre chose à vouloir tout contrôler même de loin ! Qu'est-ce que tu pourrais bien faire ?

— Emmener mon neveu en balade à moto ?

— Il est encore trop petit.

Le petit garçon regarda sa mère avec de grands yeux suppliants. Kimi soupira puis sourit.

— Très bien. Mais sois prudent, Tuck !

Il lui fit un salut militaire et fit de nouveau voler le petit garçon dans les airs, s'éloignant de la maison. Kimi rentra finalement à l'intérieur de la demeure, me laissant seul.

J'étais complètement abasourdi. Sous le choc. J'avais envie de croire à cette vision dans laquelle j'avais tout pour être heureux, mais je ne savais pas si je pouvais me fier à ces images.

Maintenant, j'étais apaisé, contrairement à ce que j'avais pu ressentir au début de cette quête. Il n'y avait pas plus beau spectacle que celui que je venais de voir…

Je repris connaissance, avachi dans le fauteuil. Tournant mon visage vers mes frères, je me rendis compte que j'étais le premier à avoir émergé. Le soleil se couchait.

Kimi, pensai-je en me levant.

— Assieds-toi, fils, grogna le Coyote. Ne redeviens pas agité.

Je fis ce qu'il me demandait et fronçai les sourcils, la tête pleine de questions. Je venais de faire une quête spirituelle indienne qui m'avait complètement retourné l'esprit.

— Ce que j'ai vu… Est-ce que c'est le futur ?

— C'est une possibilité, en effet, me répondit-il. Mais le destin est fait de plusieurs chemins. Ce que tu as vu, c'est un des chemins qui peut s'offrir à toi. Ce n'est pas forcément ce qu'il va se passer. La quête spirituelle est aléatoire et te montre les choses sur lesquelles tu dois travailler pour arriver à ce destin que j'imagine plaisant.

Ce n'était pas seulement « plaisant ». Pour la première fois de ma vie, je savais parfaitement ce que je voulais. Et c'était ce que j'avais vu. Cette vie-là, je ferais tout ce qu'il faudrait pour l'avoir.

— Comment savoir quel chemin prendre pour que ce destin se réalise ?

— Je n'ai pas la réponse à cette question. As-tu vu ton Aiyana, ta fleur éternelle ?

— Oui. C'est ma régulière.

Il sourit et ne dit rien. Il acquiesça seulement, sans répondre à ma question. Mes frères reprirent connaissance, ce qui anéantit toutes mes chances de pouvoir obtenir d'autres réponses. Il était hors de question que je partage mes visions avec eux ; ils me prendraient pour un imbécile.

Les images de ma quête restèrent gravées sur ma rétine et dans ma mémoire. Tout ce que je n'avais jamais osé espérer devenait aujourd'hui une possibilité.

Aujourd'hui…

En entrant dans le Buck'N Gator ce soir-là, je ne savais pas vraiment ce que je venais chercher. Un passe-temps, un moment de détente… Mais quelque chose me disait que l'invitation du Coyote n'était pas anodine. Avec lui, rien n'était dit ou fait sans raison. Cet homme avait l'esprit tordu.

Je m'installai au fond du bar, sur une banquette un peu en hauteur, pour avoir une meilleure vue sur la salle pleine de monde. Les Brebis étaient présentes ici aussi, comme partout où se trouvaient des bikers. L'une d'entre elles vint me voir en souriant. Je ne lui rendis pas son sourire, je n'étais pas d'humeur.

Un mouvement sur ma droite me fit tourner la tête. Je croisai le regard du Coyote. Il me fit un signe vers la fille et je lus sur ses lèvres : « Cadeau. »

Je pris donc le temps d'observer cette fille. Elle avait de longs cheveux noirs retenus par une pince, une petite poitrine, mais un corps bien sculpté. Elle avait l'air sportive. Je lui indiquai la place à mes côtés. Voulais-je vraiment faire ça ? Etais-je vraiment prêt à enterrer ma relation avec Kimi ? Elle m'avait clairement signifié qu'elle voulait tirer un trait sur nous ; il était peut-être temps que je fasse la même chose…

La fille ne s'installa pas à mes côtés mais me tendit la main, m'invitant à la suivre. Je m'exécutai, poussé par la curiosité, et en profitai pour reluquer ses fesses. Elle passa à l'arrière du bar où se trouvaient plusieurs portes. Elle en ouvrit une et y entra. En voyant le lit, je compris rapidement ce qu'elle attendait de moi.

Je refermai la porte derrière moi en m'appuyant dessus, puis la regardai se déshabiller. Elle retira son gilet, sous lequel elle ne portait rien d'autre qu'un soutien-gorge noir à motifs roses. Elle fit glisser la fermeture Eclair de sa jupe et la laissa tomber au sol avant d'enlever la pince qui retenait ses longs cheveux noirs. J'observai le moindre de ses mouvements sans en perdre une miette.

Cette fille était jolie. Très jolie. Je m'avançai vers elle, puis passai une main dans ses cheveux et l'embrassai. Elle glissa les mains sous mon T-shirt, faisant courir ses ongles manucurés sur ma peau, et je frissonnai. Je pris une courte inspiration et tentai de chasser l'image de Kimi qui n'arrêtait pas de me revenir en tête. J'attrapai une poignée de cheveux de la fille et tirai sa tête sur le côté pour qu'elle m'offre son cou où je passai la langue. Un goût de parfum m'emplit la bouche, loin du parfum de celle qui me hantait.

Enervé contre moi-même, j'attrapai la jeune femme par la taille et la jetai sur le lit avant de retirer mon T-shirt, que je laissai tomber au sol. Je la rejoignis sur le lit puis plongeai mon regard dans le sien, sans comprendre comment une fille pouvait ainsi s'offrir à un homme qu'elle ne connaissait pas. J'écartai cette pensée et l'embrassai entre ses seins. Je ne ressentais absolument aucun désir. Passant un doigt sur son décolleté, je finis par laisser retomber mon bras le long de mon corps en collant mon front contre le sien.

Je soupirai, puis m'éloignai d'elle et récupérai mon T-shirt.

Je ne pouvais pas faire ça. Je ne ressentais rien pour cette fille… parce qu'elle n'était pas Kimi. Putain de merde. Je l'avais dans la peau et je n'arriverais pas à passer à autre chose… Pas si vite, en tout cas. Tourner la page n'était pas à l'ordre du jour.

— Je suis désolé. Tu es très jolie, ce n'est pas toi le problème, m'excusai-je en englobant la pièce du regard.

Le putain de problème, c'était moi et cette fille qui me hantait jour et nuit. Je m'insultai intérieurement, bouillonnant de sentiments divers qui me donnèrent le vertige. J'étais en colère contre moi-même, en colère contre elle. J'étais aussi en colère contre l'Indien fou, dont j'imaginais parfaitement la repartie si j'allais le voir pour m'excuser de ne pouvoir prendre son cadeau.

— Je sais, me répondrait-il, satisfait.

Ce qui m'agacerait prodigieusement. Mon T-shirt à la main, je quittai la pièce tamisée, où la jeune femme aux cheveux noirs se trouvait toujours.

Je ne fis pas deux pas à l'extérieur que je me figeai sur place. Je crus être victime d'une hallucination, mais l'image de la personne près du bar, au téléphone, me semblait vraiment réelle.

Elle était venue.

Kimi était là.

Chapitre 24

A cet instant, je sentis parfaitement tous mes sens s'éveiller. La vision de son corps me rendait fou, et réveillait en moi des choses qui étaient endormies le reste du temps, comme ce besoin de toujours la protéger ou cette peur qu'elle disparaisse d'un coup. Et comme chaque fois qu'elle se trouvait dans mon champ de vision, je sentis le calme m'envahir. C'était comme si tout ce qui n'était pas Kimi s'effaçait. Elle avait un effet sur moi que je n'arrivais pas à comprendre. Bien sûr, ces derniers temps, nous n'avions fait que nous disputer, mais elle était là à présent, et cela changeait absolument tout. Kimi agissait sur moi de la plus douce des façons. J'avais tellement besoin d'elle dans ma vie et à mes côtés que je me fichais qu'elle soit en colère contre moi, tant qu'elle était avec moi.

J'étais complètement fou d'elle.

Je passai la main sur ma nuque pour dénouer les nœuds qui s'y étaient accumulés, mais en faisant ce geste, je me rendis compte que je tenais toujours mon T-shirt dans ma main. Donc j'étais toujours torse nu. Cela me ramena brutalement à la réalité. La situation pouvait très rapidement tourner à l'orage si Kimi comprenait pourquoi je me trouvais à l'entrée de cette chambre, dans le fond d'un bar.

Sans la quitter des yeux, je renfilai rapidement mon T-shirt en essayant de retourner me cacher dans la chambre. Au moment de refermer la porte je me rendis compte que c'était trop tard. Elle m'avait vu.

Rester dans cette chambre n'était clairement pas une bonne idée. Je savais ce que Kimi allait penser si elle me trouvait ici, en présence d'une autre femme.

— Ne sors pas de cette chambre avant un moment, ordonnai-je à la fille aux cheveux noirs.

Je sortis et pris soin de refermer la porte derrière moi au moment même où Kimi arrivait dans ma direction.

Je ne pus empêcher mon cœur de se contracter d'une drôle de façon. L'euphorie de savoir que, finalement, elle était venue à Rapid City se répandit furieusement dans mes veines.

Elle ralentit soudain son pas énergique lorsqu'elle ne fut qu'à quelques mètres de moi. Je ne sus pas ce qu'elle vit dans mon regard, mais cela la fit hésiter et la joie que j'avais ressentie laissa progressivement la place à la nervosité et à la colère. Elle m'avait tout de même fait faux bond.

— Je suis désolée, Alex, me dit-elle en haussant la voix pour couvrir le bruit du bar.

— De quoi ?

Elle fronça les sourcils. Je ne contrôlais pas ma voix ni mon regard, mais j'étais en colère — enfin, c'était ce que je voulais lui faire croire. Elle m'avait fait poireauter comme un con, m'avait laissé penser qu'elle ne viendrait pas. L'idée qu'elle ait finalement préféré rester avec ce Free Souls m'avait torturé toute la nuit, et maintenant elle s'excusait, tout simplement ! J'avais un peu de mal à la suivre, et une part de moi redoutait qu'elle reparte aussi vite qu'un coup de vent.

D'un autre côté, je craignais qu'elle ne découvre ce qui se trouvait derrière la porte sur laquelle j'étais appuyé.

Je ne résistai pas à l'envie de lui lancer une pique :

— C'était bien ta soirée avec ton Free Souls ?

Je m'étais promis de ne pas lui en parler, du moins, pas tout de suite, mais c'était peine perdue. Il fallait que je lui rappelle que quoi qu'elle puisse faire, je serais présent d'une manière ou d'une autre.

Chris m'avait fait un rapport détaillé sur ce qu'il avait observé, et rien ne m'avait plu. De toute façon, depuis le jour où je l'avais vue avec un autre homme, j'avais dû lutter contre l'envie de l'enfermer et de l'enchaîner quelque part, là où personne ne pourrait poser un œil sur elle. Par la suite, je m'étais dit que si jamais elle venait avec moi, je passerais l'éponge sur cette relation, que j'effacerais tout pour tout recommencer, comme je le lui avais proposé quelques jours plus tôt. Mais elle était venue après que j'étais parti, alors je n'allais pas me gêner pour lâcher ma frustration.

Au fond, tout ce que je voulais l'entendre me dire, c'était qu'elle n'était plus avec lui. Que c'était moi qu'elle voulait, avec qui elle voulait être et qu'aucun autre ne comptait.

A son froncement de sourcils, je compris très vite que ma pique ne lui avait pas plu.

— C'était très bien. Une très bonne soirée, si ça t'intéresse.

— Ça ne m'intéresse pas.

Je serrai la mâchoire sans rien dire de plus, parce que je l'avais bien cherché.

Je tentai ensuite de l'entraîner avec moi à l'extérieur du bar, pour mettre le plus de distance entre elle et la chambre maudite, mais Kim ne l'entendait pas de cette oreille et resta sur place.

— Qu'est-ce qui t'a pris de me faire suivre par les deux Prospects ?

— Je voulais m'assurer qu'il ne t'arriverait rien. Tu allais rompre avec lui, on ne savait pas comment il allait réagir.

— Non. Ce que tu voulais, c'était me surveiller ! Ce que tu voulais, c'était connaître mes moindres faits et gestes, et tu sais parfaitement que j'ai horreur de ça ! En plus, tu ne sais même pas si je l'ai quitté.

Un petit sourire effleura ses lèvres avant de disparaître rapidement. La garce, elle s'amusait avec moi. Même si je savais que ce qu'elle cherchait, c'était se venger de moi, j'étais quand même tombé dans le piège.

— Si tu ne l'as pas quitté, alors qu'est-ce que tu fais là ?

Je voulus rajouter « tu n'as qu'à retourner auprès de lui », mais je refusais de lui laisser cette option. Maintenant qu'elle était ici, elle y resterait. Je m'en assurerais personnellement, quitte à la séquestrer dans ma chambre d'hôtel. Elle ne retournerait pas à Sturgis sans moi. Cette fille m'appartenait.

— Peut-être bien que je devrais retourner à Sturgis… C'est une excellente idée !

Elle me tourna le dos, mais je passai un bras par-dessus son épaule pour plaquer son dos contre mon torse. Je la connaissais parfaitement, je savais qu'elle jouait la comédie. Mais je n'avais même pas eu besoin de lui proposer de partir : elle y avait pensé d'elle-même, et ça ne me plaisait pas du tout. Je promenai mon nez dans ses cheveux, avant de coller ma bouche tout près de son oreille.

— Tu ne retourneras pas là-bas. Si tu es là, c'est pour moi, et uniquement moi.

— Tu crois ? chuchota-t-elle si doucement que je crus mal comprendre.

— J'en suis sûr.

Je retirai lentement mon bras, effleurant sa poitrine de manière calculée. Je vis parfaitement son petit sourire qui m'indiqua que mon jeu ne lui avait pas échappé. Je la retournai face à moi en fronçant les sourcils. Je voulais plus d'explications.

— Pourquoi tu es rentrée avec lui, au lieu de rentrer avec

Chris ? lui demandai-je en l'éloignant de la chambre comme si de rien n'était.

— Ce n'est pas avec tes Prospects que j'avais promis de passer la soirée, Alex. C'est avec Clay.

Putain. Chaque fois que j'entendais son prénom, plusieurs insultes et des envies de meurtre envahissaient mon esprit. Je ne savais toujours pas comment j'avais pu me retenir de faire un massacre le jour où je les avais vus s'embrasser. Ce souvenir me fit grincer des dents.

— Tu l'as quitté ?

Elle s'arrêta, plissa les yeux et les releva vers moi. Je savais qu'elle faisait durer l'instant. Au fond de moi, j'étais certain qu'elle l'avait quitté, mais je voulais l'entendre de sa bouche.

— Oui. Content ?

Je souris franchement et haussai les sourcils.

— Très.

Malgré le bruit infernal qui régnait dans le bar, j'entendis très distinctement le petit clic, indiquant qu'une porte venait de s'ouvrir.

Mon corps se raidit, et je ne pus empêcher Kimi de tourner les yeux vers la fille aux cheveux longs qui sortait de la pièce.

Kimi me regarda, puis comprit que la jeune femme sortait de la même pièce que moi. Elle étrécit d'autant plus les yeux quand la fille s'approcha de nous, le sourire aux lèvres.

Je me demandai jusqu'à quel point elle allait me mettre dans la merde quand la jeune femme me glissa un papier dans la main.

— Au cas où tu voudrais renouveler l'expérience.

Je la regardai partir en sentant Kimi me fusiller du regard. Je restai impassible, attendant qu'elle dise un mot. J'aurais sûrement dû essayer de me justifier, mais je cherchais à deviner ce qu'elle pensait.

Kimi finit par tourner les talons et se diriger vers la chambre maudite. Elle l'ouvrit et y passa la tête, avant de se retourner vers moi, avec une expression à la fois choquée et furieuse.

— Qu'est-ce que tu as fait avec cette fille ?

Comme toute personne dotée d'un pénis, je me contentai de la réponse la plus appropriée à mon sens :

— Rien.

— « Rien » ? Est-ce que tu te fous de moi ?

Elle tentait de rester calme, de ne pas hausser la voix, je le voyais à sa bouche pulpeuse pincée par la colère. D'un autre côté, j'étais flatté que l'idée de me savoir avec une autre fille lui déplaise à ce point.

Je la poussai à l'intérieur de la chambre, pour avoir un peu plus d'intimité. Maintenant que nous étions au calme et seuls, je plongeai mon regard dans le sien pour qu'elle puisse y lire ma sincérité. Passant la langue sur mes lèvres, je levai les mains en signe d'innocence.

— Kimi, je n'ai rien fait avec cette fille. Le Président local me l'a offerte pour… me faire ouvrir les yeux sur toi.

— Il te l'a… Pour que tu couches avec ?

Cette fois-ci, son ton montait. Je tendis une main vers sa joue pour la calmer et caresser sa peau douce, mais elle ne me laissa pas faire. Au contraire, elle recula d'un pas et se braqua totalement. Instinctivement, je fis la même chose.

— Oui, pour que je couche avec, mais ce n'est pas ce qu'il s'est passé.

— Ah non ? dit-elle d'un ton ironique. J'ai du mal à te croire.

— Il va bien falloir. Moi, je t'ai bien crue quand tu m'as dit que tu voulais tout recommencer à zéro avec moi !

Le sujet épineux était lancé. Cela avait été plus fort que moi. Le fait qu'elle ne m'ait pas rejoint sur le toit, à Sturgis, m'avait sincèrement blessé. Et je décidai de l'attaquer avec les armes que j'avais.

Elle secoua la tête, les sourcils froncés, et leva les mains en l'air.

— Je me suis fait arrêter ! Voilà pourquoi je n'ai pas pu te rejoindre. Cela n'excuse pas le fait que moins de vingt-quatre heures après, je te retrouve avec une Brebis !

Elle me frappa avec son sac une fois, puis recommença une seconde fois, avant que je ne la pousse sur le lit aux draps défaits. Elle se releva rapidement, comme si le tissu l'avait brûlée.

— Si tu peux réussir à aller voir ailleurs aussi facilement, c'est que je ne compte pas autant pour toi que tu le dis, reprit-elle plus posément.

Elle était blessée. Je détestai chaque seconde de ce moment ; voir la tristesse déformer les traits de son visage me rendit moi-même malheureux. Je voulus avancer vers elle, mais elle me balança à nouveau son sac pour me tenir éloigné. J'attrapai son arme, et la tirai vers moi pour effacer la distance qui nous séparait. Je posai les mains sur ses joues, puis les glissai dans ses cheveux, et tins son visage de façon à ce qu'on soit tout proches.

— Je n'ai rien fait avec cette fille, Kimi. Je pensais que tu ne voulais plus tourner la page, alors oui, quand le Coyote me l'a offerte, j'ai accepté. Mais je n'ai pas pu.

Elle me sonda de son regard pour savoir si j'étais sincère. Lorsque je vis les traits de son visage s'adoucir, je me détendis légèrement.

— Même pas embrassé ? demanda-t-elle.

Je grimaçai, refusant de lui mentir. Elle comprit la réponse, alors elle me frappa à l'épaule une fois, puis me voyant rigoler, elle me frappa de nouveau. Je lui attrapai les mains, la rapprochai de moi, et glissai les mains autour de son cou.

— Je voulais essayer de passer à autre chose, mais je ne peux pas. Je pensais que tu ne viendrais pas. D'ailleurs, pour quel crime t'es-tu fait arrêter ?

— Vol.

— Vol ? Qu'est-ce que tu as volé ? Des bonbons ?

Je rigolai et elle me frappa encore une fois. Imaginer Kimi se faire arrêter était absurde, et je n'arrivais pas à la croire.

— Une voiture. Enfin, non, je ne l'ai pas volée, mais c'est ce dont on m'accusait.

— Comment tu t'en es sortie ?

— Le club.

Elle rigola et secoua la tête, comme si elle n'y croyait toujours pas.

— J'étais en garde à vue en attendant de faire ma déposition pour expliquer la présence de mon collier dans la voiture volée. D'ailleurs, je ne sais toujours pas comment il a pu se retrouver là. Bref, j'étais dans le couloir, et il y a eu un raffut infernal. Tous les membres du club étaient venus avec mon grand-père. Ils sont allés voir le shérif et lui ont tous donné la même version selon laquelle j'étais avec eux pendant les dernières vingt-quatre heures. Tucker a ajouté des détails sortis tout droit d'un film. Du coup, j'étais dehors une heure plus tard, parce que le club refusait de quitter les lieux tant que je n'aurais pas les deux pieds à l'extérieur.

Elle rigola et me regarda avant de continuer :

— Je n'ai pas quitté Sturgis tout de suite pour venir ici parce qu'il faisait nuit. Et ce matin, deux des pneus de la Chevrolet étaient à plat.

Elle me disait la vérité. Je pouvais enfin me détendre un peu.

— Comment tu savais que je serais dans ce bar ?

— Tucker. Il m'a donné le nom d'un hôtel en me disant que si je ne t'y trouvais pas, tu serais dans le seul bar de bikers de la ville.

Je lui souris, et passai une main dans ses cheveux. Elle continua :

— Je serais venue si on ne m'avait pas arrêtée. Je veux tourner la page et en écrire une nouvelle. Je veux tout recommencer avec toi.

Je fermai les yeux et pris une grande inspiration. Cela faisait plus de quarante-huit heures que je rêvais d'entendre ces mots. Non, cela faisait cinq ans que j'attendais son retour, sans vraiment oser l'espérer. Je savourais ces mots, collant mon front contre le sien. Elle garda le silence le temps que je reprenne mes esprits.

— Alors, on recommence tout ? murmurai-je en plongeant à nouveau mes doigts dans ses cheveux.

— On recommence tout, acquiesça-t-elle en souriant.

— Plus de cachotteries ?

— D'accord.

Lorsqu'elle baissa les yeux, je sentis qu'elle me cachait encore quelque chose. Mais puisqu'on venait de décider de repartir à zéro, je ne dis rien. Il fallait tout oublier.

— Quoi que tu puisses voir ou entendre, promets-moi de m'en parler et de me confronter, dis-je. Premièrement, ça évitera tout malentendu, et deuxièmement, tu es tellement sexy quand tu es en colère… Si tu savais le nombre de fois où, après m'être disputé avec toi, j'ai passé des heures à bander dur… J'avais les couilles bleues.

Elle éclata de rire. Je souris à mon tour, même si ce souvenir n'était pas le meilleur que j'avais. Etre un homme est parfois terriblement frustrant. Même si j'aurais très bien pu me soulager avec une Brebis, aucune d'entre elles ne pouvait remplacer Kimi. Je repris mon sérieux en la regardant rire aux larmes, et fus subjugué par sa beauté. Je l'interrompis en l'embrassant.

Je pris mon temps, cette fois. Le premier baiser avait été empli de colère, sans parler du deuxième, qui avait été plus que sauvage, comme si j'avais essayé de la dévorer et de rattraper ces cinq longues années sans elle.

A présent, je prenais le temps de la goûter. Caressant doucement ses lèvres des miennes, je glissai ma langue dans sa bouche, l'invitant à me goûter à son tour. Elle retrouva son sérieux, et m'enlaça, serrant mon T-shirt entre ses mains. J'avais envie de sentir ces mêmes mains parcourir ma peau. J'ouvris les yeux et lui donnai un dernier baiser, en caressant sa joue.

J'avais besoin de l'avoir contre moi, près de moi. Je n'avais jamais été romantique, mais près d'elle, je me sentais différent.

— Tu es ma régulière. Tu n'es pas une Brebis quelconque. Et tu n'as pas intérêt à t'éloigner de moi, à présent. J'ai besoin de toi, Kimi.

— Moi aussi, j'ai besoin de toi.

C'était bon de l'entendre. J'eus l'impression qu'un poids venait d'être retiré de mes épaules, me faisant me sentir beaucoup plus léger.

— Tu as faim ? Je t'emmène manger.

— Oui, emmène-moi loin de cette chambre lugubre, grogna-t-elle en regardant la pièce comme si elle grouillait d'insectes en tout genre.

Je la serrai contre moi en passant un bras autour de ses épaules, certain qu'à présent, plus rien ne pourrait se mettre en travers de notre chemin.

Cinq ans plus tôt…

Le lendemain matin, le soleil était à peine levé que j'étais prêt pour aller à l'exploitation. Cela faisait plus de vingt-quatre heures que je n'avais pas vu Kimi. J'étais plus qu'inquiet et en manque d'elle.

Le trajet fut trop long à mon goût. Quand j'arrivai, je sonnai à la porte sans scrupules : William était un lève-tôt, ce qui n'était pas le cas de Kimi, mais je savais qu'elle n'avait rien contre le fait d'être réveillée par mes baisers.

William m'ouvrit la porte, le visage fatigué, comme s'il avait pris un coup de vieux en moins de vingt-quatre heures.

— Salut, papy. Je peux voir Kim ?

— Elle est partie, fils.

Sa voix aussi semblait lasse. Je haussai les épaules.

— Où ça ? Elle est déjà au festival ?

Il m'ouvrit la porte, et m'invita à entrer. A ce moment-là, je compris que quelque chose n'allait pas. L'expression sur le visage de papy mit mes sens en alerte. J'entrai puis regardai William en fronçant les sourcils.

— Elle n'est pas au festival, ni à Sturgis ni aux Etats-Unis, d'ailleurs. Elle est rentrée chez elle, en France.

Je restai debout face à mon Président sans cligner des yeux. Mon esprit était envahi par un ouragan de pensées et j'eus soudain la sensation que mon cerveau se transformait en plomb, avant de suffoquer, privé d'air.

— Pourquoi ? Elle doit aller à l'école la semaine prochaine, au Brown High School. Elle doit passer l'année ici… Quand est-ce qu'elle revient ?

— Elle ne reviendra pas.

Je ne comprenais pas. Ce n'était pas logique, cela n'avait aucun sens. C'était bizarre, j'avais mal partout sans réaliser ce qui m'arrivait. Je sortis, refusant de rester une seconde de plus dans cette maison. William me mentait. Elle ne pouvait pas être partie. Pas comme ça. Pas sans me dire pourquoi elle ne voulait plus de moi.

Je pris la route, poussant le moteur au maximum de sa puissance. Kimi ne pouvait pas partir. Elle était ma régulière. Une régulière n'abandonnait pas son biker. Je secouai la tête et tâchai de prendre une grande inspiration pour me libérer de l'étau qui me comprimait la poitrine.

Je mis un temps fou pour arriver à l'aéroport de Sioux Falls. Une bonne heure de route à ruminer, à paniquer, à devenir fou.

Je garai ma moto devant l'entrée de l'aéroport même si c'était interdit ; je m'en fichais, je n'avais pas le temps. Je passai devant tout le monde dans la file d'attente et déposai une liasse de billets sur le comptoir puis demandai abruptement :

— Un aller pour le prochain vol pour la France.

— Il me faut votre passeport, monsieur, me dit la femme du guichet, hésitante.

Un homme qui patientait dans la file râla contre mon manque d'éducation, mais un regard noir de ma part le calma aussitôt.

— Je n'ai pas de passeport, filez-moi un billet, dis-je en serrant la mâchoire, tandis que je sentais la colère monter.

— Je ne peux rien faire si je n'ai pas votre passeport, monsieur.

Je baissai la tête, puis laissai la folie prendre le dessus.

— Donne-moi un putain de billet pour la France ! hurlai-je en lui jetant mon argent.

La jeune femme recula et décrocha le téléphone pour appeler la sécurité. Comprenant que je n'aurais pas ce que je voulais, je donnai un coup de poing dans le carreau qui me séparait d'elle. Mon bras traversa la fine vitre qui vola en éclats.

Alertée par le raffut, la sécurité arriva en courant. Bien. J'avais besoin de me défouler. Je voyais rouge. Pour moi, toutes ces personnes n'étaient qu'un obstacle de plus pour m'empêcher de rejoindre Kim. Le premier homme de la sécurité fut rapidement K-O, je connaissais ma force et en mis un autre à terre avant que des militaires ne s'en mêlent et ne me maîtrisent.

J'avais perdu pied avec la réalité. Je ne pensais qu'à une chose : la rejoindre. Je ne voulais pas qu'elle m'abandonne. Elle ne pouvait pas…

Aujourd'hui…

Assis sur une banquette au *diner* du coin après un repas bien copieux, je regardai Kimi récupérer de son index le coulis de chocolat sur son assiette et le porter à sa bouche. Inconsciemment, elle parvenait toujours à réveiller mes instincts primaires. Ou peut-être qu'elle le savait et qu'elle feignait l'innocence... Elle m'hypnotisait, et en cet instant j'aurais donné cher pour être dans ma chambre d'hôtel avec elle...

— On rentre ? lui demandai-je, impatient.

Je ne pouvais m'empêcher de remuer ma jambe nerveusement.

— Non, pas encore, j'aimerais un autre de leur moelleux au chocolat.

— Il est dur.

— Non. Je viens d'en manger, Alex, je sais que ce moelleux est moelleux.

Je glissai sur la banquette jusqu'à me retrouver à côté d'elle. Je l'embrassai dans le cou en collant mon nez contre sa peau fine et sensible, puis inspirai discrètement son odeur. Passant un bras autour de ses épaules, je pris sa main, que je posai sur mon entrejambe.

— Crois-moi. C'est *très* dur, grognai-je dans son cou.

Elle se pinça les lèvres pour retenir un sourire, puis secoua la tête en rougissant légèrement. Toutes ses réactions me fascinaient.

— Tu es infernal, tu le sais ça ? J'aimerais manger un second moelleux.

— Et un dur ? Tu ne veux pas manger un dur ?

Elle éclata de rire puis appela une serveuse. Je crus qu'elle allait demander l'addition, mais elle commanda un autre dessert au chocolat. Putain, j'allais une fois de plus avoir les couilles bleues. Elle me rendait fou.

Elle tourna son regard vers moi, me fit un de ses sourires coquins et m'embrassa du bout des lèvres.

— Ça attendra un petit peu, qu'en dis-tu ?

Laissant sa main sur ma queue gonflée, elle la pressa doucement, exerçant un doux massage. Je pris une grande inspiration. Ce que j'en disais ? Je ne pouvais pas attendre…

Chapitre 25

— Tu es sûre de ne pas vouloir rentrer ? grognai-je après que la serveuse lui eut apporté son dessert au chocolat.

— Certaine.

Je m'écartai d'elle, remuai pour remettre mon érection en place afin qu'elle ne soit pas trop gênante, puis me réinstallai à ses côtés, avant de la pousser d'un coup de hanche pour la cacher aux yeux de tous, au fond de la banquette, où un petit mur de publicité nous donnait un peu plus d'intimité. Elle ne dit rien, attrapa juste son assiette pour la mettre devant elle.

Bon sang ! Etait-ce possible d'être jaloux d'un gâteau ?

Je me tournai vers elle et la regardai prendre une cuillère de son truc au chocolat. Je savais qu'elle ne le faisait pas exprès, mais la voir lécher le chocolat sur sa cuillère me rendait fou. Je l'imaginais faire la même chose avec ma queue, son regard braqué dans le mien, ce qui n'atténuait en rien mon afflux sanguin, plus au sud.

C'en était presque douloureux et ça n'allait pas tarder à le devenir vraiment.

Je l'embrassai dans le cou et elle pencha la tête pour s'offrir à mes baisers. Je posai discrètement une main sur sa cuisse et la remontai jusqu'à son entrejambe, avant de redescendre et de faire la même chose sur l'autre cuisse. Je la sentis se tendre mais elle ne lâcha pas pour autant son gâteau… *Chaque chose en son temps*, pensai-je.

Je remontai sa jupe et passai un doigt sur son sous-vêtement qui semblait être en dentelle. Je la vis se figer, la bouche ouverte, la cuillère en suspens. Bien… Elle comprenait où je voulais en venir. A ma grande surprise, elle écarta un peu les jambes pour me donner un meilleur accès, et porta la cuillère à sa bouche.

Alors comme ça, elle voulait jouer ? Parfait. Je savais être bien meilleur qu'elle sur ce terrain. Je mordis son lobe d'oreille, la faisant frissonner.

— Tu es sûre de vouloir aller sur ce terrain-là ? grognai-je d'une voix lourde de désir.

— Je veux surtout profiter de mon moelleux au chocolat. Ensuite, je m'occuperai de ton cas.

Je souris. J'avais envie de la jeter sur mon épaule et de l'emmener dans ma chambre d'hôtel pour profiter lentement et longuement d'elle. J'étais jaloux que ce gâteau passe avant moi, et je comptais bien lui faire comprendre que le plaisir qu'elle prenait avec ce chocolat n'était rien comparé à celui que j'allais lui donner.

Lorsque je l'embrassai encore dans le cou, je la sentis se contracter. Je la caressai à nouveau à travers le fin tissu de sa culotte et attrapai l'élastique pour l'écarter afin que je puisse accéder à mon paradis personnel. Après avoir vérifié que nous étions bien cachés aux yeux des autres clients de la salle, je passai ma langue sur son épaule puis remontai le long de son cou. Elle semblait perdue, dans la lune. Elle s'arrêta de manger et baissa la tête pour regarder ce que je lui faisais. D'un doigt, j'effleurai lentement son intimité, avec douceur, jusqu'à atteindre sa chair tendre, chaude et humide.

Elle ouvrit la bouche et écarta un peu plus les jambes, s'offrant totalement à moi.

— Tu es sûre de ne pas vouloir rentrer ?

— Oui, souffla-t-elle, les joues légèrement rougies.

Lorsque je glissai un doigt en elle, je me rendis compte de son désir pour moi. Elle avait parfaitement réussi à cacher son excitation jusque-là et je me sentis comme le champion d'un marathon, heureux de voir la femme que j'aimais fondre pour moi. Je plaçai un second doigt en elle et remontai doucement jusqu'à son clitoris avant de redescendre le long de son intimité.

Elle croisa les bras sur la table, et se pencha pour poser sa tête dessus, sans abandonner sa cuillère qu'elle serra fortement dans sa main. *Encore un peu et elle va craquer*, pensai-je, satisfait, tout en sentant les pulsations de mon cœur dans ma queue.

Je recommençai mes caresses, puis glissai deux doigts en elle. Elle se redressa brusquement, bloquant ainsi ma main sous elle et regarda autour de nous, les joues rouges. Je lui mordillai doucement la mâchoire, ne comptant pas en rester là, mais quand elle se mit à bouger des hanches sur mes doigts enfoncés en elle, je faillis perdre la tête. La voir ainsi utiliser mon corps pour prendre du plaisir était la plus belle chose que j'avais vue de ma vie.

— Kimi, grognai-je en activant mes doigts en elle.

— Oh ! putain, oui.

Quelques regards se tournèrent vers nous en entendant les soupirs de plaisir de ma régulière. Je rigolai doucement dans son cou, ce qui lui fit reprendre ses esprits. Elle s'immobilisa sur le siège et fut si gênée que cela me fit rire de nouveau. Malgré tout, je n'abandonnai pas mon assaut et ressortis mes doigts avant de replonger, observant sa réaction. Elle tentait tant bien que mal de garder son calme mais je vis ses yeux s'écarquiller et son souffle se couper. Elle reprit une bouchée de son gâteau et poussa un long gémissement.

— C'est le meilleur gâteau que j'aie jamais mangé de ma vie, souffla-t-elle en gémissant.

— On rentre. Tout de suite, ordonnai-je en la pénétrant à nouveau.

J'étais sur le point de jouir dans mon pantalon, alors qu'elle ne me touchait même pas. A présent, j'étais si dur que j'en avais mal.

Lorsqu'elle ne répondit rien, je posai mon pouce sur son clitoris et, tout en la pénétrant, je la caressai sur son point sensible. Elle céda enfin.

— D'accord, souffla-t-elle. Tout de suite.

Je retirai la main de son entrejambe et l'essuyai sur une serviette en papier, avant de déposer un billet sur la table. Je pris Kimi par la main, l'entraînant derrière moi. Je n'avais pas le temps. Je voulais la prendre, et maintenant, alors il fallait qu'on rentre à l'hôtel, et vite, avant qu'on nous arrête pour atteinte à la pudeur.

Heureusement, il n'était qu'à quelques rues du restaurant. Kim me surprit lorsqu'elle monta à cheval, face à moi sur ma moto, dos à la route. Je l'embrassai, plaquant nos sexes l'un contre l'autre. Combien de fois avais-je rêvé de la prendre ainsi ?

— On va avoir un accident dans cette position, murmurai-je, proche de la folie, en mettant tout de même le moteur en route.

— Je m'en fiche. Fais-moi l'amour, même sur cette moto. Tout de suite.

Chaque muscle de mon corps se contracta à ces mots. L'idée de la prendre sur ma moto était trop pour moi. Elle enroula ses jambes autour de mes hanches et les croisa dans mon dos avant de caler sa bouche dans mon cou. Si on arrivait vivants à l'hôtel, ce serait un miracle…

Traverser les quelques rues fut un vrai calvaire. Kim se frottait contre moi et me mordillait le cou, me rendant complètement fou. Lorsque nous arrivâmes enfin devant l'hôtel, je la couchai sur la moto et l'embrassai à pleine bouche, soulevant mes hanches pour plaquer mon érection douloureuse contre elle.

— La chambre, chuchota-t-elle dans un souffle qui me fit réagir.

Je la pris dans mes bras et descendis de la moto avant de la déposer au sol. Je courus sur les derniers mètres nous séparant de l'ascenseur avant que les portes ne se referment. Heureusement, la cabine était vide. J'eus quand même le temps de remarquer les regards curieux des personnes que nous croisâmes dans le hall. Plaquant Kimi contre la paroi sans attendre que les portes ne se referment complètement, je la soulevai dans mes bras et me frottai contre elle sans retenir mes grognements. Je la voulais tout de suite, bordel, pourquoi l'ascenseur était-il si lent ?

Je continuai de la porter afin de sentir son sexe frotter contre le mien, même une fois dans le couloir. Je grognai de frustration en cherchant la clé de la chambre dans mes poches. J'allais perdre le contrôle total de moi-même d'ici peu. Mettre la clé dans la serrure fut une véritable épreuve car je n'étais pas le seul à devenir complètement fou : Kimi avait décidé de me torturer en déboutonnant son chemisier. Je soupirai quand j'entendis enfin le clic d'ouverture. Une fois la porte ouverte, je déposai Kimi au sol et la poussai dans la chambre.

— Déshabille-toi, lui dis-je en lui tournant le dos pour fermer la porte à clé.

Je l'entendis rire, et découvris en me retournant qu'elle ne m'avait pas attendue : son haut avait déjà disparu et sa jupe était à ses pieds. Merde. Elle était rapide.

Je retirai mon T-shirt et me déchaussai tout en avançant vers elle. Lorsque j'eus déboutonné mon jean, elle était déjà complètement nue. Je me dépêchai, et faillis perdre l'esprit lorsqu'elle se mit à genoux pour m'aider à retirer mon boxer, alors que je n'avais pas fini d'enlever mon jean. Elle me caressa du bout des doigts et j'eus l'impression d'être électrisé. Voyant sa bouche se rapprocher de ma queue — et même si c'était ce dont je rêvais quelques minutes plus tôt —, je la relevai et la jetai sur le lit.

— Pas le temps.

Elle éclata de rire, allongée sur le dos, puis se releva et s'appuya sur les coudes en me regardant de haut en bas. J'en profitai pour faire de même. Cela faisait longtemps que je n'avais pas observé son corps ainsi. Le temps sembla se mettre sur pause un instant. Cette fois-ci, on se retrouvait pour de bon. Plus de colère, plus de frustration, plus de rancœur, nous étions simplement deux personnes qui s'aimaient et qui allaient unir leurs corps. Je me sentais si bien en cet instant… Je savourai la vue de ses courbes et de son visage qu'elle m'offrait. Elle m'appartenait. Elle était mienne.

Cinq ans. Cinq longues années durant lesquelles j'avais été dans l'incompréhension totale, à chercher ce que j'avais bien pu faire de mal pour qu'elle s'en aille sans un mot. Cinq années durant lesquelles je m'étais vengé sur d'autres, le cœur sombrant toujours plus profondément dans la noirceur et meurtri comme jamais. Cinq années durant lesquelles je n'avais cessé de l'aimer.

Je me sentis vulnérable lorsque je compris à travers son regard que ses pensées rejoignaient les miennes. Elle savait ce à quoi je pensais. Nous avions toujours eu cette connexion étrange tous les deux, c'était inexplicable, mais indéniable.

Je montai sur le lit lentement, les coins de mes lèvres étirés par un sourire. J'embrassai une de ses chevilles avant de me placer au-dessus d'elle. Elle écarta les jambes en une invitation explicite.

Je pris un de ses seins dans ma bouche, puis remontai dans son cou. Je l'entendis gémir doucement dans un souffle qui fit trembler mon corps. Je comptais bien entendre ce son encore et encore. L'embrassant sur les lèvres, je me redressai légèrement pour regarder ce que je faisais. Je frottai ma queue contre elle puis la pénétrai doucement, sans jamais la quitter des yeux.

Les sensations de sa chair douce et brûlante autour de mon gland m'électrisèrent des reins jusqu'en haut de mon dos. Je la pénétrai un peu plus profondément, voyant ses yeux s'ouvrir en grand. Elle s'abandonnait totalement. Une part de moi, sauvage, ne souhaitait qu'une chose : la posséder d'un grand coup de reins, sans douceur ; mais l'autre voulait prendre son temps et savourer pleinement chaque minute de ces retrouvailles.

Lorsque je fus tout entier en elle, je la sentis se contracter autour de moi. Même sans rien faire, j'allais jouir d'une minute à l'autre…

Je m'arrêtai quelques secondes pour me reprendre. Je pris une profonde inspiration et embrassai Kimi tendrement. Elle leva les jambes et les croisa dans mon dos. Je caressai une de ses cuisses jusqu'à sa fesse, avant de me relever sur mon avant-bras et de me retirer d'elle.

Je la pénétrai à nouveau, plus rapidement, ce qui la fit gémir. Elle s'agrippa à mes épaules en fermant les yeux et je recommençai mes va-et-vient en accélérant. Je sentais un feu ardent brûler dans mes reins. Je n'avais qu'une idée en tête, la posséder. La posséder pour toujours.

Tremblant légèrement sous ses mains qui s'accrochaient dans mon dos à la recherche d'une prise, je frôlai ses lèvres avant de l'embrasser franchement, engloutissant par la même occasion son gémissement de plaisir. Chacun des sons qu'elle produisait était comme un encouragement à me perdre en elle, à m'abandonner totalement, et me faisait lentement glisser vers la folie. Je voulais entendre ce son à l'infini, encore et encore.

Mes hanches allaient et venaient frénétiquement contre elle. J'allais exploser d'ici peu.

Capturant d'une main un de ses seins qui se mouvaient au rythme de mes coups de reins, je lui mordillai la mâchoire, puis me relevai sur mes bras, restant en suspens au-dessus d'elle, et la pénétrai plus fort encore. De la sueur perla sur mon corps, dans mon dos.

Elle s'agrippa à mes fesses, les pressa fortement, ce qui me fit frissonner. Elle commença à remuer sous moi, bougeant les hanches et se cambrant. Elle n'avait pas idée à quel point elle me rendait fou lorsqu'elle faisait cela ; elle ne savait pas l'emprise qu'elle exerçait sur moi.

Me rallongeant sur elle, je l'embrassai, étouffant mes propres grognements dans sa bouche. Il n'y avait rien de meilleur au monde que de la posséder.

— Je viens, Alex, souffla-t-elle entre deux gémissements. Je vais jouir.

Tant mieux, pensai-je, parce que j'étais moi-même au bord de l'extase.

Je la prenais sans relâche, mordillant son épaule, sentant tous les muscles de mon corps se contracter. Je devenais fou… Je transpirais à grosses gouttes, perdant peu à peu le contrôle. Le peu de raison qu'il me restait m'ordonnait de la faire jouir avant moi.

— Jouis, Kimi. Jouis pour moi.

Elle se releva, m'embrassa en me griffant le dos, et jouit. Les muscles de son vagin se contractèrent fortement autour de moi, m'avalant et me pressant d'une façon indescriptible qui me fit perdre l'esprit à mon tour. Mon corps se raidit et je la suivis en jouissant en elle. Elle poussa un petit cri dans ma bouche puis sa voix se brisa, et elle se laissa aller dans mes bras en tremblant, s'abandonnant au plaisir qui l'envahissait.

Je m'allongeai sur elle, sans lui imposer complètement mon poids, et tentai de reprendre mon souffle dans son cou. J'inspirais son odeur que j'aimais tant… Je n'avais pas envie de sortir de ce cocon chaud et réconfortant qu'était son intimité. Je l'embrassai dans le cou, puis m'écartai d'elle en roulant sur le dos, l'embarquant avec moi pour la garder dans mes bras.

Elle soupira de bien-être en se blottissant contre moi, puis dessina d'un air absent sur mon torse. Cela me faisait frissonner.

Je lui pris l'autre main et j'embrassai chacune de ses jointures. Kimi était unique. Toutes les autres avec qui j'avais partagé une nuit ou quelques minutes… Aucune d'elles n'arrivait à la cheville de celle qui se trouvait dans mes bras. Ces femmes n'avaient été que des parties de jambes en l'air, un moyen de combler un besoin physique. Mais Kimi ? C'était bien plus que ça. C'était et ça avait toujours été un partage. J'avais toujours eu le sentiment que nos âmes se mêlaient, se liaient l'une à l'autre.

J'embrassai son front, puis posai ma tête sur l'oreiller en fermant les yeux.

— Je ne sens plus mes jambes, chuchota-t-elle.

Je rigolai doucement, ravi. Après ses compliments sur ma virilité, c'était la deuxième chose que j'aimais le plus : qu'elle ressente physiquement les effets de nos ébats pendant longtemps. J'adorais la voir marcher prudemment, comme si elle n'était pas très sûre de pouvoir tenir sur ses jambes. C'était stupide, mais j'adorais vraiment ça.

Je la connaissais assez pour savoir aussi qu'elle s'endormait très vite après avoir fait l'amour ; je la berçai donc contre moi. Je la réveillerais un peu plus tard pour recommencer. Il fallait malheureusement que moi aussi je récupère. D'habitude, c'étaient les hommes qui s'endormaient rapidement, mais cette fille n'était pas normale. Ou bien était-ce moi ? Elle s'endormit dans mes bras et je fis de même quelques minutes plus tard.

Lorsque j'ouvris les yeux, je me rendis rapidement compte que j'étais seul dans le lit. Je souris en entendant l'eau de la douche couler. Quoi de mieux qu'une bonne douche sensuelle en sortant du lit ?

Je me levai et sentis d'agréables courbatures à plusieurs endroits de mon corps. Je n'avais pas besoin de scénarios érotiques compliqués : la simple idée de rejoindre ma régulière suffisait pour que mon désir revienne rapidement. *Parfait*, pensai-je, satisfait.

En ouvrant la porte de la salle de bains, j'atterris dans un vrai sauna. Kimi me tournait le dos dans la cabine de douche, et ne semblait pas m'avoir entendu. Elle se rinçait les cheveux. Je regardai la mousse de son shampoing glisser le long de son dos jusqu'à ses fesses…

D'accord, à présent, j'étais plus que prêt pour un nouveau round.

J'ouvris doucement la porte de la cabine et posai la main sur sa taille pour qu'elle me fasse de la place. Elle sursauta puis se retourna vers moi.

Je la plaquai contre moi, sa poitrine contre le haut de mon ventre. Elle finit rapidement de se rincer les cheveux. Ils étaient plaqués en arrière, dégageant son beau visage. Puis elle accrocha le pommeau sur son socle, laissant l'eau couler sur nos deux corps.

Elle se mit sur la pointe des pieds pour m'embrasser, et écarta légèrement les jambes pour laisser ma queue se caler entre ses jambes, avant de resserrer les cuisses, emprisonnant mon sexe contre elle. Un frisson me traversa le corps. J'accentuai mon baiser, glissant une main sur sa nuque pour la rapprocher encore plus de moi.

— Je ne serai jamais rassasié de toi, murmurai-je contre sa bouche.

— Tant mieux, parce que je ne compte pas être rassasiée de toi non plus.

Elle s'écarta légèrement de moi, éloigna le jet d'eau d'elle, puis embrassa chacun de mes pectoraux en posant les mains sur mon ventre qui se contracta sous ses caresses.

Sa langue glissa jusqu'à mon nombril, puis elle se mit à genoux. Putain de merde, cette image seule était suffisante pour me faire jouir ! Elle était si excitante… Et cette bouche… Je ne savais pas combien de fois j'avais rêvé de voir ses lèvres sur moi, ainsi.

Elle prit ma queue dans sa main et serra légèrement, avec douceur. J'eus envie de lui dire de serrer plus fort, d'y aller aussi fort qu'elle le voulait, mais je la laissai faire, m'abandonnant pleinement à ses caresses. Je ne la quittais pas des yeux, retenant mon souffle quand elle souleva mon sexe tendu, avant d'y faire glisser sa langue sur toute sa longueur. Je posai mes mains de chaque côté de la cabine pour me retenir et m'obliger à rester debout. Lorsqu'elle prit mon gland entre ses lèvres, je relâchai mon souffle, et grognai de plaisir. C'était une image magnifique : Kimi à genoux devant moi, ma queue dans sa bouche. *Putain de merde, même la fille la plus expérimentée ne me ferait pas autant d'effet qu'elle.*

Ses gestes étaient un peu maladroits, mais je n'arrivais pas à détacher mes yeux d'elle. Je passai une main dans ses cheveux humides avec l'envie qu'elle y aille plus fort et, comme si elle avait entendu ma supplique intérieure, elle resserra sa prise et accéléra le rythme. Je fermai les yeux un court instant avant de les ouvrir pour ne rien perdre de ce spectacle.

J'étais proche du point de rupture.

Je la pris par les bras et la relevai.

— Tourne-toi, Kimi, et penche-toi légèrement.

Elle fit ce que je lui demandais sans poser de questions, et ainsi, je la pénétrai doucement, en poussant un grognement de bien-être. Plaquant les mains sur les siennes contre la paroi, j'entrai en elle rapidement, avec l'envie de plus. J'avais besoin de plus encore, je voulais que mon corps et le sien fusionnent en un seul. Elle écarta légèrement les jambes pour me faciliter l'accès ; j'en profitai pour l'enlacer et glisser un doigt sur son clitoris, la faisant sursauter.

J'allais avoir dû mal à tenir longtemps, mais je ne voulais pas jouir avant elle. Alors, j'accélérai mes caresses sur son clitoris. Rapidement, je bougeai mon index, l'amenant au bord de l'orgasme, et la pénétrai de plus en plus fort, mes hanches claquant contre ses fesses.

Je la mordis à l'épaule, ne pouvant plus me retenir, et je jouis en elle, sans arrêter de la caresser. Je grognai en la plaquant contre la paroi de la cabine et la sentis jouir à son tour. Le cri qui sortit de sa bouche était magnifique. Je fermai les yeux et l'écoutai, tout en la retenant dans mes bras pour qu'elle ne s'écroule pas au sol lorsque ses jambes fléchiraient.

La pièce était seulement remplie du bruit de nos respirations haletantes et du ruissellement de l'eau sur nous. Elle se laissa aller contre moi, à bout de forces. J'ouvris d'une main la porte de la cabine, éteignis l'eau, et la soulevai dans mes bras. Elle récupéra une serviette et me sécha d'un bras, sans vraiment en avoir la force. Je me fichais d'être trempé, alors je sortis de la salle de bains avant de me diriger vers le lit.

A présent qu'elle m'était revenue, nous avions pas mal de temps à rattraper. Et j'avais bien l'intention de lui faire l'amour jusqu'à ce que nos corps s'épuisent. Même si je devais y passer l'année entière.

J'étais loin d'en avoir fini avec elle...

Chapitre 26

Je me réveillai le torse collé contre le dos de Kim, une main sur l'un de ses seins et le nez enfoui dans ses cheveux. C'était le quatrième matin que je me réveillais auprès d'elle, à une heure indéterminée de la journée, mais c'était toujours aussi bon. Je ne m'en lasserais jamais. Quatre jours consécutifs à commander des repas au *room service*, sans bouger de cette chambre. Quatre jours à l'aimer paresseusement, à lui faire l'amour au point où j'en ressentais des douleurs partout dans mon corps. Quant à elle, elle ne voulait plus se lever, elle n'en avait plus la force.

Je souris et pris une grande inspiration dans sa chevelure. Elle portait mon odeur partout sur son corps. Elle remua un peu, tournant son visage vers moi, les yeux toujours fermés. Voir son sourire avant que ses yeux ne s'ouvrent était une autre des choses qui me rendaient le plus heureux.

Son ventre gargouilla et nous éclatâmes de rire. Je passai un rapide coup de fil à la réception pour commander un petit déjeuner. J'étais moi-même affamé, mais d'autre chose… En raccrochant, je me rallongeai à son côté, posant ma joue dans le creux de son cou.

J'aurais pu facilement me rendormir ainsi. Il n'y avait que près d'elle que j'étais détendu, apaisé. Je ne comprenais toujours pas ce sentiment de plénitude qui m'envahissait lorsqu'elle m'aimait au lieu de me faire la guerre, mais c'était enivrant. J'étais ivre d'elle.

On frappa à la porte quelques minutes plus tard ; en réponse, Kimi leva le bras en l'air et sembla grogner un « ouais ». Je me levai et ouvris la porte entièrement nu, sans aucune pudeur. J'avais pris soin de ne pas choquer la fille qui était venue le premier jour, mais quand je m'étais rendu compte que c'était un homme qui allait nous servir désormais, j'avais abandonné l'idée de passer un drap autour de mes hanches.

Tout comme les jours précédents, l'homme qui devait être un peu plus vieux que moi rigola et fit une fois de plus un signe de tête que seul un homme pouvait comprendre. Ouais, j'étais fier de moi et de cette femme qui se trouvait encore au lit. J'étais fier de ce que nous faisions, de ce que nous étions, et je voulais le crier à la terre entière. Après avoir récupéré notre commande, je remerciai l'homme, puis refermai la porte.

Je fis rouler la table jusqu'au bord du lit en regardant Kimi se redresser péniblement en position assise, les yeux encore à moitié fermés et les cheveux en bataille.

— Tu as encore montré ton oiseau au monsieur du *room service* ? demanda-t-elle en fronçant les sourcils.

— C'est un homme, il en a vu d'autres, rigolai-je en haussant les épaules.

— Tu pourrais quand même cacher ton kiki, jeune homme. Il m'est entièrement réservé !

— Mon « kiki » ? Kiki, c'est le diminutif de « rikiki », est-ce que je dois te montrer une fois de plus combien je suis loin d'être *rikiki* ?

Elle rigola et secoua la tête.

— Ah non, non, non ! Je t'en prie, laisse-moi manger et reprendre des forces avant.

Je me laissai tomber sur elle, sur le lit, en souriant, mordillant ses points sensibles. Elle éclata de rire et tenta de me repousser sans succès. Je me relevai et pris le plateau contenant un chocolat chaud et des tartines beurrées ainsi que des œufs brouillés et des pommes de terre.

— Je ne comprendrai jamais comment tu peux faire pour manger un vrai repas dès le matin, dit-elle en s'asseyant sur le lit. Et tu ne veux pas mettre un boxer ? C'est très perturbant de te voir nu tout le temps.

Je restai debout devant elle et posai les mains sur mes hanches, prenant la pose. Elle rigola et secoua la tête avant de boire une gorgée de son chocolat. J'attrapai l'assiette d'œufs brouillés et engloutis le tout en moins d'une minute, ce qui fit de nouveau râler Kimi. Je passai aux pommes de terre en souriant et les fis disparaître tout aussi rapidement.

— Tu ne peux pas prendre ton temps comme quelqu'un de normal ? demanda-t-elle, souriant malgré elle.

— Plus vite le petit déj sera expédié, plus vite je pourrai m'occuper de toi.

— Mais je compte prendre tout mon temps pour manger, figure-toi.

— Et alors ? Tu peux savourer ton petit déjeuner pendant que je te savoure, toi.

Je vis parfaitement le sourire qu'elle tenta de cacher derrière sa tasse. Je tirai sur les draps, révélant son corps nu, et elle sursauta. Elle me lança un regard outré avant de contempler le chocolat qu'elle avait renversé sur sa poitrine. J'en profitai pour transformer mes paroles en actes et passai ma langue sur ce chocolat en prenant tout mon temps.

Lorsque quelqu'un frappa à la porte, je me figeai, la langue sur la rondeur de son sein, et levai les yeux vers Kimi.

— Tu as commandé autre chose ? demanda-t-elle en récupérant le drap.

— Non, répondis-je en me levant.

Cette fois-ci, j'enfilai un boxer. Quelque chose me disait que ce n'était pas le personnel de l'hôtel, et je préférais être habillé s'il fallait affronter des ennuis.

J'entrebâillai la porte et soupirai en voyant deux des hommes du Coyote.

— Ouais ? grognai-je en ouvrant la porte.

— Le Coyote veut te voir… Avec elle, répondit celui qui avait les cheveux longs.

L'autre semblait ennuyé d'être ici.

— Ça pourrait attendre demain ?

— Non, lâcha-t-il rapidement avant de me tourner le dos sans un mot de plus.

Je fronçai les sourcils et me retins de dire quelque chose qui pourrait m'être préjudiciable. Je devais garder en tête que je n'étais pas sur mon territoire.

— Une petite sortie, ça te dit ? lançai-je à Kimi en revenant vers elle.

— Où ça ?

— Dans la réserve de Pine Ridge.

— Ce n'est pas là-bas que se trouve le Coyote ?

Je m'arrêtai au pied du lit, surpris par cette remarque, avant de demander :

— Tu le connais ?

— Non, mais mon grand-père m'a parlé de lui quand j'étais plus jeune.

— C'est bien lui qu'on va voir.

Elle remua, mal à l'aise.

— On n'en a pas pour longtemps, la rassurai-je. Il veut juste connaître ma régulière.

Elle soupira et reposa sa tasse sur le plateau.

— Tu peux aller chercher ma valise dans la voiture ? Et moi qui pensais qu'on allait encore passer la journée au lit…

Elle se rallongea et s'étira. J'en profitai pour l'observer en souriant puis la rejoignis sur le lit.

— Le faire attendre une heure de plus ne changera pas grand-chose, murmurai-je contre sa bouche, fin prêt à remettre le couvert une nouvelle fois…

Cinq ans plus tôt…

J'avais passé quarante-huit heures en détention à la prison de Sioux Falls avant que William ne paye ma caution. Il n'avait pas attendu que je sois sorti pour repartir, je n'avais donc pas eu l'occasion de le voir. J'avais écopé d'une amende et de l'interdiction de pénétrer dans n'importe quel aéroport pendant les deux prochaines années. Tous mes espoirs de rejoindre Kimi étaient anéantis.

De retour à Sturgis, je retrouvai ma maison miteuse, mais même ici les murs étaient imprégnés de Kimi. Son souvenir était partout. Le plaid à poils longs avec lequel nous nous étions couverts après avoir fait l'amour était sur le bord du canapé. Plié avec soin… par elle.

Je me frottai la poitrine et m'allongeai sur le canapé, ignorant cette couverture que j'avais envie de serrer contre moi. La colère et l'incompréhension me submergeaient. J'avais l'impression que ma tête allait exploser sous peu. Pourquoi était-elle partie ? Pourquoi avoir fui sans rien dire ?

La quête spirituelle que j'avais faite n'était qu'un ramassis de conneries. Elle était partie, et William m'avait confirmé qu'elle ne reviendrait pas. C'était fini…

Je me levai, et tournai en rond tel un lion en cage. J'avais besoin de faire quelque chose, j'avais besoin de bouger, de me vider l'esprit… Et si je reproduisais ce que j'avais vu dans la quête ? Peut-être qu'elle reviendrait ?

Je me rendis au centre-ville pour acheter un stock entier de bouteilles de Jack Daniel's et retournai à la maison, l'esprit en ébullition.

Il faut que j'arrête de penser, me dis-je sur les nerfs. Il fallait que mon cerveau s'arrête, que la douleur de mon corps et de mon cœur cesse, que mon esprit se mette sur pause. Un instant. Juste un instant, je voulais que tout s'arrête…

Et c'était ce que je comptais faire avec mon nouveau meilleur ami, Jack !

Vautré dans mon fauteuil, une bouteille à moitié vide à la main, je ressemblais à mon père. Je n'étais pas mieux que lui et j'éprouvais un profond mépris envers moi-même. Pourtant, en cet instant précis, je le compris. Et je compatis à ce qu'avait dû être sa souffrance…

J'étais devenu un moins-que-rien…

Aujourd'hui…

Je pris le temps de montrer toutes les petites merveilles de cette réserve à Kimi. Elle semblait fascinée par ce qu'elle découvrait, ce qui me rendait stupidement content de moi. Sur la route menant à la prairie sauvage où se trouvaient des troupeaux de bisons et de chevaux, je pris le temps d'apprécier la légère pression de ses bras autour de ma taille et sa chaleur qui irradiait mon dos, désormais privé de mon blouson. Le trajet fut trop court à mon goût.

Personne ne nous accueillit lorsque je me garai devant le Club House, mais je savais que le Coyote nous attendait. Prenant Kimi par la main, je l'entraînai à ma suite jusqu'à la terrasse, à l'arrière du Club House, qui était le seul endroit où je m'étais entretenu avec le vieil Indien.

— Pourquoi veut-il me voir ? me demanda Kimi pour la dixième fois.

— On va très vite le savoir.

Je ne fus pas étonné de trouver deux sièges face à celui du Coyote lorsqu'on arriva sur la terrasse. Les yeux perdus au loin, le Coyote était enveloppé d'un nuage de fumée qui se dissipa dans l'air. En nous voyant, il se leva et détailla Kimi de son regard rieur. Elle se colla contre moi et plaça mon bras devant elle, comme pour se protéger du regard du Coyote.

— Ahote, me salua-t-il sans me regarder avant de sourire sincèrement à Kimi. Aiyana !

— Non. C'est joli mais, moi, c'est Kim.

Il rigola, et je ne pus m'empêcher de faire de même. Le vieil Indien nous invita à prendre place en face de lui, puis s'installa avant de tendre un joint hallucinogène à Kimi. J'écartai la main du Coyote en secouant la tête.

— Non, elle ne fumera pas ce truc, Coyote, dis-je fermement.

Il acquiesça sans se départir de son sourire.

— Ta peur qu'elle voie des choses qui pourraient l'éloigner à nouveau de toi n'est pas fondée, fils. Ces choses font partie de votre passé et vous rendent plus forts aujourd'hui. Elle finira par la faire, cette quête, mais passons. N'avais-je pas raison ? Ton Aiyana est là.

— C'est quoi « Aiyana » ? demanda Kimi en fronçant les sourcils.

— Cela veut dire « Fleur éternelle », répondit le Coyote.

— Et pourquoi serais-je une fleur éternelle ?

— Parce que tu es celle qui ressuscitera, dit-il.

Kim s'installa au fond de son siège et me regarda si bizarrement que j'éclatai de rire. Je comprenais parfaitement ce qu'elle devait penser : ce type était taré. Elle n'avait sûrement pas tort.

— Lui as-tu parlé du Matchitehew ? demanda-t-il à Kimi.

Mon attention s'éveilla. C'était la seconde fois que le Coyote parlait de ce matchimachin. Je regardai Kimi qui semblait confuse.

— Qu'est-ce que ça veut dire encore ?

— Du Cœur Mauvais. Lui en as-tu parlé ?

Kim fronça les sourcils, puis se figea, perdue dans le regard du vieil Indien.

— Comment pouvez-vous savoir ça ?

Le vieil Indien lui tendit à nouveau le joint.

— C'est grâce à ça ? demanda-t-elle.

Elle le prit, mais je le lui enlevai des mains.

— Tu ne fumeras pas ça.

— Qu'est-ce que c'est ?

— Ça te fait délirer. Tu fais une quête spirituelle, et tu revois ton passé, expliquai-je rapidement en évitant de mentionner le futur — je ne voulais pas non plus que ça lui donne envie d'essayer.

— « Une quête spirituelle » ? C'est vraiment ce qui vient de sortir de ta bouche ?

Le vieil Indien rigola, mais je l'ignorai. A présent, elle devait me croire aussi fou que lui. Au fond, le Coyote avait raison : je ne voulais pas que Kim revoie des souvenirs qu'on s'efforçait d'effacer.

— C'est un terme comme un autre, reprit le Coyote. Libre à toi de faire cette quête. Chez nous, c'est un rite obligatoire pour devenir adulte et se fixer un objectif. Parce que dans cette quête, ce que tu vois est l'un des chemins de ton futur qui se réalisera ou pas selon les choix que tu feras. Tu devrais faire cette quête, Aiyana.

Ce que le Coyote venait de dire éveilla la curiosité de Kimi. Elle considéra la cigarette roulée et la prit de mes mains, puis me regarda en fronçant les sourcils.

— Je suis assez sceptique, mais comme tu sembles y croire…

Elle haussa les épaules sans finir sa phrase, puis passa une main sur ma joue.

— Quoi que je puisse voir, cela ne changera rien pour nous.

J'embrassai le creux de sa main, pas vraiment rassuré par ses propos, mais décidai de lui faire confiance.

Cela ne me plaisait pas. Malgré tout, le souvenir de notre futur me fit sourire. Dans tous les cas, je savais que sa quête finirait bien.

Le vieil Indien acquiesça en lui tendant un briquet. Sa façon de montrer l'air de rien qu'il savait des choses qui nous échappaient me rendait fou. J'avais vraiment envie de lui faire cracher toutes les informations qu'il nous cachait, surtout celles concernant le Cœur Mauvais.

Je regardai Kim allumer son joint en rigolant. C'était étrange de la voir avec ce genre de cochonneries entre les lèvres. Elle sourit, complètement détendue, et tira une bouffée de fumée. Elle toussa violemment et posa le joint.

— C'est dégueulasse.

— Encore une, Aiyana, lui indiqua le vieil Indien.

Elle recommença l'expérience en s'étouffant une deuxième fois, et posa le joint avec une grimace de dégoût.

— C'est dégueu, répéta-t-elle en secouant la tête. Je ne remarque aucun changement.

L'Indien éclata de rire et me lança un coup d'œil avant de la fixer à nouveau.

— Regarde autour de toi et laisse-toi aller. Respire profondément et détends-toi.

Kim me lança un regard sceptique puis observa les environs avant de froncer les sourcils subitement. Je ne pus m'empêcher de rire en comprenant qu'elle découvrait quelque chose qu'elle était la seule à pouvoir voir.

— Merde alors ! souffla-t-elle en rigolant. C'est puissant ce truc.

— Qu'est-ce que tu vois ?

— La tour Eiffel.

Elle tourna son visage vers moi, puis tomba dans les vapes. Je la rattrapai avant qu'elle ne bascule sur le côté et la replaçai correctement sur le siège. Je me mordillai la lèvre inférieure, inquiet à l'idée que cette quête ne lui fasse changer d'avis sur nous. J'avais confiance en elle, mais une part de moi avait peur que l'histoire se répète et qu'elle s'enfuie à nouveau.

Je me rassis sur mon siège sans la quitter des yeux, à l'affût du moindre changement d'expression sur son visage, mais elle semblait décontractée, profondément endormie.

— Détends-toi, fils. Cela risque de prendre plusieurs heures. Veux-tu une des décoctions de ma femme ?

— Désolé, Coyote, mais je n'ai aucune confiance en tes produits.

Il éclata de rire et se leva pour me tapoter l'épaule. Il semblait ravi de ma réponse.

Pendant trois heures, je restai près de Kimi. Ce ne fut que lorsque le Coyote réapparut que je la lâchai des yeux, comme si son retour annonçait le réveil de ma régulière.

— Qu'est-ce que tu cherches avec cet exil ?

— J'ai besoin de m'éclaircir les idées.

— Tu ne devrais pas rester loin de ton club. La colère est un sentiment sombre que tu devrais chasser. Ton cœur n'est pas sombre, fils, mais il pourrait très vite le devenir. Ce n'est pas parce qu'on t'a abandonné quand tu étais plus jeune qu'il faut que cette peur t'obsède.

Je fronçai les sourcils, ne souhaitant pas m'avancer sur ce terrain miné, et énervé qu'il puisse connaître cet événement de ma vie. Il avait un don, clairement, mais mon esprit refusait toujours d'associer le Coyote au mot « magie ». Je poursuivis néanmoins :

— Les Anciens de mon club m'ont privé d'informations sur ma régulière. Des informations très importantes. Ils m'ont trahi.

— N'as-tu pas décidé de tourner la page avec ton Aiyana et

de recommencer votre relation à zéro ? Alors pourquoi ne pas le faire aussi avec tes frères ?

Je n'eus pas le temps de répondre à cette question très pertinente, car Kimi se réveilla en poussant un cri qui me déchira les tripes. Elle se redressa, terrorisée, en se tenant le ventre et fit quelques pas jusqu'à la barrière pour vomir par-dessus.

Je me levai, furieux et inquiet en même temps. Je dégageai les cheveux de son visage rougi et ruisselant de larmes puis elle se tourna et m'enlaça pour me serrer fortement contre elle.

— Qu'est-ce qu'il se passe, Kimi ?

Elle mit plusieurs minutes avant de me répondre. Elle tremblait de tout son corps. Je lui caressai le dos en fusillant du regard le Coyote. Ce n'était pas vraiment sa faute, mais j'avais la furieuse envie de m'en prendre à quelqu'un.

— Je t'ai vu, toi, murmura-t-elle en un sanglot.

— Et c'est mal ?

Elle releva la tête et souffla d'une toute petite voix qui me fit froid dans le dos :

— Tu étais mort.

Chapitre 27

La colère pulsait dans mes veines et je me tournai vers le Coyote. J'étais furieux que Kimi soit dans cet état.

— Pourquoi n'a-t-elle pas vu la même chose que moi ? lui demandai-je abruptement en serrant ma régulière plus fort contre moi.

— Comme je te l'ai dit, les quêtes montrent une partie de ce qui peut arriver. C'est toujours aléatoire.

Il se leva et s'approcha de nous.

— Aiyana, tu sais ce qu'il faut que tu fasses pour que ce que tu as vu n'arrive pas.

Kimi passa une main sur son visage pour se reprendre, et acquiesça.

— Qu'est-ce qu'elle doit faire ? grognai-je.

— La vérité, Ahote. La vérité… Rentrez tous les deux, et faites attention à vous.

Le Coyote disparut quelque part dans le Club House. Il m'exaspérait. *Quelle vérité, bordel ?*

— Tu sais de quoi il parle ?

Elle acquiesça puis secoua la tête.

— On peut rentrer, s'il te plaît ?

Je ne voulais pas la brusquer, mais en même temps j'avais envie de la secouer pour qu'elle me dise tout, et tout de suite. J'acquiesçai finalement, prenant sur moi-même pour garder mon calme. Je préférais que nous soyons à l'abri des regards et des oreilles indiscrètes lorsqu'elle lâcherait ce qui ressemblait une fois de plus à une bombe.

Comment réussirions-nous à tourner cette foutue page si des cachotteries et des mensonges de notre passé nous revenaient en plein visage chaque fois que l'on mettait les pieds dehors ? J'envisageais sérieusement d'enchaîner Kimi quelque part, loin de tout le reste, pour que nous puissions enfin vivre en paix.

Prenant sa main, je la guidai dans le Club House, et je nous ramenai à l'hôtel, l'esprit ailleurs. Lorsqu'on fut enfin à l'abri, je la regardai s'arrêter dans l'entrée et croiser les bras sur sa poitrine. Cela me démangeait de prendre cette même pose moi aussi.

— Qu'est-ce que tu ne m'as pas dit ? lui demandai-je froidement lorsque je vis qu'elle gardait le silence.

— Ne sois pas en colère, Alex.

Elle fit un pas vers moi, mais s'arrêta finalement à une distance raisonnable.

— Il faut que tu me promettes de rester calme et de ne pas déclencher de guerre.

Je me tendis et fronçai les sourcils. Je n'allais pas aimer ce qu'elle allait me dire ; je le savais et cela suffisait déjà à me mettre en rage.

— Je ne peux pas te promettre ça, Kimi. Je ne veux pas trahir cette promesse et je sens que je vais être en colère.

— Je le sens aussi…

Je grognai lorsqu'on frappa à la porte. Je fis un pas en avant pour aller ouvrir, mais Kimi me devança. Je la laissai faire et m'assis sur le bord du lit en me passant une main sur le visage. Je n'avais pas encore payé la facture de l'hôtel, ils devaient sûrement commencer à s'inquiéter…

Alors que je tendais la main pour attraper mon portefeuille, j'entendis un unique coup de feu retentir. Je sursautai puis me retournai aussitôt vers Kimi qui tombait en arrière. Je courus vers elle, sans réussir à la rattraper à temps. Son corps percuta le sol dans un bruit sourd, sa tête heurta la moquette et sa respiration résonna étrangement à mes oreilles : elle était sifflante et hachée. Je voulus courir après la pourriture qui lui avait tiré dessus, mais Kimi était plus importante.

Je m'agenouillai devant elle, fou de rage, terrifié, et au bord de l'hystérie. Pendant un instant de panique, je ne sus quoi faire, mon cerveau refusant de comprendre à quel point c'était grave et que je pouvais la perdre à tout moment.

Ce n'est pas possible. Ce n'est pas possible. Ce n'est pas possible.

J'eus une poussée d'adrénaline qui me fit trembler de peur et de haine. Mon regard glissa vers son abdomen, où je vis une tache rouge qui grandissait à vue d'œil.

J'appuyai sur la blessure, la faisant hurler de douleur, puis lui caressai la joue de l'autre main, l'esprit en ébullition. Je l'embrassai du bout des lèvres en attrapant mon téléphone dans la poche arrière de mon jean.

— Tout va bien, Kimi. Regarde-moi. Ne me quitte jamais des yeux, d'accord ? Tout va bien.

Les secours me répondirent rapidement.

— J'ai besoin d'une ambulance, tout de suite ! Ma femme vient de se faire tirer dessus à l'abdomen, où exactement j'en sais rien, mais ça saigne, alors ramenez-vous immédiatement ! hurlai-je en ameutant tout l'hôtel.

Je transmis l'adresse de l'hôtel et balançai le téléphone quelque part. Je plongeai mon regard dans celui de Kimi, mon visage tout près du sien, et la pris contre moi. Elle tremblait.

— Tout va bien, Kimi. Ça va aller, dis-je sans savoir qui est-ce que je voulais le plus rassurer d'elle ou de moi.

— J'ai mal, gémit-elle doucement en tremblant de plus en plus.

— Tu restes avec moi, hein ? Regarde-moi.

— J'ai fr… froid.

— C'est moi qui dois mourir, pas toi, alors tu gardes les yeux ouverts, d'accord ? Tu m'écoutes, et tu restes avec moi. Les secours vont arriver.

En la voyant lutter pour garder les yeux ouverts, je sentis une nouvelle vague de panique monter en moi mais tentai de ne rien laisser paraître. Mes yeux me brûlèrent et je m'insultai intérieurement d'avoir la faiblesse de pleurer. Non, je ne pleurerais pas. Elle allait vivre et tout irait bien. Je refoulai ces larmes ainsi que tous les sentiments qui m'envahissaient, et ne la quittai pas des yeux. Mais lorsqu'elle ferma les siens, je crus mourir avec elle.

Je lui donnai une petite claque, ravalant le cri de désespoir qui remontait dans ma gorge, avant de lui en donner une deuxième plus forte. L'allongeant sur le sol, je répétai son prénom, encore et encore, avec l'espoir qu'elle rouvre les yeux, mais elle ne le fit pas.

Je finis par craquer et par hurler mon désespoir. Je n'entendais plus rien, si ce n'est le sang battre dans mes oreilles. Je savais que plusieurs clients de l'hôtel s'étaient approchés, mais il n'y avait qu'elle qui existait.

Je pris son pouls et mon cœur rata un battement lorsque je n'en sentis aucun. Je lui fis un massage cardiaque, en laissant couler mes larmes librement. Je m'en foutais de pleurer, à présent. Plus rien ne comptait, si ce n'était de faire repartir son cœur.

Quelqu'un me parla, mais je n'avais pas le temps de m'occuper de ce qu'il me disait. Je voulais la sauver, la voir respirer, vivre, rire et m'engueuler. Elle ne pouvait pas mourir. Elle ne pouvait pas m'abandonner une seconde fois. Je ne pouvais pas la perdre…

— Monsieur, laissez-nous faire.

Un homme s'accroupit à mes côtés. Je m'écartai rapidement

quand je compris que c'était un urgentiste. Je laissai maintenant les secours prendre le contrôle de la situation.

Je me relevai en posant une main pleine de son sang sur mon front, et les observai attentivement. Je me sentais impuissant et démuni.

On posa un masque sur sa bouche, et un autre urgentiste s'occupa de sa blessure.

Il fallait qu'elle vive. Pour ça, j'étais prêt à tout. Prêt à la laisser repartir loin de moi. A la regarder rentrer en France. Prêt à tout, pourvu qu'elle soit vivante. Putain de merde. Elle ne pouvait pas mourir. Pas comme ça. Pas maintenant…

Cinq ans plus tôt…

J'étais mal. J'étais soûl et terriblement mal. Pourquoi avais-je bu ? Je voulais noyer ma douleur, mais cela n'avait fait que la renforcer, m'enfonçant un peu plus dans la tourmente de la culpabilité et des questions sans réponses.

Kimi était partie…

Je n'avais plus aucune énergie, je n'arrivais plus à bouger les bras. J'allais mourir, peut-être. Quelle douce délivrance ce serait…

J'étais devenu complètement faible et lâche, et ma vie sans elle me paraissait froide et sans couleurs, fade.

La porte d'entrée s'ouvrit, et le bruit qu'elle fit lorsqu'elle claqua me sonna aussi sûrement que l'explosion d'une bombe. Je grognai et voulus me boucher les oreilles, mais ça m'était impossible.

— Qu'est-ce que tu as fait, fils ? soupira William en se baissant vers moi.

Ne me voyant pas réagir, il me donna quelques claques qui transformèrent mon cerveau en braises ardentes Je grognai une fois de plus.

— Pourquoi te mettre dans un état pareil ? Viens, il faut que tu décuves.

Il passa un de mes bras par-dessus son épaule, puis me souleva avant de me laisser retomber sur le canapé.

— Ça risque d'être assez compliqué, en fait. Ne bouge pas, soupira-t-il avant de quitter la pièce quelques minutes.

Quand il revint, je ne contrôlais plus ni ma voix ni mes paroles, et encore moins mes pensées. Je parlais sans articuler, sur un débit lent et dépourvu de sens :

— Pourquoi tu l'as… laissée partir ? Pourquoi… elle… m'a abandonné ?

— C'était son choix, fils.

— Tout… le monde m'abandonne.

C'était comme si ma bouche était anesthésiée et qu'une personne pensant la même chose que moi parlait à ma place.

— Non, je ne te laisserai pas tomber.

— Je t'aime… papy. Ne m'abandonne… pas.

— Je ne le ferai pas. On va t'emmener au Club House pour garder un œil sur toi le temps que tu te reprennes.

— C'est elle que… j'veux. J'veux qu'elle… revienne. J'veux pas qu'elle m'abandonne… elle aussi.

— « Elle aussi » ?

— Ma… mère m'a abandonné. Mon père… aussi. Et Kimi aussi. Kimi… Kimi ! Je… suis pathétique. Va-t'en.

William soupira à nouveau mais resta près de moi. Ma tête tournait, je n'arrivais plus à penser correctement. Qu'est-ce que j'étais en train de dire ? J'étais pire que mon père…

Je ne sais pas combien de temps il s'écoula ensuite avant que j'aperçoive Tucker. Son visage grave me fit sourire.

— Mon meilleur… ami ! J't'aime, toi… aussi, ne m'abandonne pas.

— Non, mon pote. T'en fais pas pour ça.

A deux, William et Tucker me relevèrent, avant de m'emmener dehors. Le vent frais me fit un bien fou. Je fermai les yeux, mais ma tête tourna si violemment que j'eus la sensation de tomber en arrière. Je les rouvris et aperçus la Chevrolet de Kim.

Kimi.

— Je vais vomir, gémis-je avant d'entendre les deux hommes présents jurer comme des charretiers.

Tucker m'appuya contre un arbre, et me pencha pour que j'évite d'en mettre partout. Je rigolai puis me mis à vomir.

J'étais vraiment pathétique…

Aujourd'hui…

Chaque instant de bonheur est toujours suivi d'un malheur. C'était ce que la vie m'avait appris. C'était aussi la devise de Grim, un ancien du club, et très bon ami de William.

J'étais comme fou. J'étais comme mort. Ou bien les deux à la fois.

— J'ai un pouls, on l'emmène, signala un des hommes agenouillés près de Kimi après ce qui me sembla être une éternité.

Je relevai la tête et sentis les muscles de mon dos se détendre légèrement. En voyant les deux hommes transférer le petit corps de Kimi sur une civière, je me demandai si j'avais bien compris.

— Elle est vivante ? Elle va bien ?

— Pour le moment, son pronostic vital reste engagé. Il faut lui retirer la balle qu'elle a toujours dans le corps, son cœur n'a pas été touché, mais il faut faire vite. Suivez-nous, on n'a pas de temps à perdre.

Je récupérai mon téléphone près de l'entrée et suivis les ambulanciers qui transportèrent le corps de Kimi jusqu'à leur fourgon. Je m'essuyai les yeux rageusement, sentant mon sang bouillonner.

Celui qui avait fait ça allait le payer. Je m'en assurerais personnellement.

Deux heures plus tard, j'étais assis inconfortablement dans le couloir, sur des sièges durs en métal, attendant qu'un médecin m'informe de l'avancée de l'opération. Deux heures durant lesquelles je n'avais ni bougé ni parlé. La seule chose que je m'étais permis de faire, c'était d'appeler William. Je n'étais pas passé par quatre chemins : je lui avais dit où sa petite-fille se trouvait et pourquoi, avant de raccrocher.

Je n'avais pas la force de raconter ni de m'expliquer, ni de quoi que ce soit d'autre. Perdre Kimi faisait partie de mes plus grandes peurs, mais je ne m'étais jamais imaginé que je pourrais la perdre ainsi. Je l'avais perdue une fois, mais au fond de moi, je savais alors que nos chemins se recroiseraient. A présent, c'était différent. L'idée même qu'elle puisse disparaître dans un endroit où je ne pourrais ni l'entendre ni lui parler et encore moins la toucher me détruisait.

Je les sentis avant même de les voir. Les SOD arrivèrent dans un silence tendu : quelques Anciens, ainsi que Tucker et les deux Prospects. Je savais que les questions allaient pleuvoir, mais c'était au-dessus de mes forces d'y répondre.

— Comment elle va ? me demanda William en s'asseyant à mes côtés.

Je haussai les épaules parce que je n'en avais aucune idée.

— Qui a fait ça ? enchaîna Toto face à moi.

Je haussai à nouveau les épaules. De toute façon, même si j'avais su qui avait tiré sur ma régulière, je ne l'aurais pas dit. Je voulais le trouver moi-même et lui arracher les tripes à mains nues.

— Depuis combien de temps elle est en salle d'opération ? s'enquit William en soupirant.

Je levai deux doigts pour indiquer les deux heures. Deux heures aussi longues que l'éternité.

Des claquements de talons sur le sol me firent lever les yeux. Nous nous tendîmes tous : nous connaissions Mendy et sa folie qui la rendait imprévisible. Elle courut vers nous, son mascara noir étalé un peu partout sur son visage.

— Elle est où ? demanda-t-elle. Mon Dieu ! Elle va bien ? Comment elle va ?

Son agitation me mettait les nerfs à vif. Tucker l'éloigna du groupe, mais j'entendis parfaitement les mots qui suivirent.

— L'enculé, je vais le… tuer ! grogna-t-elle, ce qui fit hausser les sourcils de Tucker.

Je me levai immédiatement, alerté par ses mots.

— De qui tu parles, Mendy ? lui demandai-je d'une voix grave.

— Personne…

Elle me regarda, hésitante, et se plaça derrière Tucker, comme si elle avait peur de moi et souhaitait se cacher. Je pris une grande inspiration pour me calmer et tenter de ne pas l'alarmer, mais c'était loin d'être facile.

— Mendy, ce n'est plus le moment de faire des cachotteries. Dis-moi de qui tu parles.

La voyant secouer la tête, je haussai la voix :

— Dis-le-moi !

— Tu me fais peur, Alex, chuchota-t-elle en reculant. Je ne pense pas que ce soit le bon moment.

— Il n'y aura pas de meilleur moment.

Je reculai jusqu'à m'appuyer contre le mur d'en face, puis écartai les bras.

— Je suis loin de toi. Je t'écoute.

Elle regarda Tucker en s'essuyant les yeux, étalant un peu plus de noir sur son visage, puis se lança d'une petite voix :

— Avant que vous ne partiez tous les deux, Kim m'a avoué quelque chose à propos de ce qu'il s'est passé il y a cinq ans. A l'anniversaire de Tim et tout ça.

J'eus envie de lui dire d'accélérer, mais préférai éviter de la bousculer.

— Elle m'a dit que c'était Trick qui avait organisé sa séquestration, et je l'ai vu la menacer la veille de ton départ, Alex.

Je clignai des yeux, essayant de comprendre ce qu'elle venait de dire. Les Anciens s'agitèrent. Tout le monde semblait confus, moi le premier.

— Mon frère ?! s'exclama Tucker. Tu es sûre que tu ne te trompes pas ?

— J'en suis sûre, Tuck. Je suis désolée, continua-t-elle avant de se tourner vers moi. Elle voulait t'en parler une fois loin de Sturgis. Elle m'a dit qu'elle pourrait ainsi te calmer afin d'éviter que tu ne déclenches une guerre. Elle avait peur des représailles si elle t'en parlait. Trick ne veut pas de Kim dans le club. Il le lui a fait clairement comprendre.

William posa une main sur mon épaule, ce qui m'énerva dix fois plus. J'étais sur le point de sombrer dans la rage. Des envies de meurtre et de destruction me submergeaient et j'avais besoin de frapper, de briser, de faire souffrir.

— Il est où ? demandai-je d'une voix froide.

— Alex, déclara Tucker en avançant vers moi. Attends, il y a sûrement une explication à tout ça.

Tucker avait beau être mon meilleur ami, en cet instant, plus personne n'avait d'importance à mes yeux.

— Une explication ? Une explication ? A cause de lui, Kimi a été détruite et est partie il y a cinq ans ! Il a organisé sa séquestration pour qu'elle parte, et tu es en train de me dire qu'il y a sûrement une explication ? Est-ce que tu te fous de moi ?

Je me tournai vers Mendy. Elle recula d'un pas.

— Tu as raconté qu'il la menaçait, qu'est-ce qu'il lui a dit ?

— Tu ne crois quand même pas que c'est lui qui lui a tiré dessus ? s'indigna Tucker.

Je vis les pièces du puzzle se mettre en place dans l'esprit de mon meilleur ami. Il tirait nerveusement sur sa barbe. Il devait commencer à comprendre que la raison de ma colère contre les Anciens était liée à son frère, même s'il ne réalisait pas vraiment la gravité de la situation.

Je fis un pas vers lui, mais William me retint.

— Il a engagé des gens pour tabasser ma régulière. Tu penses vraiment qu'il n'en serait pas capable ?

Tucker passa une main sur son visage et secoua la tête, refusant de voir la vérité en face.

« *Le Cœur Mauvais* », pensai-je en me rappelant des paroles du Coyote. Il devait sûrement parler de Trick. Ce…

— Il lui a juste dit « Tic-tac », reprit Mendy. C'est tout ce qu'elle m'a dit, je te le jure.

Derrière moi, William rigola. Mon corps se tendit, prêt à exploser. La situation était tout sauf hilarante. Lorsque je me tournai vers lui, il tenta de m'expliquer :

— On s'est tous fait baiser, fils. C'est moi qui ai insisté pour lui donner en avance le blouson officiel des Silence à l'époque, alors que c'était à cause de lui que ma petite-fille venait d'être amochée. Elle doit s'en sortir, il le faut pour que je puisse l'engueuler d'avoir gardé ça pour elle.

Sa remarque me fit tiquer.

— C'est pour ça qu'il a eu les couleurs officielles du club avant nous ? Parce qu'il avait sauvé Kimi après son agression ? C'était son sauveur pour vous ?

Je pris leur silence pour une confirmation. Je voyais rouge. Je secouai la tête en me tournant vers Tucker.

— Frère ou pas, j'aurai sa peau, Tuck.

Ce dernier baissa la tête en gardant les yeux fermés. Une part de moi comprenait son désarroi, l'autre s'en fichait royalement et ne souhaitait qu'une chose : voir la tête de Trick détachée de son corps.

— Vous en faites une drôle de tête ! s'exclama Trick en débarquant au coin du couloir.

Je l'observai arriver avec sa nonchalance habituelle puis soudain, plus rien n'exista, si ce n'est une haine pure et glaciale qui enflamma chacune de mes veines.

Trick était un homme mort.

Chapitre 28

De la fureur. De la rage. De la haine coulait dans mes veines telle de la lave incandescente, modifiant ma perception des choses, me faisant trembler, comme si mon corps tendu n'aspirait qu'à une chose : détruire.

Tucker posa une main sur mon épaule, mais je la dégageai facilement. Personne ne se mit sur mon chemin, parce que tous avaient été trahis par lui. Par Trick. Et tous savaient que rien ne m'arrêterait. Il avait fait du mal à ma Kimi. Il l'avait détruite. Il *nous* avait détruits. Et il essayait encore de le faire aujourd'hui.

Il fit quelques pas vers nous, décontracté, ne se doutant de rien, et je m'avançai pour lui donner le premier coup. Mon poing fermé s'écrasa sur sa mâchoire avec une force que je n'avais jamais eue. Je recommençai plusieurs fois, avant de l'attraper par le col de son blouson et de le plaquer contre le mur.

Trick était sonné, mais assez conscient pour comprendre ce que je m'apprêtais à lui dire :

— C'est toi qui lui as tiré dessus ? sifflai-je, fou de rage.

— Non.

Je le frappai à nouveau sans pouvoir m'arrêter. En le voyant ne pas répondre à mes coups alors qu'en temps normal il aurait réagi, je m'arrêtai.

— Pourquoi tu as fait ça, Trick ?

Du sang coulait jusque sur ma main. J'avais dû lui péter l'arcade, et peut-être le nez. Seulement, pour moi, ce n'était pas assez. Je voulais le voir mort ; mais d'abord, j'avais besoin de réponses. Il avait compris que je parlais d'il y a cinq ans, puisqu'il me répondit correctement :

— Pour regagner la confiance du club.

— C'est toi qui lui as tiré dessus ? répétai-je.

— Non, je te le jure.

Je le lâchai et le regardai s'écrouler au sol, le visage en sang. Cet enfoiré avait tout orchestré, simplement pour regagner la confiance du club. Il avait blessé celle que j'aimais par simple égoïsme, sans penser aux conséquences, ni aux souffrances que cela engendrerait. Je lui donnai un coup de pied, suivi d'un deuxième, sans réussir à m'arrêter ensuite. Les médecins débarquèrent, accompagnés de la sécurité. Les Anciens les bloquèrent pour me laisser déverser ma rage, mais ce n'était toujours pas assez.

— Alex, je t'en prie, arrête, mon frère.

La voix suppliante de Tucker me fit hésiter. Je donnai un dernier coup de pied dans le ventre de Trick, avant de me tourner vers mon meilleur ami.

— Je vais le tuer, Tuck. Dis au revoir à ton frère, parce que je vais le tuer.

La violence de mes mots ne me choqua pas. J'étais sincère : la deuxième chose que je voulais le plus au monde en cet instant, c'était le voir mort. La première étant de voir Kimi se réveiller en bonne santé.

— Tu ne vas tuer personne, Alex, intervint Toto. Trick a trahi les couleurs du club, ce sont donc les lois du club qui vont s'appliquer.

— Ce ne sera pas assez, grognai-je, frustré.

— Ce sera plus juste.

Je secouai la tête, puis me figeai en voyant un des médecins de Kim venir dans notre direction. J'écartai tout le monde de mon chemin et sentis mes émotions passer d'un extrême à l'autre.

— Comment elle va ? demandai-je, impatient.

— Mlle Vervel va bien. Elle a très bien supporté l'opération et les déchirures qu'a occasionnées la balle ont pu être soignées. Nous allons la garder sous surveillance et elle aura besoin de beaucoup de repos et… de calme aussi, dit-il en nous observant.

J'acquiesçai et sentis mon corps se détendre instantanément. Après avoir remercié le médecin, je me laissai glisser au sol, le visage dans mes mains. Personne ne devait voir mes larmes de soulagement. Je ne voulais qu'une chose : retrouver Kimi.

William discuta avec le médecin encore un moment, mais je n'arrivais pas à suivre leur conversation. J'étais en train de planer. J'avais connu trop de changements dans mes émotions en peu de temps, et maintenant que l'adrénaline redescendait, je me sentais vidé de mes forces. Mendy vint s'asseoir à mes côtés. Gardant mon visage enfoui dans mes mains, je me raclai la gorge.

— Je suis désolé, Mendy. De m'être énervé, tout ça…

— Ce n'est rien, chuchota-t-elle en collant son épaule contre la mienne. Ce n'est pas comme si c'était la première fois.

Elle eut un rire sans joie et soupira, le souffle incertain.

Je passai les paumes sur mes yeux pour essuyer mes larmes et pris une grande inspiration, puis me levai. William et les Anciens semblaient aussi soulagés que moi.

Je cherchai Tucker du regard et le trouvai debout, face à son frère qui gisait au sol, entouré de médecins. Il secoua la tête avec un regard mauvais en soupirant, puis se tourna vers moi. Les yeux baissés, il vint me voir et me prit dans ses bras en me tapant dans le dos.

— Fais ce qu'il faudra, Alex. Il m'a avoué avoir commandité la séquestration de Kim, mais ce n'est pas lui qui lui a tiré dessus. Et je le crois.

Il baissa à nouveau les yeux, en proie à une vive émotion que je ne sus qualifier, et ne me vit donc pas acquiescer. Il nous tourna le dos à tous et quitta l'hôpital.

— Toto, dis-je enfin, Trick se fera juger selon les lois du club parce que Tucker est mon meilleur ami. Je n'aurais eu aucun scrupule à ne pas suivre ton ordre si ça n'avait pas été le cas.

Toto fronça les sourcils, mais acquiesça. Tous auraient réagi de la même façon si ç'avait été leurs femmes ou leurs régulières à la place de Kimi. Je fis un signe à Chris, qui s'était fait discret jusqu'à présent. Il me tendit mon blouson avec un petit sourire sans joie.

— J'ai pensé que cette histoire mettrait fin à ton exil.

— Tu as bien fait, répondis-je en le prenant dans mes bras.

J'enfilai mon blouson et continuai :

— J'aimerais que tu gardes un œil sur Trick. Qu'il ne quitte pas Sturgis. Ne le lâche pas des yeux une seule seconde.

Il acquiesça et retourna près des bancs où Trick se faisait toujours examiner. Je repris place sur un siège loin de lui et fermai les yeux pour m'imaginer loin de tout ça, loin de cet hôpital, dans les bras de ma Kimi…

Cinq ans plus tôt…

J'avais passé la nuit au club à décuver, à ruminer, et j'avais fini par m'endormir, à bout de forces. Le lendemain, je souffrais d'un mal de tête équivalent à celui de la veille. Même avec un marteau-piqueur dans le crâne, je montai sur ma moto, décidé à obtenir mes réponses.

Et pour ça, quoi de plus efficace que de s'adresser à la meilleure amie de Kimi ?

— Où tu vas ? me demanda Tucker.

— Voir Mendy. Elle doit en savoir plus sur la raison du départ de Kimi.

— Mon frère… Tu ne vas pas débarquer dans son lycée comme ça ?

— Tu crois ?

Il soupira puis il monta sur sa moto lui aussi.

— Très bien. Alors, je viens avec toi.

Je l'observai longuement en me demandant pourquoi il souhaitait me suivre. Je finis par hausser les épaules et quittai le Club House. Le lycée Brown High School ne se trouvait qu'à cinq minutes du club à moto. C'était l'heure du déjeuner, ce qui m'arrangeait. Je ne me voyais pas débarquer dans toutes les salles de classe pour trouver Mendy.

— Et maintenant ? demanda Tucker en regardant les lycéens éparpillés sur les pelouses de l'établissement.

— Maintenant, on cherche.

J'entrai sur le terrain du lycée, attirant immédiatement les regards. Seul, j'aurais pu passer presque inaperçu, mais avec Tucker, c'était un peu plus compliqué.

On arriva jusqu'au self sans encombre. Le brouhaha de la grande salle ne fit qu'augmenter mon mal de tête, mais Tucker finit par remarquer Mendy, seule à une table. Les pieds étendus sur la chaise d'en face, elle picorait dans son assiette, les yeux rivés sur la fenêtre. On s'avança vers elle et le silence qui s'installa dans la cantine lui fit tourner les yeux. Elle se leva rapidement en nous voyant, le regard inquiet.

— Tout va bien ? demanda-t-elle en fronçant les sourcils.

Je m'assis sur une des chaises près d'elle et secouai la tête.

— Non, tout va mal. Explique-moi pourquoi Kim est partie…

— Kim est partie ? Où ça ?

— Ne fais pas l'idiote, Mendy, dis-je en essayant de garder mon calme. C'est ta meilleure amie, elle t'a forcément dit pourquoi elle est retournée en France !

Mendy sembla vexée par mes propos au début, puis elle se rassit sur sa chaise, les yeux écarquillés, la bouche ouverte.

— Je ne comprends pas… Elle devait venir ici, au lycée. Pourquoi serait-elle repartie en France ? C'est pour ça que personne ne me répond à l'exploitation ?

Mes épaules s'affaissèrent. Elle n'avait pas plus d'informations que moi. Je ne savais plus quoi faire. Je ne pouvais pas prendre l'avion pour la rejoindre, et je n'avais aucun moyen de la contacter, parce que William refusait de me donner le numéro de ses parents.

Mon Président semblait être persuadé qu'elle avait agi sur un coup de tête. C'était impossible. Elle n'aurait jamais fait ça. Mais comment obtenir des réponses à présent ?

Je fermai les yeux, souhaitant me trouver n'importe où du moment que je serais près d'elle. Je voulais revoir son sourire, ses yeux couleur ambre. Je voulais l'avoir tout contre moi et sentir sa chaleur.

Mon monde était froid sans elle. J'avais besoin qu'elle revienne. J'avais besoin d'elle…

Aujourd'hui…

Assis près de ma régulière, je lui pris la main et posai ma joue contre nos mains jointes. Il ne restait plus qu'à attendre. Attendre qu'elle se réveille. Les Anciens allaient et venaient. Ils restaient proches, dans le couloir ou à la cafèt', parce qu'on savait tous que si ce n'était pas Trick qui avait tiré, alors cela signifiait que quelqu'un déclarait la guerre aux Silence.

Cette balle m'était peut-être destinée. Je préférais l'idée qu'on essaie de m'atteindre moi plutôt que Kimi. Elle n'avait rien à voir avec les problèmes du club, et la dernière chose que je souhaitais, c'était qu'on s'en prenne à elle… Mais c'était exactement ce qui venait de se passer.

Kimi reprit une première fois connaissance trois quarts d'heure après avoir été admise dans sa chambre, mais elle sombra à nouveau rapidement. On attendit une heure de plus, avant qu'elle se réveille. Les Anciens étaient tous présents, silencieux, ainsi que Mendy, qui s'était installée dans le fauteuil près de la fenêtre.

Kimi nous regarda tour à tour. Elle sourit à son grand-père et me serra légèrement la main. En voyant mon regard, elle fronça les sourcils et fixa Mendy. Je n'eus pas besoin de me retourner pour savoir que Mendy lui faisait une grimace d'excuse. Kim acquiesça et soupira.

— A quel degré vous m'en voulez ? dit-elle doucement, la voix cassée.

William soupira et s'assit à côté d'elle de l'autre côté du lit.

— On en discutera plus tard, gamine.

— Tu as mal quelque part ? m'enquis-je. Tu as besoin de quelque chose ?

Elle secoua la tête et referma les yeux. Un infirmier vint la voir quelques instants plus tard. Il nous indiqua que les horaires de visite étaient terminés et que seule la famille proche pouvait rester. Les Anciens quittèrent donc la chambre. Seuls William, Mendy et moi restâmes. Je savais qu'il fallait que je retourne à Sturgis pour le jugement de Trick, mais je n'avais pas envie de la quitter. Je me levai cependant, et l'embrassai sur le front, puis je me tournai vers Mendy.

— Si elle se réveille, tu lui diras… Tu lui diras… que je reviens.

Elle me sourit et acquiesça, sachant parfaitement que ce n'était pas du tout ce que j'avais prévu de dire à l'origine. William se leva à son tour et dit :

— Tu fais attention à elle, je compte sur toi, la turbulente.

— Promis, papy.

— On te laisse un Prospect pour plus de sécurité.

Elle acquiesça et prit ma place à côté du lit de Kimi.

Lorsqu'on sortit de la chambre, Toto fit un signe à Rem, un de nos Prospects, et lui indiqua de ne laisser entrer personne, sous aucun prétexte. Les Prospects avaient déjà fait leurs preuves auprès du club, on leur faisait confiance, il ne manquait plus que le vote officiel et ils auraient à leur tour les couleurs du club.

Mais à présent, c'était un vote d'un tout autre genre qui nous attendait.

Rentrer à Sturgis alors que les festivités de la fin de la Bike Week battaient leur plein était un peu surréaliste, d'autant plus que Kimi était restée à Rapid City. Une fois au Club House, j'entrai dans la salle de réunion sans un regard pour Trick, assis sous la surveillance de Chris dans un coin de la pièce, et m'installai à ma place. J'avais hâte d'en finir.

Toto débuta la séance. A mes côtés, Tucker n'arrêtait pas de gigoter. Il n'y avait que quatre choix possibles concernant le sort de Trick : lui pardonner, lui donner le statut de vagabond, lui retirer son statut de biker, ou le tuer.

Exceptionnellement, William assista à la séance, debout près de la fenêtre, le regard perdu au loin. Toto vota pour retirer à Trick son statut de biker, Sam vota pour le vagabondage, ainsi de suite. Tucker vota aussi pour lui donner le statut de vagabond, ce qui m'étonna : j'étais sûr qu'il voterait le pardon. Je votai la mort, mais j'étais le seul, mon vote ne l'emporterait donc pas.

— Avec neuf votes pour le retrait du statut de biker contre deux pour le statut de vagabond et un pour la mort, c'est le premier choix qui l'emporte. Allez préparer l'arrière-salle.

Toto clôtura la séance et tout le monde s'éparpilla. J'allai immédiatement dans le garage du club, récupérai les chaînes, m'assurant que l'installation serait parfaite.

Le statut de vagabond impliquait le départ immédiat du biker, exilé du club indéfiniment, sans aucune protection. Lui retirer son statut de biker revenait à le condamner à l'exil, à un détail près : nous allions lui retirer son tatouage dans le dos. Et je m'assurerai personnellement que ce serait douloureux. Très douloureux.

Je récupérai les flacons d'acide et les alignai sur une petite table, puis allumai le chalumeau pour m'assurer qu'il fonctionnait. Tout était prêt. Plus vite nous en aurions fini, plus vite je retournerais près de Kimi.

Les membres du club entrèrent un par un dans le garage et amenèrent Trick. Ils lui enlevèrent son blouson puis ils l'attachèrent, les bras tendus presque à la verticale, retenus par les chaînes que j'avais préparées. Trick gardait la tête haute. Je ne le quittai pas des yeux, détaillant les marques que j'avais laissées sur son visage. Ce n'était pas assez…

Je m'avançai vers lui et attendis qu'il soit parfaitement concentré sur ce que j'allais lui dire :

— J'espère que ce sera douloureux. J'espère aussi que tu regrettes, parce qu'à l'heure d'aujourd'hui, tu n'es plus rien pour nous. Tu ne fais plus partie des Silence, ce cher club pour qui tu as blessé ma régulière et au nom duquel tu nous as tous trahis.

Je vis un tas d'émotions passer dans son regard, mais il ne dit rien. Je savais que le club était toute sa vie. Qu'il aimait les Silence plus que lui-même, et même plus que son jumeau. Je le contournai et attendis l'accord de Toto avant d'enfiler des gants. Je voulais être celui qui effacerait toute trace du club de sa peau. Je voulais être celui qui lui ferait mal. Me tournant vers Tucker, je chuchotai :

— Tu n'es pas obligé de rester, Tuck.

— Je sais.

Son visage était fermé. Il regarda son frère froidement.

— Tu as le choix, annonça Toto à Trick. Le feu ou l'acide.

— Le feu, dit-il sans hésiter.

Il n'était pas stupide, il savait que l'acide risquait de le ronger jusqu'aux os, ce que j'aurais préféré.

J'allumai le chalumeau et attendis le feu vert de Toto. Quand ce dernier me le donna, je portai les flammes bleues sur la peau nue de Trick sans aucune pitié. Sa respiration s'accéléra et il tenta très vite de se soustraire à la brûlure des flammes. Il hurla et tomba dans les vapes moins de deux minutes plus tard.

Je terminai le travail comme s'il s'agissait d'une œuvre d'art. Ça puait le cochon mort, mais je m'en fichai. J'avais mon œuvre à terminer. Je retrouverais ma santé mentale plus tard ; à cet instant, je ne pensais qu'à ce qu'il nous avait fait, à ce qu'il avait fait à ma Kimi, et ne ressentais aucun remords.

Lorsque je terminai le travail, Toto appela sa femme pour que Trick ait tout de même des soins. Je regardai mes frères détacher Trick toujours inconscient et l'allonger sur le ventre à même le sol. J'enlevai mes gants en cherchant Tucker du regard, mais ne le vis nulle part. Je partis à sa recherche et mis plus d'une heure à le trouver. Il était près de mon garage, assis sur sa moto, le regard dans le vide. Lorsque j'arrivai près de lui, je soupirai et le pris dans mes bras.

— Pardonne-moi, mon frère.

Il ne dit rien, mais s'effondra silencieusement. Mon seul regret, c'était que Tucker soit le jumeau de Trick et ait à souffrir de ce que j'avais fait à son frère. On resta encore un moment sans dire un mot. J'espérais que ce que j'avais fait ce soir ne changerait pas nos relations. Tucker finit par s'essuyer les yeux et grogna :

— Les lois du club sont ce qu'elles sont. Je les ai acceptées en entrant chez les Silence. Je ne comprends pas ce qui lui est passé par la tête. Et ne plus voir mon jumeau ici…

Il secoua la tête, comme si c'était impensable. Je m'excusai une fois de plus pour la peine qu'il ressentait. Il haussa les sourcils puis ferma les yeux un court instant avant de démarrer sa moto.

En rentrant au club, je m'aperçus que quelque chose n'allait pas. Ashley était assise à côté de son mari sur la joue duquel elle maintenait une poche de glace. Je m'avançai vers eux sans rien dire, le cœur battant.

— Trick est parti, fils, m'annonça Toto d'une voix blanche.

Putain ! Je m'étais absenté une heure, il pouvait être partout… La première idée qui me vint me coupa le souffle : Kimi.

PARTIE 3

Kim

Chapitre 29

Lorsque j'ouvris les yeux, je vis tout d'abord une crinière blonde étalée près de mon visage. Je tentai de soulever mon bras, mais je me sentais si vaseuse que j'abandonnai. Je tournai la tête dans un sens puis dans l'autre et la crinière blonde finit par bouger.

Ma meilleure amie releva sa tête, les yeux rouges, elle regarda partout autour d'elle et secoua la tête.

— Je ne dormais pas.

Je ne sais pas qui elle souhaitait convaincre, mais sûrement pas moi. Je lui souris et regardai la chambre. Elle était vide, malheureusement.

— Tu as besoin de quelque chose ? me demanda Mendy en bâillant.

— Non, chuchotai-je la gorge sèche. Où est Alex ?

— Il m'a dit de te dire qu'il reviendrait. Tu ne m'en veux pas ?

Je ne compris pas tout de suite de quoi elle parlait, puis je me souvins qu'elle avait parlé de Trick à Alex et au reste du club.

— Non, je ne t'en veux pas. J'étais sur le point de lui expliquer quand…

Les images de ce qui s'était passé me revinrent en tête. J'étais nerveuse à l'idée de parler de Trick à Alex. J'avais eu peur qu'il m'en veuille ou tout simplement qu'il se mette en colère. Même après quatre jours paradisiaques passés ensemble, je savais que la moindre chose qui se rapportait à ce qu'il s'était passé cinq ans auparavant pouvait rendre Alex furieux.

Lorsque j'avais ouvert la porte, je n'avais pas eu le temps de comprendre ce qui m'arrivait. Je n'avais entendu qu'un bruit assourdissant, et la seconde suivante, Alex était au-dessus de moi, le regard fou, terrifié et choqué. Ce n'était qu'après que la douleur s'était fait ressentir, et la suite restait assez floue.

Mais je me souvins d'un détail. Un détail qui fit battre mon cœur plus rapidement.

— Mendy…

— Qu'est-ce qu'il y a ?

Elle posa les coudes sur le bord du lit, et me regarda attentivement.

— La personne qui m'a tiré dessus, on sait qui c'est ?

— Ce n'est pas Trick, c'est tout ce qu'on sait. Pourquoi ? Tu as vu le tireur ?

— Oui.

Je grimaçai en sentant une vive douleur dans mon abdomen.

— Je vais te dire quelque chose, Mendy, mais il faut que tu me jures de ne pas le répéter cette fois. Parce que si Alex l'apprend, il risque de se faire tuer.

— Comment tu peux savoir ça ?

— J'ai fait une quête spirituelle — ne me pose pas de questions, c'est une longue histoire —, dans laquelle j'ai vu le tireur tuer Alex. Alors il faut à tout prix que tu gardes ce secret pour toi.

— Encore des secrets ? Kim…

— Je ne veux pas le perdre, Mendy.

Ses épaules s'affaissèrent puis elle acquiesça. Je voyais sa curiosité animer petit à petit son regard.

— Tu te souviens de la soirée au Buffalo Chip ? On a retrouvé Clay, qui était avec les membres de son club. L'un d'eux avait des tatouages du cou jusqu'à son crâne…

— Oui, le mec flippant, je me rappelle très bien…

Elle écarquilla les yeux.

— C'était lui ?

— Je n'en suis pas sûre à 100 %. Quand j'ai ouvert la porte, il portait un truc noir sur la tête, donc je ne l'ai pas reconnu tout de suite, mais je suis certaine que c'étaient les mêmes tatouages sur son cou. Et dans mes visions, c'était lui qui tuait Alex.

Je grimaçai de nouveau. La douleur de mon abdomen était de plus en plus forte.

— Il va falloir que tu me racontes ton truc de quête, parce que s'il y a quelque chose qui peut me montrer le futur, j'aimerais bien essayer ! s'exclama Mendy.

Je pris la manette sur le côté du lit et appuyai dessus pour m'injecter une petite dose de morphine.

— J'aurais préféré ne pas faire cette quête, crois-moi, soufflai-je en me détendant à mesure que la douleur diminuait. Ne dis rien à Alex, Mendy. Je ne veux pas le perdre. Je ne veux plus le perdre.

Je fermai les yeux et l'entendis soupirer :

— Alors pourquoi tu me l'as dit ? Après, ça va encore être moi qui vais me faire engueuler…

Je souris sans savoir de quoi elle parlait, puis sombrai dans le sommeil…

La quête spirituelle…

Qu'est-ce que je fichais ici, devant la tour Eiffel ? me demandai-je en cherchant Alex des yeux. Je regardai la grande tour illuminée dans la nuit quand des voix attirèrent mon attention. Je repérai ma grande sœur devant ce qui semblait être l'entrée d'une galerie et la rejoignis. Ma sœur avait les cheveux blond platine et était magnifiquement vêtue. Elle marchait la tête haute, saluant des gens qu'elle ne connaissait même pas.

Je la suivis et remarquai, une fois proche d'elle, qu'elle était beaucoup plus jeune qu'aujourd'hui. C'était étrange…

J'entrai à mon tour dans la galerie et découvris mes parents accompagnés d'une petite fille de dix ans. Cette fillette, c'était moi. Je souris en constatant à quel point j'avais changé depuis. Une chose n'avait pas changé en revanche : j'avais horreur de ces soirées au cours desquelles les riches faisaient étalage de leur fortune en arborant un sourire hypocrite.

J'avais l'air de m'ennuyer ferme, rêvant à d'autres choses, à une vie plus palpitante et plus aventureuse certainement.

En m'approchant d'eux, j'entendis ma mère me chuchoter :

— Souris, Kim. Tiens-toi droite et souris. Ce n'est pas compliqué, tu n'as que ça à faire de toute la soirée.

— C'est quand qu'on rentre ? demandai-je doucement.

Ma mère me fusilla du regard, puis observa ma sœur.

— Fais comme ta sœur. Prends exemple sur elle.

La petite moi soupira en regardant ma sœur. Je me souvenais parfaitement de ce sentiment de rejet, de ne pas m'être sentie à ma place ni à la hauteur, car constamment comparée à quelqu'un d'autre. A l'époque, j'enviais la grâce naturelle d'Anita — ma sœur —, sa décontraction, son aisance. Je pensais sincèrement que je n'étais pas normale. Je me sentais différente, et j'en avais souffert pendant plusieurs années, jusqu'à ce que ma mère abandonne l'idée de me transformer en une jeune femme mondaine, quatre ans plus tard.

Je me tournai vers la sortie, sachant parfaitement que les années suivantes n'avaient pas été gaies. J'espérais juste ne pas devoir toutes les revivre…

Aujourd'hui…

Lorsque je refis surface, je me trouvais confortablement installée. J'ouvris les yeux. Mendy n'était plus là. Tournant mon regard vers la chose dure et chaude collée contre moi sur le lit, je souris en voyant Alex, les yeux fermés.

— Tu dors ? murmurai-je en un grognement étrange.

— Non.

Un petit sourire illumina son visage faussement endormi. Si j'en avais eu la force, je l'aurais serré contre moi, pour ne jamais plus le lâcher.

Comme s'il avait entendu mes pensées, il m'enlaça et m'attira contre lui en enfouissant le nez dans mes cheveux. Je n'osais pas bouger, de peur de réveiller la douleur de mon abdomen, mais fermai les yeux, heureuse de sa présence.

— Où est Mendy ?

— Elle a pu se libérer hier pour rester avec toi, mais elle doit reprendre son service à l'Easyriders. Comment tu te sens ?

— Plutôt bien. Tant que je n'éprouve pas de douleur, ça va. Et tant que tu es là, tout ne peut qu'aller bien.

Je le sentis sourire, puis j'enchaînai :

— Tu ne m'en veux pas trop ?

— J'ai l'air de t'en vouloir ?

Je levai le regard vers lui, et embrassai sa mâchoire piquante. Il ajouta :

— J'aurais juste préféré l'entendre de ta bouche. Trick t'a-t-il menacée au-delà du « tic-tac » ?

Je souris en remerciant le ciel que ce soit Mendy qui lui ait tout raconté.

— Non. Il y a cinq ans, Trick a voulu que je parte pour que le club redevienne comme il était avant que nous nous mettions ensemble. Aujourd'hui, Trick souhaitait que je m'en aille pour que son secret ne soit pas découvert. Comment le club l'a pris ? Et Tucker ?

— Ils se sentent tous trahis. Tucker est... Je ne sais pas vraiment. Il est tiraillé entre son amour pour son jumeau et son attachement pour le club. Je pense qu'il se sent trahi, lui aussi.

J'acquiesçai — je comprenais parfaitement ce tiraillement — et me rapprochai un peu plus d'Alex, me blottissant contre lui, savourant sa chaleur. Je refusais de me sentir coupable, même si ce que ressentait Tucker m'importait beaucoup.

— Où est Trick à présent ?

— On lui a retiré le statut de biker, ainsi que son blouson et son tatouage. Il a filé, mais on ne sait pas où.

— C'est pour ça que tu es là ? Parce que tu t'inquiètes qu'il s'en prenne à moi ? Mais attends... Vous lui avez retiré son tatouage ?

— Je serais revenu quoi qu'il arrive, et pour le tatouage, tu ne veux pas savoir.

Je gardai le silence, lui faisant confiance. Je fermai les yeux et me laissai bercer par sa respiration paisible. Une de ses mains glissa sur mon bras nu, et il y dessina de petites courbes, montant et descendant le long de ma peau.

Je le laissai faire ; plongé dans ses pensées, il avait l'air préoccupé. Il prit une grande inspiration et s'étira avant de m'enlacer de nouveau.

— J'ai eu peur, tu sais, m'avoua-t-il doucement. Quand tu es tombée, et qu'ensuite ton cœur s'est arrêté... J'ai cru mourir avec toi. Ne me refais plus jamais ça, Kimi. Je ne supporterais pas de te perdre ainsi.

Je relevai la tête et cherchai sa bouche. Je l'embrassai tendrement et me blottis à nouveau contre lui.

— Le Coyote a dit que j'étais celle qui ressuscitait. J'aimerais bien comprendre comment ce vieux machin peut faire pour en savoir autant.

Alex rigola doucement et acquiesça.

— Oui, moi aussi.

L'arrivée de mon grand-père dans la chambre changea l'atmosphère. De paisible et tendre, elle devint plus froide. Alex ne m'en voulait pas, mais mon grand-père, si.

Alex se leva par respect et m'embrassa le front.

— Je serai dans le couloir.

J'acquiesçai et le regardai quitter la chambre pour nous laisser seuls, mon grand-père et moi. Ce dernier prit place sur la chaise qui me faisait face, garda le silence un court instant en m'observant, les sourcils froncés, puis déclara :

— Pourquoi tu ne m'as rien dit, gamine ? Pourquoi m'avoir menti en me regardant droit dans les yeux ?

— Je suis désolée, papy. Je ne pensais pas à mal. Avec tout ce qu'il s'était passé…

Je secouai la tête et haussai les épaules sans trop savoir quoi répondre.

— Je pensais que c'était le mieux à faire.

Etait-il possible de passer cette scène en mode accéléré ? J'avais horreur que mon grand-père m'en veuille ou qu'il me fasse la morale. Même à vingt-deux ans, j'avais toujours l'impression d'en avoir dix sous son regard sérieux.

— Si tu avais été honnête dès le début, l'histoire aurait été réglée depuis longtemps et tu ne serais peut-être pas dans ce lit d'hôpital.

Il soupira, puis fronça les sourcils.

— Tu as vu qui t'a tiré dessus ?

— Non.

— Kim, tu es encore en train de me mentir ! gronda-t-il.

Il était en train de se mettre en colère, parce qu'il ne m'appelait jamais par mon prénom.

— Il avait un genre de masque sur la tête, me rattrapai-je sans toutefois dire tout ce que je savais. Alors oui, je l'ai vu, mais son visage était caché.

Il me demanda comment il était habillé et tous les détails dont je me souvenais. Je lui racontai tout, jusqu'aux tatouages, mais comme tous les bikers en ont, je ne divulguai en fait aucune information susceptible de faire repérer le vrai tireur. Puis il changea de sujet, du tout au tout :

— Le médecin m'a dit que s'il n'y avait aucune complication, tu pourrais sortir dans deux semaines.

— Deux semaines ?!

— Ça te semble peut-être long, mais je trouve que c'est relativement court étant donné la gravité de la situation.

— Et pour les frais d'hospitalisation ?

— C'est déjà réglé. Tu feras des travaux supplémentaires à l'exploitation en guise de dédommagement.

Son sourire m'indiqua qu'il ne m'en voulait pas outre mesure, ce qui me soulagea.

Les frais d'hôpital n'étaient pas donnés en Amérique. Et sans Sécurité sociale, les montants pouvaient être exorbitants. Je me promis de tout faire pour le rembourser quand je serais sur pied.

On frappa discrètement à la porte, et le Coyote entra. Ses cheveux noirs étaient rassemblés en une tresse et son visage bruni et ridé rayonnait d'un sourire bienveillant. J'aurais préféré ne jamais le revoir. Lui et ses bizarreries étaient un peu trop troublants pour moi.

Il salua mon grand-père comme un vieil ami, puis lui demanda s'il pouvait s'entretenir seul avec moi. Mon grand-père me regarda et finit par quitter la chambre, me laissant seule avec le vieil Indien.

— Comment avez-vous su que je ressusciterais ? lui demandai-je avant qu'il ne dise quoi ce soit.

— Il y a des choses qu'il est préférable de ne pas expliquer, Aiyana. Comment te sens-tu ?

— Bien. Pourquoi semblez-vous si… mystérieux ?

Il sourit, puis s'assit dans le fauteuil à côté de moi.

— J'ai une autre question bien plus pertinente : lui as-tu parlé du Matchitehew ?

— Oui, Trick a été banni des Silence.

Il secoua la tête et plongea son regard noir dans le mien.

— Je ne parle pas de L'Egaré mais du Cœur Mauvais. Celui qui fait partie de ton passé, et qui assurément jouera un rôle dans ton avenir.

Je soupirai, agacée, et me crispai légèrement.

— Si vous savez ce qui va se passer, pourquoi ne pas me le dire clairement ?

— Je ne connais pas son prénom. Je sais juste que son cœur est noir, qu'il cherche la vengeance, et qu'il ne partira pas tant qu'il ne l'aura pas obtenue.

— Qu'est-ce qu'il veut ?

— Toi.

— Pourquoi moi ?

— Parce que tu as été la cause de la guerre qui a anéanti sa famille.

Je grognai, frustrée de ne vraiment rien comprendre. Le Coyote sourit et se leva.

— Je n'ai pas plus d'informations, il faudra que tu te débrouilles avec ça.

Il avança de quelques pas en direction de la sortie, puis s'arrêta avant de franchir le seuil de la porte.

— Oh ! j'oubliais : j'accepte de présider la cérémonie de ton mariage.

— Hein ?

Il sortit en rigolant alors qu'Alex entrait. Il s'esclaffa en voyant mon regard complètement perdu et monta sur le lit, puis m'attira contre lui.

— Cet homme est vraiment étrange, dis-je en réfléchissant à tout ce qu'il avait pu me dire.

— Tu crois ? ironisa Alex. Est-ce que j'ose demander ce qu'il t'a raconté ?

— Je n'y comprends rien moi-même, alors autant te dire que ce serait assez compliqué à expliquer.

Il bougea pour prendre une position plus confortable et m'enlaça en soupirant.

— S'il y a une chose que j'ai réalisée avec ce vieil Indien, c'est que tu ne comprends la signification de son charabia qu'au moment où l'événement te tombe dessus.

Alors espérons que je le découvre avant, cette fois, pensai-je en me blottissant contre lui, savourant sa présence.

Chapitre 30

Mes nuits étaient peuplées de cauchemars. Tantôt je revoyais mon agresseur me tirer dessus, tantôt je le voyais tuer Alex. Ce dernier passait chacune de ses nuits avec moi. Cela faisait râler les médecins de l'hôpital, mais Alex n'en démordait pas. Sa présence me réconfortait, mais n'apaisait en rien mon esprit agité.

Mendy me rendait visite un jour sur deux, lorsque ses horaires de travail le lui permettaient. Elle me rapportait toujours quelque chose à manger, et pour ça, je lui en serais éternellement reconnaissante. Les hôpitaux ne servaient que des repas immangeables malgré leurs tarifs exorbitants, alors, lorsque Mendy ne pouvait pas venir, c'étaient Toto ou mon grand-père qui m'apportaient quelque chose pour que je ne meure pas de faim.

Je fus autorisée à sortir au bout de deux semaines. Deux semaines interminables. Je n'avais jamais autant rien fait de ma vie et fus vraiment heureuse de mettre enfin le nez dehors.

Ce fut mon grand-père qui vint me chercher. Alex était là aussi, mais j'étais interdite de moto pendant deux semaines supplémentaires. Je montai alors dans la vieille Chevrolet, contente de la retrouver elle aussi.

Ma cicatrice ressemblait à un S déformé et gonflé et me démangeait sans arrêt. En plus, je n'avais pas le droit de porter de soutien-gorge, ce qui était assez embêtant.

Le trajet se déroula sans encombre, Alex roulait à quelques mètres derrière nous. Mon grand-père me raconta de vieilles anecdotes sur le Coyote et m'apprit que lui aussi avait fait une quête, mais il ne voulut pas m'en dire plus.

Au cours de ces deux dernières semaines, personne n'avait eu de nouvelles du tireur. J'osais parfois espérer qu'il nous avait oubliés, mais j'en doutais fortement. Savoir qu'un membre des Free Souls était impliqué dans cette tentative de meurtre m'effrayait, et bien évidemment, je pensais à Clay. Il devait être loin des Etats-Unis à présent, mais je ne pouvais pas m'empêcher de me demander s'il avait un lien quelconque avec tout ça. Et je n'arrivais pas à comprendre pourquoi, si c'était le cas. Il avait toujours été poli, charmant, et gentil avec moi. Même le fait que je me sois servie de lui n'expliquait pas un tel geste. C'était absurde.

Bien sûr, il y avait les paroles de ce vieil Indien tordu qui me trottaient toujours dans la tête. Je ne réussissais pas à les comprendre. J'avais beau me remémorer ma quête, associer ses paroles à tout ce que j'avais pu voir, rien n'y faisait… Je n'y voyais pas plus clair.

— Mendy m'a dit qu'elle passerait ce soir, m'informa mon grand-père en arrivant devant la maison.

— Promis, papy : pas de bêtises.

Il rigola en secouant la tête. Il récupérait mes affaires sur le plateau à l'arrière de la voiture quand Alex arriva à son tour. Mon grand-père entra dans la maison, laissant la porte ouverte. Alex me rejoignit et me prit par la taille, en m'embrassant la tempe au passage.

Je lui souris et le suivis à l'intérieur.

— Tu n'as pas un garage à faire tourner, par hasard ?

Il me regarda et fronça les sourcils.

— C'est ta façon de me dire de m'en aller ?

— Pas du tout, mais si tu es constamment avec moi, tu vas finir par te lasser.

— Tu crois ?

Il ferma la porte derrière nous et me mordilla la joue en chuchotant :

— Jamais.

Il récupéra mon sac et monta au premier étage jusqu'à ma chambre. Il s'arrêta au milieu de la pièce et regarda autour de lui en souriant.

— Rien n'a changé, ici. C'est comme dans mon souvenir. Même cette pile de livres n'a pas bougé.

— En effet, je n'ai touché à rien. Je suis partie précipitamment, et quand je suis revenue, je n'avais pas envie de toucher à toutes ces choses qui me rappelaient notre histoire.

Il déposa mon sac près de l'armoire et se pencha pour récupérer quelque chose dans la poubelle. Il se tourna vers moi en haussant les sourcils.

— Tu nous as jetés à la poubelle ?

Je rigolai et lui pris des mains l'album photo qu'on avait fait cinq ans plus tôt, avant de m'asseoir sur le lit.

— Quand je suis revenue, c'est la première chose que j'ai faite : mettre cet album à la poubelle. Je n'avais pas vraiment envie de voir ta tête sous tous les angles.

Il s'assit à côté de moi en faisant une grimace contrariée qui me fit rire.

— Si tu ne t'étais pas fait opérer, je crois qu'on se serait battus parce que tu as osé dire ça.

Je lui balançai un oreiller à la figure. Je savais que j'avais le dessus parce qu'il ne pouvait pas trop me toucher sans risquer de me faire mal… Et il le savait aussi.

Alex resta complètement stoïque, alors je recommençai une

seconde fois, ce qui le fit grogner. Il me repoussa en arrière et me mordit le cou.

— Alex, pousse-toi, ça gratte ! rigolai-je.

Je mourais d'envie d'arracher ma peau boursouflée qui cicatrisait.

— Qu'est-ce qui gratte ?

Je le repoussai et passai ma paume doucement sur ma cicatrice en lui faisant les gros yeux.

— Oh ! ça, dit-il en me faisant son sourire en coin irrésistible.

Il souleva mon haut et passa ses lèvres sur ma peau, tout proche de l'endroit qui me démangeait. Le repousser était impossible ; j'éclatai de rire et cherchai désespérément à soulager cette démangeaison, mais ses lèvres sur ma peau ne faisaient que l'attiser.

Un raclement de gorge fit sursauter Alex et j'en profitai pour me gratter en poussant un grognement de plaisir. Il me regarda en haussant un sourcil, exprimant sans gêne un sous-entendu qui m'aurait embarrassée en d'autres circonstances, puis se releva pour faire face à Tucker qui se tenait sur le pas de la porte, le sourire aux lèvres.

— Je voulais savoir si tu étais bien rentrée, me dit notre ami, l'air gêné. Mais je vois que tu es occupée, alors je repasserai plus tard.

— Non, Tuck, reste, dit Alex en se relevant. Je dois retourner au garage, de toute façon, et je préfère encore que tu restes avec elle.

— Je suis chez mon grand-père, Alex, tu penses vraiment qu'il peut m'arriver quelque chose, ici ?

Il se tourna vers moi, et acquiesça en plongeant son regard sombre et sérieux dans le mien.

— Oui. Ton grand-père s'occupe des récoltes, alors il n'y a personne avec toi dans cette maison. Je préfère que tu ne sois pas seule. On ne sait jamais.

Je ne discutai pas sur ce point, parce que personne ne m'écouterait, de toute façon. Je me relevai et il passa une main sur ma joue, puis se pencha pour me donner un petit baiser, avant de récupérer l'album photo en souriant.

— Je confisque ça. Puisque tu ne veux pas voir ma tête, tu n'en as pas besoin.

Je levai les yeux au ciel et le regardai partir jusqu'à ce qu'il soit hors de vue, puis me rassis sur le lit. Tucker, qui s'était fait discret jusque-là, s'installa sur la chaise de mon bureau et commença à fouiller dans mes affaires, les mettant sens dessus dessous en riant, simplement pour m'embêter. Il reprit enfin son sérieux, après m'avoir fait râler une dizaine de fois.

— Comment tu vas ? lui demandai-je.

— C'est moi qui devrais te poser cette question.

— Je vais bien, mais tu ne m'as pas répondu.

Il soupira et vint s'asseoir à mon côté, le regard perdu. Il caressa sa petite barbichette, ce qu'il faisait toujours lorsqu'il réfléchissait.

— Je pense qu'il me faut un temps d'adaptation. J'ai passé toute ma vie avec Trick, et à présent, je ne sais même pas où il se trouve, ni s'il va bien…

Il secoua la tête et me regarda, une expression torturée sur le visage.

— Je ne pense pas qu'il te fera à nouveau du mal. Au fond, Trick n'est pas quelqu'un de mauvais. Enfin… Et voilà, je suis encore en train de le défendre…

— C'est ton frère, ton jumeau qui plus est. C'est normal.

— Je suis désolé pour ce qu'il t'a fait. Il a été un vrai connard, et si j'avais su…

— Ça n'aurait rien changé, Tuck, le coupai-je en passant un bras autour de ses épaules. Cela se serait tout de même produit. Tu n'aurais rien pu faire, alors arrête de te torturer. Je pense que Trick a aussi besoin de temps. Les Silence étaient toute sa vie, alors à présent que le club l'a rejeté, il doit être quelque part à tenter de se relever.

— Pourquoi tu sembles aussi compatissante envers lui ?

— Ce n'est pas envers lui que je le suis, mais envers toi. Je tiens à toi, pas à ton frère. Ta douleur est la mienne.

Un sourire timide apparut sur son visage, adoucissant ses traits. Il se reperdit un moment dans ses pensées, ce qui installa un silence paisible. Je décidai de le briser.

— Il y a une question qui me trotte dans la tête depuis que j'ai rencontré le Coyote. Tuck, qu'est-ce qu'il y a entre toi et Mendy ?

Il haussa brusquement les sourcils, et éclata de rire.

— Absolument rien, Princesse. Pourquoi ?

— « Rien » ? Tu es sûr ? Parce que j'ai plané, moi aussi, et j'ai vu des choses…

— Quelles choses ? grogna-t-il en fronçant les sourcils.

— Des choses que j'aurais préféré ne jamais voir.

Il se frotta la tête, et passa une main sur sa bouche comme pour rattraper le sourire qui s'échappait de ses lèvres.

— C'est du passé. Il n'y a rien entre Mendy et moi.

Il semblait sincère et, depuis mon retour, je n'avais absolument rien vu d'anormal entre eux deux. Mais j'étais décidée à questionner Mendy quand elle viendrait. A mon tour de lui tirer les vers du nez !

La quête spirituelle…

J'avais finalement vu à peu près tous les épisodes humiliants de ma vie d'adolescente, même ceux dont je ne pensais pas sortir vivante à l'époque. Les moqueries, les galas de charité lors desquels je me ridiculisais toujours, les disputes avec mes parents… Tout. Absolument tout.

Mais je ne compris le message de cette quête que lorsque je me retrouvai chez mon grand-père. J'avais revu chaque moment passé avec lui et les Anciens. J'avais alors compris que ma place était ici, à Sturgis, et non en France — même si, au fond, je le savais déjà.

Je me doutais que je finirais par revoir ma descente aux enfers, le soir de l'anniversaire de Tim. Mais je ne m'attendais pas à ce que cela me fasse si mal.

Je vis Mendy et Tucker danser ensemble. Cette scène me fit tiquer mais je l'oubliai dès que je repérai Alex, assis sur une chaise haute près du bar. Il fixait la porte du Club House. Trick passa derrière le bar, et il glissa un petit comprimé dans une bière qu'il tendit à Alex. J'ouvris grand les yeux et agitai la main devant la bière pour qu'Alex ne la boive pas, mais elle traversa l'image. Je tapai du pied, frustrée par mon impuissance.

Je suivis Trick à l'extérieur, près des marches, et le vis chuchoter quelque chose à l'oreille de Katherine. Revoir cette fille au corps de rêve et au visage de poupée mit mes nerfs à rude épreuve. J'agitai les mains comme si je lui arrachais les cheveux et que je la frappais jusqu'à ce qu'elle retourne dans le bar. Cela me soulagea un peu.

Un bruit de moteur me fit tourner la tête : la dépanneuse arrivait. Je sentis mon estomac se nouer et regrettai immédiatement d'avoir souhaité faire cette quête. Trick m'ouvrit la porte, exactement comme dans mes souvenirs. Je retins ma respiration en me voyant défigurée. C'était vraiment horrible. Je fronçai les sourcils avec l'envie de frapper Trick, mais cela n'aurait encore servi à rien.

Je nous suivis à l'intérieur du club, restant près de Trick. Il aida mon moi d'il y a cinq ans à enjamber un corps allongé au sol, puis s'arrêta devant une porte qu'il ouvrit. Je me postai à ses côtés et posai une main sur ma bouche lorsque je découvris Tucker et Mendy.

Mon Dieu ! Ils n'avaient quand même pas couché ensemble ? Si. C'était exactement ce qu'ils avaient fait.

Je vis Trick sourire et secouer la tête avant de refermer la porte.

Pour le coup, j'en oubliai presque mon moi d'il y a cinq ans, qui suivait Trick dans le couloir. La vision de Tucker et Mendy, nus et l'un contre l'autre, me laissait sous le choc.

Je repris mes esprits lorsque mon moi d'avant se mit à vomir. Trick me regardait avec mépris. Il soupira et m'aida à sortir du Club House.

Je ne les suivis pas. Je restai devant les deux portes où s'étaient déroulées deux scènes choquantes.

— Mendy, ma chérie… Tu n'as pas fini de m'entendre, grognai-je devant la porte avant qu'elle ne s'ouvre toute seule sur une autre scène.

Je soupirai et m'avançai dans ce nouveau décor, me demandant quand cette quête prendrait fin… Tant de questions me taraudaient…

Aujourd'hui…

Mendy se laissa tomber sur la chaise de la cuisine face à moi. Elle s'étira en bâillant, puis s'étala sur la table, complètement décoiffée et l'air épuisé.

— Tu as faim ? lui demandai-je comme si de rien n'était.

— Qu'est-ce qu'il y a à manger ? dit-elle, les yeux fermés.

— Papy t'a laissé une assiette de son bœuf mariné, avec des pommes de terre et des carottes.

Elle acquiesça, la tête posée sur son bras. Vu son état, je me demandais si je faisais bien de la questionner ce soir… *Oui*, me dis-je. Je n'en avais pas eu l'occasion à l'hôpital, puisqu'il y avait toujours quelqu'un avec nous, mais ce soir ? Ce soir, le champ était libre. Alex avait accepté de me laisser en tête à tête avec Mendy ; il passerait me voir demain, même s'il avait trouvé ça injuste d'être loin de moi la première nuit de mon retour.

J'avais donc toute la nuit pour la torturer, et je comptais bien en profiter. Elle dévora son assiette en silence, ne se doutant certainement pas de ce qui allait lui tomber dessus. Je ne la quittai pas un instant du regard jusqu'à ce qu'elle ait fini son dessert, et ça n'eut pas l'air de la déranger.

— Quoi ? finit-elle par grogner, la bouche pleine.

— Qu'est-ce qu'il y a entre toi et Tuck ?

Elle s'étouffa. Je rigolai et lui tapotai le dos d'une main. Elle but une gorgée d'eau et toussa à nouveau avant de se calmer.

Je continuai à l'observer en m'asseyant sur ma chaise, satisfaite de l'effet de ma question. Elle secoua la tête et recommença à manger.

— Il n'y a rien entre lui et moi.

Je tapai sur la table, la faisant sursauter, et, m'assurant que mon grand-père n'était pas dans les parages, je la disputai :

— Tu as couché avec lui, Mendy ! Tu as perdu ta virginité avec lui, et tu ne me l'as pas dit !

Elle ouvrit grand les yeux et la bouche.

— C'est Tucker qui te l'a raconté ?

— Non, ce n'est pas Tucker qui me l'a dit. Souviens-toi, j'ai fait une quête spirituelle, et j'ai vu des choses… que j'aurais préféré ne jamais voir.

— Tu m'as vue coucher avec Tuck ?

Elle paraissait effrayée à l'idée que sa meilleure amie l'ait découverte en pleine action.

— J'ai fermé les yeux… Mais j'en ai vu assez !

Elle grimaça, puis éclata de rire. Je la regardai en me demandant ce qu'il y avait dans ce bœuf, que j'avais pourtant mangé moi aussi.

— Qu'est-ce qu'il y a de drôle ? Tu essaies de détourner la conversation, c'est ça ?

— Non, pas du tout, se reprit-elle. C'est vrai, j'ai couché avec Tuck à l'anniversaire de Tim. Ça s'est passé une fois, une seule, et on était soûls. Je ne savais pas ce que je faisais, et on n'en a jamais reparlé. Quand je me suis réveillée le lendemain, il dormait et je suis partie. Fin de l'histoire.

Je gardai le silence.

— Je pensais que ce serait plus difficile de te faire avouer la vérité.

— Eh non, chérie ! Je ne suis pas comme toi, je n'ai aucun secret, moi !

Elle rigola, puis continua sérieusement.

— J'ai voulu te le dire, mais je n'en ai pas eu l'occasion. Cinq ans sont passés, et j'ai considéré que c'était un détail à oublier.

— A oublier ? Tu plaisantes ?

— Non. Il n'y a rien eu de plus qu'une nuit. Je ne sais même pas s'il se le rappelle. Rien de spectaculaire. Ce dont je me souviens parfaitement, par contre, c'est que le bout de son pénis est légèrement incliné, comme pour mieux atteindre le point G, tu vois ce que je veux dire ?

— Mendy ! criai-je en me bouchant les oreilles.

Je secouai la tête pour chasser les images qui envahissaient mon esprit, puis éclatai de rire. Je ne pouvais pas m'empêcher de le visualiser.

— Je ne veux rien savoir de plus !

— Tu m'as vue coucher avec lui, et maintenant, tu rougis parce que je te parle de son pénis ?

— Tu veux bien arrêter de parler de « pénis », s'il te plaît ? Tucker est mon ami, je ne veux vraiment pas connaître ce genre de détails !

— Tu fais encore ta rabat-joie !

Je fermai les yeux mais les rouvris immédiatement pour éviter de visualiser les explications de Mendy. Elle était vraiment infernale...

Ma meilleure amie finit par s'endormir quelque temps après avoir mangé. Avant ça, elle m'avait tiré les vers du nez pour savoir ce qu'il s'était passé à Rapid City, et j'avais fini par tout lui raconter. Tout, dans les moindres détails, parce que *madame* vivait sa sexualité par procuration. Elle me fatiguait…

Je lisais un des livres de ma fameuse pile lorsqu'un caillou frappa contre ma fenêtre. Je posai le livre et regardai vers la fenêtre quand un second caillou atterrit dessus. Je me levai prudemment et jetai un coup d'œil discret derrière le rideau. Je souris en voyant Alex, une torche à la main.

— Qu'est-ce que tu fais ? lui demandai-je, une fois la fenêtre ouverte.

— Je n'arrive pas à dormir.

— Tu es venu jusqu'ici parce que tu n'arrives pas à dormir ?

— J'ai pris l'habitude de t'avoir avec moi, dit-il en haussant les épaules. Tu me rejoins ?

Il était complètement fou. Cela me rappelait comme nous étions inséparables cinq années plus tôt. Ce genre de situations arrivait assez souvent à l'époque, et je fus sincèrement ravie de constater que finalement, ça, ça n'avait pas changé.

— J'ai l'impression de redevenir une ado, rigolai-je. J'arrive.

Alors que je refermais la fenêtre, Mendy se mit à grogner.

— Je veux tous les détails, et protégez-vous. J'ai un préservatif dans mon sac, si tu veux.

— Mendy, on ne va pas coucher ensemble dehors ! Et je prends la pilule, pour info.

— Vous l'avez bien fait dans un restaurant, alors…

— On ne l'a pas… Dors, grognai-je finalement en attrapant une veste.

J'éteignis la lumière en souriant et filai rejoindre Alex…

Chapitre 31

Les nuits à Sturgis étaient fraîches. Je rejoignis Alex derrière la maison, et passai un bras autour de sa taille pour me réchauffer contre lui. Il posa un doigt sur sa bouche pour m'intimer de ne pas faire de bruit, puis il me fit passer sous la fenêtre de mon grand-père et m'emmena dans la grange.

J'avais l'impression d'avoir à nouveau dix-sept ans. A cette époque, je rejoignais Alex qui m'attendait en douce à l'étage de la grange. Seulement, cette fois-ci, nous montâmes ensemble l'échelle menant à la mezzanine.

Il prit place dans la montagne de paille et me tendit la main pour m'aider à grimper. Cinq ans plus tôt, j'avais trouvé ça tellement romantique... Aujourd'hui, c'était surtout inconfortable.

— On aurait pu rester au chaud dans le salon, tu sais ? dis-je en me calant contre lui.

Il m'enlaça en souriant.

— Ton grand-père se lève au moins trois fois dans la nuit... Il nous aurait surpris.

— Surpris à quoi faire ?

Il plongea son regard sombre dans le mien et haussa un de ses sourcils.

— Non, Alex, rigolai-je en comprenant où il voulait en venir. On ne fera rien ce soir, et surtout pas ici !

— Pourquoi pas ? Deux semaines, Kimi ! Je ne t'ai pas eue à moi tout seul pendant deux semaines. C'est long. Et en plus, le premier soir où je peux enfin t'avoir, tu préfères être avec Mendy. Je suis en manque de toi.

Il me fit basculer en arrière, et m'embrassa dans le cou.

Je rigolai doucement, sans cesser de secouer la tête négativement.

— Non, pas ici. Pas dans la paille. En plus, il fait froid.

— Je te promets que tu n'auras pas froid longtemps.

Je le repoussai en grognant. Il était têtu, mais surtout très tentant. Il se releva et fronça les sourcils d'un air boudeur. Je passai les mains sur ses joues et l'embrassai en m'asseyant sur lui. Il mit ses grandes mains dans mon dos et me serra un peu plus contre lui.

— Du calme, cow-boy, chuchotai-je. Je n'ai pas changé d'avis.

— Allumeuse, grogna-t-il dans ma bouche.

Je rigolai. Je lui aurais bien montré ce que c'était que d'allumer, mais je n'étais pas assez folle pour le faire. Et je savais parfaitement qu'une fois que j'aurais commencé, je ne pourrais pas m'arrêter non plus…

— De toute façon, ajouta-t-il en se calant dans la paille, j'ai toute la nuit pour te faire changer d'avis.

Je m'installai contre lui et passai mes mains froides sous son T-shirt, puis remontai jusqu'à ses pectoraux, avant de poser la tête sur son torse.

— Est-ce que le club a des nouvelles du tireur ?

— Qu'est-ce que ton grand-père t'a dit exactement ?

Je me relevai et regardai Alex droit dans les yeux.

— Pas de mensonges. Dis-moi la vérité.

— D'accord, soupira-t-il en s'asseyant lui aussi. On s'est penchés sur la question du tatouage. A part ceux qui signalent l'appartenance à un club, les tatouages sont plutôt uniques. Et, bien que le festival soit fini, il reste deux clubs en ville : les Silence du Wyoming qui viennent pour faire des affaires avec nous, et les Free Souls. On a envoyé Rem en éclaireur. Il est parti sur le terrain de camping, sans blouson et en voiture pour se faire passer pour un homme lambda. Il a vu un des hommes appartenant aux Free Souls avec le même genre de tatouages que tu as décrits.

Je me tendis, le cœur battant, mais gardai mon visage impassible pour qu'il ne comprenne pas mon trouble.

— Ça ne peut pas être les Free Souls.

— Je sais que l'autre machinchose fait partie de ce club, mais pour l'instant, c'est la seule piste qu'on a, et il est hors de question d'écarter le moindre indice parce que tu as eu… Je ne préfère pas en parler, gronda-t-il en fronçant les sourcils.

— Alex, il ne s'agit pas de Clay et moi…

— Il n'y a pas de toi et lui, putain ! On arrête de parler de lui, parce que je vais m'énerver pour une chose qui n'a pas lieu d'être.

— Ce que je veux dire, Alex, c'est… On n'a pas eu le temps de parler de ce que j'ai vu dans ma quête. Mais pour faire court, à la fin, tu étais mort, à cause du tireur qui a tenté de me tuer. Et je ne veux pas que ça se produise, alors reste loin de cette histoire, d'accord ?

— Donc tu sais depuis le début que c'est un des mecs des Free Souls ?

Je gardai le silence et posai les mains sur son visage. Il allait sûrement m'en vouloir.

— Je suis désolée de ne pas l'avoir dit, mais je ne veux pas te perdre. Qu'est-ce que tu as ressenti quand mon cœur s'est arrêté ? Tu t'en souviens ?

Il baissa les yeux en secouant la tête.

— Je ne veux pas te perdre, Alex. Je refuse que cette vision se produise. Tu m'entends ?

— Je le tuerai, Kimi. Parce que personne ne peut te faire du mal et s'en sortir sans représailles de ma part.

— Je comprends. Mais, premièrement, je ne veux pas que tu prennes la vie de qui que ce soit, et, deuxièmement, si tu te fais tuer, qui me protégera ensuite ?

— Je serai prudent.

Ses paroles ne firent qu'augmenter mon inquiétude quant à la suite des événements. Je me demandais si je ne venais pas de dégoupiller une grenade. Son expression était impassible, mais je sentais qu'il était tendu et vraiment en colère.

— Ce ne sera pas suffisant, Alex.

— Tu ne comprends pas, Kimi.

— Non, je ne comprends pas ! m'énervai-je. Je t'ai vu te prendre une balle dans la tête, alors non, je ne comprends pas que tu souhaites quand même te jeter dans la gueule du loup.

Il me regarda et prit mon visage entre ses mains. Il déposa un baiser sur mes lèvres et colla son front contre le mien.

— Ce n'est pas ce que je vais faire. Ce que tu ne comprends pas, c'est que je t'aime plus que ma propre vie. Ce mec t'a tiré dessus. Il s'en est pris à toi, et je n'ai rien pu faire pour l'en empêcher. Ce que tu ne comprends pas, c'est que j'ai besoin de l'éliminer pour être sûr qu'il ne touchera plus jamais à un seul de tes cheveux. Parce que si un jour tu devais mourir… j'en perdrais la raison, Kimi. Alors, crois-moi quand je te dis que je serai prudent. Parce que contrairement à toi, je veux que l'avenir que j'ai aperçu arrive. Je veux notre fils. Je te veux pour femme. Je te veux avec moi chaque jour de ma vie. Je te veux tout court, Kimi. Et je me battrai pour ça.

J'ouvris la bouche mais aucun son ne sortit. Je savais qu'Alex m'aimait, mais l'entendre me le dire comme ça… Je soupirai et fermai les yeux, me sentant étrangement calme tout à coup. Cela faisait un bien fou. Oui, à présent, je comprenais. Mais j'avais tout de même ces images d'Alex mort qui me hantaient.

— Je préférerais que ce ne soit pas toi qui t'en charges.

Il réfléchit un instant, puis m'entoura de ses bras et cala son visage dans mon cou.

— Je ferai ce qu'il faudra. Je te promets que je te reviendrai sain et sauf. Je me fonde sur ce que j'ai vu, mais je garde en tête ce que, toi, tu as vu. Je te promets qu'il ne nous arrivera rien.

— Ne fais pas de promesses que tu ne peux pas tenir.

— Je n'ai jamais trahi les promesses que je t'ai faites jusqu'à présent. Et je compte faire en sorte que ça continue longtemps.

Je le serrai contre moi, la peur au ventre. Les faits étaient tout de même là, et la crainte de le perdre me torturait. Je changeai de sujet pour essayer de détendre l'atmosphère.

— Un garçon, alors ?

Je le sentis sourire contre moi. Il releva la tête, des étoiles dans les yeux.

— Ouais. Un petit mec. Mon regard, mes yeux, mes cheveux, mais les traits de ton visage. Tu étais enceinte du deuxième aussi.

Je souris, mais j'étais déçue de ne pas avoir reçu cette vision, moi aussi.

— Alors comme ça, tu serais vraiment l'homme de ma vie ?

Il me pinça les fesses, ce qui me fit rire. Il releva la tête en fronçant les sourcils, inquiet.

— Parce que tu en doutes ?

— Non. Je l'ai senti il y a cinq ans. Et même si entre-temps, j'ai douté, aujourd'hui, je sais que tu l'es. Et puis, tu l'as vu dans ta vision, rigolai-je.

Il me renversa en arrière et se plaça au-dessus en s'appuyant sur ses avant-bras. Il m'embrassa doucement et sourit.

— Alors quand toute cette histoire sera terminée, et qu'on aura profité l'un de l'autre, on se mariera, et on fera ce bébé.

— Quand « on aura profité l'un de l'autre » ? répétai-je. Ce qui veut dire qu'ensuite, tu te lasseras de moi ?

Il me fit son sourire en coin et haussa un sourcil.

— Non. Cela veut dire que quand on aura profité, on se mariera pour pouvoir partir en lune de miel et en profiter encore et encore.

— Ça me convient parfaitement, chuchotai-je.

J'avais envie de hurler de joie. Alex venait de me demander en mariage. Subtilement, certes, et c'était un peu de la triche puisqu'il avait compris dans sa vision que je ne refuserais pas, mais peu m'importait.

Il m'embrassa et nous fit rouler pour que je sois au-dessus de lui. Peut-être que, finalement, la grange n'était pas un si mauvais endroit… Je me relevai et retirai ma veste, et il haussa les sourcils. Un sourire apparut sur son visage quand j'attrapai le bord de mon T-shirt pour le soulever.

Peu m'importait le reste du monde. Je me battrais aussi pour que notre futur soit meilleur que tout ce que j'avais pu voir. J'étais prête à tout pour lui. Pour qu'il reste en vie, et qu'aucun obstacle ne se mette jamais plus en travers de notre route…

La quête spirituelle…

Après avoir assisté à mon départ et mon retour à Sturgis, j'atterris dans le Club House où une agitation était palpable. Ce n'était pas non plus un souvenir, parce que je n'avais jamais été témoin de cette scène. Les Intermédiaires sortaient du club, le visage grave. Ne restaient plus que Tucker, Alex, Chris et mon moi futur. Le Prospect et Tucker quittèrent ensuite le club, tandis qu'Alex restait un instant avec moi.

En nous observant, je compris que cette scène devait être dans un futur proche. Alex me prit le visage et m'embrassa en me chuchotant :

— Tout ira bien. Le club s'est déjà retrouvé en guerre, on sait ce qu'on fait, Kimi.

— Je n'aurais jamais dû te dire qui était le tireur.

Je m'avançai vers cette scène, ne comprenant rien à ce qui se passait.

— Au contraire. Ça nous permet de mettre un terme aux menaces qu'on a reçues. Et je ne laisserai plus jamais quelqu'un te faire du mal.

Alex embrassa mon moi futur. J'avais l'esprit en ébullition. Contre qui le club était-il en guerre ? Qu'est-ce qu'on avait fait encore ?

Je n'avais pas vu Trick… Peut-être était-il passé à l'action ?

Alex caressa ma joue, se tourna pour récupérer des armes et, après m'avoir donné un dernier baiser, il quitta le Club House en faisant signe à un Prospect de rester avec moi. Mon moi futur regarda Alex s'en aller, puis s'assit sur un canapé, cachant son visage dans ses mains.

Je ne comprenais rien à ce que je voyais, mais, étant donné mon état d'inquiétude, la situation devait être grave. Je me dirigeai vers le bar pour vérifier la date. Cela se passerait le 10 septembre. Bien. Je m'en souviendrais.

Je m'attendais à ce que la scène change, mais rien ne bougea, si ce n'est le Prospect qui se rendit au bar pour se servir à boire. Il proposa quelque chose à mon moi futur qui refusa.

Une personne apparut à l'entrée et j'écarquillai les yeux. Qu'est-ce qu'il faisait ici ?

Aujourd'hui…

Un claquement me fit ouvrir les yeux. Mon corps tout entier était courbaturé. Je me trouvais toujours dans la grange, une couverture sur moi. Alex n'était plus là, mais Mendy, si.

Assise en tailleur devant moi, elle me regardait en faisant éclater la bulle de son chewing-gum. Je fronçai les sourcils, pas très bien réveillée et, tout en bâillant, je m'assis pour lui faire face.

— Tout va bien ? me demanda-t-elle avec un sourire, tout en mâchant énergiquement.

— Oui. Quelle heure est-il ?

— 11 heures. Ta nuit a été bonne ?

Son sourire me fit sourire à mon tour. Elle enleva quelques brins de paille de mes cheveux et acquiesça.

— Ouais… Cette nuit a dû être *très* bonne, se répondit-elle à elle-même. Je veux tous les détails.

— Il n'y a rien à dire, Mendy, rigolai-je.

— Tu es sûre ? Il ne s'est rien passé cette nuit ?

Je secouai la tête, refusant de lui mentir à voix haute, mais mon sourire en disait long et ma meilleure amie savait un peu trop bien lire en moi.

— Quelle menteuse ! s'écria-t-elle. J'ai découvert ça près de l'échelle. Qu'as-tu à dire pour ta défense ?

Elle tendit du bout des doigts ma culotte, que je n'avais pas réussi à retrouver la veille. J'éclatai de rire et cachai mon visage, rouge de honte, derrière mes mains.

— Que la nuit a été bonne.

— « Mendy, on ne va pas coucher ensemble dehors », cita-t-elle en m'imitant. Pff, tu es vraiment… une cochonne.

— Est-ce que je dois te rappeler que je t'ai vue les fesses à l'air dans une position très compromettante avec un certain Tucker ?

— Dois-je te rappeler qu'il a un pénis incliné ?

— OK, tu as gagné, je te raconte tout, mais arrête de me parler de la chose de Tucker !

Elle rigola et frappa des mains en signe de victoire. En soupirant, je commençai à lui faire un récit détaillé de ce qu'il s'était passé la veille. Je terminai par le futur qu'Alex avait vu, et sa pseudo-demande en mariage.

Mendy tomba en arrière et cria si fort que je me bouchai les oreilles. Elle se releva avec de la paille dans les cheveux, et cria une seconde fois. Zut, alors ! Elle avait de sacrées cordes vocales !

— Tu vas te marier ? Ma meilleure amie va se marier ? Laisse-moi être ta demoiselle d'honneur, je t'en prie !

Son visage suppliant me fit rire.

— On n'y est pas encore, Mendy. Mais quand ce sera officiel, alors, me feras-tu l'honneur d'être ma demoiselle d'honneur ?

— Oui ! cria-t-elle en poussant sur le « i », avant de reprendre son sérieux. Alors, ça veut dire que tu ne seras plus une Brebis ?

Je la frappai, et elle éclata encore de rire. Le moment d'euphorie retomba lentement, me ramenant à la réalité.

— Pour le moment, rien n'est joué. Alex nous a peut-être aperçus ensemble avec un fils dans le futur, mais moi, je l'ai vu mourir.

— Donc les Silence sont vraiment en guerre ?

— Oui. Le vieil Indien qui m'a fait faire ma quête m'a dit quelque chose à propos d'une personne au cœur noir qui souhaitait ma mort. Il m'a dit que j'avais été la cause de la perte de sa famille, sauf que je ne comprends pas comment j'aurais pu faire ça. Je n'ai jamais tué ni fait de mal à personne. Et je ne connaissais pas le tireur avant la soirée au Buffalo Chip.

— Peut-être que tout ça a un lien avec la guerre qui a été déclarée quand tu es partie, il y a cinq ans. Les Hell's Gods ont été décimés.

— Parce qu'ils m'ont séquestrée, Mendy ! Je n'y suis pour rien, et quel rapport avec les Free Souls ?

— Peut-être que ce cœur noir ne voit pas les choses de la même façon. Il se pourrait qu'il ait survécu et qu'il se soit rallié aux Free Souls.

— Oui, ce n'est pas idiot.

— N'y pense pas, les garçons vont s'en charger, et tu te marieras avec Alex !

— Espérons que tu dises vrai. Quoi qu'il en soit, tout devrait se dérouler d'ici quelques jours. Dans ma quête, les Silence déclarent la guerre aux Free Souls le 10 septembre.

— C'est-à-dire dans deux jours.

Je pris une grande inspiration et acquiesçai, le ventre noué. Mendy m'adressa un sourire rassurant et se leva. Elle me tendit les bras pour m'aider à me relever à mon tour.

— Ne sois pas inquiète, chérie. Aie confiance en eux. Les garçons ne sont pas imprudents, et ils veillent les uns sur les autres. Tout ira bien, j'en suis sûre.

J'espérais sincèrement que Mendy avait raison. Je ne cessais de revoir ces horribles images d'Alex. Il m'avait dit qu'il perdrait la raison s'il devait m'arriver quelque chose, et j'étais sûre de perdre la mienne si l'inverse devait se produire.

Je ne pouvais pas vivre sans lui…

Chapitre 32

Alors que je descendais l'escalier, j'aperçus mon grand-père quitter la maison. Je rejoignis Mendy dans la cuisine tandis que cette dernière chantonnait en se préparant un chocolat chaud. En me voyant propre et habillée, elle me sourit et sortit une deuxième tasse.

— Au fait, déclara-t-elle, tu n'as pas eu de nouvelles de tes parents ? Ils sont au courant de ce qui t'est arrivé ?

Je me laissai tomber sur une chaise en soupirant.

— Oui, ils sont au courant. Ils ont promis d'envoyer l'argent pour dédommager mon grand-père pour les frais d'hospitalisation.

— Et ils n'ont pas jugé bon de te parler pour savoir si tu allais bien ou…

Mendy s'interrompit, agacée.

— Papy leur a dit que j'allais bien. Ils n'ont pas cherché plus loin. Quand ma mère lui a annoncé qu'elle allait lui envoyer de l'argent, il leur a raccroché au nez. C'était drôle.

Mendy ne sourit pas. En fait, ce n'était pas drôle, mais c'était une réaction à laquelle je m'étais préparée puisque c'était typique de ma mère.

Mendy posa une tasse de chocolat devant moi et s'assit sur une chaise.

— Je ne comprendrai jamais pourquoi nos parents sont si

irresponsables et indifférents. Pourquoi ont-ils fait des enfants s'ils ne veulent pas s'en occuper ?

— Je suis grande, à présent. Toi aussi. Tu t'en es bien sortie, et j'essaie aussi de m'en sortir. Les gens que j'aime se trouvent ici, c'est tout ce qui compte. Et toi ? Tu as des nouvelles de tes parents ?

— Non, je n'ai pas cherché à les contacter depuis que j'ai quitté leur maison, et eux non plus. Ce n'est pas plus mal.

Nous trinquâmes aux parents nuls.

Mon grand-père revint et s'installa en bout de table, et nous regarda toutes les deux en souriant.

— Qu'est-ce qu'il y a ? m'enquis-je en haussant les sourcils.

— Je suis content de vous voir aussi calmes toutes les deux. C'est assez rare, alors j'aimerais profiter de ce moment.

Mendy se leva, ce qui fit rire mon grand-père. Avec ma meilleure amie, le calme ne durait jamais longtemps, surtout lorsqu'on le lui faisait remarquer. Elle passa un bras autour de ses épaules et déclara :

— Mais, papy, on sait très bien toutes les deux que tu aimes qu'on soit un peu folles. Ça te donne de bonnes raisons de râler, pas vrai ?

— Mouais…

Je rigolai et finis ma tasse, lorsqu'on entendit la porte d'entrée s'ouvrir. Toto apparut à l'entrée de la cuisine, suivi de près par Sam, Billy, Grim, Tucker et Chris. Je cherchai Alex des yeux, m'attendant à le voir arriver, mais il n'était pas avec le groupe.

— Quelles nouvelles vous nous apportez ? demanda mon grand-père.

— On l'a eu, dit simplement Toto sans me regarder.

Je me tendis, et lançai un coup d'œil à Tucker qui croisa mon regard.

— Qui avez-vous eu ? m'inquiétai-je, le ventre noué par l'angoisse.

— Le Free Souls, répondit Tucker. Celui qui t'a tiré dessus.

Je me levai et observai tour à tour chaque personne qui venait d'arriver, sentant les battements de mon cœur s'accélérer. Tous étaient tendus et mal à l'aise, comme sur le point de m'annoncer quelque chose de désagréable. Mon cœur se serra.

— Il est où ? demandai-je.

Quand je vis qu'aucun d'entre eux ne semblait vouloir me répondre, je hurlai :

— Où est Alex ?

Le silence de mort que j'eus pour seule réponse me rendit folle. J'avais besoin de savoir. Je voulais savoir et, en même temps, la réponse me terrifiait…

La quête spirituelle…

— Clay ! s'exclama mon moi futur en le voyant sur le pas de la porte du Club House. Mais qu'est-ce que tu fais là ?

Le Prospect pointa une arme sur lui. Mon moi se leva rapidement et posa la main sur le bras de Rem pour lui signaler que tout allait bien.

— Je sais que les Silence et mon club sont en guerre, déclara Clay en restant dans l'encadrement de la porte. J'ai appris qu'un de mes frères était celui qui t'avait tiré dessus. Je suis venu m'assurer que tu allais bien et qu'on était toujours en bons termes tous les deux.

Je m'étais fait tirer dessus ? pensai-je, horrifiée. Je comprenais soudain pourquoi le club était en guerre : une fois de plus, à cause de moi. Qu'avais-je fait cette fois ?

— Je vais bien. Mais je ne crois pas que ce soit une bonne idée qu'on reste amis. Je suis la régulière d'un SOD, un club en guerre contre le tien. Ça pourrait porter à confusion…

Je regardai Clay froncer les sourcils et croiser les bras sur sa poitrine. Il finit par acquiescer et sourit à mon moi futur qui s'avança près de lui.

— Je t'apprécie vraiment, Kim. Tu es une fille bien, alors disons que je suis simplement venu pour m'assurer que tu allais bien.

Mon moi futur s'avança vers lui et le prit dans ses bras. Clay avait toujours les sourcils froncés, mais se laissa faire. Quand mon moi futur s'écarta de lui, il le retint par la main.

— Prends soin de toi, dit-il avant de partir définitivement.

Je regardai mon moi futur faire une drôle de tête avant de comprendre que quelque chose n'allait pas : l'expression de mon visage était celle que j'avais lorsque quelque chose me tracassait.

— Alex ne va pas apprécier, grogna Rem en rangeant son arme.

— Ne t'en fais pas, je le lui dirai moi-même. Ce n'est pas comme si je comptais revoir Clay.

Je me regardai m'installer sur le canapé, où je me dirigeai à mon tour. M'asseyant à côté de mon moi, je me vis fixer Rem jusqu'à ce qu'il disparaisse derrière le bar. Soudain, un bout de papier apparut dans la main de mon moi futur. Je lus par-dessus son épaule :

Rejoins-moi derrière le Buffalo Chip, demain soir, à 21 heures. Il faut que je te dise quelque chose de très important.

Clay

J'étais perplexe. Clay faisait tout de même partie des Free Souls et rien ne garantissait que ce n'était pas un piège.

Je secouai la tête à l'unisson avec mon moi futur, qui dut avoir le même raisonnement que moi. Clay n'était pas le méchant et ne l'avait jamais été. Je savais que je pouvais avoir confiance en lui.

Il faudrait juste que je trouve le moyen d'annoncer la nouvelle de cette rencontre à Alex avant qu'elle ait lieu, et sans qu'il devienne fou.

J'allais sûrement revoir Clay, en fin de compte.

Aujourd'hui…

— OÙ SE TROUVE ALEX ?

Tucker se plaça devant moi et me dit d'une voix calme :

— Il va bien, Princesse. Je te le jure.

— Il s'est pris un coup de couteau dans la cuisse, m'expliqua Toto. Il est à l'hôpital.

Tucker passa un bras autour de mes épaules et je sentis mes nerfs se relâcher doucement. Ma tête tourna. J'avais eu si peur que ma vision se soit réalisée que mon estomac en était retourné.

Je les fusillai tous du regard un par un, puis frappai Tucker, des larmes de soulagement dans les yeux.

— Bande de crétins ! Vous auriez pu me le dire tout de suite. Il va bien, c'est sûr ?

— Je te le jure, m'assura Tucker, une main sur son cœur.

Je soufflai, soulagée, puis croisai le regard de mon grand-père qui acquiesça.

— Je t'emmène, gamine.

Mendy me fit signe de déguerpir. Je les fusillai tous du regard une dernière fois avant de quitter la cuisine avec mon grand-père. Je les entendis rire et j'eus la furieuse envie d'y retourner pour les engueuler, mais quand les remontrances de Mendy me parvinrent, je souris. Une fois lancée, Mendy ne s'arrêtait plus, et vu la tête qu'elle avait faite, j'étais sûre qu'elle aussi avait eu une belle frayeur. Je savais qu'elle me vengerait.

A l'hôpital de Sturgis, on nous guida vers une grande salle où des lits d'appoint étaient entreposés, cachés par des rideaux. Celui d'Alex était ouvert. Je le vis étendu, les yeux fermés.

Mon grand-père posa la main sur ma tête et me signala qu'il m'attendrait dans le couloir. J'acquiesçai avant de me diriger vers Alex.

Je scrutai ses jambes recouvertes par un drap blanc. Son visage semblait paisible, ses traits détendus. Il était tellement beau…

— Salut, dit-il en ouvrant les paupières.

Mes yeux me brûlèrent et je me sentis stupide. Il était vivant, mais la peur que j'avais éprouvée à l'idée de le perdre ne s'était pas tout à fait dissipée. Il se releva et posa une main sur ma joue.

A présent que j'étais certaine qu'il allait bien, je me détendis complètement et le serrai fort contre moi. Je ne pouvais pas le perdre. Je ne pouvais pas me passer de lui. Je ne pouvais pas…

Je l'embrassai doucement et sentis une larme couler sur ma joue.

— Kimi, je vais bien.

— Je sais, acquiesçai-je en essuyant mes larmes. Mais j'ai eu peur. Personne ne voulait me dire où tu étais et…

Il rigola, et je m'arrêtai dans ma lancée. Me voyant froncer les sourcils, il m'expliqua :

— Avant qu'on ne me transporte à l'hôpital, j'ai entendu Toto dire à Billy qu'il te ferait une farce en faisant durer le suspense…

— Et ça, c'est drôle ? Si tu me réponds « oui », je crois que je te détesterai.

— Non. Ce n'est pas ce que je dis. Mais après un moment de tension, on reste toujours un peu à cran, et la moindre chose qui peut nous détendre est la bienvenue. Ne le prends pas mal, ils ont été maladroits, ils ne savent rien de ta vision.

— Ce n'était pas drôle. Vraiment pas drôle, soufflai-je en m'asseyant sur le lit.

Je le vis retenir son souffle et regardai sa jambe cachée sous le drap, avant de lui adresser une moue désolée.

— Excuse-moi, je ne savais pas que c'était la jambe gauche.

Je passai une main sur sa joue piquante et soupirai.

— Donc c'est fini ? Plus de tireur ?

Il me fit un grand sourire et acquiesça.

— C'est fini. Plus de problèmes. Les Free Souls vont sûrement répliquer, mais ils sont en infériorité numérique, donc on ne s'inquiète pas trop. Tout ira bien à présent.

Cette nouvelle me soulagea. Je lui souris sans trop comprendre pourquoi mon ventre restait quand même noué.

— Et pour ta jambe ?

— Ils m'ont fait quelques points de suture, mais rien de grave. Cela ne me handicapera pas trop. J'attends qu'on me rapporte la feuille de sortie. Tout va bien, Kimi.

Il passa son pouce entre mes yeux, comme pour effacer une ride d'inquiétude.

— On va pouvoir rentrer à la maison tranquillement, me promit-il.

— Rappelle-moi de me venger de tous les Silence.

Il rigola et m'en fit la promesse.

Mon grand-père nous emmena chez Alex. Ce dernier pouvait marcher, même s'il boitait légèrement. J'avais prévenu mon grand-père que je resterais avec Alex cette nuit. Il nous déposa donc et repartit immédiatement, nous laissant seuls tous les deux.

Alex passa un bras autour de mes épaules, et on longea l'allée jusqu'à la maison. Il prit un cachet pour la douleur, puis s'affala sur le canapé en poussant un grognement de soulagement.

— Je pourrais vraiment m'y habituer, dit-il en me prenant la main pour que je le rejoigne.

— A quoi ? Te faire planter un couteau dans la jambe ?

Il rigola et secoua la tête.

— Non. A rentrer à la maison avec toi. A te retrouver chaque soir ici. Les événements qui se sont déroulés ces dernières semaines ont complètement changé ma vision des choses et ce que je ressens pour toi. C'est toujours aussi fort, mais désormais, je ne peux plus me passer de toi, Kimi. J'aimerais vraiment que tu ne quittes plus cette maison. Je t'achèterai une armoire pour toi toute seule, si tu veux. Je t'offrirai tout ce que tu veux. Je te laisserai même refaire la déco si elle ne te plaît pas. Mais reste ici pour de bon.

Je gardai le silence. Sa demande me rendait heureuse, mais je ne savais pas si j'étais prête.

— Je ne peux pas laisser mon grand-père seul, Alex. Je viens tout juste de le retrouver…

— Il comprendra. On n'est qu'à un quart d'heure de chez lui, tu pourras aller le voir tous les jours. Je t'achèterai même une voiture.

— Tu as gagné au Loto ?

Il rigola en secouant la tête et resserra son étreinte avant de m'embrasser sur le front.

— Non, mais je ferai tout pour m'assurer que tu ne manques de rien. Je sais que tu veux aider ton grand-père au quotidien, alors si pour ça tu as besoin d'une voiture, je te l'achèterai. Ou une moto, ajouta-t-il en souriant.

J'étais étonnée que cette idée de moto ne fût pas la première chose à laquelle il ait pensé. Tout ça était complètement dingue ; on venait à peine de se retrouver, et même si je savais de mon côté que je ne voulais faire ma vie avec personne d'autre, j'avais vraiment peur qu'emménager ensemble ne soit prématuré.

— Je ne veux pas que tu m'achètes quoi que ce soit. Je veux m'endormir chaque soir avec toi, mais…

— Reste, dans ce cas.

— J'ai mal au cœur à l'idée de quitter mon grand-père.

— Quinze minutes de trajet, Kimi. Je te réveillerai tous les matins pour que tu ailles le voir s'il le faut.

— Donc je ne serai là que pour te servir la nuit ?

Je levai le regard, prête à sortir les griffes s'il me répondait que oui. Il éclata de rire et secoua la tête.

— Non, bien sûr que non, mais si tu as besoin d'un temps d'adaptation… Quoique… Tu pourrais très bien me servir le jour aussi. Ce n'est pas une mauvaise idée, tout ça. J'ai besoin d'une femme de ménage aussi.

J'ouvris la bouche et le frappai à l'épaule, ce qui déclencha son rire chaud et grave. Je le frappai une deuxième fois pour la forme.

— Retire tout ce que tu viens de dire !

Il m'attrapa les mains et me maîtrisa aisément, avant de me coller à lui et de me susurrer :

— Je prendrai soin de toi tous les jours. Tu seras ma reine, et, oui, la nuit, je me servirai de toi, mais je te jure que tu apprécieras. Et puis, toi aussi, tu pourras te servir de moi. Autant de fois que tu veux, et à n'importe quelle heure.

L'idée était très tentante. J'avais envie d'accepter sa demande, mais c'était trop tôt. Une part de moi paniquait à l'idée de quitter le cocon familial qu'était mon grand-père. Et par la même occasion, j'avais peur qu'une fois ensemble sous le même toit, ma relation avec Alex ne soit plus la même.

— Laisse-moi un peu de temps, Alex. Je veux être avec toi, tout le temps, mais j'aimerais vraiment profiter encore un peu de mon grand-père.

Il soupira, déçu.

— Alors je vais savourer cette soirée avec toi. Mais ne tarde pas, Kimi. Parce que je n'aime vraiment pas être loin de toi.

Je me blottis contre lui en souriant, heureuse. J'espérais juste que la guerre finirait rapidement, qu'on puisse reprendre le cours de nos vies.

Le soir venu, après avoir mangé, on regarda un film, devant lequel je m'endormis. Lorsque je rouvris les yeux, j'étais dans les bras d'Alex. Il me déposa dans son lit, se tint la jambe un instant, puis me fixa longuement, allongée dans son lit.

— Qu'est-ce qu'il y a ? demandai-je en me frottant les yeux.

— Tu m'aimes ?

Surprise par sa question, je me redressai, parfaitement réveillée, et le regardai en fronçant les sourcils, inquiète.

— Bien sûr que je t'aime, Alex. Qu'est-ce qu'il se passe ?

Il sauta doucement sur le lit et s'allongea sur moi avec précaution.

— Je voulais te l'entendre me le dire.

— Monsieur Miller, votre cœur aurait-il fondu ? Où est passé l'homme en colère ?

— Quand tu ne me fais pas la guerre et que tu es en sécurité, je suis calme. C'est l'effet Kimi. Tu es mon tranquillisant. Et je te veux ici. Toujours.

— Ça viendra. Sois patient.

— Ça n'a jamais été mon fort, la patience. Mais maintenant que tu es réveillée et pleinement consciente de ce qu'il se passe, on peut oublier tout ça et passer aux choses sérieuses, qu'en dis-tu ?

— J'en dis que je suis toujours partante, monsieur Miller.

Il ferma un instant les yeux en souriant. Puis il m'embrassa en me serrant contre lui. Oubliant tout ce qui n'était pas lui, je m'abandonnai dans ses bras, dans sa chaleur et dans son amour.

Chapitre 33

Je connaissais Alex par cœur. De la tête aux pieds. Et lui aussi me connaissait. Rien en lui ne m'était plus inconnu. Pourtant, j'avais toujours l'impression de le découvrir pour la première fois. De le redécouvrir encore et encore, sans jamais m'en lasser.

Ses larges épaules musclées, ses tatouages qui s'étendaient d'une clavicule à l'autre, ses pectoraux bien dessinés, et ces abdos... Sans parler de ce qui se trouvait un peu plus bas, dressé fièrement vers moi à travers le tissu de son boxer, comme pour m'indiquer que c'était à son tour de jouer à présent.

Il y avait quand même une chose qui n'était plus une découverte : son impatience. Alex était déjà nu devant moi. J'étais sûre que son appétit sexuel dépassait l'entendement. Je n'avais peut-être connu que lui dans ma vie, mais la libido de cet homme était loin d'être normale — pas que je m'en plaigne, loin de là !

Quant à ses baisers... de véritables dons du ciel. Sauvages, passionnés, débordants d'amour... Ses baisers résonnaient jusqu'au plus profond de moi et faisaient vibrer chaque cellule de mon corps.

Lorsqu'il plongea sa langue dans ma bouche pour caresser la mienne, je sentis mon désir déjà intense s'accroître bien plus encore, me donnant un léger vertige. C'était l'effet Alex.

Sa peau était brûlante. En passant les mains dans son dos, je fus soudain impatiente de le sentir tout contre moi. De faire fusionner nos corps. Je nous fis basculer sur le côté pour pouvoir prendre le dessus, et, étonnamment, il me laissa faire.

— On le fera à ma façon cette fois, dis-je en m'asseyant sur lui et en commençant à me déshabiller.

— C'est-à-dire ?

— C'est-à-dire lentement. En prenant notre temps.

Il fronça les sourcils, mais il ne dit rien. Je comptais le mettre à rude épreuve.

Lorsque j'embrassai son cou, ses mains se posèrent sur mes hanches, et il me plaqua contre lui, me faisant ressentir la force de son désir. Son érection appuyait à l'endroit exact de mon clitoris, ce qui me fit douter de ma décision de prendre notre temps.

J'inspirai profondément et pris sur moi pour garder la tête froide, tandis que mes hanches ondulaient contre lui, faisant grimper la température de nos corps. Ma poitrine moulée à la sienne, je pris sa bouche d'assaut en continuant mes mouvements. J'ouvris les yeux en l'entendant grogner.

— Tu ne comptes pas te déshabiller ? me demanda-t-il, les sourcils toujours froncés.

Je lui souris en lui répondant que non. Si je me déshabillais entièrement tout de suite, il lui serait alors trop facile de reprendre le contrôle et d'anéantir mon projet de faire durer le plaisir. Résister à un Alex impatient était déjà bien assez difficile, alors si en plus j'étais nue…

Restant maître de lui-même, Alex continua de froncer les sourcils, même lorsque je repris mes mouvements lents contre lui, mais ses yeux… Ses yeux s'assombrirent petit à petit, me montrant parfaitement qu'il luttait.

Je voulais le rendre fou de désir… Et je n'en étais pas loin. Ce n'était qu'une question de temps.

Le mordillant dans le cou, je faisais courir ma bouche jusqu'à ses tatouages, mes lèvres suivant les lignes de l'encre, avant de titiller un de ses tétons. Il rigola. Je recommençai donc, et l'entendis grogner.

— Ça chatouille.

Ça, c'était nouveau et bizarre. Quand il me faisait la même chose, c'était loin de me chatouiller… Je recommençai une dernière fois, et le voyant sourire, je continuai mon exploration de son corps.

Il ferma les yeux et se laissa aller à mes caresses. Ses doigts s'enfoncèrent dans mes hanches, et sa mâchoire se contractait de temps en temps. Je restai attentive à ces petites réactions qui m'indiquaient ce qui lui plaisait et ce qui lui faisait perdre le contrôle. *Une question de temps*, me répétai-je.

Je laissai ma bouche descendre jusqu'à son nombril, je jouai un instant avec, avant de lui mordiller la hanche et de poser mes lèvres directement sur le haut de sa cuisse. Il leva la tête et me regarda faire, l'espoir que cela devienne plus sérieux brillant dans ses yeux, mais ce n'était pas mon intention.

En passant ma langue sur l'intérieur d'une cuisse puis de l'autre, je le vis reposer la tête sur l'oreiller et la secouer. Il devait être en pleine lutte intérieure, se battant contre lui-même, ou contre le désir qui s'exprimait sous mes yeux…

Je retirai mon pantalon ample et restai seulement en culotte devant lui.

Il se redressa et m'embrassa, me caressant les seins avec une extrême douceur. Ses mains effleurèrent mon ventre et glissèrent dans mon dos. Le désir de le sentir entre mes cuisses grimpa.

L'embrassant sur la joue, je finis par lui titiller le lobe de l'oreille, le faisant grogner doucement dans mon oreille. Ce son était le plus merveilleux qui soit, après celui de sa jouissance.

Ses mains dans mon dos dansèrent le long de ma peau en une douce caresse. Il passa sur la rondeur de mes fesses et glissa deux doigts sous l'élastique de ma culotte, puis les fit descendre jusque sous mes fesses. Je me figeai, puis me cambrai, avec un tout petit espoir qu'il déciderait d'insérer un doigt en moi, mais ses mains continuèrent de courir sur l'arrière de mes cuisses, me faisant frissonner.

Je sentis son sourire dans mon cou, alors je décidai d'aller un peu plus loin en passant un doigt le long de son sexe à la peau si douce pour reprendre le contrôle de la situation. Aussitôt, je le sentis se contracter, ses mains se figeant sur mes cuisses. A mon tour, je souris dans son cou.

Il remonta ses mains rapidement jusqu'à ma culotte et en écarta le tissu avant de faire exactement ce que je venais de lui faire. Il frôla ma peau sensible et gonflée sur toute la longueur, en me mordillant l'épaule. Je posai ma joue sur la sienne et tremblai légèrement d'anticipation, mais il n'alla pas plus loin.

Sauf que je voulais plus. *Zut !* Il entrait un peu trop bien dans mon jeu et, malheureusement, il s'avérait que je n'étais pas aussi résistante que je le pensais.

J'attrapai donc son pénis dans ma main, plongeant mon regard dans le sien. Nez contre nez, souffle contre souffle, on ne se quitta pas des yeux, même lorsque je me mis à le serrer entre mes doigts et à le caresser doucement. Les contractions de sa mâchoire et le noir de ses iris qui se fondait presque à celui de ses pupilles étaient les seuls indices du plaisir qu'il prenait.

Il passa une main sur mon ventre et la glissa dans ma culotte. J'étais si impatiente de sentir ses doigts en moi que mon souffle se coupa et que mes hanches vinrent à sa rencontre. Et quand, enfin, un de ses doigts pénétra en moi, je fermai les yeux un court instant en relâchant mon souffle, puis tremblai à nouveau lorsque je sentis une décharge électrique me traverser le corps.

Il m'embrassa tout en gardant son regard rivé au mien, puis je l'entendis grogner dans ma bouche lorsque j'accélérai les mouvements de ma main autour de son sexe. Il retira son doigt de mon intimité, attrapa les bords de ma culotte et la descendit sur mes cuisses.

Puis il me prit par les hanches et me plaqua contre le matelas, ôtant rapidement ma culotte. Je compris alors que le jeu était fini. Et ce n'était pas plus mal.

Son regard rivé dans le mien et la mâchoire durement contractée, il se positionna entre mes cuisses et me pénétra doucement.

Sans s'interrompre, il me recouvrit de son corps et fut enfin tout entier en moi. Restant un instant immobile, il prit ensuite ma bouche en otage. Je me contractai autour de son membre et il grogna avant d'agripper mes hanches et de me plaquer contre le matelas, comme pour m'indiquer de ne pas bouger d'un millimètre. Puis il se retira et revint en moi, me pénétrant plus profondément encore.

Je frissonnais, je n'arrivais plus à reprendre mon souffle, les sensations qui m'envahissaient me rendaient folle, me donnaient le vertige, et me faisaient totalement perdre l'esprit.

Alex glissa les mains dans mon dos et me serra contre lui. Il suça un instant un de mes tétons, avant de m'embrasser, continuant ses va-et-vient puissants et énergiques. J'adorais regarder ses hanches magnifiques se mouvoir de la plus exquise des façons. J'adorais son sexe qui m'emmenait si loin dans le plaisir que j'aurais pu en pleurer. J'adorais tout de lui.

Il me serra de plus en plus fort contre lui, son souffle chaud dans mon cou, tandis qu'il accélérait le rythme.

Mon cœur battait si fort que j'eus l'impression qu'il allait éclater, mes mains dans son dos le griffaient, incontrôlables. Je le mordis et tremblai lorsque je l'entendis lâcher toute une flopée de jurons.

Il positionna ses mains sous mes fesses et me souleva légèrement, sans jamais ralentir.

La secousse de l'orgasme me prit par surprise, m'arrachant un cri de plaisir. Je sentis ma chair se resserrer autour de lui et les sensations qui se propagèrent dans mon corps étaient d'autant plus violentes et ravageuses car j'étais emprisonnée dans ses bras.

Alex me regarda longuement, jusqu'à ce que l'orgasme soit passé, puis serra les dents et, allant et venant toujours en moi à un rythme frénétique, me serra contre lui si fort que j'en eus du mal à respirer. Il poussa un long gémissement qu'il étouffa en m'embrassant et jouit en moi en frissonnant.

Je ne sus pas combien de temps on resta ainsi, l'un contre l'autre, à nous écouter reprendre notre souffle. Il ne se retira pas tout de suite mais me garda dans ses bras, et m'embrassait la joue, la bouche, le cou de temps en temps, comme s'il voulait s'assurer que j'étais toujours réveillée.

Je lui caressai le cou et il finit par s'éloigner pour prendre place à mon côté en poussant un soupir de bien-être.

— C'est la dernière fois qu'on prend autant de temps avant de se monter dessus, grogna-t-il avec un demi-sourire.

— Pourquoi ?

— Parce que c'était comme si je ne t'avais pas fait l'amour depuis plusieurs semaines, alors qu'on l'a fait pas plus tard qu'hier. La fin a été bien trop rapide à mon goût.

— Mais c'était vraiment puissant.

— Je te l'accorde.

Il me fit un large sourire et m'embrassa avant de grimacer.

— Qu'est-ce qu'il y a ? m'inquiétai-je en relevant la tête.

— Je crois qu'on y est allés trop fort, j'ai dû rouvrir ma plaie.

— *Tu* y es allé trop fort. Je n'ai fait que subir.

— Et ça ne t'a pas plu ?

— Oh que si, bien au contraire.

Je me relevai et allumai la lumière qui se trouvait de son côté. Il en profita pour me suçoter un téton au passage, ce qui me fit rire, et me donna une petite tape sur une fesse. Je regardai sa cuisse pansée sur laquelle une tache rouge grandissait. En fronçant les sourcils, j'entrepris de retirer son bandage délicatement, et son sexe gonfla à nouveau, doucement, mais sûrement.

— Tu es incroyable, tu le sais ça ? lui demandai-je bouche bée. Je suis en train d'examiner ta cuisse et, toi, tu serais presque déjà prêt pour un nouveau round !

— Tu l'as dit… Je suis incroyable.

Je rigolai et sortis du lit pour aller chercher un autre pansement et du désinfectant. En sentant sa semence glisser entre mes cuisses, je me figeai et grimaçai.

— Je vais te laisser faire, il faut que j'aille prendre une douche, soufflai-je en lui donnant de quoi changer son pansement.

Il comprit pourquoi et éclata de rire. Je sortis de la chambre rapidement, et entrai dans la salle de bains, avant de me jeter sous l'eau.

Alex ne mit pas cinq minutes avant d'entrer à son tour dans la salle d'eau pour me rejoindre. Il n'avait pas refait son pansement, sûrement parce qu'il avait une autre idée en tête.

Le regardant s'avancer vers la cabine tel un chasseur ayant pris sa proie au piège, je me mordis la lèvre pour ne pas sourire. En le voyant si à l'aise dans son corps, fier de lui et fin prêt à me satisfaire, je reculai contre le mur pour lui faire de la place.

Alex était beau, et rien qu'à le regarder, l'excitation se réveillait déjà dans mon ventre. Je comptais bien profiter de lui encore et encore.

Chapitre 34

C'était bizarre de se préparer dans la salle de bains avec Alex. De se battre pour savoir qui irait aux toilettes en premier ou pour être le premier à se rincer la bouche pleine de dentifrice. C'était bizarre, mais terriblement agréable et joyeux. Ce n'étaient que des petits détails, mais ne dit-on pas que ce sont les détails qui changent tout ? En tout cas, ces détails me rendaient heureuse.

Seulement… Nous étions le 10 septembre. Et en montant sur la moto d'Alex — bien que mes médecins m'aient interdit la moto pendant encore quelques jours —, je n'oubliais pas que Clay devait passer aujourd'hui au Club House pour me donner rendez-vous.

Le destin que j'avais vu ne s'était pas réalisé. Le tatoué était mort, donc Alex et Clay vivraient, mais il y avait une chose qui me tracassait encore : qu'est-ce que Clay voulait me dire ? Peut-être qu'avec ce qu'il s'était passé, il ne viendrait pas…

Quand on arriva au Club House, tout le monde semblait en proie à une agitation inhabituelle… Exactement comme dans ma vision. Peut-être que finalement, certaines choses allaient se réaliser…

Me prenant par la main, Alex nous dirigea vers la salle de réunion où Toto s'entretenait avec Sam, tandis que le reste des SOD s'armait. Je n'étais pas autorisée à pénétrer l'intérieur, alors je tendis l'oreille depuis l'entrée pour écouter la conversation, sans résultat.

— Salut, Princesse !

Je souris en voyant Tuck plein d'énergie puis, remarquant la nervosité ambiante, je demandai :

— Qu'est-ce qu'il se passe ?

Il regarda autour de lui, puis haussa les épaules en me faisant un sourire rassurant.

— La routine. Les Free Souls préparent des représailles, mais ils sont sur notre territoire. On va donc prendre les devants et les chasser d'ici.

Il passa un bras autour de mes épaules, mais je n'avais pas oublié la frayeur qu'ils m'avaient tous faite la veille, alors je le repoussai et le frappai, ce qui le fit rire.

Une question me vint à l'esprit.

— Qui a tué le tireur ?

— Elle ne veut pas savoir, Tuck, intervint Alex dans mon dos.

Il me prit le visage dans ses mains, et secoua la tête.

— Fais-moi confiance, tu ne veux pas savoir.

D'habitude, je lui faisais confiance, mais cette fois-ci, c'était différent. J'acquiesçai néanmoins en sachant que je finirais par avoir le fin mot de l'histoire.

— Tu comptes y aller, toi aussi ? demandai-je à Alex tandis que Tucker s'armait à son tour.

— Plus on sera nombreux, plus on les intimidera. Ils vont vite comprendre qu'ils sont en infériorité numérique et que ça ne vaut pas le coup de faire feu, tu comprends ?

— Oui. Tu essaies de me rassurer, mais tu sais très bien que ce sera quitte ou double. Ne cherche pas à me protéger, Alex. La vérité me suffit.

Le coin de sa bouche s'étira lentement en un sourire. Avoir grandi avec les bikers m'aidait à comprendre leurs règles. Et s'il y en avait une que je saisissais parfaitement, c'était bien celle-ci : les clans de bikers avaient leur réputation à tenir, alors, à moins d'un arrangement à l'amiable entre les Présidents, cela se finirait obligatoirement par une guerre.

— Tu es bien trop intelligente pour que j'essaie, Kimi. Je crois sincèrement ce que je dis. Oui, il y a une possibilité pour qu'il y ait des blessés, mais elle est infime. Les Free Souls ne sont pas stupides. Ne t'en fais pas, tout ira bien. Je te laisse avec Chris, je sais qu'il prendra soin de toi. Dans ma vision, c'était Rem qui s'était occupé de moi. Ces petits changements, même infimes, me perturbaient.

Alex s'arma à son tour et, en le voyant faire, mon cœur se serra. Savoir où il se rendait et dans quel but me terrifiait, malgré ses paroles rassurantes. En sortant de la salle de réunion, Toto me pinça la joue quand il vit que je boudais toujours, puis il s'arma, comme le reste de l'équipe.

Tous quittèrent le Club House, excepté Chris, Alex et moi. J'entendis les moteurs des motos démarrer les uns après les autres, puis regardai Alex qui s'approchait de moi en souriant.

— Tout ira bien, je te le promets. Tu ne bouges pas d'ici, tu restes avec Chris, parce qu'on ne sait jamais ce qui peut arriver, et je reviendrai en un seul morceau, je te le promets.

J'acquiesçai et l'embrassai, m'accrochant à ses paroles, puis le regardai partir en boitant légèrement. Les événements de la veille n'avaient pas dû atténuer sa douleur et cela n'aidait pas à me rassurer. Il s'agissait de ma famille. Chacun d'entre eux était dans mon cœur, et les savoir en danger m'angoissait, même si ce n'était pas la première fois que ce genre de situations se produisait.

En m'installant sur le canapé, j'eus une impression de déjà-vu. Chris semblait sincèrement déçu de ne pas faire partie de l'expédition. Je décidai de lui soutirer des informations, ce qui s'avéra beaucoup plus facile que ce à quoi je m'attendais.

— Qui a tué le tireur ?

Chris releva la tête et sembla s'animer d'un seul coup.

— Alex et Billy. C'était géant ! On a suivi leur groupe jusqu'à la sortie de la ville, et on les a dispersés pour pouvoir isoler le mec tatoué. Au bout d'un moment, le tatoué a sorti une arme, et il a tiré, mais il a loupé sa cible — c'était moi.

Il en paraissait fier…

— Puis Alex lui est tombé dessus, ils se sont battus un moment, avant que le Free Souls ne lui plante un couteau dans la jambe. Donc Billy est intervenu, et tous les deux, ils lui ont simplement cassé la nuque. C'était grandiose.

Je regardai le Prospect qui passait une main sur sa crête iroquoise en souriant, la bouche ouverte. J'avais juste demandé qui avait tué le tireur… Pas tous les détails. Il sembla se rendre compte qu'il en avait trop dit parce qu'il grimaça et rigola doucement, embarrassé.

— Je me suis laissé emporter. Désolé, je ne voulais pas rentrer dans les détails, mais ç'a été plus fort que moi. Ne dis rien à Alex, s'il te plaît. Je n'ai pas envie de finir comme ce Free Souls.

— Tu te rends compte qu'on parle d'un meurtre et que tu as l'air content ?

— Ouais… Je sais que ça fait un peu psychopathe, mais c'était la première mission que je faisais avec le groupe. C'était comme si je faisais déjà partie des Silence. Et ça, c'était magique. Bien sûr, j'ai dû ensuite faire le sale boulot avec Rem. On a fait disparaître le corps en dehors de la ville près d'une forêt…

— Chris, je ne veux rien savoir de plus.

Il se pinça les lèvres, puis rigola avant de se diriger vers le bar. Je le rejoignis et m'installai sur une chaise haute en prenant un verre de Coca. J'attrapai un bloc-notes et un crayon et après m'être assurée que le Prospect ne me regardait pas, j'écrivis un mot et arrachai discrètement la feuille que je pliai et cachai dans ma main. Lorsqu'il se releva, je lui fis un petit sourire en remettant le bloc-notes à sa place comme si de rien n'était, puis lui dis :

— Chris, il y a Clay qui devrait passer.

— Quoi ? Tu l'as invité ici, au Club House ? Est-ce que tu as perdu la tête ?

— Calme-toi, je n'ai invité personne. C'est possible qu'il ne vienne pas, et je ne peux pas t'expliquer comment je le sais, ce serait trop long et trop compliqué, mais s'il te plaît, ne lui tire pas dessus, il va venir en tant qu'ami.

— Tu es sûre de toi ? C'est un Free Souls. Un des mecs contre qui on est en guerre…

Il avait l'air de me prendre pour une imbécile, mais je ne relevai pas. Vu la situation, je le comprenais.

— Je sais. Fais-moi confiance.

Chris ne me lâcha pas du regard. Il était jeune, il devait avoir le même âge qu'Alex lorsqu'il était entré dans le club. Je ne connaissais pas son histoire, mais son visage encore jeunot était adorable.

Cinq minutes plus tard, j'entendis Clay arriver avant de le voir monter les marches menant au club. Je me levai de mon siège et regardai Chris, sa main posée sur une des armes qu'il portait.

Lorsque la silhouette de Clay se rapprocha, je m'avançai vers lui tranquillement. Il fut surpris en voyant que je l'attendais, nerveux même.

— Je voulais savoir comment tu allais, déclara-t-il. Je sais que c'est un de mes frères qui t'a tiré dessus, et je suis venu m'assurer que tu allais bien, qu'on était toujours en bons termes, toi et moi.

— Je vais bien, Clay.

Je baissai la voix et chuchotai :

— On en parlera plus tard.

Puis reprenant une voix normale :

— Je vais bien. C'est gentil d'être passé.

Je lui tendis une main qu'il accepta, et lui glissai le papier sur lequel je lui avais écrit un mot. Il eut l'air complètement perdu, perplexe, mais finit tout de même par prendre le papier en acquiesçant.

— Très bien, dit-il en fronçant les sourcils. Alors, à plus tard ?

J'acquiesçai à mon tour, mais il me prit la main et y glissa un mot à son tour avant de quitter le club.

En m'asseyant sur le canapé, je sentais le regard suspicieux de Chris sur moi. Je sirotai mon verre de Coca que j'avais récupéré, l'esprit ailleurs, espérant qu'Alex ne m'en voudrait pas.

Je ne voulais pas attendre ce soir pour savoir ce que Clay avait à me dire. Je voulais le savoir rapidement. Dans ma vision, j'avais parlé de mon rendez-vous avec Clay à Alex, ce qui l'avait conduit à la mort. Alors, même si le tireur n'était plus parmi nous, je préférais tout de même prendre mes précautions.

Dans le mot que j'avais transmis à Clay, je lui demandais de me rejoindre à l'entrée de la forêt à quelques pas d'ici, ce qui me permettrait de revenir avant Alex. Je me chargerai de soudoyer Chris plus tard. En attendant, il fallait absolument que je trouve le moyen de partir du Club House sans que le Prospect me voie…

La quête spirituelle…

La vision changea, pourtant, j'étais toujours au Club House. Mon futur moi se trouvait avec Alex et lui faisait part de sa prochaine rencontre avec Clay. Alex était clairement contre. Il était énervé, même plus que ça, mais mon futur moi n'en démordait pas : elle irait au rendez-vous, point.

Alex acquiesça, les poings serrés, lorsque mon moi futur accepta qu'il assiste à la rencontre, mais de loin.

Je ne vis pas le reste de la scène, car le décor changea brusquement. Fini les portes qui s'ouvraient gentiment comme pour me laisser le choix d'avancer ou non, cette fois-ci, la vision s'imposa d'elle-même.

Je me trouvais sur un terrain vague, toujours en présence de mon moi futur. Elle ne cessait de regarder autour d'elle, inquiète. Je compris rapidement qu'on était derrière le Buffalo Chip, au lieu du rendez-vous.

Je sursautai en même temps qu'elle lorsqu'un homme tatoué jusqu'au visage arriva. Mon moi futur et moi-même reculâmes : ce personnage n'était pas rassurant, bien au contraire. Son crâne chauve sur lequel étaient dessinés des tatouages étranges et son regard noir et froid n'inspiraient aucune confiance. Mon moi futur était terrifié.

— Où est Clay ? demanda-t-elle en fronçant les sourcils.

Je ne comprenais pas pourquoi elle tremblait comme ça. Sa peur me semblait irrationnelle. Peut-être était-ce lui, celui qui me tirerait dessus ? Ou bien, était-ce parce que les SOD étaient en guerre contre eux et qu'elle savait quelque chose que mon moi actuel ignorait ?…

Le tatoué sourit d'un air mauvais en haussant les épaules.

— Clay s'est… envolé.

— Tu l'as tué ?

Pour réponse, le tatoué sourit de nouveau. Mon moi futur posa la main sur sa bouche : je pouvais sentir sa détresse. Clay ne pouvait pas être mort…

— Comment tu as su que j'avais rendez-vous avec lui ?

L'homme soupira, comme ennuyé par mes questions, et secoua la tête.

— Je ne suis pas venu ici pour discuter. Je suis venu pour terminer le travail.

Il sortit une arme qu'il pointa vers mon moi futur, qui reculait quand un coup de feu retentit derrière l'homme. Alex et Chris étaient là. Le tatoué répliqua, ce qui me fit autant paniquer que mon moi futur. Elle comme moi, nous nous dirigeâmes vers Alex, qui d'un seul coup, partit en arrière, comme propulsé par une force invisible, avant de s'écrouler au sol.

Mon moi futur et moi criâmes comme une seule personne. Je tremblai de tout mon corps, les larmes aux yeux. Ce n'était pas possible !

Je courus vers Alex et tentai de le toucher, mais je traversai l'image, totalement impuissante. Alex avait les yeux fermés, une balle au milieu du front. Tout ça par ma faute. Alex était mort… Il était mort.

Je me laissai tomber au sol et me repliai sur moi-même à côté de lui. Mon moi futur fit la même chose, se laissant tomber sur le corps de l'homme de notre vie. Les tirs cessèrent, et du coin de l'œil, je vis Chris debout face au tatoué, à terre.

En regardant le corps inerte d'Alex, je sentis mon estomac noué se contracter davantage. Ce n'était pas possible. Alex ne pouvait pas mourir.

Tout devint noir subitement, comme si la vision prenait fin. Je me jurai que jamais, au grand jamais, je ne planifierais ce rendez-vous avec Clay. Je pleurais toutes les larmes de mon corps. Cette vision me terrassait comme si elle s'était déjà réalisée. Je ne pouvais pas le perdre. Je ne le supporterais pas…

Aujourd'hui…

J'attendis un quart d'heure avant de trouver une occasion : Chris venait de s'éclipser aux toilettes. Lorsque j'entendis la porte se refermer, je sautai de mon siège et sortis à pas de loup, avant de courir à toute vitesse jusqu'au virage suivant, où j'étais certaine de passer inaperçue.

Je longeai la ruelle à proximité du club d'un pas rapide, avant d'arriver sur une longue route traversant la forêt. Je l'empruntai jusqu'à une grande pancarte interdisant la cueillette et la chasse pour protéger la faune et la flore.

J'attendis, appuyée contre le panneau, impatiente de savoir si Clay viendrait ou pas. Peut-être qu'il s'en tiendrait à son mot à lui…

— Kim ?

Je me retournai vers Clay, en train d'avancer vers moi par le chemin de terre. Je fus surprise de le voir déjà là, mais je ne dis cependant rien et allai à sa rencontre.

— Tu es en avance, dis-je en souriant.

Il ne me rendit pas mon sourire, mais tendit la main pour que je le rejoigne. Lorsque j'arrivai à sa hauteur, il se tourna et marcha en direction de la forêt profonde.

— Je n'ai pas beaucoup de temps, Clay.

— Comment tu savais que j'allais venir te voir tout à l'heure ? Tu n'étais pas surprise et tu m'as devancé en me donnant ce rendez-vous. Pourtant, tu sembles n'avoir rien à me dire…

— J'ai fait une quête spirituelle dans laquelle j'ai vu quelques moments du futur. Tout ça paraît insensé, je le sais bien, mais c'est vrai.

— Et dans cette quête spirituelle, tu as entendu ce que je voulais te dire ?

— Tu n'as jamais pu me le dire, parce que celui qui m'a tiré dessus est venu à ta place, et je suis presque sûre qu'il t'avait tué aussi.

Il éclata de rire et me regarda étrangement, comme si j'avais perdu la tête.

— J'étais mort ? Je ne comprends rien à ce que tu dis, mais une chose est sûre, c'est que Josh ne m'aurait jamais tué. S'il n'était pas mort, ta vision se serait sûrement produite.

— Qu'est-ce que tu veux dire ?

Quelque chose dans mon cerveau avait dû s'arrêter, car je ne comprenais plus rien. Mon cœur s'accéléra et, inconsciemment, je fis un pas sur le côté pour m'éloigner de Clay. Il semblait maintenant détendu, serein. Il repoussa ses cheveux châtains en arrière sans cesser de sourire.

— Que c'est moi qui vais terminer ce qu'il a commencé.

Je m'arrêtai près d'un arbre et regardai Clay continuer d'avancer de quelques pas avant qu'il ne se tourne vers moi.

— Qu'est-ce que tu racontes ?

— Ce que je raconte, c'est qu'il faut vraiment que je te dise quelque chose, Kim… Je ne savais pas qui tu étais jusqu'à ce qu'on aille à Deadwood. Je savais que tu traînais avec les Silence, mais j'ignorais que tu étais la petite-fille de l'ancien Président. Ce que je veux dire, c'est qu'avant Deadwood, je pensais que tu n'étais qu'une simple fille comme les autres, que j'ai appréciée qui plus est !

Il rigola d'un rire sans joie. Il semblait écœuré. Je ne voyais pas ce qui pouvait le rendre aussi… hargneux.

— Où est le mal ? Je ne comprends rien, Clay.

Il prit une courte inspiration et fronça les sourcils. Son visage charmant se couvrit d'un masque de haine pure. Bordel de merde, dans quoi m'étais-je encore fourrée ?

Les battements de mon cœur s'accélérèrent encore plus lorsque je compris à quel point j'étais dans le pétrin.

— « Le mal » ? Le mal dans tout ça, c'est que j'ai eu une relation avec toi alors que tu es la salope à cause de qui mon frère et mon père ont perdu la vie !

— Je n'ai jamais tué personne ! Tu es en plein délire !

Je reculai lentement en cherchant une échappatoire, mais il marchait vers moi. J'écoutais Clay d'une oreille en observant discrètement les alentours pour voir si je pouvais m'enfuir.

— Il y a cinq ans, les SOD ont éradiqué un club qui doit être inscrit dans ta chair. Les Hell's Gods. Ça te dit quelque chose ?

Je sentis le sang quitter mon visage et l'adrénaline courir dans mes veines.

— Les Silence ont tué mon père et mon frère en éliminant tout le club. A l'origine, je ne voulais rien avoir affaire avec le monde des bikers, je voyais mon avenir ailleurs, alors j'ai fait des études, mais au cours de ma dernière année, je suis devenu subitement orphelin, perdant la seule famille que j'avais. Par ta faute. Par la faute de la salope de régulière d'un des membres des Silence, qui plus est la petite-fille du Président.

Je secouai la tête, le cœur battant la chamade et la peur au ventre. Je comprenais maintenant qui était le cœur noir. Clay était celui qui cherchait vengeance. Celui à qui j'avais enlevé toute sa famille sans même le savoir.

— Les Hell's Gods m'ont séquestrée, Clay. Tu dois savoir que ce sont les règles des bikers.

— J'en ai rien à foutre de leurs putains de règles. Je ne suis entré chez les Free Souls que parce que je voulais retrouver ta trace. Œil pour œil... Ils m'ont pris ma famille, ce n'est qu'un juste retour des choses que je leur enlève une personne chère à leurs yeux...

Je me retournai et courus dans la forêt aussi vite que je le pus, sans attendre la suite de son explication. J'avais vraiment mal interprété les paroles de ce Josh dans ma vision. Lorsqu'il m'avait dit que Clay s'était envolé, j'avais compris qu'il l'avait tué, mais en fait, Clay avait seulement dû reprendre l'avion.

Quelle idiote !

Cela m'apprendrait à ne pas écouter Alex. Comme je regrettais en cet instant de toujours vouloir tout garder pour moi...

Le souffle court, je continuai de courir sans me retourner. J'entendais Clay courir derrière moi. J'avais beau accélérer, il se rapprochait de plus en plus.

En sautant par-dessus un tronc d'arbre mort, j'eus à peine le temps de poser un pied au sol que je sentis mes cheveux être tirés en arrière, m'arrêtant dans ma course effrénée. Clay rapprocha mon oreille de sa bouche en me tenant toujours par les cheveux, puis me souffla d'une voix haletante :

— Tente de t'enfuir encore une fois, et je te jure que je prendrai tout mon temps pour te faire souffrir. C'est toi qui vois : une mort lente ou une mort douce ?

Je tremblai de tout mon corps, essoufflée au possible. Le tatoué était mort mais j'aurais quand même dû prévenir Alex. J'aurais dû lui dire où j'allais. A présent, j'étais seule dans cette forêt et personne ne savait où je me trouvais. J'allais mourir comme l'idiote que j'étais et, si Clay cachait mon corps, personne ne me retrouverait.

Me maudissant intérieurement, je me mis à pleurer parce que je ne reverrais plus jamais Alex, ni mon grand-père, ni Mendy ou encore Tucker. Pourquoi ne pouvais-je pas faire marche arrière et tout raconter à Alex ?

Clay me lâcha et recula de quelques pas. Je me tournai vers lui. J'envisageai de m'enfuir à nouveau mais à quoi bon ?

— Je me dégoûte pour t'avoir appréciée, éructa-t-il, le visage déformé par la haine. Mais je suis content d'avoir croisé ta route. C'est le destin, et parfois, il fait bien les choses, tu ne penses pas ? Je vais enfin pouvoir venger leur mort et avancer pour de bon.

Je gardai le silence, les larmes roulant sur mes joues. Je restai là comme une imbécile à écouter ses paroles. J'aurais dû rester au Club House.

Voilà comment ma vie s'achèverait : sur des regrets.

— Tu n'as rien à dire ?

— Tu veux tirer ? Alors tire ! criai-je en fermant les yeux.

Et il tira.

Chapitre 35

Le bruit assourdissant de la détonation se répercuta dans la forêt durant de longues secondes. Je sursautai, le visage inondé de larmes, et ouvris les yeux. Clay gisait au sol, une balle dans la tempe. Je me figeai devant son corps inerte, choquée. Je ne comprenais pas ce qu'il venait de se passer.

Relâchant mon souffle que j'avais retenu en pensant que ma dernière heure avait sonné, je m'adossai à un arbre en laissant mes larmes couler librement, tremblant des pieds à la tête.

En entendant un reniflement, mon corps se raidit, s'attendant à une autre menace. Alex était un peu plus loin, sur ma droite. Il s'appuya d'une main contre un arbre et se plia légèrement en deux, une arme dans son autre main. Il semblait reprendre son souffle.

Je compris alors que c'était lui qui avait tué Clay et qu'il était dans un état de colère que je ne lui avais jamais vu. Ses traits étaient déformés, ses yeux d'un noir de jais, et son regard aussi meurtrier et terrifiant que celui du plus flippant des psychopathes.

Des sentiments contradictoires se bousculaient en moi. J'étais heureuse de le voir, heureuse de pouvoir le prendre encore dans mes bras, et qu'il soit arrivé à temps, mais terrifiée face à sa rage. Il allait me tuer, m'étriper ou quelque chose dans le genre, parce qu'il m'en voulait. J'en eus la confirmation lorsqu'il posa les yeux sur moi.

Et il avait toutes les raisons du monde de m'en vouloir.

Je restai appuyée contre l'arbre, tétanisée face au corps sans vie de Clay, sans jamais quitter Alex des yeux. Je fis un pas vers lui, mais, de sa main armée, il me signala de ne pas l'approcher.

Mes larmes redoublèrent encore, silencieusement. Je le regardai essayer de se contenir, en vain. Il était fou de rage, et, lorsque je vis une larme rouler le long de son nez, mon cœur se brisa.

Je me laissai glisser contre l'arbre et m'assis par terre, en me prenant la tête entre les mains. Je ne savais pas ce que je venais de déclencher, mais je savais qu'Alex se sentait trahi… Par moi.

Je finis par me relever en restant tout de même près de l'arbre. Alex était toujours dans la même position, sa main armée tremblant, les yeux fermés. Son visage ne laissait passer aucune émotion, pourtant je savais qu'un combat d'une violence inouïe faisait rage en lui. Je séchai mes larmes puis m'avançai vers lui sans bruit. Il ouvrit les yeux et me regarda comme si son radar interne lui avait signalé que j'étais en mouvement.

Il ne bougea pas, ses yeux de chasseur ne me quittant pas une seconde. S'il me rejetait… S'il m'en voulait tellement qu'il me rejetait, je ne savais pas ce que je ferais.

Je posai la main sur sa joue, tremblante d'appréhension, avant de l'enlacer et de le serrer fort contre moi.

Alex ne bougea pas, il resta dans la même position, sans faire le moindre geste qui aurait pu me rassurer. D'une certaine façon, il était déjà en train de me rejeter…

Je fis un pas en arrière et, lorsque je croisai son regard furieux, j'eus à nouveau envie de pleurer. Je me mordis la lèvre pour retenir ce trop-plein d'émotions paradoxales et attendis. Je ne pouvais faire que ça : attendre.

Au bout de quelques secondes, il prit une petite inspiration. Il leva les yeux vers le ciel, puis se passa une main sur le visage en se redressant.

— Est-ce que tu es consciente du danger dans lequel tu t'es mise ? dit-il d'une voix basse, vibrante de colère contenue.

— Je…

— Est-ce que tu es consciente que si Chris ne m'avait pas appelé, tu serais sûrement morte ? cria-t-il. Putain, Kimi ! Tu n'as donc aucun instinct de survie ? Ce connard est un putain de Free Souls ! Nous sommes en guerre contre eux !

Il fit un pas vers moi, hors de lui, et m'attrapa le visage sans ménagement. Je pleurais comme une idiote, le cœur déchiré. La façon dont il me regardait… Ses mots… C'était trop pour moi.

Il approcha son visage de moi, les sourcils froncés, et continua, en baissant la voix :

— Est-ce que tu as pensé à nous ? A moi ? Tu lui as demandé de tirer, bordel !

Il secoua la tête et passa à nouveau la main sur son visage.

— Qu'est-ce que tu cherchais à faire en le voyant dans une forêt, seule, sans rien dire à personne ?

Entre deux sanglots, je réussis à lâcher d'une traite :

— Je… Il devait me dire quelque chose d'important. Alex… Pardonne-moi. Dans ma vision, je t'ai parlé de ce rendez-vous, mais c'est le tatoué qui est venu à sa place et qui t'a tué. En le sachant mort, je me suis dit que si c'était moi qui arrangeais le rendez-vous, tout irait bien. Clay me dirait ce qu'il avait à me dire et je rentrerais rapidement au Club House. Je n'ai pas pensé que c'était lui qui avait tout organisé…

— Tu es stupide, Kimi. Stupide et irréfléchie, souffla-t-il en rangeant son arme.

Il m'attrapa par le bras et me projeta contre lui, avant de me serrer si fort que j'eus du mal à respirer. Je ne dis rien et le serrai à mon tour, une boule d'angoisse logée dans ma gorge. Je respirai son odeur que je pensais ne plus jamais sentir, puis fermai les yeux, heureuse d'être encore en vie, et dans ses bras.

— Quand est-ce que tu me feras entièrement confiance, Kimi ? Quand est-ce que tu m'écouteras ? Même le Coyote te l'a dit : la vérité. Pourquoi gardes-tu sans cesse des choses importantes pour toi ?

— Je te fais confiance, Alex. Je te le jure. Mais…

Il s'écarta et reprit mon visage entre ses mains, avant de coller son front au mien.

— Tu as peut-être grandi autour de bikers, mais tu ne sais pas à quel point ce monde peut être vicieux. Combien les gens sont vicieux. Tu penses que les gens sont bons, mais ils ne le sont pas. Personne. Pas même moi. Ouvre les yeux. Ce fils de…

Il secoua la tête.

— Ce mec t'aurait tuée sans scrupules, Kimi.

— Je pensais que c'était sans danger. Je n'y serais jamais allée autrement. Au fond, il avait tout de même de bonnes raisons…

Alex recula et me regarda comme si j'avais perdu l'esprit.

— Est-ce que tu plaisantes ?!

— Non. Son père et son frère faisaient partie des Hell's Gods. Il pensait se faire justice lui-même en tuant la fille qui a déclenché la guerre entre les SOD et eux.

Alex fronça les sourcils et réfléchit avant de secouer la tête.

— Je n'ai jamais apprécié ce connard. Et je suis sincèrement heureux d'être celui qui lui a mis une balle dans la tête.

Je fermai les yeux, préférant ne pas penser à ce détail, ni au fait que le corps de Clay se trouvait toujours derrière moi. J'en frissonnai d'horreur et tentai de chasser les images de ces dernières minutes sans toutefois y parvenir.

— Je suis désolée, répétai-je. Et merci d'être venu.

Il prit une grande inspiration, et je sentis qu'il se détendait petit à petit. Enfin… j'en avais l'impression.

Mais il se pencha et m'embrassa en emprisonnant mon visage entre ses mains, puis il me souleva dans ses bras avant de me plaquer contre l'arbre pour me mettre à sa hauteur. Son baiser n'était que passion et fureur. Il avait eu peur, tout comme moi, et ce mélange d'émotions extrêmes se ressentait dans ses baisers. Il me serra fort contre lui tandis que je l'agrippais, cherchant à me fondre en lui. J'étais en manque d'oxygène, mais cela m'importait peu.

Il finit par mordre ma lèvre inférieure, et me souffla :

— Ne me refais plus jamais ça. Tu m'entends ? Plus jamais.

J'acquiesçai, sentant l'adrénaline redescendre petit à petit. Alex me reposa au sol, s'écarta de moi et soupira, avant de me reprendre contre lui. Il finit par faire quelques pas en direction de la sortie de la forêt, mais je l'arrêtai.

— Et lui ? Qu'est-ce qu'on fait de lui ?

Je n'osai pas me retourner vers Clay. Alex, lui, regarda son corps d'un œil mauvais et haussa les épaules.

— Toi, tu ne fais rien. Je m'occuperai de le faire disparaître plus tard. D'abord, je te ramène en lieu sûr.

Il me prit la main et nous fit sortir de la forêt.

Une question me titillait.

— Comment tu as su que j'étais ici ?

Il me jeta un regard bref qui m'indiqua qu'il était toujours en colère contre moi.

— C'est Chris. Il t'a vue griffonner quelque chose sur un bloc-notes. Il ne m'a appelé qu'après avoir décrypté le message que tu avais écrit dessus. Il était assez paniqué, du coup, ça m'a fait péter un plomb. J'ai quitté les négociations avec les Free Souls sans un mot, ce qui a inquiété tout le monde, et j'ai foncé ici. En arrivant, je t'ai entendue crier, j'ai couru et j'ai tiré.

— Tu crois que les autres vont bien ?

Alex monta sur sa moto, mais je restai à côté de lui pour le regarder en face, essayant de déceler chez lui le moindre mensonge.

— Je n'en sais rien. Je vais y retourner pour voir comment ça se déroule. Monte.

Je grimpai sur la moto et m'accrochai à lui, l'esprit chamboulé par tout ce qui venait de se passer. Une chose était certaine : je ne remettrais plus jamais les pieds dans cette forêt.

Le trajet fut très court, et j'avais encore les jambes en coton quand nous arrivâmes.

Chris était assis sur les marches du club et soupira en nous voyant tous les deux indemnes. Je m'excusai auprès de lui aussi, puis entrai dans la grande salle principale du Club House dans l'idée de me remettre de toutes ces émotions, quand des coups de feu retentirent.

Alex me projeta au sol derrière le mur, puis sortit son arme. Les vitres explosèrent, le verre nous tomba dessus en mille morceaux, mais Alex ne bougea pas. Il resta au-dessus de moi, l'arme en main.

Quand des bruits de pneus crissant sur le béton se firent entendre et que les tirs cessèrent, Alex se leva et sortit en courant, suivi de près par Chris. Je me relevai, le cœur battant à toute allure, et jetai un coup d'œil par la vitre brisée la plus proche.

J'aperçus une voiture tournant au coin de la rue, puis le silence revint. Je me laissai tomber dans le fauteuil le plus proche, complètement vidée.

Pitié, faites que cette journée prenne fin.

Je ne rouvris les yeux que lorsque je sentis des mains me tripoter les cheveux. Alex m'enlevait les bouts de verre que j'avais partout sur la tête. Je l'enlaçai pour le serrer contre moi.

Je voulais juste dormir jusqu'à demain. Je voulais oublier cette journée maudite et passer à autre chose. Seulement, des bruits de motos se firent entendre, et les Silence débarquèrent au complet.

Toto et Sam portaient le corps de Tucker et l'installèrent sur la table la plus proche. Je me levai d'un bond. Ashley arriva rapidement et s'occupa de mon ami avec des gestes rapides et précis.

— Qu'est-ce qu'il s'est passé ? demanda Alex, inquiet.

— L'accord n'a pas été conclu, expliqua Grim d'une voix amère en venant vers nous. Ils ne voulaient pas d'accord dans tous les cas, et ton départ leur a donné l'excuse pour lancer les hostilités. Tucker a pris une balle dans l'épaule. La balle est toujours à l'intérieur, alors Ash doit la lui retirer. Il ne reste plus que quelques membres de leur club, les survivants ont pris la fuite.

— Les flics vont débarquer ici dans peu de temps, ajouta Toto, avant d'écarter les bras pour montrer les vitres du club. Qu'est-ce qu'il s'est passé, ici ?

— Une voiture est arrivée, et on s'est fait tirer dessus, dit Alex en me prenant par la taille. Ils étaient deux, c'est tout ce que je sais.

J'entendis Tucker grogner de douleur. Ashley lui fit une piqûre. Je grimaçai et mon estomac se contracta : je détestais les aiguilles.

Toto continua :

— Ashley m'a dit que ça ne prendrait pas beaucoup de temps, s'il n'y a pas de complications. Il y a pas mal de sang, mais il s'en sortira. Malgré tout, tu devrais emmener Kim loin d'ici. Si les flics débarquent, je préfère encore qu'elle ne soit pas mêlée à tout ça.

J'eus envie de dire le fond de ma pensée — que j'étais déjà là et que je pouvais très bien rester —, mais je n'en avais pas la force. Je vis Alex acquiescer et demander à son Président de l'appeler pour l'informer de l'état de Tucker, avant qu'il ne m'embarque avec lui à l'extérieur.

— Je t'emmène à l'exploitation, me dit-il en montant rapidement sur sa moto.

Je grimpai derrière lui mollement, sans protester, puis posai la tête sur son dos et fermai les yeux. J'étais épuisée par cette journée. Une partie de moi avait peur de croiser les membres restants des Free Souls. L'autre partie se disait que mon grand-père allait devenir fou quand il saurait ce que j'avais fait… Sans parler de Mendy.

Une semaine plus tard…

Finalement, Alex et Chris n'avaient parlé à personne de ma fuite dans la forêt. Je n'avais donc pas jugé bon d'aborder moi-même le sujet, auprès des SOD ou de mon grand-père. J'en avais parlé à Mendy le soir même de la fusillade, ce que je n'aurais probablement pas dû faire. Elle avait passé un quart d'heure à me crier dessus, mais quand je lui avais parlé de Tucker et de la balle qu'il s'était prise, elle s'était calmée, et sa colère avait laissé place à l'inquiétude.

Jusque-là, il n'y avait aucun indice révélant un sentiment plus fort que l'amitié entre eux, mais je savais que les apparences étaient trompeuses. Je connaissais assez bien ma meilleure amie pour voir qu'il y avait anguille sous roche, même si elle était très forte pour cacher ses sentiments. Je n'avais juste pas encore trouvé le moyen de lui faire cracher le morceau.

Chris et Alex s'étaient chargés du corps de Clay en toute discrétion. Je ne voulais plus y penser ni en reparler. Je voulais oublier toute cette journée du 10 septembre.

Tucker, de son côté, était malheureux sans sa moto. Il avait le bras en écharpe pour encore plusieurs semaines. Bizarrement, ce fut à Mendy qu'il demanda de la déposer au garage ou au club… Ce n'était qu'une question de temps pour ces deux-là.

Plus personne n'eut de nouvelles des Free Souls restants. Peut-être n'était-ce qu'un temps mort avant qu'ils ne se reforment et ne reviennent à la charge, mais en attendant, ce répit était le bienvenu.

Quant à Alex, il m'en voulait toujours. Il évitait le sujet, mais je savais qu'il y pensait encore. Parfois, il semblait perdu dans ses pensées et, d'un coup, il me prenait dans ses bras en me serrant contre lui. D'autres fois, il boudait et me lançait des piques subtiles. Le souvenir de cette maudite journée était toujours aussi vivace dans son esprit que dans le mien…

Je me lavais les mains dans la cuisine après avoir quitté le paddock de l'exploitation lorsque je pris conscience de la présence d'Alex.

— Salut, dis-je en souriant.

Il fronça les sourcils et ne me rendit pas mon sourire. Il se tourna vers mon grand-père qui, lui, nous observait avec un petit sourire. Il devait être dans sa phase « boudeur ». Je m'essuyai les mains en haussant les épaules et m'installai à côté de mon grand-père.

— Il y a de l'orage dans l'air ? demanda ce dernier en nous observant tour à tour.

Je levai les yeux au ciel en souriant, sachant parfaitement que cela ne durerait pas. Alex, de son côté, continua de me fusiller du regard, avant de hausser un sourcil, me faisant ravaler mon sourire. Je sentais que ce qui allait suivre n'allait pas me plaire.

— Papy, dit-il, les sourcils toujours froncés et en m'ignorant royalement. Kimi va venir vivre à la maison. Ça ne te dérange pas ?

J'ouvris la bouche. Est-ce que j'avais bien entendu ? Je tentai de lui faire passer un message par mon regard, mais cela ne servit à rien étant donné qu'il continuait de m'ignorer.

Mon grand-père rigola en voyant ma réaction, puis il haussa les épaules.

— Je savais parfaitement que ce n'était qu'une question de temps, fils. Tant que tu prends soin d'elle, ça me convient.

— Promis, souffla Alex en se levant et en quittant la cuisine.

— Où tu vas ? lui demandai-je en fronçant les sourcils.

Il ne pouvait décemment pas faire cette demande et quitter la maison ! Mais avec lui, je pouvais m'attendre à tout et n'importe quoi.

— Je pars faire tes valises, répondit-il depuis l'escalier.

— Attends… Quoi ?

Mon grand-père éclata de rire et me donna une tape dans le dos. Je me levai rapidement en grognant et courus dans l'escalier pour le rejoindre.

— Alex ! criai-je dans le couloir. Tu ne peux pas faire mes valises comme ça !

— Tu crois ?

Lorsque je le retrouvai dans ma chambre, ma première valise était déjà ouverte, et Alex se trouvait devant mon armoire, prêt à tout sortir. Je me postai devant lui, les mains sur les hanches. Je vis le coin de sa bouche s'étirer doucement, puis il m'attrapa et me jeta sur mon lit. J'éclatai de rire sans réussir à continuer de faire semblant d'être en colère, puis le regardai prendre mes vêtements et les entasser dans ma valise.

— Tu es vraiment sérieux ? demandai-je en m'asseyant en tailleur sur mon lit.

Il se figea, puis se tourna vers moi.

— Je n'ai jamais été aussi sérieux, Kimi. Je t'ai dit que je te voulais avec moi, chez moi. Je ne suis pas patient. J'en ai marre de tourner en rond la nuit, sans trouver le sommeil parce que tu n'es pas là.

Il se plaça devant moi et m'embrassa doucement.

— Tu m'as dit qu'il te fallait du temps, ce qui est ridicule, puisque tu peux voir ton grand-père chaque jour, je ne t'en empêcherai jamais. Tu as juste peur de franchir le pas. Alors, je prends la décision pour nous.

Je pris une courte inspiration. Je ne savais toujours pas quoi penser. C'était vrai que j'avais peur. Pas de ne plus voir mon grand-père, mais surtout que notre relation change du tout au tout.

Finalement, j'acquiesçai, décidant d'aller de l'avant et de franchir le pas. En guise de réponse, il m'embrassa à nouveau et me fit basculer en arrière sur le lit avant de s'allonger sur moi.

— Et ensuite, on se mariera. Tu inviteras tes parents, les Silence seront présents, ainsi que ton grand-père. Ce sera un petit mariage simple, qui donnera à tous l'occasion de s'amuser un peu.

— Ça aussi, tu choisis pour nous ? rigolai-je.

Il était complètement fou.

Il me sourit et secoua la tête, puis se tortilla et sortit une bague de la poche arrière de son jean.

— Non. Je te laisse le choix d'accepter ou non cette proposition. Kimi, est-ce que tu voudrais devenir ma femme ?

Je rigolai et gravai ce moment dans ma mémoire. Rien de formel ni de romantique avec lui. Quelque chose de simple. Une demande, une bague, point. J'allais faire un deuxième pas encore plus grand. C'était une évidence pour moi, mais passer le cap dès maintenant était une chose qui m'effrayait autant qu'elle me rendait heureuse.

Allongé sur mon lit, Alex rigola à son tour lorsque j'acceptai et il m'embrassa avant de me passer la bague au doigt.

L'anneau était en argent, incrusté de petits diamants. *Une bague simple, pour une fille simple*, pensai-je.

— Elle est parfaite, mais un petit peu grande.

— On la fera ajuster.

Il m'offrit un nouveau baiser et se releva.

— Aide-moi à mettre tout ça dans les valises. Tout seul, je vais en avoir pour la journée.

Je contemplai la bague à mon doigt en secouant la tête et pensai à Mendy… Ouais… Avant de lui montrer ça, j'irais acheter des boules Quies pour être sûre de ne pas perdre un tympan…

Je relevai la tête pour regarder Alex et souris. Ses grands bras encerclèrent tous les vêtements pendus dans mon armoire, puis les posèrent sur le lit à mon côté. Son beau visage était serein, et un sourire était accroché à ses lèvres. Je ne savais pas s'il s'en rendait compte, mais le voir aussi heureux suffisait à mon bonheur.

Le bonheur lui allait bien. Mon homme était magnifique et en cet instant, je me sentais la plus chanceuse du monde d'avoir, non pas le plus romantique des hommes, mais le plus amoureux.

Notre histoire n'était pas la plus merveilleuse. Au fond, elle était banale. Mais notre amour, lui, était unique…

Epilogue

Neuf mois plus tard…

Je n'ai pas peur. Je n'ai pas peur. Je n'ai pas peur… J'étais terrifiée.

Faisant les cent pas dans mon ancienne chambre violette, j'attendais le retour de Mendy avec impatience. Je refusais de me regarder dans une glace. Cette coiffure, ce maquillage et cette robe blanche me terrifiaient. Je m'étais battue avec Alex pendant plusieurs mois pour retarder l'échéance. Pas que je ne voulais pas me marier avec lui, bien au contraire, mais l'idée d'être le centre de l'attention me fichait la trouille.

De plus, mes parents et ma sœur n'étaient toujours pas arrivés, à croire que mon mariage n'avait aucune importance pour eux.

Bon, d'accord, ce n'était pas un *vrai* mariage avec signature de papiers, ni un mariage religieux, mais tout de même ! C'était le mariage traditionnel des bikers. C'était sûrement ça qui ne leur convenait pas. Ils n'avaient pas été contents de savoir que j'allais m'unir avec un « hors-la-loi », selon leurs dires. Enfin, c'était plus ma mère qui l'avait dit. Elle avait grandi dans ce monde et le connaissait parfaitement. En temps normal, leur avis ne m'aurait pas importé, mais aujourd'hui était un jour spécial. J'allais devenir officieusement Mme Miller.

Bordel de merde. Mon estomac se noua. Je pris plusieurs grandes inspirations pour me calmer. Qu'est-ce que Mendy fichait, bon sang ?!

Ma robe était simple. Pas d'extravagances, pas de fioritures, pas de traîne interminable. Elle me tombait jusqu'aux pieds, de couleur blanc cassé, au grand dam de Mendy qui aurait préféré la couleur blanc ivoire. La seule fantaisie que je lui avais accordée était les motifs en dentelle sur le décolleté, qui avait fait l'objet d'un long débat. Selon moi, la simplicité me définissait. Si je l'avais écoutée, j'aurais fini en grosse meringue blanche, mais, heureusement, je n'avais pas cédé à ses caprices. Je souris au souvenir du jour des essayages. J'étais ressortie rayonnante, tandis qu'elle avait boudé le reste de la journée.

Le mariage devait être simple et se déroulerait dans le jardin de l'exploitation Materston. Mendy s'était occupée de la déco pendant une semaine entière. Je n'avais jamais vu ma meilleure amie aussi excitée par un événement. En temps normal, c'était le Président du club local qui devait présider la cérémonie, mais quand la question s'était posée, j'avais dit à Alex que le Coyote serait parfait pour ce rôle. Il m'avait regardée comme si j'avais trois têtes, mais avait fini par acquiescer en rigolant. Je m'étais donc chargée d'aller jusqu'à Rapid City pour le lui proposer, même si, techniquement, il avait déjà accepté.

Lorsque j'avais garé la vieille Chevrolet devant le club des Indians Spirits, le Coyote était déjà sur le perron. Il souriait, sachant déjà pourquoi j'étais là. L'entrevue n'avait pas duré longtemps parce que je voulais éviter qu'il me fasse encore des prédictions susceptibles de me perturber. C'était la seule chose dont je m'étais occupée pour le mariage. Mendy s'était chargée de tout le reste avec un enthousiasme débordant.

Lorsque enfin la porte s'ouvrit, je soupirai et me retournai, prête à paniquer dans les bras de ma meilleure amie. Mais ce n'était pas elle. Ma grande sœur entra dans la pièce, habillée d'une robe bleu roi magnifique. Ses cheveux blonds étaient rassemblés en un chignon parfait. Elle était sublime. Je me rendis compte à quel point j'avais besoin d'elle et de ma famille en ce jour. Mes yeux me brûlèrent et une boule d'émotions se forma dans ma gorge.

— Oh non, ma puce. Tu n'as pas le droit de pleurer, me dit-elle en souriant. Tu es magnifique !

Elle s'avança vers moi et me prit dans ses bras.

Je reniflai et passai mes pouces manucurés sur le coin de mes yeux.

— Je suis heureuse que tu sois là, Anita.

Reprenant le contrôle de mes émotions, je me secouai et rigolai nerveusement, avant de demander :

— Les parents sont là ?

En voyant son visage se refermer, je compris que ni l'un ni l'autre ne viendrait. J'accusai le coup et m'assis sur le lit en soupirant.

— J'aurais dû m'en douter, soufflai-je en sentant mon cœur se serrer.

— Ne leur en veux pas. Ce sont eux qui ratent quelque chose, pas toi. Je leur ai dit qu'ils étaient stupides de ne pas venir. Je crois qu'ils m'en veulent, mais j'avais besoin de leur exprimer le fond de ma pensée, parce qu'ils ne verront pas combien tu es heureuse et épanouie.

Ma sœur me rejoignit sur le lit et je posai la tête sur son épaule, elle qui pourtant ne me ressemblait en rien… J'eus à nouveau envie de pleurer.

J'étais déçue. Sincèrement déçue. Mais aujourd'hui marquait un renouveau, et je ne voulais que rien ne gâche cette journée.

— Tu leur as vraiment dit qu'ils étaient stupides ? demandai-je en reniflant à nouveau.

— Oui, rigola-t-elle. Ils ont été plutôt choqués par mes propos, mais peu importe.

Mendy entra dans la chambre et regarda ma sœur d'une drôle de façon. Cette dernière se leva et lui tendit la main.

— Tu dois être Mendy. Je suis ravie de faire enfin ta connaissance. Kim m'a très souvent parlé de toi lorsqu'elle rentrait en France. Je suis sa sœur, Anita.

Mendy sembla se détendre un peu et lui fit un sourire sincère en prenant sa main. Lorsqu'elle posa les yeux sur moi, je vis qu'elle était prête à pleurer. Je rigolai, et me levai pour recommencer à faire les cent pas, lorsque le Coyote entra à son tour dans la chambre.

Pour la première fois, je le voyais les cheveux détachés. C'était étrange. Ses cheveux étaient longs, bien plus longs que je ne le pensais, d'un noir brillant, et visiblement mieux entretenus que mes propres cheveux. Il portait des vêtements de cérémonie sous son blouson. Il salua de la tête ma sœur et Mendy, et vint près de moi en me tendant une sorte de collier de perles.

— Aiyana, dit-il. Selon la coutume de ma tribu, je suis le premier à t'offrir un cadeau aujourd'hui. J'ai donc apporté un collier d'éternité.

Il posa le collier à perles blanches sur mes cheveux et me sourit franchement.

— Selon la légende, si le collier est porté pendant la cérémonie, il offre la prospérité au couple, ainsi qu'une nombreuse descendance.

J'ouvris les yeux et me retins de rire, contrairement à Mendy. Elle éclata de rire et regarda le Coyote comme s'il était fou. Ce dernier se retourna vers elle et posa la main sur son épaule.

— Jeune fille, sache qu'il ne sert à rien de résister. Ce qui doit arriver arrivera. En te fermant, tu ne fais que retarder l'échéance. Sur ce, mesdemoiselles, je vous attends au pied de l'autel.

Il quitta la pièce. Mendy et ma sœur semblaient toutes les deux perplexes.

— Longue histoire que je vous raconterai plus tard, dis-je dans un rire nerveux, qui dura bien trop longtemps.

Le stress devait doucement mais sûrement endommager mon cerveau. Je ne perdis mon sourire que lorsque mon grand-père entra à son tour dans la chambre.

C'était la journée de l'émotion. Le voir en costume me toucha et je fus incapable de dire quoi que ce soit. Il était magnifique, et tellement élégant ! Il nous sourit à toutes les trois et annonça :

— C'est l'heure, gamine.

J'acquiesçai et pris une grande inspiration pour me donner du courage.

— Alex est déjà là ? demandai-je, le ventre noué.

— Oui, il est en place, répondit mon grand-père en riant.

Je ne savais pas ce qu'il y avait de drôle, mais je préférai garder mes questions pour moi. Mendy sautilla sur place dans sa longue robe rose extravagante et me prit la main.

— Je suis excitée ! cria-t-elle.

Ma sœur passa une main sur mon bras et me souffla :

— J'ai vu ton futur mari, et je dois dire que tu as très bon goût.

Elle sortit de la chambre, suivie de près par Mendy qui ne cessait de pépier d'excitation. Mon grand-père m'offrit son bras que j'acceptai. Je fermai les yeux un court instant, bêtement terrifiée à l'idée de défiler devant tout le monde.

A l'entrée de la salle à manger, qui avait été aussi décorée pour l'occasion, Mendy nous arrêta, donna un panier rempli de pétales de roses bleues à ma sœur et nous répéta pour la énième fois qu'il fallait compter trente secondes après son entrée avant que nous fassions la nôtre. Ma sœur m'embrassa sur la joue, puis Mendy mit la chaîne hi-fi en route. Les premières notes d'une chanson intitulée *Forever* — qui me rappela l'été où j'avais eu mon premier rencard avec Alex — s'échappèrent des haut-parleurs dans le jardin.

Ma meilleure amie disparut après ma sœur par les portes-fenêtres grandes ouvertes. Heureusement que mon grand-père pensa à compter les trente secondes, mon esprit était complètement ailleurs. Quand il fit le premier pas, j'imaginai mille scénarios catastrophe : marcher sur ma robe, glisser et m'étaler au sol, pleurer… Mais lorsque je franchis la porte, mon regard croisa celui d'Alex et j'oubliai tout. J'oubliai les SOD, le Coyote, Mendy, ma sœur, mes parents qui n'étaient pas venus, les familles du club et les amis proches de la famille, ainsi que tous leurs regards sur moi. Je ne voyais même plus la décoration ni même l'autel qui avait été installé pour l'occasion. Seulement Alex.

Je m'agrippai au bras de mon grand-père. Il nous guida en rythmant doucement nos pas. Je me laissai transporter, l'esprit déjà tout près de l'homme de ma vie.

Il était habillé en costume traditionnel et portait simplement un tout petit écusson représentant le symbole de son club. Ses yeux sombres étaient plongés dans les miens. Il semblait si sérieux… Pourtant, plus je m'approchais de lui, plus je voyais dans ses yeux qu'il était en proie à tout un tas d'émotions.

Au pied de l'autel, je rompis notre contact visuel quand mon grand-père m'embrassa sur la joue et donna ma main à Alex. Un sourire en coin étira les lèvres de ce dernier et ses doigts s'entremêlèrent aux miens.

— Tu es magnifique, souffla-t-il.

Il se pencha, mais avant que ses lèvres ne touchent les miennes, la main du Coyote apparut entre nous. Ce fut donc la main du vieil Indien qu'il embrassa, ce qui déclencha un fou rire général.

— Un peu de patience, Ahote, grogna le Coyote en souriant.

Alex leva les yeux au ciel, puis fusilla le Coyote du regard, légèrement irrité.

L'Indien l'ignora et commença la cérémonie par un court texte nous présentant tous les deux. Derrière Alex, Tucker, à côté de Chris, me fit un clin d'œil, au moment où, derrière moi, j'entendais quelqu'un renifler. Je n'eus pas besoin de me retourner pour savoir que Mendy pleurait.

Mon regard plongé dans celui d'Alex, je n'écoutais absolument rien à ce que le Coyote racontait. C'était comme si j'étais seule avec Alex. Plus rien d'autre n'existait, si ce n'était nous, main dans la main. Il devait écouter ce qui se racontait, puisqu'il prit la parole en me passant au doigt une bague que Tucker lui apporta.

— Moi, Alex Miller, je te promets de toujours prendre soin de toi. Je te promets de subvenir à n'importe lequel de tes besoins. De t'aimer, de parfois te faire la guerre, pour ensuite t'aimer plus encore. Je te promets de faire toujours en sorte que le sourire et non les larmes soit sur ton visage, de te rendre heureuse, tant que tu voudras de moi dans ta vie.

Je gardai le silence, n'ayant absolument rien préparé. Mendy grogna quelque chose en relation avec la paille, quand elle me donna la bague d'Alex. Je fermai les yeux en retenant un fou rire, avant d'improviser :

— Moi, Kim Vervel, te promets de t'aimer chaque jour un peu plus. Je te promets de parfois te faire perdre la tête, parce que tu es sexy quand tu boudes.

Il rigola en secouant la tête.

— Je te promets de toujours t'accorder ma confiance, ma fidélité et mon amour, parce que mon cœur t'a toujours appartenu et qu'il t'appartiendra toujours. Et tout ça, tant que tu voudras de moi, bien sûr.

Mon discours sentait l'improvisation à plein nez, mais je m'en fichais. Il savait ce que je ressentais, c'était le principal. Je lui passai la bague au doigt, puis il referma ses grandes mains sur les miennes avant de les embrasser.

— Bien ! continua le Coyote. A présent que les vœux sont échangés, je me dois de demander dans l'assistance : est-ce que quelqu'un s'oppose à ce mariage ?

Alex lança un regard si noir à tous les invités qu'ils rigolèrent avant que le Coyote ne reprenne :

— Parfait ! Alors à présent que tout le monde est d'accord et que je sais que votre avenir sera loin d'être de tout repos, je peux donc vous déclarer mari et femme.

Je lançai un coup d'œil suspicieux au Coyote qui rigola. Sa phrase subtilement placée me fit lever les yeux au ciel, mais je décidai de l'oublier et regardai à nouveau Alex. Du coin de l'œil, je détectai plusieurs mouvements : les SOD s'étaient levés, ainsi que mon grand-père. Tous avaient un casque de moto dans les mains. Ils se mirent à frapper le casque du plat de la paume à l'unisson, doucement d'abord, puis de plus en plus fort, à un rythme particulier qui fit battre mon cœur. Un large sourire fleurit sur le beau visage d'Alex quand le Coyote déclara :

— Ahote, tu peux à présent l'embrasser.

Il n'attendit pas plus longtemps. Il posa délicatement les mains sur mes joues et m'embrassa tout en douceur, avant de me prendre dans ses bras. Les claquements rythmés des casques de moto accélérèrent encore un peu, puis des applaudissements se mêlèrent à la musique improvisée.

— Tu es officiellement à moi à présent, me chuchota Alex contre mes lèvres. Rien qu'à moi.

— Et tu es à moi, dis-je avant de l'embrasser à nouveau.

Le jardin fut rapidement transformé en piste de danse et accueillit un banquet festif. Je présentai officiellement Alex à ma sœur, avec qui il fut très respectueux, puis présentai Anita à tous les membres des Silence. Elle semblait très intimidée, mais ne perdait jamais l'expression avenante et impénétrable que ma mère lui avait enseignée pendant des années.

— Tu es bien entourée, me dit-elle. C'est un monde assez particulier.

— Tu n'as pas idée. Je suis vraiment heureuse que tu sois là.

— Je pense que je vais rester quelques semaines ici. Je n'ai pas les liens que tu as avec papy, mais ce serait une bonne chose pour moi de passer du temps avec lui pendant que toi... Vous partez en lune de miel ?

— Non, enfin, pas tout de suite. Alex a... d'autres projets.

Elle rigola et s'éclipsa quand Tucker arriva. Il me prit dans ses bras et secoua la tête.

— Tu es officiellement ma belle-sœur, alors ? Je suis heureux pour vous.

Il sortit un collier de sa poche, et me le tendit.

— Je crois que ça t'appartient. Ça vient de mon frère.

Je fronçai les sourcils, et regardai le deuxième collier qui avait disparu peu de temps avant qu'on ne m'arrête pour vol de voitures, des mois et des mois plus tôt.

— Donc tu as de ses nouvelles ?

— Oui. Après des mois de silence, j'ai réussi à reprendre contact avec lui. Il m'a donné ce collier. J'ai compris que c'était lui qui avait fait en sorte que tu te fasses arrêter pour que tu ne rejoignes pas Alex. Ne t'en fais pas, il est loin d'ici et il ne peut pas revenir. Il te laissera tranquille, je te le promets.

Je remerciai Tucker en le prenant dans mes bras quand Alex m'attrapa pour m'éloigner de son meilleur ami. Il m'embrassa dans le cou et, voyant Tucker s'éclipser en souriant, Alex en profita pour balader ses mains sur mon ventre avant d'effleurer ma poitrine.

— Tu crois que ce serait mal vu si je t'enlevais maintenant ? me demanda-t-il en mordillant mon épaule dénudée.

— Très. Je pense qu'ils feraient tout de même la fête, mais Mendy risque de nous poursuivre jusqu'au bout du monde si on ne fait pas ce qui est prévu à la minute près.

Il rigola. Son souffle chaud caressant ma peau me fit frissonner.

— J'ai hâte d'être à la maison et de t'avoir pour moi tout seul.

Il posa sa joue sur la mienne et regarda dans la même direction que moi. Tout le monde mangeait et buvait, dans une ambiance légère et rieuse ; ils avaient l'air heureux.

— On ne pourrait pas s'éclipser, même un quart d'heure ?

Je souris et secouai la tête tout en regardant Mendy converser avec Tucker et Chris.

— Non, on ne peut pas. Tout à l'heure, promis.

Alex grogna quelque chose dans mon cou et me serra une dernière fois contre lui avant que Mendy ne nous appelle pour que nous fassions une série de photos. Je lançai un regard appuyé à Alex qui soupira, déçu.

Après les photos et des discussions avec chacun des invités, et notamment Toto et Ashley, qui semblaient aussi fiers que des parents devraient l'être, nous continuâmes de manger jusqu'à ce que le volume de la musique augmente et que certains des invités se mettent à danser. Je me laissai entraîner par Anita sur la piste improvisée, et ris en voyant ma sœur danser comme une folle sans retenue. Mendy nous rejoignit, plus hystérique que jamais, se déhanchant sur la musique. Lorsque Anita finit par quitter la piste de danse, je regardai ma meilleure amie en souriant.

— Quoi ? grogna-t-elle en fronçant les sourcils.

— Tu as entendu ce que le Coyote a dit ?

— Et alors ? Ce n'était qu'un charabia.

— Sache une chose, Mendy chérie : c'est que le Coyote a toujours raison et qu'il ne dit jamais rien sans un bon prétexte.

La musique changea et devint plus douce.

— Moi, je sais déjà de quoi il parlait. Tu ne pourras pas y échapper, Mendy…

Lorsque Tucker lui proposa de danser, je m'éloignai d'elle en rigolant pour rejoindre Alex. Il me prit dans ses bras, nous balançant d'un côté puis de l'autre, sa bouche contre ma joue.

— C'est le meilleur moment de la journée, soufflai-je.

— Pourquoi ?

— Parce qu'on est mariés et que je suis dans tes bras, et que personne ne nous interrompt.

— Tu sais ce qui serait encore mieux ? Qu'on s'éclipse d'ici. On prend ma moto et on s'en va sans destination précise.

— Mais, et les autres ?

— Ils comprendront. Tout ce dont j'ai besoin, c'est toi, Kimi. Allons-nous-en. Pars avec moi.

Je levai mon visage vers lui, et souris en acquiesçant.

— A la fin de la chanson, d'accord ?

— J'ai hâte de t'enlever cette robe, rigola-t-il avant de nous faire tourner sur nous-mêmes.

Je me laissai bercer à nouveau, profitant simplement de l'instant présent.

— Fils ? nous interrompit mon grand-père. Tu permets ?

Alex sourit et tendit ma main à mon grand-père, qui me récupéra avant de me serrer contre lui. C'était étrange de danser avec William. Cet homme ne savait pas montrer ses sentiments et avait horreur des preuves d'affection ; pourtant, je sentis très nettement ses bras se resserrer autour de moi tandis qu'il posait sa joue sur le haut de ma tête en une étreinte affectueuse.

— Tu es heureuse ?

— Parfaitement, oui.

— Alors je le suis aussi et, tant que tu le seras, ça me conviendra.

— Tu me parles comme si j'allais te quitter et partir loin d'ici.

Il eut un petit rire, se recula légèrement de moi et haussa un sourcil.

— Ce doit être l'émotion de la journée. Ma fille est devenue une jeune femme sans que je m'en sois rendu compte…

Il soupira silencieusement et reprit sa position initiale, me serrant à nouveau contre lui.

— Je t'aime, papy.

Il s'arrêta de danser puis passa une main sur ma joue, ses yeux bleus se remplissant d'une émotion que je ne pouvais qualifier.

— Moi aussi, gamine. Moi aussi.

Je profitai des dernières secondes de la chanson pour lui faire un câlin avant que la musique ne change de rythme, faisant se lever tous les bikers.

Mon grand-père fut embarqué par Toto et Alex s'échappa de la folie des bikers pour me rejoindre. Il m'enlaça. En les observant, le sourire aux lèvres, je croisai le regard de Mendy qui était toujours à côté de Tucker ; il avait posé un bras autour de ses épaules.

Ils allaient bien ensemble. Ce n'était qu'une question de temps, le Coyote me l'avait confirmé, parce que sa phrase mystérieuse ne pouvait signifier que ça.

Je souris à Mendy en lui lançant un regard assez explicite. En retour, elle leva la main et inclina légèrement le bout de ses doigts. Je grimaçai puis cachai mes yeux dans le cou d'Alex. Je détestais Mendy pour m'avoir révélé ce détail de l'anatomie de Tucker.

— Allons-y, soufflai-je à Alex en me retenant de rire.

Il n'attendit pas que je le lui dise deux fois. M'attrapant par la main, il nous fit quitter le jardin discrètement, puis monta sur sa moto, déjà prêt à partir.

— Si vous me permettez, madame Miller.

Je ris et attrapai la main qu'il me tendait, mais ne grimpai pas derrière lui. Remontant ma robe, je montai dos à la route, devant lui, et entourai ses hanches de mes jambes.

— Kimi, grogna-t-il. C'est dangereux dans cette position.

— Je m'en fiche. Emmène-moi où tu veux, Alex. Je veux te sentir contre moi, et tu n'es pas le seul qui est impatient d'enlever ces vêtements.

Il prit une courte inspiration, m'embrassa en collant son corps contre le mien, puis mit le moteur en route. Le vrombissement de la Harley se répercuta au loin. Enroulant mes bras autour de ses épaules, je déposai des baisers dans son cou, tandis qu'il s'engageait sur la route. Je ne savais pas où il nous emmenait, mais peu m'importait. Tout ce que je voulais, c'était l'avoir avec moi, contre moi. Pour toujours.

Les cheveux dans le vent, son corps chaud contre le mien, je regardai l'exploitation disparaître petit à petit à l'horizon. J'embrassai Alex, oubliant quelques instants qu'il conduisait. J'avais envie de lui, et tout de suite.

Je le sentis sourire contre ma bouche. Il passa un bras autour de ma taille et me serra contre lui sans ralentir. La nuit tombante nous enveloppait et je pouvais sentir la chaleur du bras d'Alex contre mon dos. Sa chaleur, sa présence, voilà tout ce dont j'avais besoin.

Alex m'était vital. Et à présent, il était mien et j'étais sienne.

Nous avions la vie devant nous, et je comptais mettre ce temps à profit pour savourer chaque minute passée avec lui. Et ce, dès maintenant.

Bonus

Alex

La porte de la maison s'ouvrit soudain sur un raffut impossible auquel j'étais désormais habitué. J'entendis des rires, et le bruit d'un objet fragile en train de se briser sur le sol ; il n'avait pas résisté au passage maladroit d'un de mes frères.

Je secouai la tête et attendis patiemment, appuyé contre l'évier et terminant mon verre de jus de pomme, qu'ils pénètrent dans la cuisine, espérant tout de même qu'il n'y aurait pas d'autre casse.

Lorsque les jumeaux entrèrent dans ma cuisine, je m'aperçus qu'ils étaient complètement soûls. Tucker était mort de rire, tandis que Trick semblait beaucoup plus sombre qu'à l'accoutumée ; on aurait dit que l'alcool faisait ressortir leurs traits de caractère les plus marquants.

Je regardai l'heure et vis qu'il n'était que huit heures du matin, alors je demandai :

— Il n'est pas un peu tôt pour se soûler ?

Trick haussa les épaules, tandis que Tucker reprenait son sérieux juste deux secondes avant d'éclater à nouveau de rire.

— Si on ne s'est pas couchés, il ne peut pas vraiment être tôt, remarqua-t-il entre deux rires.

Cet imbécile n'avait pas vraiment tort, mais je préférai ignorer sa remarque.

— On a pas mal de choses à faire aujourd'hui. Vous êtes aptes à conduire tous les deux ?

— Parce que tu crois qu'on est venus en volant ? ricana Tuck en s'affalant sur une chaise non loin de moi.

Je lui donnai une tape sur la tête avant de quitter la cuisine pour me rendre dans le salon. Je sortis mon téléphone et appelai mon initié, autrement dit, le Prospect que je devais former : Chris.

Ce dernier arriva devant chez moi un quart d'heure plus tard, alors que je ramassais les morceaux de la sculpture que les jumeaux avaient cassée. C'était un cadeau d'un client du garage.

Tant pis, me dis-je en jetant les morceaux à la poubelle, *c'était moche de toute façon.*

— Tu as une mission pour moi, Alex ? demanda Chris en se postant à l'entrée de la cuisine.

— Ouais.

Je le conduisis dans le salon, où Tucker et Trick dormaient tous deux en ronflant bruyamment.

— Super, râla Chris en passant une main sur sa courte crête iroquoise. Vraiment excitant comme mission.

Je souris doucement et secouai la tête.

— Je ne vais pas te demander de jouer la nounou. J'ai besoin que quelqu'un m'aide au garage, et c'est Tucker qui devait s'en charger.

— Là, c'est tout de même plus intéressant.

Voyant le soulagement sur son visage, je lui donnai une bourrade dans l'épaule, puis sortis de la maison, pour retrouver mon bijou le plus précieux : ma moto.

Je l'enfourchai et démarrai rapidement. Chris me rattrapa et roula à ma hauteur, mais lorsque j'étais sur ma moto, même parmi des dizaines de bikers, c'était comme si j'étais seul.

Je longeai la forêt, respirant l'air frais de la matinée. Sans mon casque, je sentais le vent caresser mon visage et rien n'était plus agréable pour moi.

En arrivant en ville, on croisa un groupe de bikers qui remontaient la rue en direction de la mairie. Cela me rappela que nous n'avions toujours pas inscrit les SOD pour le festival qui approchait à grands pas.

Une fois garé devant le garage, je demandai à Chris de s'occuper de l'ouverture, tandis que je rejoignais Rem, le second Prospect du club, qui semblait m'attendre depuis quelque temps déjà.

Un sourire amical illumina son visage aux traits enfantins malgré sa barbe naissante, et il se passa une main dans ses cheveux en bataille. Rem avait toujours tendance à être mal à l'aise en ma présence. Je n'avais jamais compris pourquoi, mais cela m'amusait assez, alors je ne faisais rien pour lui montrer ma sympathie. Sa gêne en ma présence me rappelait Chris lors de son arrivée dans le club. Malheureusement, après avoir passé pas mal d'heures avec moi, ce dernier savait désormais que je n'étais pas aussi méchant que je le laissais paraître.

Je prenais donc plaisir à voir l'hésitation sur le visage de Rem.

Je me retins de sourire en le voyant m'expliquer assez rapidement :

— Hier, Tuck m'a chargé d'aller livrer aux Silence du Wyoming les deux gros cylindres qu'ils ont oublié de nous demander il y a quelques jours.

— D'accord… Mais pourquoi tu me dis ça ?

— Oh ! Parce que j'ai besoin de la dépanneuse.

Je finis par sourire pour de bon. Je lui fis un signe de tête pour qu'il m'accompagne à l'intérieur, et il s'exécuta sans un mot. Il récupéra les clés de la dépanneuse et fila discrètement, comme à son habitude.

Je me mis finalement au travail, tout en formant Chris sur les bases du mécanisme d'une moto. J'en oubliais très rapidement le fil du temps, et fus surpris de la venue des jumeaux. En vérifiant l'horloge murale, je jurai doucement en voyant qu'il était bientôt 16 heures, puis me tournai vers Chris.

— Tu pourrais tenir la boutique le temps que j'aille à la mairie ?

— Pas de problème.

Je me lavai les mains et fis un signe de tête aux jumeaux qui arboraient tous deux la même expression de fatigue.

— Tu pourrais envoyer un des Prospects à la mairie, râla Trick en s'affalant sur un petit tabouret. Pourquoi ce serait à nous d'aller faire le sale boulot ?

J'échangeai un regard entendu avec Tucker, ayant l'habitude de ces objections quasi quotidiennes de la part de son frère.

— Ce n'est pas un sale boulot, contrai-je en m'essuyant les mains dans un torchon propre. J'ai l'habitude d'aller enregistrer le club à la Bike Week depuis que je suis entré en tant que Prospect avec Tuck. Ça a toujours été comme ça.

— T'es pas obligé de venir, mon frère, ajouta Tucker.

Trick soupira fortement, nous signalant son mécontentement. Tucker me lança un nouveau regard, puis fila dehors mettre sa moto en route. Et malgré ses protestations, Trick finit par se joindre à nous.

La route fut beaucoup trop courte à mon goût ; une fois arrivés dans la rue principale, nous fûmes très vite contraints de ralentir : la circulation était dense, contrairement au reste de l'année.

A ma droite, j'entendis simultanément Tucker puis Trick :

— C'est pas vrai…

— Putain, c'est une blague !

Je tournai la tête dans la direction que mes frères regardaient et soudain, je compris.

Elle.

Je croisai son regard marron étincelant.

Elle tourna aussitôt son visage, comme pour fuir mon contact visuel, mais c'était trop tard.

Je freinai brusquement, pilant en plein milieu de l'artère principale. Je ne savais même plus ce que je faisais. Mes pensées s'embrouillèrent, mon cœur s'affola, mon ventre se contracta, puis plus rien.

Le vide total.

J'eus soudainement l'impression que ces cinq années n'avaient pas existé. Que j'avais à nouveau 19 ans, et que la blessure provoquée par le départ de la seule femme que j'avais aimée était aussi à vif que si elle venait de partir la veille.

Elle était revenue.

Pourquoi maintenant ?

Abasourdi, je la regardai partir sur la moto d'un autre biker.

Les questions fusèrent dans mon esprit, sans que je trouve de réponses.

Des réponses.

Grâce à son retour, j'allais enfin pouvoir connaître toutes les raisons qui l'avaient poussée à partir. A fuir. A me détruire. A *nous* détruire.

Je repris possession de mon corps et de mon esprit lorsque Tucker me donna une bourrade dans le bras. Apparemment, ce n'était pas la première fois qu'il m'appelait.

— Alex… N'y va pas. Ne fais pas ça.

Surpris par ses paroles, je me rendis compte que j'avais déjà tourné mon guidon pour faire demi-tour, prêt à la poursuivre.

Bon sang… Qu'est-ce que j'étais en train de faire ?

Est-ce que je comptais réellement lui courir après comme un

vulgaire toutou ? Elle qui m'avait jeté comme un malpropre ? Elle qui avait fait de ma vie un enfer ?

Je n'étais pas comme ça. Certes, avec elle, j'avais été un autre homme, mais ce n'était plus le cas aujourd'hui. Je ne me laisserais plus avoir. Je comptais lui montrer qui j'étais devenu. J'avais été trop gentil, trop doux avec elle. Je lui avais donné toutes les cartes en main, et elle les avait utilisées pour me détruire.

Ça n'arriverait plus.

Plus jamais.

J'étais sur les nerfs.

Depuis que je l'avais vue, depuis que j'avais su qu'elle était revenue, elle ne voulait plus quitter mes pensées. Mes émotions étaient mitigées, je passais du soulagement de la savoir de retour à la colère brute l'instant d'après. Et actuellement, j'étais en colère, tout en étant impatient de l'affronter et de la faire parler. *De comprendre.*

Je m'installai au bar et demandai une bière à Rem. Impossible pour moi de retourner au garage ou d'être un tant soit peu productif. J'avais besoin d'évacuer ma colère.

Trick m'annonça qu'il allait s'occuper pour moi du garage, tandis que Tucker quittait le club en embarquant Rem et me disait quelque chose avant de partir en rapport avec le montage des stands, mais, trop coincé dans mes pensées, je n'écoutais que d'une oreille.

Lorsque Sisi, une jeune femme brune aux formes généreuses qui espérait que je fasse d'elle ma propriété, — autrement dit, ma régulière —, entra dans le club avec une de ses copines en ricanant, je vis l'opportunité d'évacuer toute ma tension.

Elle vint rapidement près de moi et m'embrassa sur la joue. Je ne bougeai pas d'un pouce, terminant cul sec ma bière, tandis qu'elle essayait de faire la conversation.

— Pourquoi tu sembles aussi fermé aujourd'hui, Alex ? Ton visage est si sombre…

— Dans la chambre du fond. Maintenant, ordonnai-je simplement d'une voix menaçante.

Elle se figea un instant, mais obtempéra tout de même et s'éloigna dans le couloir, dans la direction que je lui avais indiquée.

J'eus un rire las, en comprenant que quoi que je lui demande, cette fille serait toujours d'accord. Trop facile. A tel point que c'en était ridicule.

Je reposai bruyamment la petite bouteille sur le bar, puis sans un regard vers mes autres frères de club qui déambulaient dans la grande pièce principale, je pris la direction du couloir et entrai dans la chambre du fond.

Déjà en sous-vêtements, Sisi tapotait les oreillers, comme pour arranger un lit conjugal qui n'en était pas un.

Sans attendre, je retirai mon T-shirt, défis la ceinture de mon jean et grimpai sur le lit. Sisi réunit sa longue chevelure sur son épaule droite, puis essaya de m'embrasser. Je n'en avais pas envie, alors je l'attrapai par la taille et lui fis comprendre que je voulais qu'elle s'allonge sur le ventre.

Je ne voulais pas voir son visage, ni sentir le goût de sa langue dans ma bouche. Tout ce que je voulais, c'était du sexe à l'état pur. Une partie de moi que je refoulais avait envie et besoin de posséder cette fille, de la prendre brutalement, et même de lui faire du mal. Une puissante envie de destruction montait en moi.

Je pris une courte inspiration et, sans même lui enlever ses sous-vêtements, je m'allongeai sur elle. Je ne l'avais pas encore touchée qu'un soupir assez bruyant, presque dérangeant, s'échappa de sa bouche.

Mon érection s'atténua brusquement.

Je fermai les yeux, comme pour me concentrer, mais la seule image que je vis fut son visage à *elle*.

La colère et la rage revinrent, plus fortes encore, et mon désir s'enflamma.

J'attrapai une poignée de cheveux de Sisi, prêt à la pénétrer, mais un petit cri me fit revenir sur terre.

Je lâchai soudainement la chevelure de Sisi, comprenant que je lui faisais mal, et qu'elle aurait bientôt une marque à la hanche que j'avais agrippée un peu trop fort sans m'en rendre compte.

Déstabilisé, je m'assis sur le bord du lit et jetai un coup d'œil vers Sisi. Cette dernière s'était assise elle aussi et me regardait avec hésitation, presque effrayée.

Je me pris la tête entre les mains, puis la secouai avant de m'excuser :

— Je suis désolé. Je ne voulais pas te faire du mal.

Son regard marron s'adoucit, et un sourire fleurit sur ses lèvres.

— Ce n'est rien. Si c'est ce que tu veux… Etre brusque, je veux dire… Eh bien, je peux l'accepter.

Je la regardai et secouai la tête.

— Non, tu ne devrais pas accepter ce genre de choses. Jamais.

— Pour toi, je peux tout accepter.

Je levai les yeux au ciel. Je ne la comprendrais jamais. Il fallait qu'elle accepte qu'il n'y aurait jamais rien entre nous. Rien de plus que du sexe rapide. Je lui jetai un regard mauvais et grognai :

— J'espère au moins que tu comprends que je ne ferai jamais rien pour toi. Et qu'à mes yeux, tu resteras toujours une fille comme une autre.

Une expression blessée traversa les traits de son joli visage, mais elle se reprit rapidement en se composant un visage froid.

— T'es qu'un gros con.

Je l'avais bien mérité. Je souris en la voyant récupérer ses vêtements et s'enfuir de la chambre sans un regard.

Elle avait peut-être bien un petit caractère, finalement. J'étais un crétin, je le savais, mais j'avais toujours été clair avec elle : elle ne serait jamais ma régulière.

Je me laissai tomber en arrière sur le matelas, et observai le plafond blanc cassé à la peinture craquelée. Finalement, j'allais avoir du mal à évacuer ma tension.

Tucker revint une heure plus tard. Il me rejoignit au bar, tandis que je continuais de ruminer sans cesse, accoudé au comptoir. *Elle* ne voulait pas sortir de mon esprit.

— Tout va bien, mon frère ? me demanda Tucker, alors que Rem reprenait sa place derrière le bar.

Je haussai les épaules pour toute réponse et commandai une nouvelle bière au Prospect. Je n'avais pas envie de parler.

— Ça ne te dirait pas d'aller au Broken Spoke ce soir, plutôt qu'au Easy ?

Je haussai à nouveau les épaules. Peu m'importait où on irait. Si cela ne tenait qu'à moi, je resterais chez moi, devant la télé, à ruminer encore et encore.

Il n'y avait rien à faire, *elle* me hantait.

Malgré ma réponse évasive, Tucker continua :

— Ouais, le Broken Spoke, c'est notre repaire. On y sera mieux et c'est quand même moins cher…

Je posai mon regard sur mon frère de club et l'observai attentivement. Tucker faisait tourner sa petite bouteille de bière dans sa main, les yeux rivés sur le liquide ambré, et continuait de parler tout seul.

Il me cache quelque chose, me dis-je avec curiosité.

Je l'interrompis dans sa tirade :

— Qu'est-ce qu'il s'est passé en ville ?

Tucker me regarda, surpris.

— Rien du tout. Pourquoi ?

Je me tournai vers Rem, qui remplissait le frigo, et lui demandai :

— Rem, qu'est-ce que vous avez fait en ville ?

Ce dernier haussa les sourcils, étonné et content que je lui adresse la parole, puis il me répondit :

— On a marqué nos emplacements pour les stands du festival. Et avant de partir, on a vu la petite-fille de William…

Je n'entendis rien de plus.

Rem dut voir un changement sur mon visage, car son expression joyeuse se décomposa et il tourna un regard inquiet vers Tucker.

Je portai mon attention vers ce dernier qui fusillait son Prospect du regard.

— Pourquoi tu veux soudainement aller au Broken Spoke, alors que c'est toi qui as voulu aller au Easyriders ? demandai-je.

Je connaissais déjà la réponse, mais j'avais besoin de l'entendre. Tucker soupira, puis m'avoua :

— Elle y sera avec Mendy.

— On ira nous aussi, tranchai-je.

— Pourquoi ? Elle vient juste de revenir…

Je posai ma bière vide sur le comptoir.

— … Elle a tourné la page, Alex…

Je me levai et lui tournai le dos, les poings serrés.

— … Oublies-la, mon frère.

Je me tournai vers Tucker et frappai le comptoir lourdement. J'aurais préféré écraser mon poing sur son visage, mais j'avais encore assez de retenue pour ne pas frapper mon frère, pour des paroles censées qui plus est.

— On ira là-bas, Tuck. Je me fiche royalement qu'elle y soit ou non. Je m'en fous, d'elle. On ne changera simplement pas nos plans juste parce que madame a voulu remettre les pieds à Sturgis. C'est clair ?

Tucker fronça les sourcils, n'appréciant sûrement pas ma façon de lui parler. Il se leva et me fit face.

— J'ai vu ton visage lorsque tu l'as reconnue. Et maintenant, ta réaction complètement disproportionnée. Ne me dis pas que tu te fous d'elle. C'est faux. Mais ne l'approche pas, Alex. Et ne me parle plus jamais ainsi.

La colère bouillonnait dans mes veines. Je savais pourtant que Tucker avait raison, sur tout.

Putain, mais qu'est-ce qu'il m'arrivait ?

Tucker soutint mon regard, alors que, du coin de l'œil, je voyais Rem immobile, un verre à la main, observant la scène silencieusement, comme s'il souhaitait se faire oublier.

Tucker finit par me donner une bourrade dans l'épaule et se rassit sur son tabouret, avant d'ajouter :

— Va faire un tour de moto. Va te détendre, Alex. Ce sera préférable pour tout le monde.

Je ne m'excusai pas, mais obtempérai et quittai le club. C'était ma façon à moi de me faire pardonner. Je savais que j'avais un comportement stupide, mais j'étais en train de perdre tous mes moyens.

Dehors, je croisai Toto et Sam, mais je n'eus aucun regard pour eux et filai rapidement loin d'ici. Je ne savais pas où j'allais, mais peu m'importait.

J'avais trop de colère en moi. C'était comme si la douleur s'était réveillée d'un coup. Comme si je n'avais pas guéri de son départ.

Je lui en voulais.

Et je ne savais toujours pas pourquoi elle avait fui. Mes pensées et mes questions allaient me rendre fou.

Perdu dans mon esprit, je pilai brusquement quand je me rendis compte que j'étais tout proche de l'exploitation des Materston. Autrement dit de papy, *son* grand-père. J'avais, sans le vouloir, pris le raccourci que je n'avais plus emprunté depuis cinq ans.

Je fis demi-tour en retenant un cri de frustration. Venir ici n'était pas une bonne idée.

Je fonçai dans le sens inverse et rentrai directement chez moi.

Dans l'entrée, je déposai mon blouson, puis je jetai mon T-shirt quelque part dans le couloir, avant d'entrer dans la pièce du fond, où se trouvait un sac de frappe.

Je me défoulai jusqu'à épuisement total, et finis par m'asseoir au sol, en sueur. Ce n'était pas assez. Mon corps était épuisé, mais mon cerveau semblait me tirailler encore et toujours, alimentant sans fin ma colère.

En regardant l'heure bien avancée, je retrouvais subitement la force de me lever. Il était temps d'aller au Easyriders. J'avais hâte.

Peu importait ce que Tucker m'avait dit, il fallait que je la voie, que je lui parle et que je comprenne.

D'abord la douche, ensuite j'irais l'affronter.

Je garai ma moto devant l'Easyriders, presque en souriant. A côté de moi, la vieille Chevrolet grise et boueuse de William était à l'arrêt.

Elle était là. Dans le restaurant.

Je ressentais exactement les mêmes émotions qu'avant de monter sur un ring. Excité et impatient d'y être, tout en redoutant l'issue du combat.

Tucker me lança un regard d'avertissement, mais je l'ignorai.

Je laissai mes frères, Tucker et Trick, entrer dans le restaurant et y pénétrai en dernier.

Je voulais paraître indifférent, mais je ne résistai pas à l'envie de la chercher dans la grande salle. J'observai le visage de chaque personne présente, puis trouvai *son* regard chocolat.

Je me figeai sur place, et me perdis dans son regard chaud. Je sentis mes sens s'aiguiser, mon cœur s'ouvrir, et mes pensées sombres se dissiper. Je ne pouvais pas le nier, elle avait exactement le même effet sur moi qu'auparavant. Mais j'étais guéri, je ne l'aimais plus.

Je l'observai encore, assise seule à une table, gravant dans mon esprit chacun des changements que le temps avait opérés sur elle. Elle était encore plus belle que dans mes souvenirs. Ses cheveux étaient plus longs, et elle avait perdu ses traits enfantins pour laisser place à une femme. Seul son regard paraissait plus sombre. Elle était magnifique.

— Tu es finalement à nouveau là, dit une voix que je connaissais, non loin de moi.

J'ignorai cette remarque : je ne voulais pas *la* quitter du regard. La connexion que j'avais avec *elle* était toujours là, aussi puissante qu'à l'époque. Je n'eus cependant pas le choix, car Sisi, la fille qui venait de me parler, m'embrassa sans me laisser le temps de réagir.

Je finis par la repousser, et la regardai étrangement.

— Je ne suis pas venu pour toi, grondai-je en l'écartant de mon chemin.

Mendy nous installa à notre table habituelle, puis nous lança de sa voix guillerette :

— Comme d'habitude, je suppose ?

On acquiesça tous comme un seul homme, puis elle nous laissa seuls.

Jetant un coup d'œil à Tucker qui suivait la serveuse du regard, je lui donnai un coup de coude en souriant.

— Tu es vraiment transparent, mon frère.

Il me redonna un coup de coude et grogna quelque chose, puis se leva plusieurs minutes après pour *la* rejoindre.

Une sorte de colère enfla en moi, et je compris que c'était de la jalousie. Bon sang ! Depuis quand étais-je jaloux de mon frère ?

Ignorant ce foutu sentiment, je ne pus m'empêcher de regarder sans cesse dans leur direction et la jalousie enfla un peu plus lorsque je les vis rire ensemble.

Il fallait que je lui parle. Plus vite j'aurais mis les choses au clair, et plus vite je pourrais tourner la page, l'oublier et avancer.

Quand Tucker revint à notre table, je me mis à compter les secondes. J'étais sur le point de me lever pour me rendre à mon tour à sa table quand *elle* se leva, jeta un billet pour payer sa consommation et quitta le restaurant.

Et si elle quittait la ville avant que j'aie pu lui parler ?

Je me levai, mais Tucker me rattrapa par le bras.

— N'y va pas, m'indiqua-t-il avec un regard appuyé.

— Je vais juste passer un coup de fil.

Il me lâcha, mais je vis qu'il ne me croyait pas pour autant. Je sortis mon téléphone de ma poche pour appuyer mes dires, mais le rangeai une fois dehors.

Je me dirigeai rapidement vers la Chevrolet, mais *elle* n'était pas à l'intérieur. Elle ne devait pas être bien loin.

En fouillant les alentours du regard, je vis le musée, et compris qu'elle se trouverait là.

Je traversai la rue à grands pas, saluai le vigile, puis entrai dans le musée sombre. Je ne fis que quelques pas avant de la repérer un peu plus loin, marchant doucement sans vraiment regarder les objets de collection qui se trouvaient autour d'elle.

Je ralentis le pas pour l'observer. Avançant lentement derrière elle, je me tenais à une distance suffisante pour qu'elle ne m'entende pas. Etrangement, l'avoir dans mon champ de vision semblait apaiser mes émotions.

Elle s'arrêta finalement au bout du parcours, devant la toute première Harley créée, et resta plongée dans ses pensées, l'esprit totalement ailleurs. Une part de moi espérait qu'elle pensait à moi, quand bien même je me répétais que je m'en fichais.

Je m'approchai finalement d'*elle*, réduisant l'écart qui nous séparait.

— Je savais que je te trouverais ici.

C'était étrange de lui parler après tout ce temps. C'était comme si un fantôme venu tout droit du passé avait resurgi. Cela me paraissait complètement irréel, mais cela me fit un bien fou. Je ne voulais qu'une chose : qu'elle me parle en retour.

Je la vis se tendre. Elle avait beau porter une veste ample, je savais que ma voix l'avait atteinte. Cependant, elle resta silencieuse. Cela me rendit nerveux.

— Ne m'ignore pas, Kimi.

Son prénom. Je l'avais prononcé. Chose que je n'avais pas faite depuis très longtemps. L'appeler ainsi me picota la langue, comme si je devais réapprendre à prononcer ce nom. Le réapprendre, oui, mais pour combien de temps ?

Je fronçai les sourcils puis, enfin, après une grande inspiration, elle me répondit :

— Je ne t'ignore pas, mais ne m'appelle plus jamais comme ça.

Je reçus sa remarque en plein dans le ventre. Comment voulait-elle que je l'appelle ?

— Je ne t'appellerai jamais autrement, il faut que tu t'y fasses.

Je soupirai et restai silencieux, parce que je ne savais pas quoi dire. Ou plutôt, j'avais tellement de choses à dire que je ne savais pas par quoi commencer.

C'était très perturbant de l'avoir devant moi car je m'étais fait mille scénarios, tous différents les uns des autres, si un jour j'étais amené à la revoir. Et aucun ne correspondait à la réalité de ces retrouvailles. J'avais tant de colère et d'incompréhension en moi… Pourtant, à cet instant, je n'avais qu'une envie : réduire la distance qui nous séparait.

J'avançai d'un pas, et passai une main sur mon visage, comme pour me reprendre. Je n'avais plus 19 ans, j'avais tourné la page, mais il me fallait tout de même des réponses. Seulement, je ne savais pas comment la questionner sans m'énerver, alors je tentai :

— Si tu ne m'ignores pas, pourquoi est-ce que tu me fuis ?

Je compris trop tard que je mélangeais tout, comme si elle était partie il y a deux jours. Mais c'était bien cinq années qui s'étaient écoulées. Kimi ne sembla pas se rendre compte de mon erreur, et me répondis :

— Je ne te fuis pas.

Ses réponses lapidaires m'agaçaient, et je savais qu'elle le faisait exprès. Comment pouvais-je nous amener à une conversation très importante pour moi, si elle ne faisait pas l'effort d'être un peu plus ouverte ?

Une autre pensée me percuta : était-elle en colère contre moi ?

Je fronçai les sourcils, sentant la tension monter dans mon corps, mais poursuivis néanmoins :

— Arrête ça. Je vois parfaitement à quoi tu joues, je te connais, Kimi, et on dirait que tu n'as pas changé.

Je m'approchai encore d'un pas, puis la vis se tourner pour me faire face. Plusieurs émotions traversèrent son visage, mais ce fut la colère qui l'emporta.

— Ça fait cinq ans, Alex, crois-moi, j'ai changé, me dit-elle rapidement, le visage crispé. Je ne suis plus l'adolescente de dix-sept ans naïve et stupide que j'étais à l'époque. Donc non, je ne t'ignore pas, et je ne te fuis pas. Je ne veux simplement plus rien avoir affaire avec toi.

Ce coup de poing me fit mal, mais je ne laissais rien entrevoir. Alors comme ça, elle m'en voulait ? Avait-elle oublié que c'était elle qui m'avait abandonné du jour au lendemain, sans un mot qui plus est ?

Je me sentis comme détaché de mon propre corps. Comme si je n'étais plus tout à fait moi. Je vis un sentiment proche de la haine traverser son regard, et cela me fit mal. Je brûlais de savoir ce qui l'avait poussée à partir du jour au lendemain, en me laissant sans nouvelles. Je comptais bien avoir les réponses à mes questions, et vite.

Je m'approchai encore un peu plus d'elle. Dans son regard, je vis qu'elle se sentait coincée, comme une biche prise dans les phares d'une voiture, et cela m'amusa. Elle ne voulait pas être ici avec moi, alors c'était comme une petite vengeance personnelle de lui faire endurer ça.

Finalement, je posai une question simple :

— Qu'est-ce qu'il s'est passé pour que tu me haïsses à ce point ?

Elle eut un léger mouvement de recul et me regarda comme si c'était pourtant clair. En tout cas, si ça l'était pour elle, pour moi, c'était le flou total.

— Est-ce que tu te fous de moi ? demanda-t-elle, les yeux écarquillés.

Je secouai la tête pour toute réponse, et ne compris pas son expression à la fois écœurée et blessée. Je voulus lui prendre la main, mais elle se déroba, alors je tentai à nouveau de la faire parler :

— Tu es partie sans rien dire…

Cette fois, elle semblait réellement en colère. En colère et triste à la fois. Je voyais bien qu'elle cherchait à retenir ses larmes, signe que cette histoire la touchait encore. Bien ! Au moins, nous étions deux.

— Comme je te l'ai dit, je ne suis plus la fille naïve que tu as connue. Et je ne serai plus jamais ta Brebis.

Ses mots traversèrent mon corps comme une violente décharge électrique, me coupant le souffle.

Je ripostai par la seule chose que je connaissais : la violence.

Je la rattrapai par le bras et la forçai à me regarder. Je savais que je ne lui faisais pas mal, ce n'était pas mon but, mais je voulais qu'elle comprenne tout de même ce que j'allais lui dire. Je ne vis pas l'ombre d'une peur dans son regard, et ce, même lorsque j'approchai mon visage du sien :

— Je ne t'ai jamais considérée comme une Brebis, Kimi. Jamais.

Elle sembla jauger ma sincérité, avant de se libérer de ma poigne et de quitter le musée.

Lorsqu'elle fut hors de mon champ de vision, j'agrippai une des barrières proches de moi et la serrai de toutes mes forces, avec une furieuse envie de voir le métal gris se plier, chose qui n'arriva pas.

J'avais envie de mettre ce musée sens dessus dessous. J'avais envie de détruire tout ce qui se trouvait sous mes yeux. Mais j'avais aussi envie de lui courir après. De lui demander des explications. De la secouer et de la forcer à m'expliquer ce qu'il s'était passé.

C'était pourtant à moi de lui en vouloir.

Alors pourquoi me sentais-je autant coupable ?

Je marchai de long en large quelques secondes, avant que Tucker me rejoigne.

— Laisse-moi tranquille, Tuck, prévins-je à bout de nerfs. Ce n'est vraiment pas le moment.

— Je m'en fiche. C'est bien fait pour toi, Alex. Je t'avais dit de ne pas l'approcher.

J'eus envie de tuer mon frère de club. J'eus envie de cogner fort. Pourtant, il avait encore raison. J'avais cherché à avoir des réponses, et je n'avais récolté que de la frustration et de l'incompréhension.

Il fallait que je parte. Que je m'isole. Je savais qu'autrement, j'allais blesser un de mes frères. Alors, sans un mot, je quittai le musée, enfourchai ma moto et m'éloignai loin d'ici.

J'en avais besoin.

Pourtant, c'était auprès d'elle que j'avais envie de me retrouver. Quelque part au fond de moi, mon cœur me rappelait que malgré les années, elle avait toujours sa place en moi.

Mais je ne reviendrais pas en arrière.

Il me fallait être patient. M'isoler quelque temps pour pouvoir remettre mes idées en place. Cette journée n'avait pas été de tout repos, et je devais retrouver mon calme. Faire le point.

Cela prendrait le temps qu'il faudrait, mais j'aurais mes réponses. S'il y avait bien une chose dont j'étais certain, c'était que j'avais besoin de connaître ce qui avait poussé ma Kimi à partir.

Cela prendrait le temps qu'il faudrait, mais je saurais être patient. Et, tôt ou tard, je finirais par la recroiser.

Je m'en fis la promesse.

Remerciements

Ce livre a vu le jour sur un site d'écriture. Je tiens donc d'abord à remercier les filles qui ont partagé avec moi leurs appréciations, leurs critiques et leurs encouragements. Sans vous, l'histoire n'aurait peut-être pas été la même.

Ensuite, ma famille est ce qu'il y a de plus cher à mon cœur, en particulier ma sœur, mon double : Amandine. Dans les bons comme dans les mauvais jours, tu n'as cessé de croire en moi. Merci de m'avoir poussée à croire en mon imagination et de me pousser encore aujourd'hui à me surpasser. Merci à mon papa, qui croit toujours en toutes mes folies, aussi délirantes soient-elles. A mon beau-frère, Hervé, mon agent imaginaire. A mes cousines, Margaux et Marine, pour toujours partager mes folies. Et merci à toute ma famille qui ne cesse de croire en moi.

Je dois aussi faire une grande dédicace à ma Clo. C'est grâce à toi que j'ai sauté le pas et que j'ai envoyé ce manuscrit à HQN. Merci de m'avoir secouée et sommée de le faire.

Merci aussi à mes copines, Fran, Tate, Sou, Lisa et Leeloo pour votre amitié, votre folie, et de me laisser penser que tout est possible.

Un grand merci à des filles dont la relation va bien au-delà de l'amitié : Saw, Jonana, Satou, Aly, Asma… Mes perles, mes sœurs de cœur, merci d'être présentes depuis presque toujours. Vous m'avez été d'un grand soutien et je vous aime, tout simplement.

J'aimerais aussi remercier mon éditrice, Alexandra, pour son travail et sa gentillesse. Vous êtes juste fantastique. Merci d'avoir donné de la lumière à cette histoire, et d'avoir été si enthousiaste de travailler sur ce roman. Un grand merci à Sophie, qui m'a apporté les bonnes nouvelles et m'a ensuite accompagnée pour mes premiers pas chez HQN.

Enfin, j'aimerais faire une petite dédicace à mon anonyme, mon loup, pour me faire respirer le bonheur et me faire rêver un peu plus chaque jour.

Pour finir, merci à toi, cher lecteur. J'espère réellement que l'histoire t'a plu, qu'elle t'aura fait voyager, et qu'on se retrouvera pour de nouvelles aventures.

Composé et édité par HarperCollins France.

Achevé d'imprimer en octobre 2016.

BRODARD & TAUPIN

La Flèche

Dépôt légal : novembre 2016

Pour limiter l'empreinte environnementale de ses livres, HarperCollins France s'engage à n'utiliser que du papier fabriqué à partir de bois provenant de forêts gérées durablement et de manière responsable.

Imprimé en France